조서

Le Procès-verbal

Le procès-verbal
by J.M.G. Le Clézio

세계문학전집 54

Le Procès-verbal

J. M. G. 르 클레지오

김윤진 옮김

민음사

차례

유일하게 말할 수 있도록 허가받은
나의 앵무새는 마치 내 심복과도 같았다.

— 로빈슨 크루소

독자에게

나에게는 두 가지 은밀한 야심이 있다. 그중 하나는 주인공이 마지막 장에서 죽거나 또는 부득이한 경우 파킨슨병에 걸리는 소설을 써서 독자들이 보내는 익명의 쓰레기 같은 편지 더미 아래 깔려보는 것이다.

그런 관점에서 보면 『조서』가 썩 성공한 작품이 아니라는 것은 나도 안다. 이 소설은 너무 진지하고 또 지나친 매너리즘 그리고 장황함으로 인해 실패한 것일 수 있다. 왜냐하면 이 글을 이루고 있는 언어가 유사 사실주의적 대화에서 현학적으로 쓰인 연감류의 과장으로 흐르고 있기 때문이다.

그러나 나는 나중에 진정 효과가 있는 소설을 완성하게 되리라는 희망을 버리지 않고 있다. 코넌 도일의 천재성이 빚어낸 그런 소설, 진실을 바라는 대중의 취향——심리 분석과 설명이 주조를 이루는——에 호소하는 것이 아니라 대중의 감상적 성격에 호소하는 그런 소설을 말이다.

내가 보기에 작가와 독자 사이에는 아직 한번도 탐색의 손길이 미치지 않은 방대한 공간이, 얼어붙은 지역들이 펼쳐져 있는 것 같다. 그러한 탐색은 정확성을 통해서가 아니라 유머로부터 순진함에 이르기까지 온갖 종류의 공감을 통해서 이루어져야 할 것이다. 이야기를 하는 순간과 이야기를 듣는 순간 사이에는 어느 한순간, 믿음이 뚜렷해지며 구체화되는 순간이 있다. 그러한 순간이야말로 일종의 의무감 같은 것을 본질적 요소로 지니게 되는 〈효력이 강한〉 소설에서 맛볼 수 있는 순간이다. 그러한 순간에 텍스트는 매우 사소한 일화, 매우 사소한 친근함을 가지고 끼여든다. 마치 캐리커처나, 대하소설, 싸구려 신문 소설을 앞에 두고 어디서나 흔히 볼 수 있는 젊은 아가씨가 〈아!〉 하는 감탄사를 발하는 그러한 순간, 그렇게 감탄사를 발함으로써 그때까지 행간에 놓여 있던 공백을 메우게 되는 그런 순간에 말이다.

내 견해로는 글을 쓴다는 것과 소통한다는 것, 그것은 아무것이나 그 어느 누구에게든 다 믿게 할 수 있는 행위이다. 일련의 끊임없는 무모함을 통해서야 비로소 대중이 보이는 무관심의 장벽에 타격을 줄 수 있다.

『조서』는 자신이 탈영을 했는지 아니면 정신병원에서 뛰쳐나왔는지 잘 모르는 한 남자의 이야기이다. 그래서 나는 시작부터 의도적으로 얄팍하고 추상적인 이야기 주제를 제시한 것이다. 나는 리얼리즘에 대해서도 별로 신경 쓰지 않았다. (나는 점점 더 현실이 존재하지 않는다는 느낌이 든다.) 그래서 나는 이 소설이 전적인 허구로 받아들여지기를 바라며, 단 하나 흥미가 있다면 그것은 이 소설을 읽는 독자의 머릿속에 어떤 반향이(비록 일시적이라 할지라도) 일어나는 것이다. 추리소설 애독자들에게서 흔히 볼 수 있는 그런 유형의 현상 말이다. 엄격히 말하면 이 소설은 유희소설 또는 퍼즐소설이라 부를 수 있는 그런 것이다. 물론 그런 소설의 또 다른 이점들, 즉 문체를 가볍게 하고 대화에 좀더 많은 생동감을 부여하고 구태의연한 묘사와 쉬어빠진 심리 분석을 피할 수 있다는, 결코 무시할 수 없는 그런 이점들이 없다면, 이 모든 것이 그리 진지해 보이지 않을 것이다.

이처럼 몇 가지 이론들을 모아놓은 데 대해 용서를 구한다. 그렇지만 이런 주장은 오늘날 조금은 지나치게 유행하고 있는 것이기도 하다. 또한 내가 몇 번 교정을 보았음에도 불구하고 내 글 속에 있을 수 있는 부적절한 표현과 오타에 대해서도 용서를 구한다(나는 내 원고를 손수 타이핑해야 했는데, 양손의 한 손가락씩밖에는 사용할 줄 몰랐다).

마지막으로 나는 한 젊은 여자의 죽음 이후 일어나는 일을 최대한 단순하게 이야기하는, 보다 방대한 다른 소설의 집필을 구상하고 있음을 밝혀두는 바이다.

존경하는 독자에게
J. M. G. 르 클레지오.

A

무더운 여름 어느 한때 한 사내가 열어젖힌 창문 앞에 앉아 있었다. 키가 무척 크고 등이 구부정한 그 사내의 이름은 아담, 아담 폴로였다. 거지 행색의 그는 방 귀퉁이에서 거의 꼼짝도 않고 몇 시간이고 앉아 사방에서 햇빛의 반점들을 찾고 있었다. 그는 자신의 팔을 어찌해야 할지 몰라 보통은 되도록 몸에 닿지 않도록 늘어뜨려 덜렁거리고 있었다. 그는 마치 병든 짐승들, 교활해서 은신처에 몸을 숨기고선, 위험을, 땅바닥에 바싹 붙어 다가오는 위험을 조심스럽게 경계하며, 그 위험과 맞닥뜨리면 바싹 움츠려 자신의 몸을 감추는 짐승들 같았다. 활짝 열린 창문 앞 긴 의자 위에 길게 누운 그는 웃통을 벗고 머리에 아무것도 쓰지 않은 채 시선은 대각선 방향으로 하늘을 향하고 있었다. 몸에 걸친 것이라곤 땀에 절고 색이 바랜 베이지색 바지뿐이었고 그것도 무릎 높이까지 걷어올리고 있었다.

노란색 햇빛이 정면에서 그를 내리쳤지만 반사되지는 않았다. 그것은 곧바로 축축한 피부 속에 스며들어 번들거림도, 또 조금의 그림자도 생기지 않았다. 그는 생각에 잠겨 때때로 담배를 입에 가져다 대고 한 모금의 연기를 빨아들이는 것 외에는 꼼짝도 하지 않았다.

담배가 다 타 들어가 엄지손가락과 검지 손가락이 담뱃불에 델 뻔하자 그는 담배를 바닥에 던져버리고 바지 주머니에서 손수건을 꺼내 보란 듯이 가슴, 어깻죽지, 턱 아래와 겨드랑이의 땀을 닦았다. 그 순간까지 얇은 땀이 보호막을 형성했던 그의 피부는 그 막에서 벗어나자 햇빛에 벌겋게 그을려 불타는 듯 번들거리기 시작했다. 아담은 일어나 잽싸게 방 안쪽, 그늘을 향해 걸어갔다. 그리고 마룻바닥에 쌓인 모포 더미에서 융털 안감을 대었는지 면포로 만든 것인지 모를 낡은 무명 셔츠를 꺼내 탁탁 털어서 몸에 걸쳤다. 그가 몸을 숙이자, 등 한가운데 양견갑골 사이로 셔츠의 찢어진 부분이 묘하게 벌어져 동전 크기만해졌고, 어쩌다 뾰족한 척추뼈가 드러나 팽팽하게 당겨진 피부 아래에서 마치 고무막으로 뒤덮인 발톱들처럼 움직이기도 했다.

단추를 채우지도 않은 채 아담은 모포 사이에서 초등학생 학습장만한 노란색 노트를 꺼냈는데, 첫 페이지 맨 위에는 편지투로 다음과 같이 씌어 있었다.

사랑하는 미셸에게,

그러고는 다시 돌아와 창문 앞에 앉았고, 이제는 허리에 딱 달라붙은 옷이 태양 광선을 막아주었다. 그는 무릎 위에 노트를 펼치고, 빽빽이 쓴 문장들로 뒤덮인 페이지들을 잠시 뒤적이다 호주머니에서 볼펜을 꺼내 들고 읽었다.

〈사랑하는 미셸,

이 집이 빈집으로 남아 있으면 좋겠어. 집주인들이 그리 빨리 오지 않았으면 해.

나는 오래전부터 이렇게 살았으면 하고 꿈꾸었었지. 말하자면 창문 아래 두 개의 긴 의자를 마주 놓는 거야. 그렇게 하고서 정오 무렵 몸을 쭉 뻗은 채, 사람들이 말하는 아름다운 경치를 바라보며 햇볕에서 잠드는 거야. 아니면 햇빛을 향해 몸을 약간 틀어 내 머리가 온통 햇빛을 받게 하는 거야. 4시쯤, 행여 해가 낮게 드리우거나 또는 햇빛이 더욱 기울면 몸을 더 쭉 펴고 말이야. 그때면 해가 창문의 4분의 3만큼에 이르거든. 난 바라보지, 온통 둥근 태양을, 그리고 창틀에 온몸을 괴고서, 바다, 그러니까 아주 똑바르게 뻗은 수평선을. 매 순간 나는 창문 앞에 말없이 서서 저것들은 내 것이지 그 어느 누구의 것도 아니라고 우겨. 우스운 일이지. 나는 항상 그래, 햇빛을 받으며, 거의 벗은 채로, & 때로는 완전히 벗은 채로 하늘과 바다를 유심히 바라보는 거야. 어디서건 내가 죽었다고들 생각하고 있으니 기뻐. 사실 처음에는 난 이 집이 버려진 집인 줄 몰랐는데, 이건 그리 자주 찾아오는 행운이 아냐.

이곳에서 살고자 결심했을 때 나는 필요한 모든 조치를

취했지. 마치 낚시 가는 것처럼 하고 떠나서는 그날 밤에 되돌아와서 오토바이를 바다에 던져버렸어. 그렇게 해서 내가 죽은 것으로 여겨지게 했고, 그래서 이제는 사람들로 하여금 내가 살아 있으며 또 살아 있기 위해 해야 할 일이 많다는 것을 믿게 할 필요도 없어진 거야.

재미있는 것은 심지어 처음부터도 내게 주의를 기울이는 사람이 아무도 없었다는 것이었어. 하기야 내겐 친구가 많지 않았고, 또 아는 여자애도 없었다는 것이 다행이었지. 그들은 언제나 바보 같은 짓 그만두고 도시로 돌아가라, 가서 마치 아무 일도 없었다는 듯 모든 것, 이를테면 카페와 영화관을 드나들고 기차 여행 따위를 예전처럼 다시 시작하라고 할 테니 말이야.

이따금 나는 시내에 나가 배를 채울 만한 것을 사오곤 해. 난 많이 먹거든, 그것도 자주. 나에게 무엇을 물어보거나 하는 사람은 없어. 나도 할말도 별로 없고. 사실 난 오래전부터 말하지 않는 것에 익숙해졌고 또 쉽사리 귀머거리, 벙어리, 장님으로 행세할 수 있으니까 불편하지는 않아.〉

그는 잠시 멈추더니 마치 손가락을 쉬게 하려는 양 허공에다 손가락을 놀렸다. 그러고는 관자놀이가 부풀어오른 그는 머리카락이 뒤엉킨 타원형의 머리를 태양의 강렬한 공격에 내맡기고 다시 노트 위로 몸을 숙였다. 이번에는 글을 써 내려갔다.

〈사랑하는 미셸,

네 덕분에, 미셸, 네가 존재한다고 믿기에, 내겐 저 아랫세상과의 접촉이 가능해. 너는 일을 하며, 주로 도시에, 네 거리에, 깜박이는 신호등 아래, 그 어딘지 모를 곳에 있지. 넌 수많은 사람들에게 버려진 집에 혼자 살고 있는 완전히 돌아버린 한 사내를 안다고 말하겠지. 그러면 그들은 왜 그를 정신병원에 가두지 않느냐고 묻겠지? 난 말이야, 말해 두건대, 전혀 거기에 반대하지 않아. 난 경부(頸部) 콤플렉스가 없고 또 평온히, 프랑스식 정원이 딸린 아름다운 집에서 음식 시중을 들어주는 사람들에 싸여 생을 마치는 여타 방법처럼 그것도 생을 마감하는 하나의 방법이라고 생각해. 나머지 것은 중요하지 않아. 그렇게 한다고 해서 상상에 푹 빠지지 못한다거나 또는 이런 종류의 시를 쓰지 못하는 것도 아니거든.

오늘, 쥐들의 날,

바다 앞에서의 최후의 날.

다행히도 너는 수많은 추억들 속에서 기억이 난다. 우리가 숨바꼭질할 때, 둥근 나뭇잎들 사이로 네 눈, 네 손 또는 네 머리카락을 보고서, 대번에 너일 것이라 생각하면서도 겉모습을 믿을 수 없어 겨우 날카로운 소리로, 난 너를 보았다! 라고 소리치던 것 같은.〉

그는 미셸을, 어쨌건 언젠가는 그녀가 가지게 될 아이들을 생각했다. 이상하게도 그런 일이 아무렇지도 않았고 그는 기다릴 수 있다는 생각이 들었다. 때가 되면 그 아이들에게 많은 것을 들려주리라. 이를테면 지구가 둥글지 않다거나, 지구가 우주의 중심이며, 아이들은 예외 없이 모든 것의 중심이라고 말하리라. 그러면 아이들은 더 이상 길을 잃을 염려도 없을 것이고, 또 (물론 아이들이 소아마비에 걸리지 않는다면) 지난번 해변에서 보았던 아이들, 소리치고 고함지르며 고무공을 쫓아다니던 그 아이들처럼 행동하게 될 99퍼센트의 가능성을 지니게 될 것이다.

또한 아이들에게 오로지 한 가지, 즉 지구가 뒤집혀서 머리가 아래로, 다리가 공중으로 향하는 것, 태양이 6시쯤에 해변에 떨어져서 바다를 부글부글 들끓게 하고, 작은 물고기들의 배를 터뜨리는 것만 무서워하면 된다고 말해주리라.

옷을 입은 채 그는 긴 의자에 앉아 창밖을 내다보았다. 그러기 위해서는 의자 다리를 괴어 높이 올릴 수 있는 만큼 한껏 올려야 했다. 언덕은 도로가 있는 곳까지 반쯤은 밋밋하게 반쯤은 가파르게 경사져 내리다가 4,5미터쯤 불쑥 솟아올랐고, 그리고는 바다였다. 아담의 눈에 모든 것이 다 보이지는 않았다. 소나무와 이름 모를 나무들, 전신주들이 줄지어 빽빽하게 늘어서 있었기 때문에 나머지는 그저 상상할 따름이었다. 때때로 그는 자신이 상상한 것이 맞는지 확신할 수 없어서 아래까지 내려와 보아야만 했다. 발걸음을 내디딤에 따라 헝클어진 선들과 곡선들이 풀어헤쳐지고, 사물들이 질료의 광채들로 반짝거리는 것이 보였다. 그렇지만 조금 더 먼 곳에는 안개가 다시 일곤 하였다. 이런 종류의 풍경에서는 그 어느것도 결코 확신할 수가 없었다. 그런 곳에서는 모두가 어렴풋하고, 묘하게도 알 수 없는 것이었으며, 그것도 불쾌하게 그러했다. 굳이 말하자면 사팔뜨기 증세나 가벼운 안구 돌출성 갑상선종 증세 같은 것이 일어나는 것이다. 그래서 집 자체나 하늘, 아니면 만(灣)의 곡선이 걸어 내려가는 아담의 발걸음에 따라 흐릿해지곤 하였다. 왜냐하면 그것들 앞으로 한결같이 관목들과 잡목들이 빽빽이 늘어서 있었기 때문이었다. 지면 가까이 대기는 열기로 아른거렸고, 멀리 보이는 수평선은 풀잎 사이로 피어올라 곧 사라져버리는 연기와도 같았다.

태양도 또한 어떤 것들을 변형시켰다. 그래서 도로는 태양 광선 아래 희끄무레한 금속판으로 녹아들었다. 그리고 때때로 자동차들이 한 줄로 대열을 이루어 지나갔는데, 그러다 갑자기 뚜렷한 이유 없이 검은 금속이 마치 폭탄처럼 터지고, 나선형의 섬광이 자동차 보닛에서 솟아올라 이글거리고, 그 주변의 빛으로 대기가 몇 밀리미터 정도 이동하여 언덕 전체를 휘어져 보이게 하였다.

처음에는, 맨 처음에는 그랬다. 왜냐하면 그후 그는 괴물 같은 고독이라는 것이 무엇을 의미하는지 이해하기 시작했으니까. 그는 노란 노트를 펼쳐 첫 장, 맨 위에 마치 편지를 쓸 때처럼 써 넣었다.

사랑하는 미셸,

그도 역시 누구나 그러하듯 음악을 했다. 한번은 시내에 나갔을 때 장난감 상인의 진열대에서 플라스틱 피리를 훔쳤었다. 항상 피리가 하나 있었으면 했었기에 그 피리를 손에 넣자 그는 무척 기뻤었다. 그것은 어린이용 피리였지만 품질은 좋았다. 미국산이었으니까. 그래서 마음이 내킬 때면 열린 창문 앞 긴 의자에 앉아 감미로운 소곡들을 연주하곤 하였다. 사내들과 계집애들이 와서 집 주변 풀숲에서 잠을 자는 날들도 있었기에 그는 그러다가 사람들의 주의를 끌게 되지나 않을까 조금은 두려웠다. 그는 숨을 크게 들이마신 채, 혀끝을 피리 주둥이에 살며시 대고, 숨을 내쉬는 듯 마는 듯하여 거의 들리지 않는 소리를 내며, 극도로 조용히 소리 죽여 피리를 불었다. 그리고 이따금 키 순으로 늘어서 있는 빈 통조림 깡통들을 손가락 끝으로 가볍게 두드리곤 하였다. 그러면 마치 봉고를 두드리듯 동동거리는 잔잔한 소리가 흘러 개 짖는 소리와도 같이 허공으로 지그재그를 그리며 사라져가곤 하였다.

아담 폴로의 생활은 바로 그러했다. 밤이면 방 안쪽에 촛불들을 켜놓고, 가느다란 바닷바람을 맞으며 열린 창문 앞에 몸을 꼿꼿이 한 채 선다. 정오면 먼지투성이의 한낮이 앗아가는 활기에 푹 젖어서.

더 이상 인간적인 거창한 그 무엇도 지니지 않은 것을 자랑스러워하며 꼼짝 않고 오랫동안 기다린다. 불나방들이 날아오르기 시작하고, 곤두박질치고 그러고는 갑자기 깜빡거리는 노란 촛불 때문에 미친 듯 공격하며 돌진하기를. 그러고 나서 바닥에, 모포로 몸을 감싼 채 누워 시선을 고정하고 바라본다. 언제나 더욱 불어나며 성급히 들끓는 벌레들이 천장을 여러 다양한 그림자로 가득 채우며 불꽃 위로 스러져 내리고, 꽃부리 같은 뜨거운 촛농에 발을 담그고, 지글지글 소리를 내고, 화강암벽을 줄로 갈 듯 허공을 비비적거리다 하나씩 하나씩 빛의 모든 잔재들을 질식시키는 것을.

아담과 같은 처지의 사람에게는, 그리고 대학 생활 몇 년을 사색으로 보내고, 독서에 푹 빠진 생활에 충분히 익숙한 사람에게는 그런 것들을 생각하고 신경쇠약에 걸리지 않도록 하는 것 외에는 할 일이 없었다. 그래서 아마도 공포(일례를 들자면 태양에 대한 공포)만이 유일하게 그가 균형의 한계 내에 머물 수 있도록, 그나마도 안 되면 해변으로라도 돌아갈 수 있도록 도와줄 수 있었을 것이다. 이런 생각에 빠져 있다 보니 어느새 아담의 자세는 그의 친숙한 자세와는 약간 달라져 있었다. 이제 상체를 앞으로 숙인 채 얼굴이 방 안쪽을 향하고 있었던 것이다. 그는 칸막이벽을 바라보고 있었다. 왼쪽 어깨 너머로 어슴푸레 비치는 햇빛을 보며 그는 태양이 거대한 황금색 거미이고, 하늘을 덮고 있는 그 빛은 깎아지른 듯한 땅에, 불쑥 솟아오른 풍경마다, 정해진 지점에서 비틀거리며 W자 모양을 이루어 달라붙어 있는 촉수들과 같다고 상상하는 연습을 했다.

나머지 모든 촉수들은 게으름 피우듯 천천히 물결치고, 크고 작은 가지들로 나누어지고, 여러 갈래로 갈라지며, 해파리의 움직임처럼 둘로 갈라졌다 즉시 다시 합쳐졌다.

그는 보다 확실히 하기 위해 맞은편 벽에 목탄으로 그

그림을 그렸었다.

그래서 그는 창문에 등을 돌리고 앉아 있었는데, 이제는 도저히 알아볼 수 없게끔 발들이 뒤엉키고, 격렬하게 뒤섞이는 것을 보고서 시시각각 두려움이 자신을 사로잡는 것을 느꼈다. 반짝이며 가루를 흩뿌리는 듯한, 석탄처럼 새까맣고 메마른 그 독특한 분위기를 제외하면, 그것은 말의 내장과도 같이 수백수천의 끈적거리는 팔을 지닌, 끔찍하고도 숙명적인 문어의 형태였다. 그는 마음을 가라앉히기 위해, 시선을 정확히 정중앙, 오래전 화석이 된 나무뿌리 같은 촉수들이 흘러나오는 그 목탄으로 그린 구(球)를 향하고서 그림에게 말을 했다. 그는 약간 어린애 같은 말을 던졌다.

「너는 아름답구나— 아름다운 짐승, 아름다운 짐승, 그래,

넌 아름다운 태양이야, 너도 알지, 새까만 아름다운 태양」

그는 자신이 제대로 하고 있음을 알았다.

아닌 게 아니라 서서히 그는 유아적 공포의 세계를 재구성하기에 이르렀다. 그래서 네모난 십자형 창문으로 바라본 태양은 금세라도 떨어져 나와 우리들의 머리 위로 떨어질 것 같았다. 태양도 마찬가지였다. 그가 땅을 바라보자 갑자기 그것이 녹아서 끓어오르거나 마치 자외선이 투과하듯 그의 발 아래로 흘러가는 것이 보였다. 나무들이 살아 움직이며 유독성 냄새를 풍겼다. 바닷물이 불어나기 시작해 좁은 회색 띠 같은 해변을 집어삼키고, 그러고는 더 올

라와 언덕을 덮치고, 그에게로, 그를 빠뜨리고자, 그의 힘을 빼앗고자, 그를 더러운 파도로 쓸어버리고자 했다. 그는 어디선가 화석 괴물들이 생겨나서 거대한 발로 삐걱거리는 소리를 내며 별장 주위를 어슬렁거리는 것을 느꼈다. 두려움은 걷잡을 수 없이 커져 그는 상상을 그만둘 수도, 분노를 삭일 수도 없었다. 심지어 사람들조차 적대적이고 야만적으로 변해 그들의 사지는 털로 덮이고 머리는 작아졌다. 비겁하고 잔혹하며 사람을 잡아먹는 그들이 빽빽이 줄을 지어 들판을 가로질러 왔다. 불나방들이 악착같이 그의 몸에 달라붙어, 주둥이로 그를 물어뜯고, 비단 베일 같은 털이 북실북실한 날개로 그를 감쌌다. 늪에서는 느닷없이 알 수 없는 기생충이나 새우, 가재 같은 갑각류들이 솟아올라 그의 살점들을 물어뜯고자 아우성이었다. 이상한 존재들이 해변을 뒤덮고, 새끼들을 달고 와 무엇인지 모를 것을 기다렸다. 짐승들, 햇빛에 번득이는 갑옷들을 입은 여러 가지 색채의 짐승들이 도로를 어슬렁거리며 으르렁대고 울부짖었다. 갑자기 모든 것이 마치 해저 동물처럼 강렬하고 내면적인, 농축된, 그리고 무겁고 끈적끈적한 생명력으로 움직였다. 그에 따라 그는 점점 구석에 몸을 웅크렸고, 자신을 먹이로 삼으려는 그러한 존재들의 최후의 공격을 기다려 펄쩍 뛰어 자신을 방어할 태세를 갖추었다. 그는 방금 전의 노란 노트를 다시 집어 들었고, 또다시 벽에 그린 그림, 한때 태양을 나타냈던 그 그림을 잠시 바라보고서는 미셸에게 편지를 썼다.

사랑하는 미셸,

고백건대 여기 이 집에 있는 것이 좀 무서워. 네 발가벗은 몸이 햇빛을 받으며 바닥에 누워 있다면, 그리고 매끄럽고 뜨거운 네 살 속에서 내 자신의 살을 느낄 수 있다면, 이 모든 것이 필요 없을 것이라는 생각이 들어. 생각해 봐, 네게 이 글을 쓰고 있는 이 순간, 긴 의자와 벽의 굽도리널 사이에는 마치 장갑을 끼는 것처럼 네게 딱 맞을 좁은 장소가 있어. 그곳은 1미터 61센티인 너의 키와 길이가 똑같고, 그 둘레는 네 허리 둘레인 88센티 반을 넘지 않을 거야. 내게 있어 지구는 일종의 혼돈으로 변했어. 나는 데이노테리움스, 피테칸트로스인, 네안데르탈인(사람을 잡아먹는)이 무서워, 공룡, 라비랭토사우러스, 익수룡 등은 말할 나위도 없고. 나는 언덕이 화산으로 변할까 봐 겁이 나.

또는 극지의 빙하가 녹아내릴까 봐 겁이 나. 그러면 해수면의 높이가 높아져서 난 익사하겠지. 저 아래 해변에 있는 사람들이 무서워. 모래가 유사(流砂)로 변하고, 태양이 거미로 그리고 아이들이 새우로 변해 버릴까 봐.

아담은 재빨리 노트를 덮고, 팔뚝을 치켜올렸다가 밖을 내다보았다. 오는 사람은 아무도 없었다. 그는 물이 있는 곳까지 내려가 수영을 하고 다시 올라오기까지 얼마나 시간이 걸릴까 계산해 보았다. 해도 많이 기울어 있었다. 빌라에서 나가지 않은 지 얼마나 되었는지, 이틀인지 아니면 더 되었는지 그는 잘 알 수가 없었다.

언뜻 보기에 그는 오로지 비스킷, 프리쥐닉에서 할인판매할 때 산 고프레만 먹고사는 것 같았다. 때때로 위장에서 통증이 느껴졌고, 목구멍 안에서는 시큼한 맛이 느껴졌다. 그는 창틀에 몸을 기대고 오른쪽 언덕 사이에 보이는 도시의 귀퉁이를 바라보았다.

그리고 가장 최근에 외출했을 때 샀던 새 담배 8종의 혼합 세트 중 남아 있던 마지막 갑에서 담배를 빼어 물고 큰 소리로 말했다.

「시내로 나간들 무슨 소용이 있어? 나처럼 또 다른 세상을 꾸미는 속임수를 만들어 나아가는 것도 필요해— 두려움을 갖는다든지, 그래— 내가 안 가도 그들이 와서 날 죽일 것이라고 믿는다든지, 그래, 맞아— 나는 알아, 내가 심리적 반사를 잃었다는 것을…… 하지만 전에는 어땠지? 전에는 이런저런 것을 할 수 있었지만, 지금은 많은 것들이 내게 그런 건 끝났다는 것을 보여주고 있지. 아담, 빌어먹을, 그 모든 막사들 한가운데로 들어가 그들의 고함소리, 헐떡거리는 소리, 꼬치꼬치 따지는 소리 따위를 듣는다는 것이, 그것도 홀로 담 모퉁이에 서서 듣는다는 것이 불편해. 조만간 그래요, 고맙소, 미안합니다, 오늘 저녁 날씨가 무척 좋군요, 그래도 고백하건대 그건 어제였어요, 저는 학교에서 곧바로 나와버렸죠 같은 말을 지껄여야 되거든. 그래 옳아, 옳을 거야, 그런 빌어먹을 짓들을 그만두는 것이, 쓸모없고 바보 같은 멍청한 수다를 그만두는 것이 말이야. 그 때문에 오늘 저녁 영양실조가 호시탐탐 나를 노리는데, 공기도 부족하고 담배도 떨어진 상태에서, 상상조차 할 수 없는 일들은 왜 좀더 많지 않을까 생각하며 내가 여기 머물러 있는 거야」

그는 한 발자국 뒤로 물러나 코로 담배 연기를 빨아들이고 여전히 혼잣말을 했다(그러나 다행스럽게도 말을 많이 하지는 않았다. 그렇다. 그것은 한편으로는 그가 말하기를 결코 좋아하지 않기 때문이었다).

「끝내주는군, 끝내줘—, 다 좋아, 하지만 시내에 나가 궐련, 맥주, 초콜릿 그리고 요깃거리를 사와야겠군」

명확히 하기 위해 그는 종이쪽지에 썼다.

궐련
맥주
초콜릿
요깃거리
종이
신문 만일
좀 들여다
볼 수 있다면

그러고 나서 그는 평소 밤이 오기를 기다리던 창 앞, 햇볕이 드는 곳에 앉았고, 한숨 돌리기 위해 먼지 바닥 위에 손톱 끝으로 되는대로 줄을 찍찍 그어 미세한 그림들을 그리기 시작했다. 그처럼 언덕 위에 버려진 집에서 철저히 홀로 산다는 것은 분명 피곤한 일이었기 때문이다. 그러기 위해서는 스스로를 추스를 줄 알아야 하고, 두려움, 나태, 이국적 취향을 사랑해야 하며, 마치 어린아이였을 때 낡은 물탱크의 갈라진 두 틈새 사이에 숨어 그랬던 것처럼 굴을 파고 싶어하고, 무척이나 창피해서 아무도 몰래 그 굴 속에 처박히고 싶어해야 한다.

B

그는 해변에 도달했었다. 해변의 왼쪽 끝 자갈밭 위에 몸을 쭉 뻗고 누웠었다. 그곳에 바로 인접해 바위 더미가 있고, 알을 까는 파리들에게는 가장 이상적인 곳인, 파도에 밀려온 해초들이 널려 있었다. 그는 막 수영을 마쳤고, 지금은 두 팔꿈치로 몸을 괴어 뒤로 기대고 물에 젖은 등과 땅 사이에 약간의 공간을 두어 물기가 증발하도록 하고 있었다. 그의 피부는 구릿빛이 아니라 짙은 붉은색을 띠어 입고 있던 진한 푸른색 수영복과 괴상하게 대조를 이루고 있었다. 멀리서 보면 미국 관광객처럼 보이지만, 가까이 가보면 지저분한 얼굴, 너무 길게 자란 머리, 가위질로 아무렇게나 잘라버린 거친 누런 수염이 눈에 들어왔다. 그는 무심한 듯 고개를 가슴에 파묻고 있었다.

그의 팔꿈치는 타월 위로 대칭을 이루며 놓여 있었지만 견갑골 아래로 나머지 부분들은 바로 모래밭에 닿아 있었고 털이 부숭부숭한 다리에는 마치 진흙 반점처럼 작은 모래알들이 달라붙어 있었다. 고개를 이쪽으로 향하고 있었기에 그의 눈에 띈 것은 필경 바다의 한 자락, 그리고 특히 왼편에 있는 자갈 더미였을 것이다. 그리고 수세기 동안 그 자갈들이 물에 씻기지 않았고, 짐승들과 사람들의 오물로 뒤덮였을 것을 상상해 보면 전체적으로 구역질나는 그 분위기를 이해할 수 있을 것이다. 당연히 해변은 끝에서 끝까지(아담은 남동쪽의 끝에 자리 잡고 있었다) 사람들, 걷거나 자거나 각양각색의 소리를 질러대는 아이들과 여자들로 우글거리고 있었다.

아담도 그렇게 잠시 동안, 어쩌면 그보다 더 오래 잠을 잤었다. 그러다 결국은 걷다가 어딘가에 그늘진 구석 자리를 찾는 것이 더 나으리라 여겨졌다. 그는 오후 두 시간 동안을 예정했었는데, 그의 시계는 30분을 가리키고 있었다.

사실 이 모든 것이 불쾌하지는 않았다. 날씨가 정말 더워서 모든 소음들이 하나씩 하나씩 질식해 갔으며, 마치 공기의 밀도가 높아져 구름으로 변하는 것 같았다. 엄밀히 말하자면 하늘과 바다와 땅덩어리 아래의 어떤 공기 구멍 속에 편안하게 들어앉아 있는 듯한 느낌이었다.

아담은 자신의 오른편으로 사람들이 부산하게 움직이는 모습을 보는 것이 좋았다. 사람들은 각양각색이었고 무엇인가 중얼거리고 있었는데, 어쨌든 여기서 보니 훨씬 덜 무서워 보였다. 왜냐하면 어쩐지 그들의 이름을 다 아는 듯 여겨졌고, 단지 그들과 가까이 있다는 사실만으로도 폴로의 가족과 어느 정도 인척 관계가 있는 듯한 느낌이 들었기 때문이었다. 아무튼 조상이 같을 것이라는 확실한 징표들이, 잘 알아볼 수는 없지만 사라져버린 어떤 아메란트로프인에게서 볼 수 있는 니그로의 흔적들이 있었다. 몇몇 여자들은 낮잠을 즐기고 있었는데, 그들의 살은 축 늘어져 반쯤은 회색 조약돌 틈 사이에 파묻혀 일종의 식물적 사랑을 나누고 있는 부드러운 윤곽의 부조와도 같았다.

& 그녀들은 때로 몸을 뒤척였고, 상체를 어렴풋이 움직이며 목덜미를 길게 뺀어 비틀면서 비치타월 위로 돌아눕곤 하였다. 그녀들의 애들에게는 그런 나른함이 없었다. 아이들은 반대로 키가 작고 어리며 진지했다. 자기들끼리만 있게 되자 아이들은 바닷가에 모여서 조약돌들을 쌓아 올리고 문질러대곤 하였다. 너무 어려서 손놀림이 여의치 못한 두세 명의 아이는 아무 이유 없이 규칙적으로 찢어지는 듯한 소리를 질러댔는데, 나머지 아이들은 그 소리를 자기들 작업을 완성하는 데에 없어서는 안 될 주문 외는 소리처럼 받아들이고 있었다.

아담은 아이들, 그리고 아이들의 소리와 행동이 자기와는 아무런 논리적 관계가 없다는 듯 무심히 바라보고 있었다. 성가셔진 자신의 육체에 대한 감각은 사소한 일들을 증폭시켜 그의 존재 전체를 고통으로 가득한 괴물 같은 대상으로 만들었고, 그때 살아 있다는 의식은 그저 물질에 대한 짜증스러운 인식일 뿐이었다. 물론 이 모든 일은 조금도 틀리지 않고 수백 번도 더 지어낼 수 있는 전설 같은 이야기였다.

대기는 납작한 파리들과 미세한 먼지로 가득했고, 그것들은 자갈 더미 위로 내려앉거나 긴 수평선을 따라 움직이곤 했다. 사실대로 말하자면 그곳에서도 역시 아무런 흥미를 느낄 수 없었다——그저 되는대로 조약돌을 하나 바라보고서는, 마음속으로 〈저것을 저기 바다 한가운데 떠 있는 오렌지 껍질에다 던져야지〉라는 식의 욕망을 통해 그 조약돌을 표현해야 했다. 또는 시선으로 모든 풍경, 예외 없이 푹 파인 곳과 우뚝 솟은 곳, 갑과 만, 나무들과 우물, 긍정과 부정, 물과 공기로 이루어진 그 거대한 경치를 감싸 안아야 했다. 그럴 때면 자신이 한없이 보다 중성적인 물질들의 진정한 중심으로서 땅위에 새겨지고 태양 아래 펼쳐져 있음을 느꼈다.

그는 감히 몸을 움직일 수 없었다. 그렇지만 순간순간 움직이고 싶은 거의 발작적인 욕망이 치밀어오르곤 했다. 그는 몸을 쭉 뻗고, 단단한 자갈 위에 척추뼈를 댄 채 목을 젖히고 배를 끊어져라 팽팽히 당기고 있었다. 피로 때문인지 아니면 더위 때문인지 광대뼈 위로 땀방울이 맺혀 그의 얼굴, 목, 옆구리, 다리를 따라 빗방울처럼 흘러내리기 시작했다. 그는 자신이 해변 전체에서 유일하게 젖어 있는 하나의 점이라는 느낌을 받았다. 그의 몸에 깔린 자갈들을 적시고 있는 축축한 얼룩이 마치 그 주위의 단단함과 소금기가 약간 배인 먼지 낀 뿌연 색을 더 두드러져 보이게 하는 듯했다.

그는 그 까닭을 알고 있었다. 그리고 그럴 줄 알고 있었다. 자신이 무엇을 하는지 모른다고 해서 그를 비난할 수는 없었으리라. 왜냐하면 그처럼 꼼짝하지 않고 있을 때에, 활발히 진행되는 위협적인 화학 공식들의 작용으로 인해 세상이 고요하면서도 우스꽝스럽게 폭발하는 가운데 조금씩 그 베일을 벗는 것이 더 잘 보이기 때문이다. 피스톤의 갑작스런 왕복 운동, 메커니즘의 작동, 나무들에게서 이루어지는 탄소동화 작용, 규칙적으로 늘어났다 줄어드는 그림자, 그리고 소음들, 차례대로 갈라지면서 입을 벌려 그때까지 오직 물고기들이나 냈을 것 같은 어린아이 울음소리를 내는, 해면 같은 그 대지의 공동(空洞)에서 들려오는 웅웅거리는 소리들로 말이다.

한 남자가 가냘픈 소리로 부르며 지나갔다. 체구는 허약했고 햇볕에 그을린 그의 몸은 프랄린을 바른 땅콩과자 바구니의 무게를 지탱하기 위해 곧추 세우고 있는 듯했다. 그는 걸음을 멈추고 아담을 바라보고, 뭐라고 말을 하더니 돌아서서 해변 반대 방향으로 가버렸다. 아담은 그가 자갈 위로 발을 편평하게 내딛는 것을, 그리고 몸의 나머지 무게를 다리 위로 싣기 전에 왼쪽에서 오른쪽으로 발가락을 가볍게 돌리는 것을 보았다. 아마 그렇게 함으로써 땅에 아무런 장애물도 없음을 확인했을 것이다. 남자는 그런 식으로, 예기치 않았던 위엄을 보이며 매 순간 야릇한 소리를 지르면서 서서히 사람들이 모여 있는 곳으로 멀어져 갔다.

개 한 마리가 물을 따라 쓱 지나쳐 가자, 아담은 그 개를 따라갔다. 그는 목에 감은 수건의 양쪽 끝을 손으로 붙잡고 가능한 한 빨리 걸었다. 그리고 일부러 개를 흉내 내어 발을 반쯤 물에 담근 채 걸었다. 그는 서로 다른 두 가지의 두려움을 맛보았다. 우선 하나는 누구나 아는 일이지만 물 밖에서 더욱 뾰족한 돌 모서리에 발꿈치를 베일 위험을 무릅쓰고 만약 맨발로 해변을 걸었다면 느꼈을 두려움이었다. 그리고 또 하나는 지금 느끼고 있는 두려움이었다. 자신의 다리가 공기보다 더 시원하고 더 밀도가 높은 야릇한 원소로 빠져 들어가고 있다는 느낌, 발바닥이 미끄러지며 바닷속 겹겹이 쌓인 층들을 헤치고 마침내 여러 번의 차갑고 미끄러운 감촉 끝에 점액질의 수렁에 닿는 느낌에서 오는 두려움이었다. 그 바닥은 덩굴줄기, 작은 해초들로 덮여 있었고, 그것들은 그의 몸무게 때문에 뭉개지면서 바닥 가까이의 물을 거무스름한 녹색의 입자들로 물들여 마치 썩어서 잘게 잘라진 이파리들이 안개를 이루는 듯하였다.

다행히도 개는 물웅덩이 때문에 멈칫거렸고 그럴 때마다 아담은 그 기회를 이용해 개를 따라잡을 수 있었다. 쫓기고 있다는 것을 느낀 짐승은 잠시 뒤돌아서서 물끄러미 바라보았고 그 시선은 아담의 턱에 이르렀다. 그러고 나서 개는 마치 끈으로 묶고 다니듯 사람을 뒤에 달고 계속 걸었다. 몇 분 사이에 개는 믿을 수 없을 정도의 그리고 어쩐지 깨어지지 않을 듯한 위엄을 갖추어버렸다. 바닷물이 가슴팍까지 찼는데도 개는 오로지 해변의 오른쪽 끝, 이름

뿐인 탈의장 건물까지 가려는 일념으로 나아갔다.

그렇게 그들은 앞서거니 뒤서거니 끝까지 걸었다. 대체로 멀리서도 짐작했듯이 탈의장은 반원형을 이루고 있었으며 항구의 초입을 알리는 시멘트 제방을 뒤로하고 있었다. 보다 아래쪽으로는 울긋불긋한 비치타월과 비키니 물결을 이루며 피서객들이 자갈 위에 뒤섞여 자리 잡고 있었다. 그들은 태양을 향해 몸을 돌리고 있었는데, 물가에서 바라보니 조그맣게 보였던 까닭에 모두들 약간 오렌지빛이 감도는 새로운 피부를 가진 듯했고, 태양이 침을 흘려 번들거리는 흔적을 남긴 듯했다.

개는 걸음을 멈추고 아담 쪽을 향해 고개를 반쯤 돌리는 듯하더니 기슭 쪽으로 펄쩍 뛰어올랐다. 그리고 자갈 무더기를 기어올라 잠자고 있던 두세 사람 사이를 뚫고 어떤 젊은 여자 옆에 자리를 잡았다.

아담도 개를 따라했지만, 개가 오른쪽에 자리를 잡았기에 그는 왼쪽을 차지했다. 앉기 전에 아담은 재빨리 목에 두르고 있던 수건을 풀어 바닥에 펼쳤다. 그러고 나서 쪼그리고 앉아 두 팔로 무릎을 감싸 안았다. 여자의 배에서 몇 센티미터 떨어진 곳에서 개가 무엇을 하고 있는지 10초에서 15초 가량 바라보았다. 개는 눈을 감고 고개를 떨군 채 발을 핥고 있었다. 아담은 자기 발을 살펴보고선 따라하는 것이 좋겠다고 생각했다. 지난번 폭우가 내린 이후 해안을 따라 기름때가 쌓여서인지 발바닥이 시커멓기 때문이었다. 그는 굴러다니던 작은 나뭇가지를 주워 발가락 사이를 닦아내기 시작했다.

아담은 이처럼 예기치 못한 방식으로 시간이 흘러가리라고는 생각도 하지 못하고 있었다. 그것은 온전히 자기만이 누릴 수 있는 시간, 평화롭게 누리기 위해서는 해야 할 정확한 동작에 따라 그저 덧붙이기만 하면 되는 신축성 있는 그런 종류의 시간이었다. 그래서 아담은 나지막한 목소리로 스스로를 만물의 주인이라고 명명했다. 사실 그가 차례로 차지했던 해변의 두 지점 사이에 근본적인 어떠한 차이도 없었다. 그는 비치타월에 앉아 회전 각도에 따라서 주변으로 시선을 무한히 돌릴 수 있는 능력을 누렸다. 또는 하나의 조약돌, 수천 개의 조약돌, 수많은 가시덤불, 쓰레기들, 소금 얼룩들로 하여금 꼼짝 않고 있지 말고 분비물로서의 삶을 살며 전혀 다른 시간 체계 속에서 움직이도록 허용하기도 했다. 그것도 아니면 오직 감각적인 인식만이 삶의 척도임을 선포해야 했다. 그 경우 아담은 확실히 이 세상에서 유일하게 살아 있는 존재였다.

「차라리 이것을 써보시지요」 하고 젊은 여자가 제안했다.

아담은 고맙다고 미소를 지어보이고는 건네준 종이로 된 수건을 받아 들었고, 그러면서 여자의 손가락 끝에 솜털인지 눈송이 같은 것인지가 묻어 있는 것을 보았다. 그러고는 계속해서 기름때를 벗겨냈다. 뭔가 말을 해야 한다는 생각이 들어 그는 그르렁대는 목소리로 말했다.

「아닌 게 아니라 이렇게 하니 더 쉽군요」

그는 젊은 여자의 눈을 보려고 애썼지만 헛수고였다. 포르투갈 해안으로 온 뉴욕 관광객들이 주로 끼는 렌즈와 테가 두꺼운 아주 까만색의 선글라스를 끼고 있었기 때문이다. 그는 감히 그것을 벗어보라고 요구할 수 없었지만 그래도 그녀의 눈을 볼 수 있다면 큰 위안이 되리라고 느꼈다. 감상적이지만, 그가 볼 수 있었던 것은 플라스틱 테를 두른 안경 렌즈에 이중으로 비춰진 자신의 모습, 몸을 숙여 발을 다듬고 있는 뚱뚱하고 커다란 원숭이의 모습이었다. 몸을 앞으로 기울이고 있었던 덕분에 그러한 자세는 마치 삶의 직관, 그래, 세상의 죽음과 동떨어져 자신의 작은 공간 속에 홀로 살아가는 삶의 직관에 필요한 정신 집중을 불러일으키는 것 같았다.

갑자기 젊은 여자는 상체를 땅과 나란히 하고서 자신의 허벅지를 모았다가 약간 비스듬히 구부리며 쾌감을 느끼는 듯 〈아— 아〉 하는 소리를 냈다. 그리고 황갈색의 피부 위에 난 하얀 선을 가볍게 스치며 브래지어 끈을 채우는 몸짓으로 자신의 척추뼈를 손가락으로 쭉 어루만졌다. 그녀는 마치 어떤 투우사에게 허점을 노출시켜 칼날이 자신을 꿰뚫고 심장까지 찌르도록 하려는 듯, 팔을 등 가까이까지 비틀어 견갑골 아래가 움푹 들어가도록 한 고혹적인 자태로 잠시 그대로 있었다. 그녀의 겨드랑이와 양가슴 사이로 조금씩 땀이 흐르고 있었다. 그녀가 말했다.

「이제 가야겠군요」

아담이 덧붙여 말했다.

「이곳에 자주 오시나요?」

「경우에 따라서는요. 당신은요?」

「저는 매일 옵니다. 저를 보신 적이 없나요?」

「없는데요」

아담은 말을 이었다.

「저는 전에도 당신이 여기, 어쨌든 이 근처에 앉아 있는 것을 보았답니다. 제 말은 해변 이 장소를 말하는 것입니다. 어째서 매일 같은 장소에 앉으시나요? 제 말뜻은 이곳에 특별한 것이라도 있나 해서요. 저는 모르겠어요. 이곳이 다른 곳보다 더 깨끗하다든지, 더 선선하다든지, 아니면 더 덥다든지, 또는 냄새가 더 좋다든지, 아니면 그 무엇이 있는지 말이지요」

「모르겠어요. 혹시 습관인지도? 그 말씀을 하려는 것이죠?」 그녀가 말했다.

아담은 진정 대단한 것이라도 되는 양 지적했다.

「아니오, 아닙니다. 그 말은 믿지 못하겠군요. 적어도 당신의 습관이라고 하는 것에 대해 말이지요. 제가 보기에는 오직 당신의 개만이 그런 습관이 있어요. 솔직히 말하면 당신의 개가 매번 같은 장소로 당신을 데리고 온 것이라면 전 놀라지 않을 겁니다. 만일 개를 살펴보았다면, 분명 개가 해변에 도착하여 목까지 물이 차는 곳에서 코를 쫑긋 들고 수영을 하고, 또 볕이 드는 곳에서 잠시 잠을 자고 발을 핥는 모습을 보았을 거예요. 그러고 나서 발을 다치지 않도록 오직 편평한 돌만을 밟아가며, 그리고 아이들이 모래삽과 갈퀴로 자신의 눈을 후벼파지 않도록 아이들에게서 멀리 떨어져 깊은 생각에 잠긴 채 걸어가는 것을 말입니다. 어때요? 이 모든 것을 한결같은 모습으로 행하지요」

「있잖아요. 당신, 당신은 참 젊은 것 같군요」 그녀가 말했다.

서둘러 옷을 입고, 머리를 말리고, 뒤모리에 담배 한 개비를 입 가장자리에 문 그녀는 두세 번 선글라스의 검은빛을 반사하고서는 개를 불러 도로 쪽으로 걸어 올라갔다.

C

「전에 산에서 있었던 일 기억해?」 아담이 물었다. 젊은 아가씨는 미소를 지었는데, 그 미소는 분명 대화를 다른 방향으로 돌리자는 것이었다. 그는 상대방 약을 올리려는 치기 어린 욕망이 어린, 보다 확실한 단어들을 사용하여 좀더 크고 고른 목소리로, 오히려 진지하게 질문을 반복해야 했다.

「자 어디 볼까? 미셸, 기억나?」

그녀는 고갯짓으로 아니라고 했다. 그건 벌써부터 짜증나는 일이었다.

「사실」 그가 말했다. 「모든 여자애들에게는 자기 어머니에게나 이야기할 그런 취향의 이야기가 하나쯤은 있지. 그런 것을 이야기할 때, 여자애들은 말하지. 내가 강간당했을 때라고. 너도 마찬가지야」

「다른 얘기 할 수 없어?」 미셸이 대꾸했지만 아담은 전혀 개의치 않았다. 그는 다른 사람들 들으라는 듯, 고통스런 추억을 싸구려로 각색해 가며 하던 이야기를 계속했다.

「그래, 역시 너는 기억하고 있어. 우리 두 사람은 오토바이를 타고 떠났었지. 난 우선 널 데리고 카페 두 군데를 갔었어. 왜냐하면, 음, 한겨울이었고 기온도 영하에 가까웠으니까. 1도나 2도를 넘지는 않았을 거야. 어쩌면 0도였을지도 모르지. 우리는 블랙커피를, 그것도 큰 잔으로 마셨어. 아니 오히려 난 네가 마시는 것을 바라보았었지. 너는 희한한 방식으로 커피를 마셨어. 호감이 가는 그런 방식 말이야. 그래, 그때는 그랬어. 넌 왼손으로 찻잔을 들고, 이렇게, 그리고 오른손을 마치 찻잔 받침처럼 턱밑에 갖다 대고는 윗입술을 내밀었어. 그 입술을 살짝 커피에 적시고서는, 기억해 봐, 마시기 전에 너는 약간 고개를 들었어. 너의 입술에 커피가 남긴 반원형의 자국이 보이도록」

종업원이 음료수를 가져오자, 미셸은 팔을 뻗어 작은 잔에 담긴 맥주를 고르더니 단숨에 몇 모금을 들이켰다. 그리고 딱딱한 손 동작으로 잔을 내려놓았다. 잔 안에 붙은 거품이 줄어들면서 거품들이 길게 이어진 사이로 빈 공간이 서서히 커져 갔다. 거의 투명한 누런색 액체 위에서 아래로 부글거리는 공기 방울들이 달렸다. 그 액체는 그 무엇보다도 바다만큼이나 풍요롭고 씩씩한 모습을 띠고 있었다. 일부분, 약 4분의 1 정도는 마치 액체로 된 돌이나, 소량의 석유, 극히 작은 양의 머릿기름처럼 이제 미셸 위장

내부 움푹 파인 곳에 담아졌다. 잔에 담겨 기다리고 있는 나머지 4분의 3은 마치 정오에 어느 살롱의 제정 시대 탁자 위에 놓여 있는, 금붕어가 다 죽어버렸을 텅 빈 어항과도 같았다.

또는 커다란 레스토랑 유리창 너머, 열성적인 미식가가 사람을 시켜 뜰채로 살찐 잉어를 건져올리면, 잉어는 인조등, 산소 발생기, 가짜 해초들 사이로 물 구멍을 남기며 에메랄드빛 유리벽을 떠나 가혹한 고통을 받고 눈에는 버터와 파슬리, 입에는 토마토가 물리는 그런 세계로 들어서게 되는 수족관들 중 하나와도 같았다.

「커피를 마신 후 우리 둘은 대로를 따라 오토바이를 타고 달렸지. 나중에 나는 벌판 한가운데로 난 조그만 오솔길로 접어들었어. 어둠이 내렸고 안개비가 부슬부슬 내리기 시작했지. 그처럼 기분 좋은 일들을 기억한다는 것은 좋은 일이야. 장담컨대 말이야. 적어도 사실 같잖아? 그렇다고 말하고 싶지 않은 거야? 이번에는 네가 조금 이야기해 보지 않을래? 이렇게만이라도 말해 봐. 그래서? 그 다음엔? 하고. 그런 종류의 트릭을 이야기하는 데는 딱 한 가지 방법이 있거든. 바로 감상적인 스타일이지. 내가 무슨 말을 하려는지 알지? 그렇게 하면 믿음이 가거든, 그리고 또 약간 진실해 보이기도 하고. 난 그런 것이 좋아.

네가 무슨 말을 했는지 알아? 넌 말했지. 〈그럴 필요 없어〉 같은 말을. 그럴 필요가 없다! 뭐가 그럴 필요가 없다는 거야? 가장 놀라웠던 것은 내가 알아들었다는 것, 그리고 그럼에도 불구하고 내가 계속 달렸다는 거야. 길을 막고 있는 커다란 진흙 구덩이가 있는 곳에 이를 때까지 말이야. 게다가, 아니야——어쨌건, 네가 〈그럴 필요 없어〉라고 말했을 때 난 네 말뜻을 알아듣지 못했었어. 나는 알지도 못하면서 아무렇게나 그 모든 일을 했다는 생각이 들어. 오토바이를 나무에 기대 세워놓고 우리는 젖은 풀숲을 걸었지. 풀들이 젖어 있었어. 너는 춥다든가 뭐 그런 말을 했어. 그래서 난, 나는 나무 밑에 앉아 비가 그치기를 기다려야겠다고 했지. 우리는 우산 모양으로 생긴 커다란 소나무를 찾아냈고, 나무 등걸에 등을 대고 각자 한 귀퉁이를 차지하고 있었어. 어깨에 송진 자국이 묻은 곳이 바로 거기야. 주변은 온통 바늘 같은 소나무 잎과 풀들로 예쁜 양탄자를 이루었지. 정말이야. 갑자기 비가 세차게 쏟아졌고, 그때 나는 나무 둥치를 돌아 너의 목덜미에 손을 얹고 너를 바닥에 눕혔어. 기억나는지 모르겠지만 빗방울들은 나뭇잎들 사이를 통과해 두세 방울씩 합쳐지고 마치 손바닥처럼 굵어져 우리 위로 떨어져 내렸어. 그래, 나는 너의 옷을 찢었어. 네가 겁을 집어먹고 소리를 지르기 시작했으니까. 나는 그리 세지 않게 두 번 정통으로 너의 따귀를 때렸지. 네 지퍼가 지독히도 튼튼했다는 것이 생각나. 자꾸만 걸려서 내려가지를 않았거든. 결국은 있는 힘을 다해 찢을 수가 있었어. 기다려봐, 그후에도 넌 계속 반항을 했지. 하지만 그리 심하진 않았어. 네가 모든 악마들, 나, 그리고 그 다음의 일에 대해서 겁이 났으리라 생각해. 적어도 내 생각은 그래. 그래, 네 알몸이 드러나자, 난 너를 땅위에 누인 채 꼼짝 못하게 했어. 나무 밑둥치에 네 발을 대게 하고 머리는 온통 빗물에 드러낸 채, 난 손으로 네 팔목을 잡고 다리로 네 무릎을 눌렀지. 원칙적으로 따지면 난 널 그렇게 강간한 거야, 수월하게. 알겠지, 욕조에 들어간 것처럼 흠뻑 젖어 있는 널 말이야. 너에겐 아무렇지 않다 해도, 너의 분노에 찬 고함소리, 나지막한 빗소리, 그리고 맞은편 언덕의 잡목숲을 헤치는 사냥꾼들의 총소리를 들으며 그랬지. 나는 〈원칙적으로 따지면〉이라고 했어. 왜냐하면 사실은 실패했으니까. 그러나 어쨌든 내게는 그런 것이 그리 중요하진 않아. 널 발가벗기는 데에 성공한 이상은. 아무튼— 그걸 문학적이면서 또 그 뭐든 아름다운 이야기로 꾸미자면, 나는 젖은 머리칼, 흙, 가시덤불, 소나무의 뾰족한 잎사귀로 네가 몸을 가리는 것을 보았고, 숨을 쉬며 호흡을 고르느라 벌린 네 입, 그리고 네 머리칼 속 깊은 어딘가 보이지 않는 샘에서 솟아나오는 진흙과 뒤섞인 물이 그 입으로 흘러 들어가는 것을 보았다고 해두자. 솔직히 말하자면, 끝에 가서는 넌 하나의 정원과 흡사했어. 너는 몸을 빼어내 나무에 등을 기대고 앉았지. 알겠지만, 내게 있어 넌 풀과 물방울들이 뒤섞인 장밋빛 흙덩이에 지나지 않았어. 여기저기 여자의 흔적이 남아 있는. 아마도 그건 네가 기다리고 있었기 때문이었겠지. 그래도 어쨌건 아무것도 하지 않은 채 잠시 시간이 흘렀어——몇 분이나 흘렀는지 정확히 말할 수는 없어. 10분이었나, 20분이었나——아무튼 한 시간은 되지 않았어. 날씨가 얼음장같이 추웠다는 것을 생각하면, 0도였는지, 사실은 0도는 못 되었지만, 그건 정말 웃기는 일이었어. 그때 우리가, 아니 차라리, 아냐, 우리 둘 다 옷을 다시 입었지. 서로를 보지 않은 채, 너는 나무 한쪽편에서, 나는 반대편에서. 네 옷이 찢어졌기에 난 내 비옷을 빌려주었어. 비는 여전히 세차게 내리고 있었지만, 기다리는 것도 신물이 나 우리는 다시 오토바이를 타고 출발했지. 널 어떤 카페 앞에 내려주고, 네가 달라고 했든 아니든 간에 난 네게 비옷을 선물로 주었어. 그곳에서 넌 안색이 썩 좋지 않았는데, 그렇지 않았어? 난 네가 네 아버지에게 무슨 말을 했는지, 또 네가 경찰서에 가서 고발을 했는지 모르겠어. 그렇지만—」

「그래, 경찰서에 갔었어」 하고 미셸이 말했다. 정말 믿을 수 없는 일이었다.

「넌 네가 무슨 짓을 하는지 알고 한 거야? 그러니까 그러면 무슨 일이 일어날지 알고 있었느냐고?」

「그래」

「그래서?」

아담은 다시 한번 되물었다.

「그래서 어떻게 됐냐고?」

「아무 일도 없었어」

「뭐라고? 아무 일도 없었다고? 그들이 뭐라고 했는데?」

미셸은 고개를 저었다.

「아무 말도 안했어. 네게 그런 얘기 하지 않을래. 그게 다야」

「내가 알기로는 신문에서는 아무 말도 없던데」

「신문들이야, 다른 이야깃거리들이 있겠지, 안 그래?」
「그런데, 넌 왜 경찰서에 간 거야?」
「지금은 잘 모르겠지만, 네가 벌을 받아 마땅하다고 생각했었어」
「지금은?」
미셸은 손으로 포물선을 그렸는데, 아마도 부인하는 듯했다.
아담은 그것으로는 성에 차지 않는 척했다.
「지금은?」
미셸은 약간 언성을 높였다.
「지금은 다 끝난 일이야. 대체 그게 무슨 상관이야?」
이번에는 아담이 화를 냈다. 그리고 다음과 같이 설명했다.
「그게 무슨 상관이냐고 묻는 거야? 응? 게다가 난 탈영병 신세인데? 그런 종류의 고발만 있어도 날 빵간에 집어처넣을 수 있다는 걸 몰라? 너 정말 미쳤군. 아니면 뭐야? 미셸! 너 몰라? 모르느냐고? 탈영병 아담 폴로가 아무것도 아닌 고발에도 좌지우지된다는 것을, 그리고 내일이면, 내일이 뭐야, 한 시간 후, 아니 1분 후 제복을 입은 두 놈이 들어와 내게 주먹질과 발길질을 날리고, 구속복을 입히고, 수갑과 온갖 거추장스러운 것들을 채워 알제리 보병연대 막사의 가장 어두컴컴한 감옥, 불도 없고 여자도 없고 먹을 것도 주지 않는, 전혀 아무것도 없는 그런 곳에 처넣기 전까지는 결코 그만두지 않으리라는 것을 몰라?」
미셸은 아주 잠시 멈칫거리다 자기가 먼저 그 놀이를 그만두리라 마음먹었다.

「자 이젠 그만 됐어, 아담, 너 정말로 날 피곤하게 만들기 시작하는구나」

하지만 그는 계속했다.

「미셸, 나는 너를 이해하지 못하겠어! 언제나 못 믿겠다는 척하는 그런 삶을 편들 수 있는 거야? 네 생각엔 내가 중형을 받아 마땅한 거야? 대답해!」

「아담, 제발, 난 정말 머리가 아파, 난……」

「우선 대답부터 해」

「입 닥쳐」

「어때? 내가 중형을 받아 마땅해?」

「그래, 맞아. 이제 만족해?」

아담은 더 이상 아무 말도 않기로 마음먹었다. 미셸은 미셸대로 핸드백에서 거울을 꺼내 손가락 끝으로 속눈썹을 다듬었다. 보도를 지나가던 사람들이 흘낏흘낏 그녀를 쳐다보곤 했다. 그녀가 수많은 사람들 가운데 특별히 눈에 띌 만한 것은 전혀 없었다. 아담은 그녀의 완강한 태도 앞에 어쩔 수 없어서 그녀가 머리를 빗고 루주와 볼연지를 고치도록 내버려두었다. 결국 그가 할 일이라곤 다 식어버린 커피를 마시는 것뿐이었다.

잠시 후 그들은 잠깐 동안 테이블 위에 있던 물건들을 몇 밀리미터씩 옮기는 장난을 쳤다. 순서를 바꿔가며 그들은 컵 받침, 찻잔, 받침 접시, 스푼, 털실, 죽은 파리, 네모난 작은 계산서, 하얀 재떨이, 성냥, 선글라스, 골루아즈 마이스 담배의 꽁초, 커피 얼룩(오른쪽으로 번진) 등을 옮기며 공격하고 반격했다.

마침내 미셸의 샌들 위에 떨어져 있던 커다랗고 북슬북슬한 먼지를 1/4밀리미터 전진시킴으로써 아담이 승리를 거두었다. 그러자 그들은 곧 자리에서 일어나 함께 카페를 나왔다. 그들이 계산대 앞을 지나칠 때 종업원이 그들을 불렀다. 아담 혼자 돌아섰다. 그는 동전으로 계산을 하고, 벽을 덮은 거울 속에서 흘끔 자기 모습을 바라보곤 거리로 나섰다.

그들은 나란히 서서 아무 말 없이 앞만 바라보며 걸었다. 길은 바다를 향해 완만한 경사를 그리고 있었고, 그들은 네모반듯한 별장들 사이로 얼핏 나타나는 수평선을 눈여겨보곤 하였다. 바닷가 산책로에 이르렀을 때 그들은 잠시 멈칫거리다 하마터면 제각기 다른 길로 갈 뻔했다. 곧 아담이 미셸의 뒤를 따랐다. 그들은 좀더 가서 3개월 전 자동차 사고로 등받이가 뽑혀나간 벤치에 앉았다. 6톤 트럭 한 대가 갑자기 오른쪽으로 끼여드는 솔렉스 오토바이와 부딪히고 방향을 제어하지 못해 보도 위에 전복되었고, 그로 인해 벤치가 부서지고 두 명의 사망자가 발생했었다.

「네게 편지를 썼어」 하고 아담이 말했다. 「네게 편지를 썼고 널 강간했어. 그런데 넌 왜 아무것도 안했어?」

「내가 뭘 하기를 바랐는데?」 미셸이 피곤한 어조로 대꾸했다.

「네게 편지를 썼고, 내 주소도 써 넣었어」

「그래도 넌 내가 답장하는 것을 원치 않았잖아!」

「아냐! 이런 빌어먹을!」 그는 일부러 고함을 질렀다. 「아니라니까! 그러면 경찰이라도 찾아가든지!」

「난 경찰과 볼일 없어」

「고소했잖아, 그래? 안 그래?」

「난 아무것도 못해……」

「난 아무것도 못해……」 그녀는 여러 차례 항변했다.

그들은 한참 동안 물가를 거닐었다. 때로는 차갑고 때로는 뜨거운 바람이 간헐적으로 불어왔다. 그들이 걷는 길에는 아무도 지나가지 않았다. 한편으로는 기름에 더러워진 한없이 고요한 바다, 제방 위의 번쩍이는 등대 그리고 수직으로 내리꽂히는 반사 불빛이 마치 앞으로 나아가는 듯한 몇 개의 가로등이 있었다. 반대편으로는 시가지, 전신주들, 나무들로 차례차례 뒤덮인 단단한 땅덩어리가 마치 물구나무를 서서 바라보는 것처럼 지나치게 불룩 튀어나와 있었다. 아담의 머릿속에서는 풍경이 마치 볼록거울 속처럼 뒤집히곤 하였다. 그래서 그는 자신이 모든 대륙들 위에 올라 아틀라스와는 정반대의 작업을 수행하면서 성모 마리아의 자세를 흉내 내어 지구의처럼 둥근 땅을 밟고 발끝으로 균형을 잡고 있다는 느낌이 들었다. 마치 어느 때인가(열두 살이나 열세 살 때) 그가 온몸의 무게를 다해 고무공을 바닷물 속에 잠겨 있도록 할 때, 압력에 팽창된 공이 장딴지를 따라 조금씩 미끄러지며 서서히 솟아오르곤 했던 것과 같은 느낌이었다.

그들은 걸으며 다시 몇 마디 말을 나누었다.

「왜 넌 아무것도 못한다는 거야?」

「왜냐하면, 왜냐하면 난 모르거든」

「네가 아는 게 뭐야? 넌 집중력이 부족해」

「아, 그래?」

「또 넌 너무 격해」

「그게 다야?」

「아니, 넌 설득력이 없어」

「정말이야?」

「그래, 정말이야. 게다가 넌 될 대로 되라는 식이야. 왜냐하면 결국은 다 마찬가지가 되고 마니까. 나는 내가 하는 것을 그대로 믿어. 중요한 것은 항상 글을 쓰는 것처럼 말하는 것이지. 그렇게 하면 자유롭지 못하다고 느끼거든. 자기가 바로 자기 자신인 양 말하는 것이 자유롭지 못하는 것이지. 그렇게 되면, 사람은 더 잘 뒤섞이는 것이지. 더 이상 혼자가 아닌 거야. 제2, 또는 제3이나 제4의 인자, 그리고 그 망할 제1의 인자와 함께 존재하는 것이지. 알아들어?」

「알겠어. 난 머리가 아파」 하고 미셸이 말했다.

그녀는 그가 무슨 대답이라도 하길 잠시 더 기다렸다. 그가 이제 오랫동안 입을 열지 않으리라는 것을 느끼자, 그녀는 그에게 입을 맞추고, 작별 인사를 하고 그리고 도심을 향해 돌아섰다. 머리는 비에 젖어 착 달라붙고 왼쪽 발목은 더러운 기름으로 얼룩진 그녀는 남자 비옷으로 몸을 감싼 채, 사물들을 거의 음탕하다시피 한 집요한 시선으로 보며 성큼성큼 걸어갔다.

D

거짓 문제들을 제기하는 것이 그에게는 하나의 습관이 되어버리지는 않았나 생각해 볼 일이었다. 그는 결정을 내리기 전 여기저기 물어보고, 축일 전날 받은 낡은 우편엽서들, 이미 지나버린 또는 한 달이나 늦은 달력들을 들추어보고 게다가 조부모님의 충고를 받는 등 네다섯 번이나 곱씹었다. 몇 사람이 그에게 식전 음료로 아주 약간의 진자노 술을 권하곤 했다. 정말 친절한 일이었지만 그의 생각은 다른 데에 가 있었다. 그는 초대를 마다하고 바의 구석으로 가 벽에 등을 기대고 앉았다. 그는 한 스물여덟 살에서 서른 살쯤으로 모든 사람들 중 자신이 제일 나이가 많다는 사실에 매달렸다. 입만 열어도 모든 것을 이해하고 행동할 수 있는 그런 나이가 만약 있다면 바로 지금이 그

나이였다. 특히 이런 유의 결심을 하게 될 때는 말이다.

8월 28일, 한여름 무더위가 기승을 부리는 19시 30분, 그는 자신의 정면, 앞쪽에서 움직이는 바의 단골손님들 너머를 바라보며 밤이 오고 있다는 것을 알았다. 그는 미셸이 자주 드나드는 바 중에서 아주 세심하게 한 곳을 선택했었다. 그리고 오렌지 음료수 잔을 앞에 두고 기다리며 추억을 더듬어보려 애쓰고 있었다.

아마도 취한 듯한 미 해군 병사 세 명이 미국 노래를 부르며 바로 들어섰다. 아담은 금전등록기 바로 옆의 카운터에 팔꿈치를 괴는 그들을 자세히 바라보았다. 그중 한 명이 일행에서 떨어져 나와 아담의 테이블 옆을 지나쳤다. 그는 주크박스의 동전 투입구에 돈을 넣고 제목을 읽기 위해 화면 위로 몸을 숙였다. 그러나 주크박스의 모든 노래들이 미국 노래들이어서 그럴 필요가 없다는 것을 알아차렸다. 그는 되는대로 두 개의 버튼을 누르고 약간 뒤로 물러섰지만 판을 환히 비추는 둥근 불빛에서 좀처럼 눈을 떼지 못했다. 그래도 그는 빠져나와 화장실 문을 찾았고, 그가 바를 나서는 순간 「레드 리버 락Red River Rock」의 첫 소절이 흘러나왔다.

〈He ho Jonnie roch' in
rock-a-goose by the river
ho red river rock'n roll〉

아담은 왼손으로 테이블 위를 두드려 박자를 맞추어가며 그 노래를 끝까지 들었다. 판이 다 돌아가자, 그는 계산을 하고 밖으로 나섰고, 미국인 수병은 화장실 문을 열고 나와 동료들 있는 곳으로 갔다.

한 시간 후 아담은 구 시가지의 그릴 안에서 또다시 그들과 마주쳤다. 뜻밖에 그들 중 한 명이 그를 알아보고 그의 팔을 붙들었다. 그리고 귀에다 바싹 대고 영어로 말을 했다. 그러나 아담은 듣지 않았다. 그 사람에게 담배 한 개비를 주고 불을 붙여준 후 그의 옆 보조의자에 앉았다. 그는 샐러드를 곁들인 치즈 샌드위치를 주문하고 미국인 수병 쪽을 향해 몸을 돌렸다. 더 이상 아무것도 생각하지 않았고 거의 죽어 있는 것 같았다. 수병은 자신의 이름이 존 보졸레이며 캐나다 몬트리올 출신이라고 했다. 그러고 나서 당신 이름은 무엇이냐고 물었다.

「퀴제 테니에르」 하고 말하고는 아담은 샌드위치를 베어 물었다.

「난 미레유라는 프랑스 아가씨를 알았지요」 하고 미국인이 말했다. 그는 동료들 쪽을 향해 몸을 돌리고 무엇인가 나지막한 목소리로 이야기했다. 그러자 그들은 일제히 웃음을 터뜨렸다. 아담은 잠시 동안 계속 먹기만 했다. 그는 마치 화성인들과 여러 언어를 차례차례 시도해 보면서 오후를 보내는 것처럼 일종의 짜증이 치미는 것을 느꼈다.

「당신은 아직도 전쟁중인가요?」 그는 빵 껍질로 보졸레의 군복을 가리키며 물었다.

「아니오, 전쟁중은 아닙니다. 그러나 그, 그 밀리터리

서비스라는 것인데, 아시지요? 당신도 그렇죠?」하고 보졸레가 말했다.

「아니오, 전 마쳤습니다」 아담이 대답했다. 그는 말을 멈추고 빵과 샐러드를 한입 씹어 삼켰다. 그리고 덧붙여 말했다.

「전 미국 책들을 좋아합니다. 위글스워즈, 차일드, 그리고 타마르를 쓴 그 시인, 로빈슨 제퍼스를 참 좋아했지요. 스튜어트 잉그스트랜드도 좋았고요. 아시나요?」

「아뇨」 보졸레가 말했다. 「저는 음악가, 재즈 음악가입니다. 알토 색소폰을 하지요. 어느 해인가는 호레이스 팔랜, 셜리 만하고 같이 연주도 했어요. 그리고 모리오 펭크하고도요. 그 사람은 플루트를 합니다. 존 어들리도 잘 아는데, 그 사람 대단해요. 대단합니다」 그는 검지손가락 관절로 카운터를 두드렸다.

「하지만 전 떠나야 했답니다— 그래요, 떠나야 했죠, 그래서……」

「그래, 스튜어트 잉그스트랜드」 아담이 계속했다. 「그는 여기서는 잘 알려지진 않았지만, 미국에서는 어느 정도 민중을 위해 글을 쓰는 작가로 알고 있는데, 그렇지 않나요? 하지만 난 그게 좋다고 생각해요. 그는 단순한 것들을 씁니다. 단순한 이야기들을 하는 것이지요. 아름다운 아가씨들을 원하고, 또 그녀들과 결혼하는 사내들. 하지만 여자들이 아름답기 때문에 일이 쉽게 이루어지지는 않는답니다. 그렇지만 사내들이 굽히지 않죠. 여기 같지는 않아요. 그래서 결국은 항상 남자들이 이기지요」

「프랑스 아가씨들은 아름다워요, 그죠?」 미국인이 말했다.
「난 프랑스 여자와 결혼하고 싶은데」
「그래요, 나도 마찬가지요」 아담이 대꾸했다.
「들어봐요」 미국인이 말을 이었다. 「미레유가 어떻게 생겼는지 알고 싶죠? 그녀는 이랬어요, 정말 이랬어요. 여름이면 밀짚으로 만든 작은 모자를 썼지요. 그걸 뭐라고 하죠? 그녀에겐 하얀 개 한 마리가 있었어요. 나중에 죽었다고 생각되지만. 난 말이오, 난 그후에 그녀가 나와 함께 미국에 갔으면 했지요. 그래요. 그녀에게 가자 그랬지요. 그랬더니 싫어, 그러더군요. 그렇지만 난 정말 그랬으면 했는데」
수병은 잠시 뚫어져라 아담을 바라보았다. 그리고 말했다.
「한잔하실래요?」
「아니오」 아담은 거절했다. 그는 천천히 보조의자에서 몸을 돌려 카운터 가장자리에 두 팔꿈치를 얹었다. 그리고 금속판 모서리에 등뼈의 한가운데를 기대고 자신의 왼쪽에서 움직이는 세 명의 제복 입은 사람들을 바라보았다. 이처럼 낯선 사람들과의 대화, 오가는 팁, 밑도 끝도 없이 연결된 저녁나절의 짧은 시간들로 이루어진 평화는 쉽사리 적의로, 굳어진 빵으로, 한밤중 조그만 공포의 편린들로 변할 수 있으며, 그러고는 갑자기 전쟁으로, 은밀한 언어들, 암호들, 더 많은 빵 그리고 계속되는 폭발, 사격, 피, 검은 연기로 변할 수 있었다. 그는 지구상 모든 곳에서 전쟁이 일어나고 있음을 짐작하였다. 그의 뇌 속에서는 이상야릇한 한 부분, 하나의 정글이 자리 잡으며 다른 부분들을 잠식해 들어가고 있었다. 기괴한 모습의 자연, 아닌 게 아니라 가시 철조망으로 이루어진 식물들, 매 12센티미터마다 잎이 있을 자리에 날렵하고 뾰족한 마디가 나 있는 거칠고 뻣뻣한 일종의 넝쿨식물들이 자라고 있는 정글이었다.

그러나 중요한 것은 일단 전쟁이 끝나면 무엇을 할지 아는 것이었다. 사업에 뛰어들 수도 있고, 교수가 될 수도 있으며 또는 군대 이야기만 하는 소설을 평생 쓸 수도 있다. 엄밀히 말하자면 캐나다 몬트리올 출신의 존 보졸레처럼 재즈 음악가가 될 수도 있다. 아니면 다시 입대해서 배낭을 다시 메고 손에는 커다란 경기관총을 들고 북아프리카 산악 지대로 숨어들 수도 있다. 공지, 시멘트 탑들, 편평한 땅위로 안개가 무겁게 내리깔리는 아침 6시의 황무지 그리고 대량 학살을 위해 반드시 필요한 어중간한 은신처, 날아다니는 오리떼. 하지만 그후, 군대에서 나와서 언덕 꼭대기에 올라, 버려진 커다란 집에 혼자 살며, 긴 의자 두 개를 마주 놓고 거의 벗은 채로 그리고 때로는 완전히 발가벗고 온종일 여러 날을 꼬박 햇볕에 땀 흘릴 수도 있지 않을까?

살아 있기 위해서 돈을 벌 필요는 없지만, 당신을 살해하고자 하는 모든 자들(그런 자들은 반드시 있다)로부터 스스로를 방어할 필요는 있다고 생각하는 것.

아담은 과거 10년간의 세월에 다시 자신을 붙들어 매어줄 그 무엇, 자신이 시간을 어떻게 보냈는지 확실히 알려줄 것이고 또 결국에는, 결국에는 그가 어디서 왔는지 알려줄 하나의 문장, 군대 습관, 지명 같은 것을 기억해 내려 하고 있었다.

프랑스 병사 한 명이 그릴로 들어섰다. 그는 알프스 엽보병(獵步兵) 제복을 입고 있었고 누군가를 찾고 있는 듯했다. 그는 삶의 하찮은 일 따위는 무시해 버리는 사람들이 그러하듯 활기와 힘이 넘쳐 보였다. 아담은 주체할 수 없이 그에게 이끌리는 것을 느꼈다. 그래서 일어나 걸어가서 자신도 모르게 그에게 접근하는 것을 어찌하지 못했다. 그 순간 그의 가슴 부위에는 땀방울이 돋았다.

「당신 군인이십니까?」 그가 물었다.

「그렇소. 왜요?」 병사가 대꾸했다.

「어느 부대에 계시지요?」

「알프스 엽보병 제22 연대입니다」

「므실라라고 아시는지요?」 하고 아담이 물었다.

상대방은 놀라 그를 바라보았다.

「아뇨…… 그게 뭡니까?」

「알제리의 벽촌인데요」

「전 그곳에 가본 적이 없습니다」 하고 상대방이 말했다. 「게다가……」

「잠깐만요!」 아담은 말을 계속했다. 「제가 찾지요. 아시는지 모르겠지만, 전 지도 제작에 관해 좀 압니다. 그곳은 보르주부아레리 주에서 가깝습니다」

「그럴 수도 있겠지요」 병사가 대답했다. 「하지만 미안합니다. 제가 시간이 없어서. 전 여기서 여자를 만나기로 되어 있거든요……」

그는 테이블로 가서 앉으려는 시늉을 했다. 그러자 아담이 그를 좇아가 끈질기게 물었다.

「비반 지방의 므실라를 모르시나요? 옹다 산맥의 지맥에 있는데…… 가장 가까운 도시가 세티프죠. 세티프에 대해서는 들어보셨겠지요?」

「그렇지만」 사내가 말을 잘랐다. 「난 그 빌어먹을 당신 부대에는 발을 디뎌본 적도 없다고 하잖아요……」

「복무하신 지 얼마나 되었습니까?」

「3개월이오!」 그가 고함을 질렀다. 「3개월, 그리고 난……」

「그러면 그럴 수도 있지요」 아담이 말했다. 「내가 그곳에 가보지 않았었을 수도 있어요. 이해하시겠지만, 전 기억을 되살리려 합니다. 하기야, 그게 무슨 대수겠소? 언젠가는 알게 되겠지요. 당신의 그 멋진 여자를 기다리면서 한잔하시지 않겠습니까?」

「고맙지만 사양하겠소. 난 목마르지 않아요」 하고 병사가 말했다. 그는 덧붙여 「그럼 이만」 하더니 재빨리 빈 테이블로 걸어갔다. 아담이 다시 자신의 의자로 돌아왔을 때, 세 명의 미 해군 병사들이 가버리고 없는 것을 알았다. 그는 담배에 불을 붙이고 마음속으로 끝을 보았으면 했다. 그러나 그의 생각은 그때까지 가까스로 떠올렸던 수많은 사소한 사건들로 끊임없이 흐트러지곤 했다. 그 사소한 사건들이 점차 커지고 마치 지남철에 쇳가루들이 달라붙듯 그의 감성적 구조에 달라붙어 더욱더 거북해지기만 하였다.

붉은색의 금발 미인이 그릴로 들어왔다. 몸을 곧추 세운 채 약간은 우스꽝스럽게 엉덩이를 흔들며 그녀는 프랑스 병사가 앉아 있는 테이블로 갔다. 남자는 얼굴을 붉히고 자리에서 일어서더니 깜빡 잊고 테이블 위에 놓은 담배 때문에 카키색 윗옷 가장자리에 마른 담뱃재를 묻힌 채 아가씨에게 자리를 권했다. 그가 일어서는 바람에 담배가 튀어 올라 반대편 모서리까지 굴러가더니 저절로 바닥에 떨어졌고, 떨어지면서 아무런 소리도 나지 않았다. 아담이 그 흉내를 내어 듀랄루민으로 된 카운터 위로 담배를 밀어 보내자, 떨어지면서 그보다 적어도 천 배는 큰 소리가 났다.

그러자 아담은 자신의 의자에서 몸을 움츠렸다. 이상한 노화 증세에 사로잡혀 그는 다시금 황량한 도시 언덕 꼭대기에 있는 햇볕 가득한 자신의 장소를 되찾았다. 그에겐 시골도, 도시도, 바다도 흥미 없었고, 때로는 굉음을 내며 때로는 조용하게 수평선 끝을 지나가는 비행기도 흥미가 없었다. 긴 여행도, 6월 어느 날엔가 20킬로그램의 감자 껍질을 벗기자마자 곧바로 자벨 세척 용액으로 변기 세척을 시켰다는 것을 군에서 제대한 후 꼼꼼하게 기록한 아름다운 사실주의 책들도 그의 흥미를 끌지 못했다. 그리고 배에 세 개의 흰색 십자무늬가 그려진 거미, 수척해져만 가는 자연을 죽도록 사랑할 줄 모르는 사람들에 대해서도, 세면기 S자 파이프로 떨어지는 물방울의 가슴을 찢는 소리에 눈물 흘릴 줄 모르는 사람들에 대해서도 관심이 없었다. 대지의 품, 온통 뜨거운 그 품, 향기로운 속삭임과 은은한 빛으로 가득 찬 대지의 품, 미생물로 이루어진 우리의 대지, 그 품안에 살기를 원하지 않는 자 모두에게도 그는 관심이 없었다.

차츰차츰 그는 열린 창문 앞, 비어 있는 두 개의 긴 의자 사이 바닥에 몸을 숨기고 웅크린 자세를 취했다. 그리고 자신이 아무것도 알고 있지 못하다는 것을 깨달았다. 이 끔찍한 일들을 이리저리 짜 맞추어보아도 그가 정신병원에서 나왔는지 아니면 군대에서 탈영했는지 확실히 알려주는 것은 아무것도 없었다.

E

미셸은 아담의 집을 찾느라 무척이나 애를 먹었다. 버스는 해변을 지나 첫번째 모퉁이, 도로 위에 그녀를 내려놓았다. 그녀는 주위를 둘러보았다. 별장들과 정원들, 줄지어 늘어선 언덕들이 완만한 경사를 이루며 이어져 있었고, 다른 곳보다도 더 식물들이 울창해 무엇을 보고 방향을 잡아야 할지 전혀 알 수가 없었다. 샌들을 신은 그녀는 자갈이 깔린 곳을 밟아가며, 흙을 쌓아올려 만든 길 위를 천천히 걸었다. 그녀가 정확한 지점에 30도 각도로 신발이 굽어지게 하는 것에 온 신경을 쏟고 있다고도 여길 수 있었는데, 발을 내디디면 발의 앞부분이 가죽끈을 최대한 팽팽히 당겨 딱 한번씩 삐걱대는 메마른 소리를 내 그녀의 걷는 속도를 알 수 있었다.

그녀는 영국풍의 상의 호주머니에서 어느 날 카페에서 아담이 잔받침 뒷면에 그려준 약도를 꺼냈다. 마분지 조각은 양면 인쇄가 되어 있었고, 〈슬라비아를 맛보십시오, 색다른 맛입니다…… 그리고 건배!〉라는 식의 문구가 씌어 있었다. 그러나 그녀는 그것을 보는 것이 아니었다. 그녀는 광고 문구 위로 연필로 마구 그려놓은 지도를 자세히 살펴보았다. 곡선 하나가 항구 다음의 작은 만을 나타내고 있었다. 두 개의 평행선은 그녀가 있는 도로를 그린 것이었다. 도로 주위, 슬라비아Slavia의 S자 아래에 급하게 휘갈겨 그린 몇 개의 동그라미와 네모를 보고 그녀는 아담의 설명을 떠올렸다.

〈이곳 언덕 전체에 몇 개의 가건물이 군데군데 퍼져 있어. 너무 많아서 다 그려주지는 못해. 그러다가는 하루 온종일 걸릴 테니까. 이런 말을 하는 건 내가 풍경을 소홀히 했다고 여기지 말았으면 해서야. 자! 여기 써줄게, 가건물들이라고.〉

좀더 멀리로는 두 개의 보다 촘촘한 평행선이 동그라미와 세모들 사이로 구불구불 돌아가고 있었는데, 그것은 오솔길이었다. 오솔길의 왼쪽과 오른쪽으로 마분지에는 아주 살짝 금들이 그어져 있었고, 그 금들 위로 단어 하나를 썼었는데 마분지가 닳아서 읽을 수가 없었다. 오솔길을 거슬러 올라가자 왼쪽으로 네모가 하나 있었는데, 그것은 알아볼 수 있게 공들여 그린 제대로 된 네모였고, 다른 것들보다 훨씬 컸다. 그 네모의 중앙에는 부수적으로 성 앙드레의 십자가 같은 것이 그려져 있었다. 이 세상의 하찮은 작은 점 하나, 적어도 한번은 지구상 모든 물의 중심이 될 수 있도록 화장실 문에다 서투르게 그린 외설적인 그림처럼 언제 어디서나 표시하고 찍을 수 있는 작은 점 하나, 그곳이 바로 아담이 사는 곳이었다.

평행선으로 그린 오솔길 꼭대기에 도달한 미셸은 왼쪽을 바라보았다. 그러나 불룩불룩 솟아오른 땅과, 집들 그리고 관목들 때문에 십자가 표시가 된 사각형을 알아보는 것은 불가능했다. 그녀는 모험에 나서야 했고 가시덤불이 얽힌 곳을 가로질러 너무 높은 곳으로 빠져나오거나 또는 너무 아래로 내려가 사유지를 침범하는 위험을 무릅쓰기도 했다. 그녀의 아래로 바다는 여기저기 흰 돛이 박혀 있는 공 모양의 입체를 펼쳐보이고 있었다. 태양의 반사광은 수정 샹들리에처럼 흔들리고 있었고, 파도는 마치 밭고랑처럼 제자리에 머물러 있었다. 하늘은 두 배나 넓어 보였고, 땅은 군데군데, 특히 수평선이 있는 곳에서 도로를 가로막고 있는 산의 윤곽선 주변은 어수선하게 배열되어 있었다. 색채들은 요란했고, 입체들은 가장 기본적인 균형과 원근법을 묘하게 비웃기라도 하는 양 서로서로 덧붙여져 있었다. 장밋빛 석양, 보랏빛 일몰, 이것들만 보더라도 경치는 싸구려 멜로드라마가 되기에는 전혀 손색이 없었다.

미셸은 내내 빽빽한 가시덤불과 맞닥뜨리지 않으면 숲 속의 빈터나 울퉁불퉁한 땅, 뱀과 개미귀신이 사는 포탄 구덩이 모양의 분화구들과 마주치곤 하였다. 저 멀리 아담의 집이 보였다. 그녀는 자신이 틀림없이 약도를 잘못 읽었다는 것을 알아차렸다. 왜냐하면 표시된 지점보다 훨씬 아래쪽에 도달했기 때문이었다.

그녀는 다시 언덕을 비스듬히 올라가기 시작했다. 그녀의 셔츠는 땀에 젖어 있었고, 어깨를 앞으로 기울이고 있었던 까닭에 체크무늬 수영복 브래지어의 클립이 당겨져 등가죽에 찰싹 달라붙어 있었다. 이번에는 해가 뒤에 있어서 그녀의 그림자가 정확히 그녀가 가는 방향으로 나 있었고, 집의 정면을 희끄무레하게 채색하고 있었다.

아담은 창문으로 그녀가 오는 것을 보았다. 침입자가 누굴까 생각하느라 그는 잠시 머뭇거리며 몸을 움츠렸다. 50미터가 채 안 되는 곳에 이르자, 그는 미셸을 알아보았다. 마음이 놓인 그는 지켜보던 자리를 떠나 긴 의자에 다시 앉았다. 더위 때문인지 아니면 피로 때문인지 쉰 목소리가 멀리서 그의 이름을 소리쳐 불렀다.

「아담! 이봐요, 아담!」

이 황량한 곳에서 사람 이름을 불러대는 것이 매우 기분 나빠, 그는 행여나 또 부를까 봐 창문을 넘어 밖으로 나가서 화단 가장자리 위에 올라섰다. 그러다 자신도 모르게 붉은색과 검은색의 개미 두 마리를 밟고 말았는데, 그중 한 마리는 죽은 풍뎅이를 나르고 있었다. 그는 미셸이 겨우 몇 미터 떨어진 곳까지 오기를 기다렸다가 완벽하게 꾸며낸 태연한 어조로 말했다.

「미셸, 너니? 어서 와」

그는 그녀의 손을 잡아 마지막 흙덩이들을 넘는 것을 도와주었다. 그리고 얼굴은 땀으로 번들거리고 옷은 다 젖어 피부에 달라붙은 그녀가 걸음을 멈추고 숨을 짧게 몰아쉬는 것을 바라보았다. 그가 말을 꺼냈다.

「너 때문에 겁이 났어. 난 누구인가 했지」

「뭐라고? 누구이길 바랐는데?」 미셸이 헐떡거리며 말했다.

「나도 몰라——전혀 모르지」

그는 드러나 있는 자신의 배를 물끄러미 바라보았다.

「빌어먹을 햇빛이 여기, 이 배꼽 주위를 정통으로 내리쬈어」 하고 그가 말했다.

「왜, 대체 왜 넌 항상 네 배꼽, 네 코, 네 손이나 네 귀 또는 그런 유의 것들만 얘기하는 거야?」 미셸이 대꾸했다. 그는 그 말에 대해서는 전혀 신경도 안 썼다.

「다시 옷을 입어야겠어」 그가 툴툴거렸다. 「여기 좀 만져봐, 아니, 거기 말고, 내 배 말이야」

그녀는 그의 피부를 만지다 마치 불에 덴 듯 설레설레 손을 흔들었다.

「자, 가서 옷 입어」

아담은 그녀 말에 따르기로 하고, 나올 때와 똑같은 방법으로 다시 별장으로 들어갔다. 미셸이 그의 뒤를 따라 들어갔는데, 어떤 면에서 보면 그는 전혀 그런 것에 개의치 않았다. 셔츠를 꿰어 입은 후 그는 담뱃불을 붙이고 미셸을 향해 돌아섰다. 그녀가 왼손에 꾸러미를 하나 들고 있는 것이 그의 눈에 들어왔다.

「뭘 좀 갖고 왔어?」 그가 물어보았다.

「응, 널 위해 신문들을 가져왔어」

그녀는 마룻바닥에 꾸러미를 펼치고 신문들을 늘어놓

았다.

「일간지가 열두 부, 《마치*Match*》 한 부 그리고 영화잡지 한 권이야」

「잡지라고? 어떤 잡지인데? 보여줘……」

그녀는 잡지를 내밀었다. 아담은 몇 쪽을 들춰보고 표지 장정을 얼굴 가까이 대고 킁킁 냄새를 맡더니 바닥에 집어 던졌다.

「재미있어?」

「눈에 띄는 대로 집어왔어」

「아, 그래」 그가 말했다. 「먹을 건?」

미셸은 고개를 저었다.

「없어. 하지만 네가 아무것도 필요 없다고 했었잖아」

「알아. 그럼 돈은? 돈은 빌려줄 수 있어?」 아담이 물었다.

「천 프랑 이상은 안 돼」 미셸이 대답했다. 「지금 줄까?」

「줄 수 있으면, 줘」

미셸이 그에게 지폐 한 장을 건네자, 그는 고맙다는 말을 하고 바지 주머니에 돈을 쑤셔 넣었다. 그리고 그늘 진 곳으로 긴 의자 하나를 끌어다 놓고 앉았다.

「뭐 좀 마실래? 맥주 두 병하고 반 병이 남아 있는데」

그녀가 그러마고 하자, 아담이 가서 맥주병을 찾아와 모포 더미 근처에 있던 주머니칼로 병마개를 땄다. 그리고 미셸에게 건네주었다.

「아니, 차라리 남아 있는 반 병을 줘. 난 그거면 충분해」

그들은 병에다 입을 대고 쉬지 않고 몇 모금을 들이삼켰다. 아담이 먼저 병을 내려놓더니 입을 훔치고 마치 오래된 이야기를 계속하듯 말했다.

「그것 말고는 무슨 뉴스가 있어?」 그가 물었다. 「그러니까 내 말은 라디오와 텔레비전 등등에서 무슨 뉴스가 나오느냐고?」

「신문에 난 것과 똑같은 것이지, 너도 알잖아, 아담……」

그는 눈살을 찌푸린 채 물고늘어졌다.

「좋아, 그러면 달리 말해 보자고. 신문에 난 것 말고 어떤 뉴스가 있는데? 나는 말이야, 난 모르겠어. 그렇지만 너처럼 다른 사람들 틈바구니에서 살면 좀 다르잖아? 모든 사람이 다 알고 있는데 신문이나 라디오에서 언급하지 않는 것이 분명히 있지? 아냐?」

미셸은 생각에 잠겼다.

「그렇지만 그러면 그건 뉴스가 아니지. 그렇지 않으면 신문에 나겠지. 차라리 그건 여론이라 해야……」

「부르고 싶은 대로 불러, 여론이든지, 떠도는 소문이든지. 그런데 무슨 이야기들을 하는데? 곧 핵전쟁이 터진다든지 적어도 그럴 거라고 생각한다든지 그러지는 않아?」

「핵전쟁이라고?」

「그래, 핵전쟁」

미셸은 어깨를 으쓱했다.

「난 아무것도 몰라, 내가 어떻게 알아? 아냐, 사람들은 그렇게 생각하지 않을 거야. 사람들이 핵전쟁이 일어날 거라고 믿는다는 생각은 안 들어. 솔직히 말하면, 난 사람들이 아랑곳하지 않는다고 생각해」

「아랑곳하지 않는다고? 그래?」

「아마, 그럴걸」

아담은 이죽거렸다.

「오케이, 오케이」 그는 전혀 해명할 수 없는 씁쓸한 의구심을 품고 말했다. 「그들은 아랑곳하지 않아. 나도 마찬가지야. 전쟁은 끝났지. 전쟁을 끝낸 건 나도 아니고 너도 아니야. 그렇지만 아무렴 어때. 이젠 전쟁에서 벗어났어. 네 말이 맞아. 다만 어느 날 카키색으로 칠해 위장을 한 괴상한 주조 동물들, 진짜 탱크들이 사방에서 도시로 진격해 들어오는 것을 보게 된다면 절망하겠지. 거무스름한 작은 반점들이 나라 전체를 퇴색시킬 거야. 사람들이 잠이 깨 커튼을 열어젖히면 그들이 거기, 아래에, 길거리에 있겠지. 그들이 오락가락하면 사람들은 왜 그런가 하겠지. 그들은 개미와 무척 흡사하지만 그건 틀린 생각이야. 그들에겐 살수 파이프 같은 것들이 있고 어디에나 항상 지니고 다니지. 그리고 피우! 피우! 하는 매우 부드러운 소리를 내며 건물들 위로 네이팜탄을 쏘아대지. 내가 어디서 그런 것을 볼 수 있었던 것일까? 파이프에서 나오는 불길, 그 불길은 혼자서 허공을 날아, 활처럼 약간 휘어져서. 그리고 계속 길게, 길게 뻗어나가 창문으로 들어가고, 그러다 아무런 기색도 없는데 갑자기 집이 화염에 휩싸이고 화산처럼 폭발하는 거야. 벽들이 하얗게 달구어진 대기에 통째로 서서히 무너져 내리고, 시커먼 굵은 연기가 둥글게 피어오르고 불길은 마치 바다처럼 사방에서 쏟아져 내려. 대포, 바주카포, 덤덤탄, 박격포, 유탄 등등이 날고. 항구에 포탄이 떨어질 때 난 여덟 살인데 덜덜 떨고 있고. 대기도 떨고 온 땅도 시커먼 하늘 앞에 떨며 흔들리고, 그런 것을 말이야. 그리고 대포, 그게 발사될 때는, 내가 알아, 그건 물이 차가워서 벌겋게 언 굵고 둥근 손가락들로 말이야, 새우를 향해 손을 뻗을 때, 그때 새우가 그러는 것처럼, 유연하고 멋진 동작으로 뒤로 확 물러나지. 그래, 대포, 그게 발사될 때, 그건 기름칠한 기계의 멋진 움직임을 보여, 그게 기계의 멋진 습성이지. 그건 으르렁거리고 마치 피스톤처럼 뒤로 확 젖혀졌다가 3백 미터 멀리 떨어진 곳에 아름다운 구멍들을 내, 그리 더럽지 않은 구멍들, 그리고 나중에 비가 오면 그것들이 웅덩이가 되는 거야. 하지만 사람들은 익숙해져, 맞아, 전쟁만큼 사람들이 더 쉽게 익숙해지는 것도 없지. 전쟁, 그건 없어. 매일같이 죽어가는 수많은 사람들이 있는 것이지, 그래서 어떻다는 거냐고? 전쟁은 전부가 아니면 무야. 전쟁, 그건 전체적이고 영원한 것이지. 나, 아담은 결국 지금도 전쟁중이야. 난 빠져나갈 수가 없어」

「잠깐만 멈출래, 아담? 우선 네가 말하는 전쟁이 무슨 전쟁인데?」

그녀는 아담이 말하는 틈을 타 조용히 병을 다 비웠었다. 그녀는 한 모금 크게 삼켜서 목구멍과 혀 사이로 서서히 스며들게 하며 느긋하게 마시는 것을 좋아했다. 입 속으로 사라져 이 사이 가장 은밀한 곳과 충치가 생긴 곳까지 파고들며, 그녀의 입천장을 가득 채우고 비강까지 치밀어오르는 거의 수천의 거품들을 세다시피 하면서. 이제 다 마셨고 또 아담이 하는 말이 재미가 없었으므로, 그녀는 그의 말을 멈추게 하는 것이 좋겠다고 생각했다. 그녀는 다시 물었다.

「응? 어떤 전쟁을 말하는 건데? 핵전쟁? 그건 아직 일어나지 않았어. 1940년의 전쟁? 그땐 네가 열두 살이나 열세 살쯤이었을 테니까, 넌 그 전쟁을 치르지도 않았어……」

결국 그렇다, 아담은 생각했다. 결국 그렇구나. 핵전쟁은 아직 일어나지 않았어. 그리고 1940년의 전쟁, 난 그걸 치르지 않았어, 그때 난 열두 살이나 열세 살이었을 테니. 그리고 설령 내가 그 전쟁을 치렀다 하더라도 너무 어렸기 때문에 지금 그걸 기억할 수는 없었을 거야. 그 이후론 전쟁이 나지 않았지. 그렇지 않다면 현대사 교과서들에 언급되었을 거니까. 아담은 비교적 최근에 현대사 책들을 읽었었기 때문에 그런 사실을 알고 있었다. 히틀러와 싸운 전쟁 이후로 어느 곳에도 전쟁에 대한 기록은 없었다.

당황한 그는 입을 다물었다. 잠자코 귀를 기울이던 그는 문득, 우연히, 전 우주가 평화를 열망하고 있다는 것을 깨달았다. 다른 곳과 마찬가지로 이곳에도 경이로운 침묵이 감돌고 있었다. 마치 누구나 잠수를 하고 파도가 출렁이는 수면을 뚫고 나올 때, 귓속 깊숙이 고막 가까운 곳에 아주 미세한 리듬으로 고동치는 두 개의 미지근한 액체 주머니를 지니고 나오듯, 슈슈거리는 소리, 지저귀는 소리, 정겨운 휘파람 소리, 라 음, 폭포수의 찰랑거림만이 있을 뿐 아무도 살지 않는 땅, 가장 격한 분노와 가장 끔찍한 황홀경조차도 시냇물과 해초 소리를 내는 그런 땅으로 뇌를 압박하는 액체 주머니들을 지니고 나오듯이 말이다.

그들은 그 평화의 소리, 바깥에서 들려오는 또는 집안 사물들의 작은 움직임에서 들려오는 매우 미세한 소리를 들으며 나머지 반나절을 보냈다. 어쨌건 절대적인 침묵은 아니었다. 그는 슈슈거리는 소리와 휘파람 소리에 대해 이야기했었다. 그렇지만 거기에 또 다른 소리들, 삐걱거리는 소리, 공기층의 마찰음, 천5백 배나 증폭되어 편평한 표면 위로 떨어지는 먼지들이 가볍게 스치는 소리를 덧붙여야 했다.

필요하면 그들 둘은 2층에 있는 방 한구석에 처박혔고 머릿속으로 사랑을 나누었다. 그러면서 내내 생각했다.

「우리들은 거미이거나 괄태충이야」 그리고 그와 유사한 유치한 짓거리들을 했다.

저녁 무렵, 그들은 마치 자신들이 했던 모든 것, 사소한 몸짓들과 짧은 호흡조차도 다 실패로 끝나 버린 것처럼, 그리고 자신들이 이제는 반쪽 인간들에 지나지 않는다는 것처럼, 자신들에 대한 일종의 불완전성에 이르렀다. 아담이 기거하는 방 바로 위층 방에는 낡은 융단이 덮인 커다란 당구대가 있었다. 그들은 그 위에 나란히 누워서 천장만 뚫어져라 바라보았다. 아담은 기쁨이 가미된 권태로운 표정을 띠고 있었다. 손바닥을 펼친 채 하늘을 향한 그의 왼손은 당구대 융단 위에 수평으로 늘어져 있었다. 미셸은 당구대 포켓에 담뱃재를 떠는 만족감을 맛보려 담배에 불을 붙였다. 그녀는 고개를 움직이지 않고 곁눈으로 아담의 옆얼굴을 바라보았다. 그의 고아하고 만족에 겨운 듯한 표정에 그녀는 몇 초간 화가 났다. 그녀는 이 모든 것이 끔찍하다는 생각이 든다고 했고, 뭔지 모를 그 무엇, 스트라스부르행 열차나 미장원에서 자기 차례를 기다리는 듯한 느낌이 든다고 했다.

아담은 완벽하게 자신의 자세를 유지했지만, 한순간 자신의 다리를 움직이거나 눈썹을 치켜올려 볼까 생각했었다는 느낌이 들었다. 그가 입술을 움직이지 않고 말했기에, 미셸은 다시 말하라고 시켜야만 했다.

「내 말은」 그가 다시 말을 꺼냈다. 「내가 여자들에게서 역겨워하는 것이 바로 그거라는 거야」 그는 여전히 천장을 꼼꼼히 살폈다. 사실 한결같이 창백한 녹색으로 칠해진 석고 위에는 전혀 굴곡이 없었기 때문에, 중심을 똑바로 바라볼 때 어떤 입체감에 의해 정신이 몽롱해지는 일은 전혀 없다는 사실을 그는 이미 알아차리고 있었다. 벽도, 모서리도 보이지 않았다. 그때부터는 그 표면이 편평하다는 것을, 원칙적으로 수평선과 평행을 이루고 있으며, 창백한 녹색으로 특징지을 수 있고, 촉감으로 볼 때는 매끈한 형태이며, 약간은 모래를 띠고 있고 어쨌건 인간의 손으로 만들어졌다는 것을 가르쳐주는 것은 더 이상 아무것도 없었다. 눈을 반쯤 감은 채 중심을 똑바로 바라보면, 갑자기 입체감, 질량, 색채, 촉감, 거리, 시간을 무시하는 새로운 질서, 보는 사람의 모든 생식 욕구를 제거하고, 사람을 위축시키고, 기계화하며, 반(反)존재의 최초의 표지이기도 한 새로운 질서와 소통하게 되었다.

「내가 불쾌한 건 그거야──여자들이 자신들의 모든 감각을 표현하고자 하는 욕망 말이야. 부끄러운 줄도 모르고. 그리고 대개는 항상 거짓 욕망이야. 게다가 그게 다른 사람들에게 무슨 중요한 것이나 되는 것처럼 말이지……」

그는 빈정거렸다. 「모두들 감각으로 가득 차 있어! 하긴 모두가 똑같은 감각을 지니고 있다고 생각한다면 그게 더 심각한 일이겠지. 그렇지만 천만에. 사람들은 이야기를 하고 분석으로 넘어가고, 다음에는 분석으로부터 이론들을 세우기를 좋아하지. 하지만 그건 자료로서의 가치밖에는 없단 말이야」

아담은 자신의 생각을 끝까지 밀고 나갔다.

「사람들이 크림커피를 두고, 또는 침대에서 여자를 두고, 또는 깔려죽는 바람에 눈이 튀어나오고 배가 터져 거품이 이는 피, 담즙과 함께 창자가 튀어나온 개를 앞에다 두고 형이상학을 한다는 것이 다 그런 식이야」

마침내 그는 몸을 일으켜 팔꿈치를 괴었다. 그는 미셸을 설득하고 싶었다.

「뭔가 기다리는 듯한 느낌인데, 그래? 뭔가 불쾌한 것, 아니 위험하다기보다는 차라리 기분 나쁜 그 어떤 것을 말이야. 그런 거야? 넌 무엇인가 불쾌한 것을 기다린다는 느낌을 줘. 그럼, 들어봐. 네게 말하지. 나도 마찬가지로 그래. 나 역시 기다리고 있다는 느낌이 들어. 하지만 내 말을 잘 이해해야 해. 만일 언젠가는 내게 그 불쾌한 일이 생길 것이다, 아니 숙명적으로 틀림없이 생길 것이다라는 것을 확신하지 않으면, 난 그 기다린다는 느낌을 대수롭지 않게 여길 거야. 그렇기 때문에 결론적으로 말하면 난 지금 불쾌한 것은 전혀 기다리지 않아. 위험한 것을 기다리는 것이지. 알아들어? 그것이 이 땅에 발을 딛고 사는 유일한 방법이야. 만일 네가 내게 말하지 않은 것을 말했더라면, 이를테면 무엇인가 기다리고 있다는 느낌이 든다, 알고 이해한다, 그것이 죽음임에 틀림없다는 것을 안다고 한다면, 그래, 그럼 좋아. 난 널 이해해. 왜냐하면 죽음을 기다린다는 것은 어느 날엔가는 필경 옳은 얘기가 될 테니까. 하지만, 아니? 중요한 것은 네가 느끼는 불쾌한 느낌, 그것이 아니라, 사람들은 매 순간 의식적이든 아니든 자신의 죽음을 기다린다는 사실이야. 바로 그거야. 뭔지 알아? 무슨 말인고 하면, 존재한다는 단 하나의 사실 때문에 사람들이 적용하게 되는 삶의 체계가 있는데, 넌 그 체계 속에 부정적인 부분을 남겨둔다는 거야. 그리고 그것이 어떤 면에서 보면 인간의 통일성을 가두어버리는 거야. 그러고 보니 파르메니데스[1]가 생각나는군. 그 구절 알지? 그가 이렇게 말한 것 같은데. 〈존재하고 있는 것은 어떻게 존재하게 될 수 있었을까? 어떻게 생겨날 수 있었을까? 왜냐하면 만일 생겨났다면 존재하고 있는 것이 아니며, 또한 언젠가 존재하도록 되어 있다면 그 또한 존재하고 있는 것이 아니기 때문이다. 따라서 기원은 꺼져 버린 것이고 소멸은 조사할 수 있는 것이 아니다.〉 이런 것을 말해야 하는 거야. 또 그러리라고 짐작해야 하는 것이고. 그렇지 않으면, 미셸, 사고 능력은 필요가 없는 거야. 미셸, 아무짝

1) 그리스의 철학자(기원전 554-450). 제논의 스승. 이오니아 학파의 유물론적 철학에 반대하고 존재의 진실 또는 존재의 통일성과 영원성을 노래한 『자연론』을 남겼다. 존재론의 선구자이다.

에도 소용없어, 말한다는 것, 그거 전혀 쓸모없는 일이지」

그는 불현듯 자신이 미셸에게 상처를 주었다는 생각이 공연히 들었고, 어떤 면에서는 그것을 뉘우쳤다. 그는 잘못을 만회하고자 말했다. 「알지, 미셸, 네가 옳을 수도 있어. 모든 것은 서로 연관되어 있다고 내게 대답할 수도 있겠지. 왜 아니겠어? 결국 그게 어쩌면 더 파르메니데스식일 거야……」

이번에는 그가 고개를 옆으로 기울였고, 비록 훔쳐보는 정도는 덜했지만 두 눈으로 그녀의 옆모습을 살폈다. 그녀 모습을 보고서 그는 자신의 두 가지 이야기를 갑자기 이어 맞출 수 있게 되고 실제로 단단히 비끄러매게 된 것에 만족했다.

「말하자면 변증법적 이론 체계——이런 관점에서는 수사학적이라는 것이 더 정확한 표현으로 보이지만——에서는, 그래, 경험을 다루지 않는 이 이론 체계에서는 그저 넌 〈지금 몇 시야Quelle heure est-il?〉라고 물어봐도 나는 이렇게 받아들이게 되지. Quelle,[2] 이는 특성을 묻는 것으로서 우주에 대한 잘못된 관념을 이루고 있는데, 그 관념에 따르면 우주의 모든 것은 목록화되고 분류되어 있으며 또한 어떤 대상에 어울리는 호칭을 마치 서랍 속에서 꺼내듯 고를 수 있다는 것이야. Heure,[3] 시간, 추상적인 개념으로서 분과 초로 나뉠 수 있으며, 이 분과 초가 무한한 수만큼 덧붙여지면 영원이라 불리는 또 하나의 추상적 개

2) 〈어떤〉이라는 뜻의 부정형용사.
3) 〈시(時)〉라는 뜻의 명사.

념을 낳는 것. 바꾸어 말하면 시간은 유한과 무한, 셀 수 있는 것과 셀 수 없는 것을 동시에 포함하는 것이므로 모순이며 따라서 논리적 관점에서 보면 아무 쓸모도 없는 것이지.

Est,[4] 존재. 역시 하나의 단어로서 존재가 한 인간의 공감각적인 감각의 합계라는 점을 고려할 때 추상적인 것과 관련된 신인동형(神人同形)을 나타내는 것이지. Il?[5] 마찬가지야. Il, 이것은 존재하지 않아. Il이란 시제라는 추상적인 개념에 남성이라는 개념을 일반화시킨 것이며, 게다가 불규칙적인 문법적 형태인 비인칭으로 쓰이고 있는데, 이는 서양의 트릭과 결부되는 것이야. 잠깐만. 그리고 문장 전체는 시간의 역사와 관련이 있어. 자, 이거야. 지금이 몇 시인가? 지금이 몇 시인가? 이 짧은 문장이 날 얼마나 고문하는지 네가 알기라도 한다면! 아니 오히려 그렇지 않아. 그로 인해 내가 괴로워하는 것이지. 나는 내 의식의 무게에 짓눌리고 있어. 난 그로 인해 죽어가고 있다고. 이건 사실이야, 미셸. 그게 나를 죽이고 있어. 그렇지만 다행히도 사람은 논리적으로 살지는 않지. 삶이란 논리적인 것이 아냐, 그건 어쩌면 일종의 불규칙한 의식 같은 거야. 세포의 질병이지. 어쨌든 아무렴 어때. 그건 이유가 되지 않으니까. 맞아, 말을 잘해야 하고, 잘살아야 해. 그렇지만, 미셸, 꼭 필요한 말만 하는 것이 낫겠지, 그지? 다른 것들은

4) 〈~이다, 있다〉의 뜻을 지닌 동사의 3인칭 단수 변화.

5) 3인칭 남성 단수 대명사로서 여기서는 비인칭 구문의 논리적 주어의 기능을 한다.

자신 속에 간직하는 것이 나을 거야. 그것들을 잊어버리기를 기다리며, 이제는 오직 자신의 육체만을 위해 살게 되기를 기다리며, 다리는 거의 움직이지 않고, 구석에 웅크리고 다소간 곱사등을 하고, 또 다소간 인간 종족의 미칠 듯한 욕망에 사로잡혀 가며 말이야」

미셸은 계속 입을 다물고 있었다. 기분이 상한 것은 아니었고 이제는 겨우 기억날까 말까 하는 자세들, 자신들이 만들어낸 자세들, 서로 연결되지 않는 단어들, 그리고 집 안과 집 바깥에서 들려오는 드문드문하거나 또는 매우 미세한 모든 소리들이 자아낸 불편함에 대해 벌써 여러 시간 전부터 온 존재를 다해 주의를 기울이고 있었던 것이다. 어쩌면 그녀는, 누가 알랴? 귓속에 일종의 확성기가 있어서 끊임없이 음색을 조절해야 하고 또 일정한 음량을 넘어서는 것을 금해야 하며 만약 그렇게 하지 않으면 결코 이해할 수 없다는 것을 알아냈는지도 모른다.

「지금 몇 시야?」 미셸이 하품을 하며 말했다.

「내가 이제껏 이야기를 했는데도, 너 계속 그럴래?」 하고 아담이 말했다.

「그래, 지금 몇 시인데?」

「지금 시각은 떠도는 대지 주위, 다른 곳에서 비추는 빛으로 밤은 환하고……」

「아냐. 아담, 진지하게 들어. 지금이 5시가 넘었다는 데에 난 내기를 걸겠어」 아담은 자신의 손목시계를 들여다보았다.

「네가 졌어. 5시 10분 전이야」 하고 그가 말했다.

미셸은 일어나서 당구대에서 내려와 어두운 방안으로 걸어갔다. 그녀는 덧창 틈 사이로 내다보았다.

「밖에는 아직도 해가 있어」 그녀가 알려주었다. 그리고 마치 갑작스럽게 자기 등 부분의 셔츠가 땀에 젖은 것에 생각이 미친 양 말했다.

「오늘은 정말 덥구나」

「한여름이니까」 하고 아담이 말했다.

그녀는 자신의 블라우스(사실 그것은 남성용 셔츠를 고친 것이었다) 단추를 채웠고, 단추 채우는 동작을 하는 동안 한순간도 그녀의 눈은 덧창의 틈새, 그 사이로 보이는 약간의 경치에서 떠나지 않았다. 눈썹 높이에서 그녀를 가르고 있는 한 줄기 흰색을 제외하면 그녀는 온통 시커멓게 보였다. 그건 마치 누군가 그들 육체를 제 마음대로 움직여 틀의 한가운데에 놓아두고 사물들을 불완전하게 보게끔 하는 것 같았다. 그녀의 시야는 가로 1.5센티미터, 세로 31센티미터 가량의 덧창 틈의 넓이에 국한되어 있었고, 그는 여전히 가구 위에 몸을 쭉 뻗고 누운 채로 그녀가 바깥을 내다보고 있다는 것을 겨우 짐작할 뿐이었다.

「나 목이 말라」 하고 미셸이 말했다. 「맥주 한 병 남아 있지?」

「아니, 하지만 정원에 수도꼭지가 있어. 집 반대편에…… 수도회사에서 잠가버리지 않은 유일한 거야……」

「왜 너희 집에는 언제나 마실 것이 없니? 내 생각엔 때때로 석류 시럽이나 뭐 그런 걸 한 병 사다 놓는 것도 그리 어려운 일이 아닐 것 같은데」

「그건 말이에요, 난 그럴 만한 능력이 안 되거든요. 아가씨」 하고 아담이 대답했다. 그는 여전히 꼼짝도 않고 있었다. 「넌 아마도 시내에 나가 한잔하고 싶은 모양이지?」

미셸은 제자리에서 몸을 빙글 돌렸다. 그리고 눈으로 방안을 샅샅이 살폈다. 앞이 안 보일 정도의 캄캄한 바탕 위로 어둠이 검은 점들을 이루어 그녀의 눈동자에서 반사되었다.

「차라리 해변으로 가자」 그녀가 입을 열었다.

그들은 곶을 따라 바위들 사이를 거닐기로 했다. 아닌 게 아니라 밀수꾼들이 다니는 일종의 오솔길이 해변에서 시작되고 있었고, 그들은 나란히 서서 단 세 마디 말도 나누지 않은 채 그곳을 걸었다. 그들은 마치 퇴근이라도 하는 양 낚싯대를 어깨에 메고 집으로 돌아가는 여러 무리의 낚시꾼들과 마주쳐 지나갔다. 두 사람은 신중하게 물에서 너무 가깝지도 않고 또 너무 언덕 위쪽도 아닌 적당한 높이로 바닷가를 따라 길을 갔다. 땅에는 일정한 간격을 두고 알로에 덤불이 심어져 있어 눈과 머리의 피로를 풀어주었다. 마찬가지로 해수면도 파도처럼 보이는 뾰족한 물마루들로 거의 기하학적으로 장식되어 있었다. 모든 것이 바둑판무늬의 천처럼, 쾌적함이라는 원칙에 따라 지어진 풍뎅이 집이나 달팽이 집의 널따란 정원같이 공들여 만든 양상을 띠고 있었다.

언덕 이쪽 지역에는 족히 열두 채 가량의 집들이 있었다. 하수도로 직결되는 수세 장치의 가느다란 맥들이 마치 뿌리처럼 구불구불 지표면 바로 아래를 흐르고 있다는 것을 어렴풋이 짐작할 수 있었다. 몇 미터 더 가니, 오솔길은 시멘트로 만든 토치카 아래로 지나고 있었다. 가파른 계단이 우물 바닥으로 내려갔다 다시 올라가면서 후텁지근한 배설물의 악취를 실어 나르고 있었다. 아담과 미셸은 그것이 토치카 때문이라는 것을 모르고 건물 주변을 둘러보았다. 아담은 보다 단순하게 그 악취가 그 현대식 별장들 중 하나에서 풍기는 것이라 믿었고 도대체 별장 주인들은 그렇게 악취를 풍기는 이웃을 어떻게 용납할 수 있는지 궁금해했다.

해가 완전히 지고 나서야 그들은 곶의 가장자리에 도달했다. 그곳에는 오솔길이 난 흔적이 전혀 없었다. 그래서 거의 수면 높이에 있는 바위와 바위를 건너뛰어야 했다. 하늘은 절반만이 머리 위로 보일 뿐 나머지 절반은 튀어나온 언덕에 가려 보이지 않았다. 조금 너무 높이 뛰었던지 미셸이 발을 삐끗하는 바람에 그들 두 사람은 편평한 바위에 앉아 쉬었다. 그들은 담배를 피웠다. 그는 두 개비를, 그리고 그녀는 딱 한 개비만 피웠다.

해안에서 약 백 미터쯤 떨어진 곳으로 원통형의 검은 몸체를 반쯤 물위로 내놓은 거대한 물고기가 다가왔다. 아담은 상어라고 말했지만, 어둠이 몰려오던 터라 그들은 확신할 수 없었고 또 그 짐승이 지느러미가 있는지 없는지 분간할 수도 없었다.

커다란 그 물고기는 매번 원을 크게 그려가며 30분 동안을 내포에서 돌았다. 물고기가 그리는 나선형은 전혀 완벽하지 않았다. 오히려 그것은 광기의 형상, 일종의 정신착란을 사실적으로 그린 것이었으며, 그 속에서 검은 짐승은 길을 잃고 분별력을 상실한 코로 한없이 난류와 한류의 물살에 부딪히곤 하였다. 굶주림, 죽음 혹은 노쇠가 아마도 복부를 파먹어 들어간 것인지, 그것의 욕망은 거의 선박이 되고, 그것의 불완전성, 이제 겨우 눈에 띄는 그 부정적 영원성은 거의 모래톱이 된 듯 그 물고기는 아무데나 헤매어 돌아다니고 있었다.

미셸과 아담이 자리에서 일어서자 그것은 파도 사이로 위험한 포탄 같은 자신의 모습을 쏟아 부으며 마지막으로 모습을 나타냈다가 서서히 먼바다로 멀어져 가 자취를 감췄다. 미셸이 나지막한 목소리로 말하며 아담에게 몸을 밀착시켰다.

「나 추워…… 추워, 무척 추워……」 하고 그녀가 말했다.

아담은 젊은 여인의 육체와 맞닿는 것을 거부하지 않았다. 아니 오히려 그가 그녀의 부드럽고 여리며 미지근한 손을 잡고 걸으며 몇 번이나 이렇게 물었다고 하겠다.

「춥니? 추워?」

그 말에 미셸은 대답했다.

「응……」

그러고 나서 그들은 구멍이 움푹 파인 바위들이 있는 곳에 이르렀다. 구멍의 크기는 각양각색이어서 큰 것들도 있고 그보다 작은 것들도 있었다. 그들은 보통 크기의 구멍을 골라 각자 하나의 구멍을 차지하고, 그 속에 몸을 쭉 뻗고 뒹굴었다. 특히 아담이 그랬다. 그는 하루라도 이 멋진 일을 하지 않고 넘어가는 법이 없었다. 그 신화적 의미를 절정에까지 고양시키며 그는 돌과 파편들에 둘러싸이곤 했다. 할 수만 있다면 그는 세상의 모든 잔해와 쓰레기들을 소유하여 그 속에 파묻혔으면 했다. 물질과 잿더미, 자갈들 한가운데에 위치하여 조금씩 그는 조각상이 되어갔다. 그 형상은 항상 어느 정도는 삶과 고통을 모방함으로써 빛을 발하는 대리석 조각이나 중세의 그리스도상이 아니었다. 그것은 천년이나 천2백 년쯤 묻혀 있다가 간혹 가루처럼 바스러진 흙덩이 사이에서 삽과 부딪칠 때 내는 분명치 않은 소리로 알아보게 되는 주물 조각들과도 같은 것이었다. 한 알의 씨앗처럼, 흡사 나무의 종자처럼 그는 땅의 갈라진 틈에 몸을 숨긴 채 약간의 물이 싹을 틔워줄 것을 황홀경에 젖어 기다리곤 했다.

그는 오른쪽으로, 손을 천천히 약간만 움직였고, 자신이 무엇을 만지게 될지 확신하고 있었다. 그러나 한순간의 무한한 즐거움 속에서 그는 자신의 의식이 오락가락하는 것을 느꼈고, 정신은 엄청난 의혹에 사로잡혔다. 논리적이며 기억 가능한 어떤 경험이 그로 하여금 미셸의 피부(그의 옆에 뻗어 있는 벌거벗은 팔)를 알아보게 하려 했으나, 앞 못 보는 그의 손가락들이 오른쪽, 왼쪽을 더듬어보아도 느껴지는 것은 오톨도톨한 감촉, 허물어져 버리는 단단한 흙의 감촉뿐이었다.

아담은 자신이 원한다면 그처럼 깨끗하고 은밀하게 죽을 수 있는 유일한 사람 같았다. 육신이 쇠퇴하고 부패하는 것이 아니라 광물질의 결정처럼 느끼지 못할 정도로 서서히 스러져가는 그런 죽음을 맞을 수 있는, 이 세상 단 하나의 살아 있는 존재 말이다.

자신의 순수성의 의지 속에 갇혀서 기하학적인 데생으로 고정된 듯한 그의 자세는 다이아몬드처럼 단단하고, 정방형의 체적 한가운데 각을 이루며 쉽게 부서질 듯도 했지만, 한꺼번에 냉동되면서 고통스러운 죽음을 암시하려는 듯 지느러미가 맞닿은 곳에 눅눅한 작은 물방울들이 맺히거나 눈에 흐릿한 막이 덮인 대구떼의 연약함을 보이는 것은 아무것도 없었다.

미셸이 다시 몸을 일으켜 손으로 옷을 털고 투덜거렸다.

「아담— 아담, 이제 갈까?」

그리고 이어 말했다.

「아담, 네가 그렇게 꼼짝도 않고, 숨도 안 쉬고 있으면 난 무서워. 꼭 송장 같단 말이야……」

「이 바보야!」 아담이 대꾸했다. 「내 명상을 깨뜨리다니! 이젠 망쳤어. 처음부터 모든 것을 다시 시작해야 하잖아」

「뭘 다시 시작한다는 거야?」

「아무것도, 아무것도 아냐…… 네게 설명할 수 없어. 이미 식물의 단계에 도달했었는데…… 이끼와 지의(地衣)의 단계에 말이야. 그건 박테리아와 화석에 아주 가까운 상태였어. 설명해도 넌 몰라」

끝났다. 이제 그는 그날 남은 시간 동안은 위험에서 벗어났다는 것을 알았다. 그는 일어나서 미셸의 어깨와 허리를 잡았다. 그리고 그녀를 땅위에 눕히고 옷을 벗겼다. 그런 다음 그는 그녀를 가졌다. 그러면서 그의 정신은 다른 것, 이를테면 지브롤터 해협을 찾아 이 세상에서 점점 더 크게 원을 그려야 하는 상어의 납빛 몸뚱이에 쏠려 있었다.

얼마 후 그는 「야호」 소리를 지르며 혼자 달렸다. 바위들을 가로질러, 해변으로 가는 길을 따라, 관목숲과 가시나무 사이로, 바위에서 바위로 건너뛰어 달리면서 그는 움푹 파인 어두운 곳들을 눈으로 훑어보며 자신을 넘어뜨릴지도 모르는 많은 장애물들을 상상했다. 자신의 넓적다리 살갗을 찢고, 자신을 두 조각 내어, 아직 꿈틀거리는 그를 털버덕 하는 소리와 함께 저 아래 편평한 돌 위로 떨어뜨려, 구역질나는 기생충들의 먹이로 내던져줄 그런 장애물들을. 어느새 칠흑처럼 새까만 밤이 되어 있었다. 모든 사물은 그 지역의 지도에 새로운 무질서를 이루어놓고 있었다. 얼룩말의 가죽처럼 대지의 표면은 흰색과 검은색의 줄무늬가 새겨져 있었다. 동심원을 이루고 있는 산들은 쉴 틈도 주지 않고 빽빽이 붙어 있거나 때로는 서로 포개진 손가락 지문들 같았다. 선인장 가시들도 다발을 이루어 은밀한 싸움을 기다리고 있었다.

왼쪽에 있는 바닷물은 이제 더 이상 파도 치지 않았다. 얼음장처럼 굳어버린 바다. 완전히 잠들어 온통 강철같이 단단해진 바다는 금속성의 갑옷으로 변해 있었다.

아담은 이제 철로 이루어진, 그러나 죽은 것이 아니라 깊숙이, 수수께끼처럼, 지하 백 미터에 갇혀 있지만 언젠가 흘러나오거나 거품져 나올 생명력으로 살아 있는 풍경 속을 달리고 있었다. 이 세상의 반들반들한 지표면은 갑옷을 입은 채 꼼짝도 않고 잠들어 있는 기사와도 같지만, 그 기사는 힘찬 생명력을 지니고 있어 얼음처럼 차갑게 반사되는 빛으로 피, 의지, 동맥 또는 두뇌라고 말하고 있다. 연기가 나지 않는 불, 전깃불이 땅 밑에서 은근히 타오르고 있었다. 그리고 그 불로 땅 껍질이 완전한 힘을 얻어 마침내 바위들, 바다, 나무와 대기들이 더 활활 타올라, 화석이 되어버린 자연의 불꽃들인 것처럼 보였다. 어느새 더 넓어진 오솔길이 아담을 토치카와 바로 붙어 있는 우물 바닥으로 이끌어 그의 몸에 악취를 배게 하고 층계참 사이의 계단으로 솟구쳐나오게 했다. 그곳이 길의 정점이었다. 그곳은 해안에서 유일한 장소로 바다, 땅, 하늘의 세 곳으로 시선이 무수히 증식되어 나가는 곳이었다. 그러한 상승의 정점에서 아담은 갑자기 달린다는 것이 소용없다는 것을 깨닫고 마비된 듯 멈춰 섰다.

펼쳐진 전경으로부터 불어오는 상쾌한 바람이 그를 머리끝에서 발끝까지 감싸며 그의 마비 상태를 고통으로 바꾸어놓았다. 그는 등대처럼 우뚝 두 다리로 버티고 서서 우주, 지금 현재 한순간도 늦추어주지 않고 영원히 자신이 그 중심을 차지하고 있다고 확신하는 그 우주 속에서의 자신의 지성을 응시했다. 아무것도 이 결합을 깨뜨리지 못할 것이며, 얼싸안고 있는 상태로부터 그를 떼어놓지 못하리라. 어느 해 어느 날엔가 제4기에 속하는 두 개의 오리목 사이에 놓인 남자의 형체를 사진으로 찍어낼 죽음조차도.

그는 바람을 맞으며 몇 걸음 앞으로 나섰다.

그는 엄청난 폭발에 맞서기라도 하는 듯 거의 다리를 절며 걸었다. 그는 길보다 낮은 곳에 있는 바위에 걸터앉아 수평선을 향해 무심한 시선을 던졌다. 그의 윤곽은 완전히 흐릿했고, 꿈결인 양 붉은 피 위로 드러난 신경처럼 초라했다.

바다 저편에 반쯤 가려진 돛단배가 눈에 띌 듯 말 듯 조금씩 움직이고 있었다. 15분이 지난 후 아담은 추위가 몰려드는 것을 느꼈다. 그는 몸을 떨었고 토치카 쪽을 바라보기 시작했다. 그를 뒤따라 달리다가 결국은 숨을 헐떡거리며 경주에서 진 것에 어쩔 줄 몰라하는 미셸이 도착해 주기를 점점 더 절실히 바라면서.

F

태양은 여전히 구름 한 점 없는 하늘에서 내리쬐고 있었고, 폭염 아래 들판은 조금씩 움츠러들고 있었다. 군데군데 땅이 갈라지고, 풀은 지저분한 누런색으로 변해 갔으며, 벽 틈새 사이로는 모래가 쌓이고, 나무들은 먼지를 뒤집어쓴 채 그 무게에 못 이겨 축 늘어져 있었다. 여름은 결코 끝나지 않을 것만 같았다. 이제 밭과 언덕바지에는 메뚜기와 말벌떼가 들끓고 있었다. 많이 밟아 흙이 다져진 길들은 그 벌레들의 귀청을 찢는 듯한 날개 소리 한가운데를 지나, 공기로 부풀어오른 혹들, 그루터기 높이쯤에 수없이 생겨나 코를 찌르는 냄새를 풍기는 그 뜨거운 기포들을 마치 면도날처럼 가르고 있었다. 대기는 쉴새없이 힘을 발하고 있었다.

자전거를 탄 사람들이 밭을 가로질러 국도에 접어들어서는 자동차의 물결에 뒤섞였다.

멀리 큰 원을 그리며 둘러선 산들을 따라 줄줄이 늘어선 집들의 창문으로 햇빛이 반사되고 있었고, 그래서 어렵지 않게 그 집들에 견주어 도로와 면한 경작지의 면적을 머릿속으로 그려볼 수 있었다. 원근법을 무시하여 셈을 잘못할 수도 있고, 그것들이 마치 흙더미 사이로 반짝이는 운모와도 같다고 할 수도 있었다. 끓어오르는 그 풍경은 흡사 숯불 위에 검은 모포를 던져놓은 것 같았다. 그래서 구멍으로 불꽃이 격렬하게 번쩍거리며, 지하에서 불어오는 바람으로 천이 휘날리고, 여기저기에서는 마치 숨겨놓은 담배에서 피어오르듯 연기 기둥들이 솟아오르고 있었다.

일종의 쇠철책이 공원을 둘러싸고 있었다. 공원 남쪽의 철책은 대로를 따라 바다까지 이어져 있었고, 그 한 가운데에 정문이 있었다. 정문 양옆 두 개의 목조 가건물에는 50대 줄의 두 여자가 햇빛을 피해 뜨개질을 하거나 탐정소설을 읽고 있었다. 그 여자들 앞으로 목조 가건물의 매표창구 판자에는 자르기 쉽도록 일정한 간격으로 점점이 뚫어놓은 분홍색 티켓 뭉치가 놓여 있었다. 푸른색 제복을 입고 모자를 쓴 한 남자가 제라늄 화분에 바싹 붙어 서 있었는데, 별로 움직이지 않은 채 가건물에서 판 티켓을 받아 손가락 끝으로 찢고 있었다. 분홍색 작은 종이 조각 하나가 그의 윗옷 배 부분의 모직 털 위에 매달려 있었다. 그 남자는 자신의 등뒤, 자신이 경비를 맡고 있는 곳으로는 권태로운 시선 한번 주지 않았는데, 만일 그랬더라면 호기심을 나타내면서도 동시에 무관심한 한 무리의 관광객들이 걷다가 동물 우리의 철책 뒤로 사라지는 것을 볼 수 있었을 것이다. 그는 매표소의 여자들에게도 말을 걸지 않았고, 관광객들이 물어보는 것에만 겨우 대답할 뿐이었다. 설령 대답을 한다 해도, 무심한 태도로, 물어보는 사람의 얼굴도 보지 않은 채 해변 식당 〈르 보도〉의 휘장과 깃발이 가득한 지붕에 시선을 고정하고 대답하는 것이었다. 물론 가끔은 그도 어쩔 수 없이 〈예, 고맙습니다〉라든지 또는 〈그러시죠〉라거나 하는 따위의 말을 하기는 했다. 또한 아무것도 모르고, 아무것도 알아차리지 못하는 사람들도 있었다. 그러면 그는 그들의 티켓을 받아 양손목을 반대로 두 번 비틀어 가볍게 찢어서 그 쓸데없는 종이 조각들을 왼편에 있는 휴지통 속에 던지고는 이렇게 한마디하곤 했다.

「예, 부인, 잘 압니다. 그렇지만 5시 반에는 문을 닫습니다」

「시간은 충분합니다. 5시 반이에요, 예, 부인」

아담은 무심히 동물 우리들 한가운데를 걷기 시작하며 주변 사람들이 하는 말에도 조금은 귀를 기울이고 또 오물과 맹수들에게서 풍기는 다양한 냄새를 킁킁거리며 맡기도 하였다. 오줌이 밴 누르스름한 냄새는 사물들, 특히 동물들을 관능적으로 부각시키는 특성이 있었다. 아담은 암사자의 우리 앞에서 걸음을 멈췄다. 창살 너머로 그는 어렴풋이 드러나는 근육들로 가득한 암사자의 유연한 몸을 한

참 동안 바라보았다. 그리고 그 암사자가 여자, 고무로 만든 듯 탄력 있는 여자였을지도 모른다는 생각을 했다. 그리고 자극적인 그 냄새는 순한 담배에 길들여진 입, 루주를 아주 살짝 바른 입, 치아에선 박하사탕 향기가 나고, 설명할 수는 없지만 미미한 그림자들, 솜털들, 갈라진 피부의 틈이 입술 주변에 둥글게 음영을 지게 한 그 입에서 나오는 냄새였을지도 모른다고 생각했다.

그는 관람객과 맹수 우리를 갈라놓고 있는 난간에 팔을 기댔다. 그러자 그 털가죽을 만지고 싶은 욕망, 촘촘하면서도 매끄러운 털 사이로 손을 쑤셔 넣어 목덜미 아래로 마치 못을 박듯 손톱을 박아 넣고, 태양처럼 뜨거운 그 긴 몸을 자신의 육체로 덮고 싶은 욕망, 이제 사자가죽으로 변하고 갈기로 뒤덮인 유난히 강한 자신의 육체, 종족 중에서도 특출한 자신의 육체로 덮어버리고 싶다는 욕망이 너무나 강렬해져 일종의 혼미 상태에 몸을 내맡기고 있었다.

한 노파가 어린애, 어린 소녀의 손을 잡고 우리 앞을 지나갔다. 그녀는 지나쳤다. 역광을 받으며 발걸음을 옮겨 그림자가 쇠창살마다 깜빡이자, 사자가 고개를 쳐들었다. 그러자 두 개의 섬광이 엇갈렸다. 인간의 경험이 누적된 검은 화살 같은 시선이 모래 위 어느 지점에서 푸르스름한 강철 같은 암사자의 이상한 시선과 맞부딪쳤다. 그러자 일순, 거의 벗다시피 한 노파의 하얀 육체가 맹수의 옷과 교미하는 듯했다. 둘 다 비틀거리더니 마치 야만적인 공감으로 에로틱한 춤의 스텝을 밟듯 허리로 왕복 운동을 했다.

그러나 마침내, 아주 순식간에 둘은 떨어졌다. 그들 둘의 발걸음도 서로 멀어졌다. 우리 주변에 남은 것이라곤 태양 아래 놓인 늪처럼 티끌 하나 없이 하얀 반점, 일종의 기이한 시체, 바람이 죽은 나뭇가지와 나뭇잎들을 흔드는 환영 같은 것뿐이었다. 이제 아담이 여자와 아이를 바라보았고, 알 수 없는 향수, 케케묵은 식욕에 사로잡히는 것을 느꼈다. 지나치는 대부분의 사람들과는 반대로 그는 사자에게 말을 걸고, 사자가 멋있게 생겼다는 둥, 크다는 둥, 커다란 고양이 같다는 둥 말하고 싶은 생각이 없었다.

그는 오후 나머지 시간을 동물원 끝에서 끝까지 돌아다니며, 우리 안에 사는 가장 작은 동물들과 어울리고, 스스로를 도마뱀, 생쥐, 초시류 혹은 펠리컨들과 혼동해 가며 보냈다. 그는 한 종족 속에 끼여드는 가장 좋은 방법은 그 종족의 암컷을 탐내려고 하는 것임을 알아냈었다. 그래서 그는 눈을 동그랗게 뜨고 등은 구부린 채, 난간마다 팔을 괴고 정신을 집중하곤 했다. 그는 가장 작은 구덩이들, 살이나 깃털의 주름들, 눈에 띄게 상스럽게 잠을 자고 있는 검은 털북숭이들, 물렁물렁한 연골 더미들, 먼지투성이의 점막들, 빨간 곱슬머리들, 네모난 땅처럼 금이 가고 갈라진 피부들을 눈으로 샅샅이 훑었다. 그는 공원의 풀을 뽑고, 진흙 속으로 머리부터 먼저 집어넣어, 이빨 가득히 부식토를 삼키며, 지하 통로 밑바닥으로 기어들어 갔다. 지하 12미터 되는 곳에 이르러 어떤 물체를 더듬게 되었는데, 그것은 들쥐의 썩은 시체에서 태어난 새로운 모체였다. 어깨에 입을 파묻은 채 그는 자신의 두 눈, 커다란 구체의 두 눈을 천천히, 매우 조심스럽게 앞으로 내뻗었고, 일종의 전기 충격 같은 것이 그의 피부를 수축시키고 운동 신경절에 충격을 주고, 마치 구리로 만든 고리들처럼 그의 몸의 마디마디를 섬세한 뗑그렁 소리를 내며 밀어붙이기를 기대했다. 그때가 되면 그는 젤라틴으로 이루어진, 몸이 접힌 지하 생물, 그래, 유일하며 진정한, 암흑의 진흙벌레가 될 것이었다.

표범 우리 앞에서 그는 이런 짓을 했다. 철책 너머로 약간 몸을 앞으로 숙였다가 갑자기 창살 쪽으로 손을 내둘렀던 것이다. 그러자 털의 색이 짙은 암컷 한 마리가 포효하며 그에게 달려들었다. 겁에 질린 관람객들이 한 발짝 물러나고, 분노에 미쳐 날뛰는 맹수가 발톱으로 땅을 긁을 때, 두려움에 마비되어 사지를 부들부들 떨고 있던 아담은 머리 뒤 어딘가에서 들려오는 경비원의 목소리를 듣고 감미로운 쾌감에 몸을 떨었다.

「참 똑똑한 짓을 하는구려! 똑똑해! 똑똑한 짓을 한다고! 똑똑하거든, 똑똑하고 말고, 암!」

재차 표범에게서 떨어진 아담은 약간 뒤로 물러서서 경비원을 보지도 않고 중얼거렸다.

「몰랐습니다…… 미안합니다……」

「뭘 몰랐다는 말이오?」 제복을 입은 사내는 「올라! 올라! 오! 오! 라마! 라마! 진정해! 진정하라고! 라마!」라는 말로 짐승을 진정시키며 물었다. 「당신이 뭘 몰랐다는 말이오? 맹수들을 귀찮게 할 필요는 없다는 것을 몰랐단 말이오? 똑똑하시군, 암, 그런 장난을 치다니 정말 똑똑하시구려!」

「아뇨…… 전 몰랐습니다……제가 원했던 것은……」

「그래, 압니다」 사내가 말을 잘랐다. 「우리에 갇혀 있는 짐승들에게 짓궂은 장난을 치는 게 재미있으시겠지! 그게 재미야 있겠지만, 만일 우리가 열리기라도 한다면, 흥, 재미가 덜할 거요. 그럼, 재미없지. 만일 저 안에 들어가 있는 게 당신이라면 그게 재미있을까요? 그렇게 생각하시지는 않겠지요」

그는 넌덜머리가 난다는 듯 돌아서서 멀쩡한 여자 한 명을 증인으로 내세웠다.

「대체 생각이라곤 도통 없는 듯한 사람들이 있다오. 이 짐승은 굶은 지 사흘이나 됐어요. 그런데도 우리 안에 든 짐승들을 놀리는 게 재미있다는 사람들이 있어요. 그래요, 우리가 조금만 열려서 이 고약한 짐승들 중 한 마리가 뛰쳐나갔으면 하는 때도 있답니다. 이 짐승들이 달리는 것을 보면, 아, 그렇지요, 그래야 비로소 사람들이 이해를 하고, 그래야 알게 될 겁니다」

아담은 말이 채 끝나기도 전에 자리를 떴다. 그는 어깨를 으쓱하지는 않았지만 천천히 발을 끌며 포유류 우리들을 따라 걸었다. 맨 마지막의 가장 작고 가장 나지막한 우리에는 야윈 늑대 세 마리가 있었다. 우리 중앙에 나무로 만든 일종의 개집 같은 것이 지어져 있었고, 늑대들은 지칠 줄도 모르고 끊임없이 그 주위를 맴돌았는데 비스듬한 그들의 시선은 무릎 높이에 쭉 도열해 있는 철창들에 고정되어 떨어질 줄을 몰랐다.

늑대들은 서로 반대 방향으로 돌고 있었다. 두 마리는 같은 방향으로, 한 마리는 반대 방향으로. 몇 바퀴, 그러니까 한 열 바퀴나 열한 바퀴를 돌고 나면, 마치 누군가가 손가락으로 탁 소리를 낸 듯 도저히 알 수 없는 갑작스럽고도 이상한 이유로 몸을 홱 돌려 반대 방향으로 다시 돌기 시작하곤 했다. 늑대들은 털이 빠지고 먼지에 뒤덮여 칙칙한 회색이었으며 축 늘어진 입술은 보랏빛을 띠고 있었지만 끊임없이 자신들의 은신처 주위를 맴돌았고, 강철처럼 푸르스름한 그들의 눈동자가 그들 몸 전체에 영향을 미쳐 마치 금속판으로 뒤덮인 듯 격렬하고 곧 터져나오기라도 할 듯 증오와 사나움이 가득 찬 모습이었다. 그들이 우리 안에서 행하는 원 운동은 그 규칙성으로 인해 주위 공간에서 진정 유일하게 움직이고 있는 점이 되고 있었다. 사람들과 다른 우리들이 있는 공원의 나머지 부분들은 일종의 황홀한 부동 상태에 빠져 있었다. 쇠와 나무 창살로 이루어진 종 모양의 늑대 우리까지 주위는 갑자기 얼어붙어 견딜 수 없이 뻣뻣한 상태로 굳어버렸다. 사람들은 이제 현미경 속으로 보이는 빛나는 원과 비슷했다. 그 원 속에는 선명한 색채를 발하는 생명의 기본 요소들, 이를테면 관상세포, 혈구, 트리파노소마, 육각 분자, 미생물과 박테리아들이 분류되어 있을 것이었다. 그것은 열두 겹 렌즈를 통해 사진 촬영을 한 소우주의 구조적 기하학이었다. 당신도 아시다시피, 화합물로 채색되어 마치 달처럼 하얗게 환히 빛나는 이 원, 이것이 바로 어떠한 움직임도, 어떠한 지속도 없는 진정한 생명이며, 제2의 무한 속으로 너무나 멀리 떨어져 있어 이제는 그 어떠한 것도 더 이상 동물적이지도 않고 그 어떠한 것도 더 이상 뚜렷하지 않다. 이제 있는 것이라곤 침묵, 고정성, 영원뿐이었다. 왜냐하면 모든 것이 느림, 느림, 느림이었으니까.

그들 늑대들은 이 메마른 풍경 한가운데에서 운동의 유일한 표상이었다. 위에서, 어쩌면 비행기에서 내려다보면 이상한 파닥거림, 비행기에서 정확히 수직으로 맞닿은 바다 위에 태어나는 개미들의 군집과 닮았을 것이다. 바다는 둥글고 희끄무레하며 가장자리가 톱니 모양을 이루고 있고, 마치 돌덩이처럼 억세다. 바다는 6천 피트 아래에 있지만 잘 보면 떠오르는 태양과는 무관한 무엇인가가 있다. 물질 속에 있는 일종의 작은 매듭, 하나의 흠집 같은 것이 있어 그것이 바다 중앙에서 빛을 내고 움직이며 서투른 그림을 그리고 있다. 바로 그것이다. 내가 전구를 보고 있다 갑자기 고개를 돌리면 내 눈에 그것이 보인다. 하얀 거미 같은 그 작디작은 별, 그것은 버둥거리고 헤엄치지만 앞으로 나아가지 못하고 세상의 검은 풍경을 바탕으로 살다가, 영원한 별, 그것은 수백만의 창문 앞에서, 수백만의 판화 앞에서, 수백만의 조각 앞에서, 수십억의 세로로 파인 홈 앞에서 떨어져 내린다. 하나의 별과 흡사한 오직 그것만이 끝없는 자살로도 죽지 않을 것이다. 왜냐하면 그것은 이미 그 자체로 죽었고 어두운 청동의 이면에 매장되었기 때문이다.

아담은 늑대 우리를 떠나 다른 우리로 갔다. 그것은 공원 중앙에 조성한 인공 공터로서 왼편과 오른편으로 몇 개의 수조가 있어 날개를 쓰지 못하는 커다란 펠리컨들이 물을 마실 수 있도록 해놓은 곳이었다. 분홍색 홍학, 오리, 펭귄들이 여전히 마찬가지 종류의 생활을 하고 있었다. 그것은 바로, 여름 어느 날부터 아담이 해변과 두세 군데의 카페에서, 그리고 버려진 집에서, 기차 안, 버스 안에서, 신문에서 차츰차츰 발견하게 되었던 생활 방식이었고, 그는 사자, 늑대, 펭귄들을 접하면서 매번 조금씩 더 완벽하게 다시 그 삶을 시작하고 있었다.

그것은 너무나도 단순해서 눈에 확 띄고, 사람을 미치게 하거나 아니면 적어도 해괴하게 만들었다. 바로 그 삶이었다. 그리고 그는 그 삶 속에 있으면서 그 삶을 붙잡는 동시에 그 삶이 빠져나가도록 내버려두었다. 그는 자신이 무엇을 하는지, 무엇을 할 것인지, 자신이 정신병자 수용소에서 탈출했는지 아니면 탈영병인지를 확신하고는 있었지만 또 알지 못하고 있었다. 그에게 일어나고 있는 일, 그에게 장차 닥칠 일은 바로 이랬다. 너무도 많이 세상을 보다 보니 세상이 그의 눈에서 완벽하게 벗어나 버렸다. 사물들을 수백만 개의 눈, 코, 귀, 혀, 피부로 수백만 번이나 보고, 냄새 맡고, 느끼고 다시 느끼고 하다 보니 그는 다면체 거울처럼 되어버렸던 것이다. 이제 그 거울의 면들은 수를 헤아릴 수 없이 많았고 그는 기억이 되어버리고 말았다. 거울 면들이 서로 마주쳐 비추지 못하는 각들은 거의 없었고 그리하여 그의 의식은 말하자면 일종의 원을 이루고 있었다. 총체적인 비전과 유사한 그 원은 더 이상 살지 못할 수도, 결코 살아보지 못할 수도 있는 그런 장소였다.

그곳이라면 무더운 여름날 오후, 구역질나는 침대에 누워, 냉수 한 잔에 파르시돌 한 병을 송두리째 부어서 결코 이 세상에 샘물이란 있을 수 없다는 듯 마시고 또 마시고 또 마시는 일이 벌어질 수도 있었다. 수세기 전부터 사람들은 그러한 순간을 기다려왔는데, 이제 아담 폴로, 그가 왔고, 홀연 나타나 모든 사물들의 소유자로 축성받은 것이다. 확실히 그는 자신의 종족 중 최후로 남은 자였고 그건 사실이었다. 왜냐하면 그 종족은 종말이 임박했기 때문이었다. 그러고 난 후 이제 그가 할 일이라고는 아주 조용히, 눈에 띄지 않게 자신이 죽어가도록, 더 이상 수십억의 세상이 아니라 오직 단 하나의 유일한 세상에 의해 질식당하고, 침략당하고, 강간당하도록 내버려두는 것뿐이었다. 그는 이미 모든 시간과 모든 공간 그리고 모든 종의 접합을 이루었으며, 이제는 파리의 머리통보다도 훨씬 더 큰 홑눈으로 뒤덮인 채 여린 그의 육체로 홀로 기다리고 있었다. 그를 땅바닥에 눌러 으깨서, 그의 살과 산산조각 난 그의 뼈, 벌어진 입, 멀어버린 그의 눈으로 이루어진 진흙을 가지고 다시 그를 산 자들의 세상에 끼워 맞추는 이상야릇한 사건이 일어나기를.

오후가 다 갈 무렵, 동물원이 문을 닫기 바로 전에 아담은 카페테리아로 가서 앉았다. 그는 그늘진 테이블을 골라 코카콜라 한 병을 주문했다. 그의 왼편으로 올리브나무 한 그루가 서 있었고, 그 위로는 보기 좋게 나무로 만든 일종의 단과 사슬이 놓여 있었다. 그 단 위로 사슬 끝에 검은 털과 흰 털이 뒤섞인 활기 찬 명주원숭이 한 마리가 사람들 눈에 띄기 쉽게 묶여 있어 아이들도 즐겁게 해주고 또 동물들의 사료 값도 절약시켜 주고 있었다. 동물들에게 주라고 파는 바나나 몇 개나 편도과자 몇 봉지를 이 빠진 늙은 노파에게서 사서 원숭이에게 던져주면 아이들의 흥은 극에 달했다.

아담은 안락의자에 편히 앉아 담배를 피우고 병째로 콜라 한 모금을 들이마시고는 기다렸다. 그는 뜨거운 두 기층 사이에 애매하게 자리를 잡고 무엇인지 모를 그 무엇을 막연히 기다리며 원숭이를 바라보았다. 한 쌍의 남녀가 작고 털이 북슬북슬한 그 짐승에게서 눈을 떼지 못한 채 발을 끌면서 아담의 테이블 옆을 따라 천천히 지나갔다.

「예쁜데, 저 원숭이 말이야」 남자가 말했다.

「그래요, 하지만 못됐다」 여자가 대꾸했다. 「우리 할머니께서도 예전에 원숭이 한 마리를 키웠던 기억이 나. 할머니는 언제나 가장 맛있는 것들은 원숭이에게 주셨어. 그래, 당신 생각에 원숭이가 할머니에게 고마워했을 것 같아? 천만에. 피가 날 정도로 할머니 귀를 깨물었다고. 더러운 짐승 같으니」

「어쩌면 우정의 표시였을 수도 있어」 하고 남자가 대답했다.

아담은 갑자기 그 사실들을 수정해 주고 싶은 터무니없는 욕망에 사로잡혔다. 그는 그 쌍을 향해 돌아서서 설명했다.

「예쁘지도 못되지도 않죠. 그건 그냥 원숭이거든요」

남자는 웃기 시작했지만, 여자는 그가 세상에서 가장 멍청한 사람이며, 그런 사실을 항상 알고 있었다는 것처럼 그를 바라보았고 마침내 어깨를 으쓱하더니 가버렸다.

해가 이제는 아주 낮게 드리워져 있었다. 관람객들이 나가기 시작했고 짐승 우리와 카페 테이블 사이의 공간으로 사람들의 다리와 외침, 웃음 소리들, 색채들의 물결이 빠져나갔다. 석양이 다가오자 짐승들은 인공의 굴에서 나와 기지개를 켰다. 사방에서 찢는 듯한 날카로운 소리, 앵무새가 지저귀는 소리, 먹이를 달라고 으르렁거리는 맹수의 소리들이 들려왔다. 문을 닫기까지는 아직 몇 분 더 남아 있었다. 아담은 자리에서 일어나 노파에게로 가서 바나나 한 개와 편도과자 몇 개를 샀다. 그가 값을 치르는 동안 노파는 못마땅한 표정으로 물었다.

「원숭이에게 먹을 것을 주려고 그러시우?」

그는 고개를 저었다.

「저요? 아뇨…… 근데 왜 그러시죠?」

그녀가 대답했다.

「이젠 시간이 지났다우. 왜냐하면 지금은 동물들에게 먹이 주기에는 너무 늦었거든. 5시 이후에는 먹이를 주지 못하게 되어 있다우. 그렇게 하지 않으면 동물들이 배고픔을 모를 것이고 그러다간 병이 나니 말이오」

아담은 다시 고개를 저었다.

「이건 원숭이에게 줄 것이 아닙니다. 제가 먹을 거예요」

「그럼 좋아요. 당신 먹을 것이라면 사정이 다르지」

「예, 제가 먹을 겁니다」 아담은 그렇게 말하고 바나나 껍질을 벗겼다.

「아시겠지만」 노파가 말을 이었다. 「시간 지났어요. 그걸 동물에게 주면 동물이 병이 나요」

아담은 고개를 끄덕였다. 그는 노파 앞에 서서 바나나를 먹었다. 그러나 그의 눈은 아무렇지도 않다는 듯 원숭이를 바라보고 있었다. 바나나를 다 먹자 그는 편도과자 봉지를 뜯었다.

「하나 드시겠어요?」 하고 그가 물었다. 노파가 호기심 어린 눈으로 그를 바라보고 있다는 것을 알아차렸던 것이다.

「고맙소. 그럼 어디……」 하고 그녀가 대답했다.

그들 둘은 계속해서 계산대에 서서 원숭이에게서 눈을 떼지 못한 채 편도과자 남은 것을 먹었다. 다 먹은 후 아담은 빈 봉지를 부풀려 공처럼 만들어서 재떨이 위에 놓았다. 해는 이제 나무에 닿을 듯 말 듯 걸려 있었다. 그러자 아담은 노파에게 여러 가지 것을 물어보았다. 언제부터 동물원 카페테리아에서 일을 하셨느냐, 결혼은 하셨느냐, 지금 연세가 어떻게 되시는지, 자녀들은 몇인지, 생활에 만족하시는지, 영화 보러 가는 것을 좋아하시는지. 그녀 쪽으로 점점 더 몸을 기울이며 그는 마치 몇 시간 전에 암사자들과 악어들 그리고 오리너구리들을 바라보던 때처럼 정다움을 더해 가며 그녀를 바라보았다.

그렇지만 결국 그녀는 그를 경계하기 시작했다. 아담이 그녀에게 질문을 퍼붓고 그녀 이름을 꼬치꼬치 캐묻는 동안 그녀는 젖은 행주를 집어 들고 계산대의 함석판을 닦기 시작했다. 그녀가 팔을 크게 휘둘러 닦는 바람에 이상 비대증에 걸린 팔의 살점들이 흔들렸다. 아담이 지나치는 그녀의 손을 잡으려 하자 그녀는 얼굴을 붉히며 경찰을 부르겠노라고 위협했다. 공원 안쪽 어디선가 벨 소리가 울리며 폐관 시간을 알렸다. 그러자 아담은 이제 가야겠다고 마음먹었다. 그는 정중하게 노파에게 작별 인사를 했지만 노파는 불빛을 향해 등을 돌린 채 대꾸도 하지 않았다. 그는 겨울이 되기 전 날을 잡아 그녀를 보러 꼭 다시 오겠노라고 덧붙여 말했다.

그리고 그는 카페를 나와 동물원을 반대 방향으로 가로질러 출구로 향했다. 푸른색 제복을 입은 사람들이 물동이를 들고 우리 바닥을 청소하고 있었다. 보랏빛 어둠이 풍경의 빈 공간들을 채우고 있었고, 야생의 외침이 물결치며 표면으로 솟아올라 아직도 사방에는 내장 냄새를 풍기는 숨막히는 열기가 자리 잡고 있음을 입증하고 있었다. 그러나 도로 끝까지 그리고 거의 바다에 이르기까지 사람들과 동물들이 다 떠나고 없음에도 불구하고, 아직까지 여기저기에는 어렴풋이 긴꼬리원숭이의 냄새가 감돌며 어느 결에 당신의 속으로 서서히 스며들어 당신 자신의 종(種)에 대한 의혹을 불러일으키는 것이었다.

G

나는 그후 그가 매일 같은 시각 해변 오른쪽에 있는 일종의 제방 위로 가서 개를 기다렸다는 것을 안다. 그는 피서객들 한가운데의 자갈밭에 가서 앉지 않았다. 그곳이 기다리기에는 훨씬 더 좋은 장소였음에도 불구하고 말이다. 그러나 한편으로는 날씨가 덥기도 하고, 또 한편으로는 그래도 가끔씩 선선한 한 줄기 바람이라도 부는 보다 트인 공간에서 좀더 자유로운 몸놀림을 느끼기 위해, 그는 제방 가장자리에 앉아 허공에 대롱대롱 다리를 흔들곤 했다. 그는 해변 전체, 조약돌과 기름이 밴 작은 종이 더미들, 그리고 물론 늘 같은 장소에서 늘 보는 피서객들을 바라보았다. 그는 상당히 많은 시간을 이처럼 엿보며 지내곤 하였다. 1942년 독일군들이 이 장소에 가져다 놓은 시멘트 블록에 등을 기대고, 햇볕을 받으며 온몸을 쭉 뻗은 채, 한 손은 바지 주머니에 쑤셔 넣고 매 시간마다 담뱃갑에서 한두 개비의 담배를 꺼내 피울 태세였다. 다른 손으로는 턱을 긁고, 머리카락 사이를 후비거나 또는 제방의 돌을 문질러 먼지와 모래 같은 것이 나오게 하는 장난을 치곤 하였다. 그는 해변 전체, 오솔길들과 오가는 사람들, 자갈들이 매우 천천히 마모되는 모습을 주의 깊게 살피곤 하였다. 그러나 그 무엇보다도 그의 눈길을 끄는 것은 어느 순간 이름도 모르는 피서객들 틈에서 검은 개 한 마리가 툭 튀어나와 도로를 향해 가며 풀숲에 코를 킁킁거리고, 그리고 펄쩍 뛰어 달려가 짤막하면서도 확고한 모험에 죽어라 자기 몸을 내던지는 모습을 보는 것이었다.

그럴 때면 그는 마치 올가미에라도 걸린 듯 마비 상태에서 벗어나 자기가 어디로 가는 것인지 아무 생각도 없이 무작정 그 개를 뒤쫓기 시작할 것이다. 그렇다. 사람으로 하여금 기계적으로 어떤 움직임을 하게 하거나 또는 움직이는 모든 것을 따라하게 만드는 어떤 야릇한 쾌감에 젖어서 말이다. 왜냐하면 그런 것이 삶의 징표이므로 가능한 모든 가정이 허용되기 때문이다——사람은 언제나 하나의 움직임이 지속되는 것을 좋아한다. 심지어 그 움직임이 물에 젖어 철벅거리는 소리를 내며 네 발로 재빨리 걸어가 아스팔트 도로면에 검은 털로 된 가벼운 털북숭이 몸과 쫑긋 세운 두 귀, 흐릿한 두 눈을 내동댕이칠 때라 하더라도, 심지어 그것이 결정적으로 개라고 불릴 때라 하더라도 말이다.

2시 10분 전에 그 개는 해변을 떠났다. 떠나기 전 개는 잠시 물속에서 몸을 떨었고, 이마의 털은 작은 무명실 타래처럼 찰싹 달라붙어 있었다. 그리고 힘겹게 숨을 헐떡이며 자갈로 이루어진 둑길을 올라 아담에게서 몇 미터 떨어진 곳을 지나쳤고, 도로의 가장자리에 이르자 멈춰 섰다. 개는 햇빛을 받아 눈꺼풀을 깜빡였고, 차가운 콧잔등 위로는 흰 반점이 흐르고 있었다.

개는 누군가를 기다리듯 머뭇거렸다. 그 덕분에 아담은 제방 아래로 뛰어 내려와 출발 태세를 갖출 수 있었다. 한 순간 개에게 휘파람을 불어볼까 혹은 손가락을 퉁겨 소리를 내거나 아니면 흔히 대부분의 사람이 대부분의 개에게 하듯

〈어이! 멍멍아!〉

혹은

〈어이! 메도르!〉

따위의 몇 마디를 외쳐볼까 하는 마음이 들었다. 그러나 그런 마음이 행동으로 채 옮겨지기도 전에 머릿속에서 끝나고 말았다.

아담은 걸음을 멈추고 그저 개의 뒷모습을 바라보는 것으로 만족했다. 그 각도에서 바라보니 이상하게도 작달막하게 보인 그 개는 네 다리를 뻣뻣하게 세우고, 등뼈를 따라 듬성듬성 털이 난 등을 구부리고 있어서 여느 개와는 달리 목덜미가 불룩 솟고 다부지며 근육질이라는 인상을 주었다.

그는 개의 후두부, 두개골의 줄무늬 그리고 쫑긋 세운

두 귀를 바라보았다. 기차가 터널로 들어서며 기적 소리를 냈는데, 물론 저 멀리 산 한복판에서였다. 그러자 오른쪽 귀가 몇 밀리미터 움직이며 기관차의 철거덕거리는 소리를 포착했고, 해변에서 어떤 아이가 풍선이 터졌는지 아니면 날카로운 돌을 밟았는지 그 어떤 안 좋은 일로 인해 한참을 목이 터져라 울어대자 그 귀는 재빨리 다시 뒤로 돌아왔다.

미동도 하지 않은 채 아담은 개가 출발하기를 기다렸다. 그때 느닷없이 개가 앞으로 뛰쳐나가 자동차 한 대를 우회한 다음, 도로를 거슬러 올라가기 시작했다. 개는 좌우를 살피지도 않고 비탈에 바싹 붙은 채 차도를 종종걸음으로 재빨리 걸어갔다. 그리고 마을을 가로지르는 국도의 분기점 앞에서 두 번 멈춰 섰다. 한번은 세워져 있는 올즈모빌의 뒷바퀴 앞에서였다. 그렇지만 그 차에는 특별한 것이 없었던지, 개는 차를 쳐다보지도 않고, 냄새를 맡지도 않고, 차바퀴의 금속 덮개 위에 느긋하게 오줌을 싸지도 않았다. 두번째는 나이 든 부인이 해변으로 내려오고 있을 때였다. 그녀는 개줄을 매단 암컷 복서 한 마리를 데리고 있었다. 그 부인은 개를 힐끗 보더니 자기 개의 끈을 약간 잡아당기고는 아담을 향해 돌아섰다. 그녀는 지나치면서 한마디 해주는 것이 옳다고 여겼는지 이렇게 말했다.

「젊은 양반, 개를 묶어서 다녀야지요」

아담도 그 개처럼 몸은 진행 방향을 향하고 있었지만 머리와 목은 뒤로 돌려 눈으로 그 암캐를 뒤쫓았다. 그렇게 그들 둘은 눈동자 속에 작고 노란 점들을 담은 채 몇 초간 침묵 속에 머물렀다. 그러자 개는 짖어댔고, 아담도 목구멍 속으로 발음이 분명치 않은 그르렁대는 소리를 냈다. 르르르르르르르르르로아 르르르르르르르르르로아아 오아아 르르르르르르 르르르르르르로.

길이 갈라지는 곳에 이르자 아담은 개가 오른쪽으로 가기를 바랐다. 왜냐하면 조금만 더 가면 그가 살고 있는 언덕이 있고 당신도 알고 있는 오솔길, 그리고 그가 거주하고 있는 항상 버려져 있는 커다란 집이 나오기 때문이었다. 그러나 망설이는 기색도 없이 개는 평소처럼 왼쪽으로 꺾어 시내 쪽으로 방향을 잡았다. 평소처럼 아담도 개를 뒤따랐다. 다만 자신이 기억하고 있는 정확한 한 지점에 네 발 달린 짐승을 군중과 주택들이 있는 쪽으로 이끄는 어쩔 수 없는 동기가 자리하고 있다는 것이 못내 아쉬울 뿐이었다.

해안 도로를 지나고 나니 대로 같은 것이 나왔고, 그곳 보도에는 일정 거리마다 플라타너스나무들이 심어져 있어 몹시 어두운 그림자로 얼룩져 있었다. 개는 일부러 그림자 속으로 들어섰다. 그럴 때면 고리처럼 말려 있는 털 때문에 까맣게 말려 있는 데다 둥그스름한 나뭇잎들 사이에서 개를 분간해 내는 것이 불가능해지곤 했다.

그림자와 태양의 이러한 문제로부터 시작해서 망설임은 더욱 배가되어 갔다. 개는 잽싸게 왼쪽에서 오른쪽으로, 오른쪽에서 왼쪽으로 건넜다. 도심 한복판이었기 때문에 점점 많아져 가는 인파 사이를 개는 요리조리 빠져나갔다. 문을 연 상점들, 뜨겁거나 서늘한 냄새의 물결, 도처에 울긋불긋한 색깔들, 올을 풀어헤친 파라솔들, 이 모든 것이 벽들에 박혀 있었고, 마찬가지로 광고 전단들, 너덜너덜한 광고 문구들이 일부가 잘린 문장을 통해 3개월이나 지난 프로그램을 알리고 있었다.

〈광자　　오래　ㅏ치

밴드가 있는 바와 제임스 브라운

페미 인

마르티

전음료〉

개는 눈에 띌 정도로 속도를 늦추었다. 한편으로는 보행자의 수가 더욱 불어나기도 했고 또 한편으로는 자기가 가는 목적지에 거의 다다른 듯했기 때문이었다. 그 덕분에 아담은 숨을 돌리고 담배 한 대를 필 수 있었다. 심지어 예전에 싸놓은 오줌의 얼룩에 코를 대고 개가 킁킁거리는 틈을 타 제과점 판매 진열대에서 작은 초콜릿빵을 사기도 했다. 아침부터 먹은 것이 아무것도 없을 뿐 아니라 힘이 달린다고 느꼈기 때문이었다. 그는 큰길로 들어선 개를 따라가며 미지근한 온기가 감도는 작은 빵을 조금씩 뜯어먹었다. 빨간 신호등이 들어오자 개가 멈춰 섰고, 아담도 그 개 옆에 나란히 섰다. 손에는 아직도 조금 남은 빵 조각을 온통 기름투성이의 제과점 종이로 싸서 든 채, 그는 빵 부스러기 하나를 개에게 줄 수도 있을 것이라는 생각을 했다. 그러나 만일 그렇게 한다면 그 짐승이 자기에게 친근감을 가질 우려가 있다고 생각했다. 그건 위험한 짓이었다. 만일 그렇게 된다면 개가 자신을 쫓아올 것인데 자신은 어디로 가야 할지도 모르고, 또 누군가를 이끌고 다녀야 하는 책임을 지기도 싫었다. & 또한 자신도 배가 고팠으므로 얼마 남지 않은 먹을 것을 남을 주고 싶지도 않았다. 그래서 그는 작은 초콜릿빵을 다 먹어치우고는, 자기 발밑에서 헐떡거리며 냄새를 맡고, 뒷다리를 쭉 내민 채 똑똑하게도 경관이 길을 건너라고 할 때까지 기다리고 있는 짙은 색 털북숭이를 내려다보았다.

이상하게도 시내에는 개들이 없었다. 그들이 방금 전에 해변 도로에서 마주쳤던 암컷 복서, 노부인이 끈을 매 데리고 있던 그 암컷 복서를 제외하면 그들이 마주친 것은 다 사람들뿐이었다. 그렇지만 거리에는 은밀한 동물적 생명의 흔적들, 햇빛이 한창 넘쳐흐를 때 행인들의 발걸음과 자동차들의 경적 사이로 급작스럽고도 숙명적으로 치른 교미 이후 남은 냄새, 말라버린 오줌 자국, 배설물들, 보도 가장자리에 굴러다니는 털 뭉치들 같은 것이 있었다.

잘 살펴보면 보도 위에 그려진 흔적들에서 차츰차츰 발견하게 되는 개의 생활 징표들은 개들이 이 도시의 미로를 오고 갔음을 어렴풋이나마 나타내고 있었다. 그러한 징표들은 모두 다 전혀 인간의 것이 아닌 또 하나의 공간과 시간의 개념을 재구성하며 또한 매일 저녁 수백 마리의 개들이 안전하게 그리고 자신 있게 그들의 일상적인 소굴로 돌아올 수 있게 해주는 것이었다.

아담, 그만이 어쨌든 길을 잃었다. 개가 아니기 때문에(아직은, 어쩌면), 그는 도로에 납작하게 달아놓은 이 모든 주석들, 냄새들, 코로 냄새를 맡거나 눈으로 보거나 귀로

듣거나 아니면 그저 발밑 부드러운 살 부분을 살짝 갖다 대기만 하거나 발톱으로 긁어보기만 해도 소리가 울리는 포장도로에서 솟아올라 자동적으로 척추근을 감싸는 그 극히 미세한 사항들을 통해 길을 찾아낼 수는 없었다. 그리고 어쨌든 이제는 더 이상, 결코 더 이상 인간도 아니기 때문에 도심 한복판을 아무것도 보지 못한 채 지나가고 있었다. 더 이상 그 어떠한 것도 무어라 말해 주지 않았다.

그의 눈에는 보이지 않았다. 스튜디오13, 고르동 가구점, 냉장고, 파인 식품점, 스탠다드, 라 투르 카페, 윌리엄스 호텔, 우편엽서와 기념품, 솔레르 용연향, 뮈테르스 화랑, 마권 및 담배를 판매하는 술집, 내셔널 복권이.

누가 보도에다 선들을 그어놓았을까? 누가 진열장에 정교하게 유리판들을 붙여놓았을까? 그래, 누가 〈잘 어울리는 줄무늬 파자마와 시트〉 혹은 〈오늘의 요리〉라고 써놓았을까? 어느 날엔가 라디오에 관한 모든 것을 갖추고 있습니다, 우리 진열대를 찾아주세요, 바겐세일하는 저희 가게 비키니를 구입하십시오, 가을 컬렉션, 포도주 판매, 도매, 소매, 반-도매 등등의 말을 한 사람은 누구였을까?

하지만 그것들은 거기 그렇게 있었다. 아담과 같은 사람들이 여름에 길을 찾을 수 있도록 하기 위해, 자신의 미각을 확인할 수 있도록 하기 위해, 혹은 다 벗고 줄무늬 시트와 잘 어울리는 줄무늬 파자마를 입고, 줄무늬 베개를 베고, 그리고 어쩌면 줄무늬 나방이 줄무늬 전등갓에 머리를 박는 줄무늬 벽지를 바른 방에서, 네온으로 줄무늬가 진 줄무늬 밤에, 기차 레일과 자동차로 줄무늬진 낮에 잠자고 싶다는 그들의 욕망을 확인할 수 있도록 말이다. 그래서 아담이 무릎 부분이 더러운 바지 주머니에 두 손을 찔러 넣고서 등을 구부정하니 해서 단 한 마리의 개, 끈으로 묶지도 않고 거무스름한 털로 뒤덮인 개 한 마리를 따라가는 것을 본 사람이면 아주 나지막한 소리로, 최소한, 〈이 해안에는 이상한 놈들이 다 있군〉이라고 중얼거리거나 아니면 〈정신병원에나 가 있어야 할 놈들이 있군〉이라고 중얼거리곤 했다.

개를 따라가는 것은 확실히 사람들이 보통 생각하는 것보다 훨씬 쉬웠다. 그것은 우선 눈길을 주는 것과 시선 높이의 문제이다. 살아 있고, 파닥거리고, 무릎 아래로 달려가는 검은 흔적을 발견하기 위해서는 우글거리는 다리 사이를 샅샅이 살펴야 한다. 아담은 두 가지 이유로 해서 그 일을 아주 수월하게 해내곤 했다. 첫째 이유는 그가 등이 약간 구부정한 자세를 취하고 있었기 때문에 자연적으로 시선이 땅으로, 다시 말해 네 발 달린 짐승들이 살고 있는 곳을 향하는 경향이 있었다는 것이다. 둘째는 그에게는 오래전부터 무엇을 따라다니는 습관이 있었기 때문이다. 사람들 말로는, 그가 열두 살이나 열다섯 살 때 학교 문을 나서면 30분씩은 그처럼 사람들, 대개는 청소년들을 많은 군중 사이로 따라다녔다는 것이다. 그가 의도적으로 그런 것은 아니었고, 다만 거리 이름에도, 그 어떤 중요한 것에도 신경 쓸 필요 없이 수많은 곳으로 이끌려다니는 즐거움 때문이었다. 바로 그 시절에 그는 팔꿈치를 꼭 붙이고 눈을 부릅뜬 대부분의 사람들이 실은 아무것도 하지 않으며 그저 시간을 보낼 뿐이라는 것을 깨달았다. 열다섯 살의 나이에 그는 이미 사람들이란 모호하고 무례하며, 매일같이 행하는 서너 가지의 생리적 기능을 제외하면 그저 도시를 활보할 뿐, 시골에 수백만 개의 독방을 짓게 하여 그곳에서 환자로 있거나 생각에 잠기거나 또는 무사태평하게 지낼 생각은 하지 않는다는 것을 알았었다.

그래도 길 건너편에는 다른 개 한 마리가 있었다. 그 개는 40대의 남녀와 함께 있었다. 늘씬한 다리로 버티고 선 그 개는 털이 길고 부드러운, 매우 아름다운 암캐였다. 그래서 아담과 개는 곧 그 암캐를 만나보고 싶었다. 그 암캐는 이미 주인들과 함께 사람들이 득실거리는 백화점으로 들어가 버린 후였다. 백화점의 유리문은 매 초마다 대부분 여자로 이루어진, 꾸러미와 종이가방을 잔뜩 든 고객들의 물결을 삼키고 토해 내곤 하였다. 개는 코를 바닥에 바싹 붙인 채 일종의 자취 같은 것을 따라갔고, 아담은 개를 뒤따랐다. 그들은 거의 함께 들어가다시피 하며 백화점 안으로 들어섰다. 그들이 문을 지날 때 그들 위로 네온 간판에 불이 들어와, 다리 사이로, 털이 수북한 개의 등 위로, 리놀륨 바닥 위로 거꾸로 된 글자들이 약간은 어지러이 반짝였다. 〈프리쥐닉〉, 〈프리쥐닉〉, 〈프리쥐닉〉.

들어가자마자 그들은 사람들, 여자나 어린아이들, 벽, 천장 그리고 진열대들에 둘러싸였다. 위로는 노란 판 같은 것이 있고, 그 판에는 두 개의 네온튜브 사이로 표지판이 매달려 있었는데, 거기에는 〈할인 판매〉, 〈철물〉 혹은 〈포도주〉나 〈가정용품〉이라고 씌어 있었다. 이러한 사각형 판지들을 매단 꼭대기 부분이 매우 높은 곳에 있고 때로는 판지들을 서로 엉키게 하는 바람에 줄에 매달린 판지들은 한참 동안 빙빙 돌기도 하였다. 계산대들은 고객들이 돌아다닐 수 있는 통로를 두고 직각으로 배치되어 있었다. 모든 것이 수많은 강렬한 색채들로 번쩍이고, 이쪽저쪽에서 사람을 떠밀고, 〈사세요! 사십시오!〉라고 외쳐대고, 상품들을 들이밀어 보여주고, 사방에서 미소 띤 모습들을 보이고, 플라스틱 바닥에는 여자들의 하이힐 소리가 울리고, 또 백화점 안쪽의 바와 즉석 사진 찍는 곳 사이의 전축 원판 위로는 음반들이 올려진다. 전체적으로 피아노와 바이올린 곡이 모든 것을 뒤덮는 가운데, 간혹 가다 마이크에 입을 바싹 가져다 대고 나지막이 말하는 여자의 차분한 목소리가 들리기도 하였다. 「신사숙녀 여러분, 소매치기를 주의하십시오」

「3번 매장 판매원은 사장실로 오시기 바랍니다. 3번 매장 판매원은 사장실로 오시기 바랍니다……」

「들립니까! 들립니까! 여러분께 솔기 자국이 없는 고탄력 스타킹을 추천합니다. 모든 사이즈가 다 있으며, 진주색, 살색, 브론즈색 세 가지 색상이 있습니다. 현재 1층 란제리 코너에서 판매하고 있습니다…… 다시 한번 말씀드립니다……」

개는 지하의 전기용품 매장에서 암캐를 찾아냈다. 1층을 다 누비고 수백 개의 장딴지 밑으로 파고들어서야 비로소 그 암캐를 발견해 낼 수 있었던 것이다. 개가 암캐를 보았을 때, 암캐는 지하로 내려가는 층계의 첫번째 계단을 내려가고 있었다. 아담은 한순간 개가 감히 저 아래까지 그 암캐를 따라 내려가지 못했으면 하고 바랐다. 그건 자기 역시 그 암컷에게 다가가고자 하는 욕망이 없어서가 아니라 그 반대였다. 더 이상 이 끔찍한 상점 안에 머물러 있지 않을 수만 있다면 기꺼이 그 즐거움을 포기했었을 것이다. 그는 이 우글거리는 인간이 막연히 되풀이하고 있는 소리와 빛 때문에 이미 멍한 상태에 빠져 있었다. 그것은 마치 기관차가 후진하면 목구멍으로 구토가 치밀어오르는 것과 비슷한 느낌이었다. 그는 합성수지와 전기로 이루어진 이 밀폐된 공간에 있으니 자기 속에서 개라는 종족이 빠져나가는 느낌을 받았다. 그는 어쩔 수 없이 주변에 있는 가격표들을 읽었다. 일종의 상업성이 그의 의식 속에서 다시 사물들에 질서를 부여하려 하고 있었던 것이다. 그는 마지못해 계산을 하고 있었다. 그들이 수백만 년이나 들여 정복하려 했던 이 모든 물질에 대한 조상 전래의 애착이 음험하게 깨어나 그의 의지를 깨뜨리고 그의 전 존재에 넘쳐흐르면서, 사소한 망설임, 눈꺼풀이나 광대뼈 근육의 미미한 움직임, 목덜미의 경련, 오락가락하며 적응하려는 동공의 움직임으로 드러나고 있었다. 개의 검은 등이 그의 앞에서 꿈틀거리자, 그제야 다시 그 개의 모습이 아담의 눈에 보이기 시작했으며, 그의 뇌 속에서는 아직 채 부화되지 못한 판단력이 타고난 트레몰로의 박자로 다시 개를 인지하기 시작했다.

사실 개는 층계의 첫번째 계단 앞에서 주춤했다. 그것은 검지도 희지도 않은 불안한 구멍이었으며, 사람들을 틀어막고 있기 때문이었다. 그러나 지나치던 어린 소녀가 귀를 잡아당기려고 하면서 「개…… 개…… 갖고 싶어…… 저거…… 개」 하고 더듬거리자, 개는 내려갈 수밖에 없었다. 그래서 아담도 개를 따라갔다.

아래에는 사람들이 적었다. 그곳은 음반, 문구류, 망치와 못, 운동화 따위를 파는 매장이었다. 안은 매우 더웠다. 그 남자와 여자 그리고 암캐는 전기용품 계산대 앞에 서서 램프와 전선 가닥들을 만지작거리고 있었다. 암캐는 전등갓 아래에 웅크리고 있다가 혀를 내밀곤 하였다. 암캐는 아담과 개를 보자 일어섰다. 개를 묶은 끈이 옆에 늘어져 있었다. 주인들은 물건을 사느라 여념이 없어 대체 무슨 일인지 알아차리지 못하고 있었다. 아담은 곧 재미있는 일이 벌어질 것이라는 것을 직감했다. 그래서 그는 음반 진열대 앞에 가서 서 있었다. 그는 반들거리는 레코드 재킷을 보는 체하고 있었지만, 고개를 왼쪽으로 살짝 돌려 동물들을 살펴보았다.

그리고 갑작스럽게 일이 터졌다. 기타 소리, 하이힐의 똑깍거리는 소리와 함께 군중 틈에서 동요가 일었다. 즉석 사진기의 푸른색 꼬마 전구가 번쩍하다 꺼지고, 납빛의 손 하나가 사진 찍는 곳의 커튼을 젖히자, 그는 아연으로 만든 틀 속에 눈처럼 온통 하얗게 비친 자기 모습을 보았다. 이제 그의 발밑으로, 그의 발에 바싹 붙어 검은 개의 털북숭이 몸이 암캐의 노란 털을 덮고 있었다. 몇 분 동안 남녀들이 계속 지나가며 에워싸고, 쇠를 박은 그들의 구두 소리는 리놀륨 바닥에 끊임없이 울려댔다. 암캐는 오래된 황금 색깔을 띠고 있었는데, 쫙 벌리고 넓게 펼친 네 다리 아래로 얼룩진 반사광과 수없이 겹쳐지는 스펙트럼 그림자로 바닥이 서서히 모습을 드러내고 있었다. 지하에 파묻힌 백화점의 네모난 매장에서 사람들은 더 큰소리로 말을 했고, 점점 더 많이 웃었으며 능숙하게 물건을 사고팔곤 하였다. 찰칵대는 소리와 함께 사진은 계속 찍혔고, 마그네슘 불빛이 하얀 원 한가운데에서 무엇인가를 터뜨릴 때마다 그 안에서 개들은 아가리를 벌리고 일종의 탐욕스러운 공포로 눈은 휘둥그레 뜬 채 함께 투쟁하는 듯했다. 아담은 이마에 땀을 흘리며 증오와 환희에 가득 차 꼼짝도 않고 재빨리 머리를 굴렸다. 그의 두개골 중앙에서 사이렌이 울리고 있었다. 아무도 그 소리를 듣지는 못했지만 그 사이렌은 마치 즉시 전쟁이라도 터질 듯 〈비상, 비상〉 하고 소리치고 있었다.

이윽고 템포가 느려지면서 암캐는 거의 고통에 찬 신음을 내기 시작했다. 아이 하나가 그 울렁거리는 공간으로 끼여들어와 손가락으로 개들을 가리키며 깔깔댔다. 모든 일이 급격하게 벌어졌었다. 마치 몇 초 동안 영화 필름을 빨리 돌린 듯, 아직도 갑작스런 광기의 돌출이 있곤 했다. 그러나 아담은 이미 한데 뭉쳐 있는 개들에게서 시선을 돌린 후였고 이제는 디스크 재킷에 지문을 남기며 숨을 돌리고 있었다. 기타 소리가 약해졌고, 방금 전의 상큼하던 입이 다시 마이크에 바싹 붙어 말했다.

「저희 여름 컬렉션의 최신 모델이 란제리 코너에서 세일

중에 있습니다. 참신한 디자인의 속치마, 카디건, 영국제 블라우스, 수영복과 가벼운 스웨터, 숙녀 여러분……」

아담은 돌아서서 약간 등을 구부린 채, 검은 털의 영웅을 앞세우고 1층을 향해 나일론 제품 판매장의 계단을 올라가기 시작했다. 그들은 전기제품 매장 근처, 그늘진 미로 한가운데 앉아 있는 암캐의 오렌지색 뱃속에 아무것도 아닌 그 무엇, 하나의 빈틈을 남겨둔 채 그 자리를 떠났고, 재미있는 일은 몇 달 후면 곧 그 빈틈이 반 다스쯤 되는 어린 잡종 강아지들로 채워지리라는 것이었다.

그들은 함께 큰길을 거슬러 올라갔다. 벌써 늦은 시간이어서 해도 이미 기울고 있었다. 또다시 끝나 버린 하루였고 수많은 다른 날들에 덧붙여질 하루였다. 그들은 길에서 해가 비치는 쪽을 느긋하게 걸었다.

행인보다는 자동차가 더 많았고, 그래서 엄밀히 말하면 보도를 걸으며 약간은 쓸쓸함을 느낄 수 있었다.

그들은 두세 개의 카페 앞을 지나쳤는데, 왜냐하면 그곳이 남쪽 도시라 건물 하나에 적어도 카페 하나씩은 있었기 때문이다. 개가 아담과 함께 다니는 것이 아니라 아담이 개와 함께 다니는 것이라고 생각하는 사람은 단 한 사람도 없었다. 아담은 천천히 걸으며 때때로 스쳐가는 사람을 쳐다보곤 하였다. 남자들은 대부분, 그리고 여자들은 모두 검은 안경을 끼고 있었다. 그 사람들은 그를 알지도 못했고, 그 개를 알지도 못했다.

& 한동안 그 사람들에게는 이 키가 크고 어설픈 사내가

더러운 천의 낡은 바지 주머니에 양손을 꼽고 시내 거리를 어슬렁거리는 모습을 볼 수 있는 기회가 없었다. 그가 언덕 꼭대기의 버려진 집에서 혼자 사는 것도 꽤 되었을 것이다. 아담은 그들이 쓴 검은 안경을 보고, 자기만의 공간에서 혼자 사는 대신 무엇인가 다른 것을 할 수도 있었지 않을까 생각했다. 예를 들면, 앵무새를 한 마리 사서 걸을 때 내내 어깨 위에 올려놓고 다닌다든지, 그래서 누군가 자신을 멈춰 세우면 자기 대신 앵무새가 말을 하도록 할 수도 있었을 것이다.

「안녕, 어떻게 지내?」

「안녕, 어떻게 지내?」 하고 말이다.

그러면 사람들은 그가 자신들에게 할말이 없다는 것을 알아차릴 것이다. 아니면, 그는 흰 지팡이와 불투명한 큼직한 안경을 쓴 장님으로 변장할 수도 있었을 것이다. 그러면 사람들은 때때로 그가 길을 건너는 것을 도와줄 때 빼고는, 감히 그에게 접근하려 들지 않을 것이다. 그러면 고맙다는 말도, 그 어떠한 말도 하지 않고 자기 마음대로 할 것이고, 그러다 보면 결국 사람들은 그를 조용히 내버려둘 것이다. 또 작은 복권 판매소를 얻어 그곳에서 하루 종일 내셔널 복권을 팔 수도 있었을 것이다. 사람들은 원하는 만큼 복권을 살 것이고 그러면 그는 일정한 시간을 두고 꾸며낸 목소리로 〈오늘 저녁 최종 추첨이 있습니다. 행운을 잡으세요!〉라고 외쳐서 그 어느 누구든 말을 걸지 못하게 했을 것이다.

어쨌거나 개와는 별개의 문제였다. 왜냐하면 그가 보도

에서 마주친 몇 안 되는 산책 나온 사람들이 검은 안경 너머로 그를 바라보는 일도 거의 없었고, 또 그에게 인사를 건네고 싶은 생각은 추호도 없는 것처럼 보였기 때문이다. 그것은 그가 이제는 더 이상 그 가증스러운 종족에 속해 있지 않다는 것을 입증하는 것이었고, 또한 그의 친구인 개처럼 사람들 눈에 띄지 않고 시내 거리를 오가며 상점들 안을 헤집고 다닐 수 있다는 것을 입증하는 것이었다. 어쩌면 곧 그도 태연하게 미제 자동차 바퀴나 주차 금지 팻말 위에 오줌을 쌀 수 있을 것이고, 야외에서, 먼지를 뒤집어쓴 채, 두 그루의 플라타너스나무 사이에서 사랑을 나눌 수도 있을 것이다.

큰길 끝에 청동 분수 같은 것이 하나 있었는데, 예전에는 어디서나 흔히 볼 수 있던 종류였다. 물을 끌어오기 위한 크랭크 핸들이 달려 있고, 하수구를 쇠창살이 덮고 있는 그런 분수들은 보도에 박혀 있었다. 개는 갈증이 났던지 분수 가장자리에 멈춰 섰다. 그리고 마음을 결정하지 못한 듯 잠시 머뭇거리다 도랑의 냄새를 맡더니 쇠창살을 핥기 시작했다. 그곳에는 약간의 이끼가 끼어 있었고, 동그랗게 뭉쳐서 버린 담뱃갑들이 굴러다니고 있었다. 아담도 소리 없이 다가가, 망설이다가 핸들을 돌렸다. 몇 번의 꾸르륵거리는 소리가 들리더니 개의 머리 위로 폭포수처럼 물이 쏟아져 내려 아담의 구두 끝에 물을 튀겼다. 마치 핸들의 움직임이 물을 만들어내기라도 한 듯 물이 쏟아지자, 개는 주둥이를 크게 벌린 채 몇 모금을 마셨다. 물을 다 마시자 개는 분수에서 떨어져 나와 머리를 흔들더니 가버렸다. 아담에게는 핸들 돌리는 것을 중단했는데도 계속 흘러내리는 나머지 물로 간신히 목을 축일 시간밖에는 없었다. 그는 걸음을 옮기며 입을 닦고 주머니에서 담배를 꺼냈다.

시내 어딘가에는 매우 단순하게 시간을 알려주는 표지가 있음이 분명했다. 어쩌면 비둘기가 날아오르는 것이라든지 아니면 5층 건물 뒤로 해가 지는 것이 그런 것일지도 모른다. 왜냐하면 이제는 개가 더욱 똑바르고 더욱 빠르게 걷고 있었으니 말이다. 서두르는 기색은 아니었지만 개는 주위에서 벌어지는 일에는 전혀 아랑곳하지 않으며 걸음을 옮겼다. 귀를 앞으로 쫑긋 세운 채, 개는 마치 자신이 전혀 이탈할 수 없는 직선을 그리고 있다는 것을 의식하기라도 한 듯 간단히 발을 내딛고 있었다. 그리고 햇빛이 조금밖에 남아 있지 않은 보도 한복판을 종종걸음치며, 시속 8킬로미터의 속도로 자동차 바퀴들, 경적 소리, 버스의 초록색과 빨간색 줄무늬들을 지나쳐갔다. 이런 모든 것이 아마도 시내에, 집에, 개의 눈에는 겨우 가슴 아래만 보일 뿐인 살찐 여인이 잘게 썬 고기와 야채가 담긴 플라스틱 접시를 부엌 바닥에 놓아줄 그곳에 도달하기 위한 것이리라. 그 접시에는 어쩌면 시뻘거면서도 하얀 뼈, 피가 질질 흐르는 팔꿈치뼈가 담겨 있을지도 모른다.

개의 뒤를 따라 아담은 거의 달리다시피 하며 서로 비슷비슷하게 생긴 거리들, 정원들, 문을 닫는 공원들, 인적 없는 광장들을 가로질렀다. 그리고 쭉 늘어선 대문들, 고개를 등받이 쪽으로 돌린 채 거지들이 벌써 잠들어 있는 밤색 벤치들을 지나치고, 차에서 내리는 남녀들, 아무 걱정 없다는 듯 다리를 절며 걸어가는 검은 옷을 입은 두세 명의 노인, 하루 종일 땡볕을 맞으며 작업을 했던 구덩이들로 석유 램프를 들고 모여드는 그을린 얼굴의 노동자들을 지나쳤다. 나이를 알 수 없는 한 남자가 유리가 가득 든 상자를 등에 지고 보도 맞은편에서 걸어 내려오고 있었다. 그는 때때로 지나치는 집 창문을 향해 음산한 목소리로 고함을 지르곤 했는데, 〈올리비에…… 올리비에……〉처럼 들리는 그 소리는 〈오니비엥(곧 간다)……, 오니비엥……〉이었을 것이다.

개는 한복판을 지나갔다. 거리를, 집과 집 사이를, 텔레비전 안테나가 솟아 있거나 벽돌 굴뚝이 솟아 있는 지붕 아래를, 파이프와 환히 불 밝혀진 창문들로 이루어진 미로 속을, 잿빛 거리 한복판을, 그 아래를, 칼과도 같은 몸으로 달음박질쳐서.

개는 그렇게 달려갔다. 늘어서 있는 집들의 담벼락들도 보지 않고, 자그마한 정원에 우거진 관목숲도 보지 않고, 그 숲만 헤치면 볼 수 있었을 수많은 은신처들, 꽃과 과일 바구니로 잔뜩 뒤덮인 참나무 탁자, 벨벳 커튼, 2인용 침대와 인상파 화가들의 복제 그림들 틈바구니에서 살려고 하는 사람들이 숨어 있는 그 수많은 은신처들을 거들떠보지도 않고.

개는 그렇게 했다. 바삐 걸어 자기 집으로 돌아간 것이다. 잠에 빠져들고 있는 마을의 마지막 길을 건너, 광고

전단이 다닥다닥 붙은 마지막 벽을 따라 걸어서, 주둥이로 철책문을 밀어젖히고, 별장 정면과 작은 오렌지나무 숲 사이의 어느 곳, 아주 가까운 곳, 그만의 곳, 그들만의 곳, 그러나 아담의 것은 아닌 어느 곳으로 사라져버렸다.

개가 한 일은 문간에 아담을 홀로 내버려둔 채 가버리는 것이었다. 이제 아담은 〈빌라 벨르 9번지〉라고 이름과 주소가 씌어진 시멘트 기둥에 등을 기대고 서 있었다. 그곳에서 그는 스물여섯 개의 철창 사이로 마치 유아용 그림책에나 나올 법한 초록과 장미 색깔의 벨벳 같은 정원을 훔쳐보고, 주의 깊게 살필 수도 있을 것이고, 낮에 날씨가 더웠었는지 혹은 오늘밤에는 비가 내리지나 않을지 생각해볼 수도 있을 것이다.

언덕 꼭대기의 버려진 집에 무엇인가 새로운 것이 있었다. 그것은 상당히 큼지막한 쥐로, 대부분의 시궁쥐처럼 검은색이 아니라 회색과 흰색의 중간쯤이면서 오히려 흰색에 가까웠고, 주둥이와 꼬리 그리고 네 발은 분홍색이며, 눈꺼풀이 없는 푸른색의 두 눈은 사람을 꿰뚫어보는 듯 용맹스러워 보였다. 그 쥐는 꽤 오래전부터 그곳에 살았을 터이지만 아담은 그 존재를 눈치 채지 못했었다. 아담은 예전에 미셸과 함께 당구대 위에 몸을 뻗고 누웠던 적이 있는 2층의 거실로 올라갔다. 그후로는 그곳에 다시 가지 않았었는데, 그건 애당초 그럴 생각이 없었기 때문이었다. 게을러서 2층으로 통하는 작은 나무계단을 기어 올라가기가 귀찮았던 것이 아니었다면 말이다.

그러다 그는 당구대를 기억해 냈고, 당구를 치며 몇 시간을 보낼 수 있으리라 생각했다. 그래서 그는 다시 올라왔던 것이다.

그는 창문을 열고, 좀더 잘 보려고 덧창 하나를 밀어젖혔다. 그는 사방을 뒤지며 당구공을 찾았다. 집주인들이 가구 안에 감춰두었을 것이라는 생각이 들어 그는 칼로 모든 서랍을 다 뜯어 열어보았다. 그러나 서랍 속에는 아무것도 없었다. 서랍장, 찬장, 옷장 속에도, 레몬나무로 만든 작은 탁자 속에도 해묵은 신문과 먼지 외에는 아무것도 없었다.

아담은 나중에 읽어보려고 신문을 바닥에 쌓아두고 다시 당구대로 갔다. 당구대 오른쪽 코너에는 열쇠로 잠가놓은 서랍 같은 것이 있었고, 그 속으로 당구대 포켓을 통해 공들이 들어가 떨어져 있을 것이라는 생각이 들었다. 아담은 칼로 자물쇠 주위를 팠다. 20분이나 걸려서야 억지로 서랍을 열 수 있었다. 아닌 게 아니라 그 속에는 열 개 가량의 빨간 공과 흰 공이 들어 있었다.

아담은 공을 꺼내 당구대의 융단 위에 올려놓았다. 그래도 당구를 칠 수 있는 큐가 없었다. 그러나 이번에는 집주인들이 다른 방에 큐를 잘 숨겨놓은 모양이었다. 어쩌면 가져가 버렸는지도.

아담은 갑자기 찾는 일이 피곤해졌다. 그는 당구 큐를 대신할 만한 것이 없나 하고 주위를 둘러보았다. 있는 것이라고는 루이 15세풍의 안락의자 다리뿐이었다. 당구를 치려면 하는 수 없이 그 다리를 떼어내야 했지만, 다리는 비틀려 있을 뿐 아니라 금색으로 칠이 되어 있었기 때문에 아담은 손을 금색으로 더럽히기 싫었다.

그는 별장 앞 작은 정원에서 두세 그루의 장미나무에 비끄러매 버팀목 역할을 하던 대나무를 보았던 기억이 떠올랐다. 그는 화단으로 내려가 장미나무 한 그루를 뽑고 대나무 가지를 파냈다.

다시 올라오기 전에 그는 칼로 나무에서 장미 한 송이를 잘라냈다. 그 장미는 그리 크지는 않았지만 모양이 좋았고 또 동그랗게 생겼으며, 연노랑색 꽃잎들은 향기가 그윽했다. 그는 그 꽃을 빈 맥주병에 꽂아 자기 방의 마룻바닥, 모포 더미 옆에 두었다. 그러고 나서 쳐다보지도 않고 다시 2층으로 올라갔다.

그는 혼자서 몇 분 동안 당구를 쳤다. 색깔에는 별로 신경 쓰지 않고 그는 공들을 맞추곤 했다. 한번은 공 네 개를 한꺼번에 포켓으로 떨어지게 하기도 했다. 그러나 그저 우연이라고밖에 할 수 없는 그 한번을 제외하면, 그는 자신이 별로 잘 치지 못한다는 것을 인정해야만 했다. 때로는 목표했던 공을 맞추지 못하거나 또는 공의 정확한 부분을 치지 못하곤 했던 것이다. 큐는 상아로 만든 공을 중심 대신 약간 옆으로 비껴 맞췄고, 그러자 공은 회전을 먹어 이쪽저쪽으로 굴러다니곤 했다. 결국 아담은 당구 치는 것을 포기하고 말았다. 그는 공을 집어들어 마룻바닥에 던지며 공놀이를 하려고 해보았다. 역시 그것에도 그는 능숙하지 못했지만, 주목해야 할 것은 공이 마룻바닥에 떨어지면서 어떤 소리를 내고 어떤 움직임을 보인다는 것이었다.

결국 그는 그것에 더 큰 흥미를 느끼게 되었고 심지어 만족감까지 느꼈다.

아무튼 그는 그렇게 놀다가 쥐를 보게 되었다. 튼튼하고 잘생긴 쥐가 방의 반대편 끝에 분홍색의 네 발로 버티고 서서 건방지게 그를 바라보고 있었던 것이다. 아담은 그 쥐를 보자마자 화가 치밀기 시작했다. 그는 당구공으로 쥐를 맞춰보려고 했다. 죽이거나 아니면 적어도 커다란 고통이라도 주려는 심산이었다. 하지만 실패였다. 그는 여러 번 다시 공을 던졌다. 쥐는 전혀 겁먹은 기색이 아니었다. 창백한 머리를 앞으로 내밀고 이마를 찌푸린 채, 쥐는 아담의 눈을 응시하고 있었다. 아담이 상아로 된 공을 던지면 쥐는 옆으로 펄쩍 뛰며 불만에 차서 작은 소리로 찍찍하는 소리를 내곤 했다. 공을 다 던지자, 아담은 발꿈치를 바닥에 대고 엎드려 그 짐승의 눈 높이까지 몸을 낮추었다. 그는 아마 자신보다 그리 오래되지는 않았겠지만 자신과 마찬가지로 그 쥐도 이 집에서 살고 있는 것이라고 생각했다. 밤마다 쥐는 가구의 어떤 구멍으로 나와서 먹을 것을 찾아 별장을 위아래로 줄달음질쳤을 것이다.

아담은 쥐가 무엇을 먹는지 정확하게 알지는 못했다. 쥐가 육식동물인지 아닌지조차도 기억나지 않았다. 만일 사전에 나와 있는 것이 사실이라면, 〈쥐: 남성 명사. 고리 모양의 긴 꼬리를 가진 설치류의 작은 포유동물〉일 것이다.

그가 기억하는 것이라고는 다만 쥐에 관한 두세 가지의 전설, 난파선 이야기, 밀이 담긴 자루 이야기 그리고 페스트 이야기뿐이었다. 사실 오늘까지도 그는 흰 쥐들이 있을 수 있다는 것조차 모르고 있었다.

아담은 그 쥐에게 시선을 집중하고 귀를 기울였다. 그러자 쥐가 자신과 유사한 점이 있다는 것을 발견했다. 그는 자신도 낮에는 벌레 먹은 두 개의 판자 사이에 숨어 있다가 밤만 되면 쏘다닐 수 있었으리라고 생각했다. 마룻바닥의 널판자 사이에서 음식 부스러기를 찾고, 어쩌다 운이 좋으면 지하실 모퉁이에서 한 무리의 바퀴벌레들과 우연히 마주쳐 그놈들로 포식을 할 수도 있었으리라.

쥐는 여전히 꼼짝도 않고 푸른 두 눈으로 그를 뚫어져라 바라보고 있었다. 목 주위로 지방인지 근육인지 살이 늘어져 있었다. 보통보다 조금 큰 그 크기, 그리고 앞서 말한 근육이 물러 늘어진 살로 보건대 나이가 꽤 든 쥐임에 틀림없었다. 아담은 쥐의 수명이 얼마나 되는지도 몰랐지만 팔십 살 정도는 쉽게 줄 수 있을 것 같았다. 어쩌면 그 쥐는 이미 반쯤은 죽었고, 반쯤은 눈이 멀어서 아담이 자신을 해치려 한다는 것을 깨닫지 못하고 있을 수도 있었다.

서서히, 조용히, 알아차리지 못하는 사이 아담은 자신이 아담이라는 것, 아래층 햇빛이 드는 자기 방에 수많은 자기 물건들, 여러 개의 긴 의자, 신문지들, 온갖 종류의 휘갈겨 그린 그림들, 자신의 체취가 배인 모포, 마치 편지를 쓰는 것처럼 〈사랑하는 미셸에게〉라고 써놓은 종이쪽지들이 있다는 것을 잊었다. 주둥이가 깨진 맥주병들, 점점 번져가는 뜨거운 꽃향기를 사면의 벽으로 흩뿌리고 있는 일종의 장미차(茶)도. 노란 방의 노란 장미가 내는 노란 향기도.

아담은 흰 쥐로 변모하고 있었다. 그러나 그 변모는 이상했다. 왜냐하면 그는 여전히 자신의 육체를 유지하고 있었고, 그의 사지 끝도 분홍색으로 변하지 않았으며 앞니도 길어지지 않았으니 말이다. 그렇다. 그의 손가락에서는 여전히 담배 냄새가 났고, 겨드랑이에서는 땀 냄새가 났으며, 마룻바닥에 바싹 붙어 웅크린 자세에서 앞으로 수그린 그의 등은 이중으로 휜 척추뼈 때문에 그렇게 된 것이었다.

그러나 그는 자신이 흰 쥐라고 생각하고 있었기에, 이 약하고 근시인 작은 동물 족속에게 인간 종족이 얼마나 위험한 존재인가에 갑자기 생각이 미쳤기 때문에, 그는 흰 쥐가 되어가고 있었다. 그는 자신이 찍찍 소리를 내고, 달리고, 긁아대고, 눈꺼풀이 없지만 푸르고 용감하며 동그랗고 작은 두 눈으로 바라볼 수 있다는 것을 알고 있었다. 그러나 그 모든 것은 소용없는 일이리라. 자신과 같은 사람은 그저 사람이라는 사실 그것만으로도 언제나 충분할 것이다. 쥐를 죽이려면, 으깨고, 갈비뼈를 부러뜨리고, 마룻 바닥 위로 담즙과 림프액이 흥건한 작은 늪 속에 길쭉한 그 머리가 굴러다니게 하려면 그저 몇 걸음 옮기려 하기만 하면, 공중으로 발을 약간 들기만 하면 충분할 테니까.

그러자 갑자기, 그는 공포로 둔갑하여, 흰-쥐-들-에-대한-위험으로 변모되어 일어섰다. 그의 머릿속을 가득 채운 것은 더 이상 분노도, 혐오감도, 그 어떤 잔인한 것도 아니었다. 그것은 거의 죽여야 한다는 의무감이었다.

그는 분별력을 가지고 일을 처리해야겠다고 결심했다. 그래서 우선 그 짐승이 빠져나가지 못하도록 문과 창문들을 닫았다. 그리고 가서 당구공들을 다시 주워 모았다. 그가 다가가자 쥐는 짧은 귀를 세우고 약간 뒷걸음질쳤다. 아담은 당구공들을 당구대 융단 위에 올려두고 나서 목구멍 안에서 쉰 듯한 야릇한 억양으로 나지막이 쥐에게 말하기 시작했다. 그는 중얼거리고 있었다.

「내가 무섭지, 엉? 흰 쥐야…… 넌 두려워하고 있어…… 마치 무섭지 않다는 듯 행동하고 싶겠지…… 눈을 동그랗게 뜨고…… 넌 날 보고 있니? 흰 쥐야, 난 네가 용감하다는 걸 인정해. 하지만 널 기다리는 것이 무엇인지 넌 알고 있어. 네 종족 모두, 모두 다 그걸 알고 있어. 다른 흰 쥐들. 회색 쥐와 검은 쥐들. 다 말이야——내가 네게 하려는 짓을 넌 오래전부터 기다렸지. 흰쥐야, 세상은 너를 위해 만들어진 것이 아냐. 살 수 있는 그 어떤 권한도 네가 두배로 가진 것은 아냐. 우선 너는 인간 세상에서 인간의 가옥들, 덫, 총, 쥐약과 더불어 살고 있지. 다음으로 넌 대체로 쥐들이 검은색인 세상에 살고 있는 하얀 쥐란 말이야. 그러니, 넌 웃기는 녀석이야. 그게 또 하나의 이유가 되는 것이고……」

그는 당구공들을 세어보았다. 그런데 하나가 없었다. 아마도 옷장 아래로 굴러 들어간 모양이었다. 대나무 막대기를 가지고 아담은 옷장 아래 바닥을 긁어 상아로 만든 공을 끄집어냈다. 그 공은 빨간색이었고 차가웠다. 손바닥에 놓고 보니 다른 공들보다 더 큰 것처럼 보였다. 그래서 더욱 치명적인 무기였다.

모든 준비를 마치자, 아담은 마음을 정하고 당구대 앞에 섰다. 자신이 갑자기 거인, 활기와 힘이 넘치는 약 3미터 정도의 매우 큰 사내가 된 듯한 기분이 들었다. 그의 앞 약간 떨어진 곳, 창백한 햇빛이 창문으로 스며 들어와 그린 사각형의 옆으로는, 안쪽 벽에 바싹 붙어 선 그 짐승이 분홍색 네 다리로 참을성 있게 버티고 서 있었다.

「더러운 쥐새끼!」 아담이 말했다.

「더러운 쥐새끼!」

그리고 그는 있는 힘껏 첫번째 공을 던졌다. 공은 그 짐승의 왼쪽으로 몇 센티 떨어진 굽도리널 상단에 벼락 치는 소리를 내며 부딪혔다. 0.5초 후 흰 쥐는 소리를 내지르며 옆으로 튀어올랐다. 아담은 기뻐서 어쩔 줄 몰랐다.

「보라고! 난 널 죽일 거야! 넌 너무 늙었어, 비열한 흰 쥐, 넌 이제 반사신경도 없구나! 널 죽이겠다!」

그러고 나서 그는 미친 듯 날뛰었다. 그는 대여섯 개의 공을 연속해서 집어던졌다. 어떤 것들은 벽에 부딪혀 깨어졌고, 어떤 것들은 바닥에서 튀어올라 그의 발 가까이로 굴러왔다. 그 공들 중 하나는 깨지면서 쥐의 머리 위, 왼쪽 귀 바로 뒤쪽으로 파편을 날렸고, 쥐는 파편에 맞아 피를 흘렸다. 설치류 짐승은 벽을 따라 달리기 시작했고, 벌린 입으로는 휘파람 소리 같은 숨소리가 새어나왔다. 쥐는 숨으려고 옷장 쪽을 향해 내달렸고, 서두르는 바람에 옷장 모서리에 주둥이를 부딪혔다. 그리고 찢어지는 듯한 소리를 내며 사라져 몸을 숨겼다.

아담은 이제 더 이상 서 있을 수가 없었다.

「거기서 나와, 이 더러운 짐승아! 더러운 쥐새끼! 더러운 쥐새끼! 거기서 나와!」

「거기서 나와, 이 더러운 짐승아! 더러운 쥐새끼! 더러운 쥐새끼! 거기서 나와!」

그는 옷장 아래로 당구공 몇 개를 던졌지만, 흰 쥐는 꿈짝도 하지 않았다. 그러자 그는 무릎으로 기어가 대나무 막대기로 어두운 곳을 쑤셔댔다. 벽에 바싹 붙어 있는 뭔가 물컹한 것이 막대기에 걸렸다. 쥐는 결국 뛰쳐나와 방의 반대쪽으로 달렸다. 아담은 부엌칼을 손에 쥐고 쥐를 향해 기어갔다. 자신의 시선으로 아담은 쥐를 벽으로 몰아붙였다. 쥐의 후두부 쪽으로 약간 피에 젖어 털이 뻣뻣해진 것이 눈에 띄었다. 연약한 몸뚱이가 꿈틀거리고 있었다. 옆구리는 경련을 일으키듯 오르내렸고, 창백한 푸른 눈은 겁에 질려 튀어나올 듯했다. 투명한 눈동자 깊숙이 박혀 있는 두 개의 검은 동공에서 숙명에 관한 어떤 생각, 죽음과 고통을 동반한 종말에 관한 영감, 축축하고도 우울한 그림자를 읽을 수 있었다. 그 두려움은 행복했던 많은 세월, 인간들이 사용하는 지하실의 서늘하고 희미한 빛 가운데서 감미롭게 맛보았던 몇 킬로그램의 밀알과 그뤼에르 치즈와 연관된 은밀한 향수와 뒤섞여 있었다.

그러자 아담은 자신이 바로 그 두려움이라는 것을 알았다. 그는 근육으로 뒤덮인 거대한 위험, 이를테면 탐욕스럽게 자신의 동족을 잡아먹고자 하는 거대 흰쥐족이었다.

반면 진짜 쥐는 증오와 공포로 인하여 사람이 되어가고 있었다. 신경 전율이 일어 그 작은 짐승의 몸뚱이가 흔들리는 것이 마치 곧 울음을 터뜨리거나, 무릎을 꿇고 기도문을 외우려는 것 같았다. 네 발로 몸을 받치고 선 아담은 고함을 지르고, 으르렁거리고, 욕설을 중얼거리며 앞으로 나아갔다. 더 이상 말은 존재하지 않았다. 말은 더 이상 입 밖으로 나가지도, 귀로 들어오지도 않았으며, 그 매개의 움직임으로부터 영원한 것, 진정한 것, 부정적인 것들이 생겨났다. 말은 상상할 수 없는 바탕 위에 그려진 완전히 기하학적인 것이 되고, 신화적인 요소가 가해져 별자리를 이루었다. 모든 것이 베텔기우스[6]나 엡살롱 코셰[7]를 중심 모티브로 하여 씌어지고 있었다. 아담은 전적인 추상성 속에 빠져버렸다. 그는 살고 있을 뿐, 그 이상도 그 이하도 아니었다. 심지어 그는 찍찍 하는 울음 소리를 내기도 했다.

그는 당구공들을 움켜쥐고 그 짐승을 향해 던졌다. 이번에는 정통으로 맞추어 뼈가 으스러지고, 털 아래로 살점들이 철썩이는 소리가 났다. 그는 〈쥐새끼!〉 〈죄악이야, 죄악!〉 〈더러운 놈, 흰 쥐!〉 〈비명을 질러, 비명을, 아악!〉 〈으깨버린다!〉 〈죽인다〉 〈쥐! 쥐! 쥐! 쥐!〉와 같이 앞뒤가 맞지 않는 소리들을 질러댔다.

그는 날이 앞으로 가게 해서 칼을 집어던졌고, 이런 종류의 동물들에겐 결코 내뱉을 수 없는 가장 저속한 욕설을

---

6) 오리온좌 중의 1등성.
7) 마부좌의 다섯번째 별.

퍼부어 흰 쥐의 말을 덮어버렸다.

「더러운 놈, 더러운 고양이 새끼!」

끝나려면 아직 한참 멀었다. 근시의 그 작은 짐승은 반쯤 몸이 잘린 채 펄쩍 뛰어 아담의 손길이 닿지 않는 곳으로 달아났다. 그 쥐는 이미 더 이상 존재하는 것이 아니었다.

추억이 빼곡이 들어찬 이 삶의 종점에 선 그 짐승은 약간의 눈발처럼 흔들리는 흐릿한 형태의 창백한 유령 같았다. 밤색의 바닥 위로 빠져 달아나는 그 짐승은 붙잡을 수 없는 불멸의 것이었다. 그것은 소엽 모양의 구름, 또는 피와 공포로부터 분리되어 더러운 물위로 떠다니는 부드러운 이끼 덩어리였다. 그것은 세탁할 때 남는 것, 떠다니는 것, 퇴색하는 것, 빽빽한 공기 중에 돌아다니다 터져버리는 것이며, 결코 더럽힐 수 없고 죽일 수도 없는 것이었다.

아담은 그 짐승이 자기 앞에서 왼쪽으로, 그리고 오른쪽으로 미끄러져 가는 것을 보았다. 그러자 그는 자신의 의지와 더불어 일종의 피로감으로 인해 스스로 절제하게 되었다.

그래서 그는 말을 중단했다. 그는 다시 두 다리로 일어섰고 싸움을 끝내기로 결심했다. 그는 양손에 당구공을 하나씩 들었다. 하긴 이제 다른 공들은 거의 다 깨진 뒤였다. 그리고 그는 쥐를 향해 발걸음을 옮기기 시작했다. 굽도리널을 따라가면서 그는 바로 그곳, 흰 쥐가 생명을 잃기 시작했다고 나중에 목탄으로 표시해 놓을 그 지점을 보았다. 살육의 시초부터, 마룻바닥 위에 남아 있는 것은 밝은 빛깔의 털 뭉치 몇 개, 뼈 부스러기 같은 상아 조각들 그리고 하나의 늪뿐이었다. 짙은 자색의 피로 이루어진 그 늪은 이미 색이 바래 있었고, 지저분한 나무판자가 한 방울 한 방울 피를 빨아들이고 있었다. 온몸으로 영원의 품 안에 들어갈 시간인 한두 시간 후면, 모든 것이 끝나버릴 것이다. 피는 그 어떤 액체, 이를테면 포도주의 얼룩처럼 보일 것이다. 피는 응고되면서 딱딱히 굳거나 가루처럼 될 것이고, 그러면 손톱 끝으로 긁을 수도 있을 것이다. 설령 파리를 그 위에 올려놓는다 하더라도 파리가 빠져 죽는다거나 그것에서 영양분을 섭취한다거나 하는 일은 없을 것이다.

눈앞에 젖은 장막을 친 듯 뿌연 눈으로 아담은 쥐가 있는 곳까지 걸어갔다. 그는 마치 샤워실 가리개 너머, 물방울이 흘러내리는 나일론 천 조각을 통해 그 뒤에 있는 한 여인, 온통 살을 드러낸 채, 쏟아지는 물 소리와 비누 거품 냄새 한가운데에 숨어 있는 한 여인을 보려고 애쓰는 것처럼 그 쥐를 바라보았다.

배를 깔고 누운 흰 쥐는 수족관 바닥에 잠들어 있는 듯했다. 벌거벗고 움직이지 않는 한 부분만을 남긴 채 모든 것이 이 동물의 일상 영역 밖으로 물결 따라 떠나버리고 없었다. 이제 황홀경의 문턱에 이른 쥐는 최후의 순간, 뻣뻣이 굳은 수염 위로 반쯤 남은 숨이 그치며 또 하나의 삶 같은 것, 철학의 수많은 명암들이 정확히 교차하는 곳으로 그를 영원히 내동댕이칠 순간을 기다리고 있었다. 아담은 쥐가 평온하게 숨쉬는 소리를 들었다. 두려움은 이미 그 짐승의 몸에서 떠나버린 후였다. 쥐는 이제 매우 멀리, 거의 빈사 상태였다. 창백한 두 눈을 뜬 채, 그 짐승은 마지막 당구공들이 맹렬한 공격으로 자신의 두개골을 으깨 자신을 흰 쥐들의 천국으로 보내주기를 기다렸다.

쥐는 신비스러운 환희에 가득 차 조금은 헤엄치고, 조금은 공중을 날아 그곳으로 갈 것이다. 땅바닥에는 자신의 벌거벗은 몸뚱이를 남겨둘 것이다. 한 방울 한 방울 모든 피를 비우기 위하여 그리고 그 피로 하여금 그의 순교가 새겨진 마룻바닥의 그 성스러운 장소를 오래오래 가리키도록 하기 위하여.

아담으로 하여금 끈기 있게 바닥까지 몸을 낮추어 흩어진 그의 주검을 주워 모으도록 하기 위하여.

아담으로 하여금 한순간 그의 주검을 손에 들고 흔들어 보도록 하기 위하여, 그가 눈물을 흘리며 2층 창문에서 그것을 던져 언덕 바닥까지 긴 곡선을 그리며 떨어지도록 하기 위하여. 그리고 가시나무 관목숲이 그의 몸을 받아들여 햇빛 가득한 자유로운 대기 속에서 썩어가도록 내버려두기 위하여.

I

질문:

〈사랑하는 미셸

네가 근간 여기, 이 집으로 다시 왔으면 해. 기억나지? 지난번 저 아래 해변을 따라 달렸던 때 이후로는 널 보지 못했잖아. 되는대로 아무것이나 하며 허비하는 시간이 참 우스워. 어쩌면 날씨가 너무 더워서인지 난 여름이 언젠가 끝나기는 할 건가 하는 생각도 해. 별장 담장 아래 소귀나무 숲에 흰 쥐 한 마리가 죽어 있는 것을 보았어. 죽은 지 꽤 오래되었는지, 먼지처럼 보이는 핏자국을 빼면 온통 누런 색깔이었어. & 눈 주위로는 작은 주름들이 원을 이루고 있었고, 감긴 눈꺼풀은 X자 모양을 띠고 있었지. 그 녀석은 수북한 가시덤불 속에 떨어져 있었어. 소귀나무 열매라든지 월귤나무 열매들이 익어서 그 녀석 머리 주위로 수백 개의 주홍빛 점들을 이루고 있었어. 태양 때문에 녀석이 그런 상태에 놓이지 않았더라면, 나뭇가시에 그놈 몸은 갈기갈기 찢어졌겠지. 햇빛을 받으면 시체가 더 빨리 노화되는 법이라는 생각이 들어.

그리고 또 누군가 알로에 나뭇잎에 칼로 이렇게 새겨놓았더군.

세실 J.가 당신에게 말하건대 엿먹어라.
세실 J.가 당신에게 말하건대 개새끼야.

나는 대체 누가 이런 글을 썼는지 생각해 보지. 이곳으로 지나가던 어떤 여자아이, 아니면 몇 번인가 일요일 오후가 되면 콧수염을 기른 사내 녀석들과 함께 풀숲에 있던 머저리 같은 계집애들 중 하나겠지. 콧수염 기른 사내녀석이 다른 계집애랑 놀아나는 바람에 화가 났겠지. 그래서 주머니칼을 들고 보통 하는 식대로 하트 모양의 칸막이를 그리고 거기다

세실 에릭

이라고 새겨 넣는 대신 이렇게 썼겠지.

세실 J.가 당신에게 말하건대 개새끼야.

내가 할말은 이거다.

가끔 내가 즐기는 것이 있다면 그것은 집에서 햇볕에 발

을 내놓고 앉아 있는 거야. 이런 종류의 일들이 생각나. 오래전에 있었던 일이지만 난 아직도 기억하고 있어. 내가 사는 곳에서 멀지 않은 곳에 여학교 비슷한 것이 있었어. 하루에 네 번 여자애들이 내가 사는 곳 앞을 지나다니곤 했어. 그러니까 오전 8시, 정오, 오후 2시 그리고 5시 반에 말이지. 나는 언제나 걔들이 지나다니는 길에 있었지. 걔들은 대체로 열 명이나 열두 명씩 뭉쳐 다니곤 했어. 모두 다 멍청했고, 대부분 못생겼었지. 하지만 개중 그래도 어느 정도 예쁘다 싶은 애들 네다섯 명을 점찍어 두었었어. 그래서 하루에 네 번 그 여자애들을 보는 것이 즐거웠지. 난 일종의 확실한 약속 같은 것을 해둔 듯한 느낌이 들었어. 난 내가 하고 싶은 대로 낚시도 가고, 일주일 동안 빼먹기도 하고 또 병이 날 수도 있었지만, 그래도 그 여자애들이 시간 맞추어 지나간다는 것을 알고 있었어. 그건 기분 좋았어. 왜냐하면 하루 일과가 있다는 느낌이 들었거든. 마치 자기 집에 돌아왔을 때 네 개의 벽, 탁자, 의자, 재떨이들이 내버려두고 간 상태 그대로 있는 것을 보는 듯 말이야.

여기서 그런 것에 대한 기억을 더듬는 것이 즐거워. 내 집도 아닌 집에서, 해변에서 훔쳐온 긴 의자들, 항구 예배당에서 훔쳐온 양초들을 놓고 말이야. 시내 쓰레기통에서 주워온 신문들. 고깃점들과 감자 부스러기, 버찌술에 담근 파인애플 통조림, 노끈 조각들, 불에 탄 나무 조각들, 백묵 조각들, 그리고 내가 살아 있으며 훔치고 있다는 증거인이 모든 것들의 4분의 3쯤 되는 물건 더미 속에서 말이야. 이 집을 찾아낸 것이 기뻐. 마침내 난 평화를 누릴 수 있게 된 거야. 비록 내게 주어진 스물네 시간으로 무엇을 해야 할 것인지는 모르지만. 나무들과 침묵의 스물네 시간, 난 내가 선택한 만화 속에 사로잡혀 있어.〉

답변:

〈난 네게 답할 수 없어. 알로에 나뭇잎에 그 문장을 새겨 넣은 여자애에 대해 네가 물은 것에도 답할 수가 없구나. 그렇지만 난 수많은 이야기들을 생각했어. 감히 네게 그 이야기들을 할 엄두는 나지 않지만, 그래도 그 모든 이상한 것들을 평상시의 혼돈 상태에서 끄집어내기 위해서라도 글로 써야 할 것만 같았어. 어쨌든 추잡한 것은 아니야. 왜냐하면 끝과 끝을 맞추어보면, 도처에서 볼 수 있는 그 사소한 사건들, 세 마디 말이 씌어 있는 종이쪽지들, 칼로 문장을 새겨 넣은 그 나뭇잎들, 가끔 길을 건너다 듣게 되는 욕설들 따위, 난 그것들이 재미있고 또 내가 그런 것들을 좋아한다고 생각하거든.

어제 난 영화관에 갔어. 이상야릇한 영화였는데, 그걸 보니 말하고 싶은 욕망이 생겼어. 내가 생각하기에 넌 네 시간을 아무 쓸모도 없는 것들에 허비하는 것 같아. 네 자신을 허비하다 보면 넌 아무것에도 이르지 못할 거야. 넌 감상적인 모든 것을 두려워하고 있어. 난 네게 이야기를 하나 해주고 싶어. 어떤 이야기든지. 어떤 이야기라도 말이야.〉

답변:

〈그래. 이야기해 보자. 이야기들이 이 빌어먹을 현실과는 별 볼일 없는 것들이지만 그래도 재미니까. 가능하면 가장 미묘한 이야기들, 눈에 덮여 있으면서 동시에 햇볕이 내리쬐는 정원 이야기 같은 것을 하자꾸나. 사방에 버찌나무들이 서 있겠지. 정원 깊숙한 곳, 새하얀 커다란 벽이 있는 곳을 제외하고 말이야. 눈은 버찌나무 가지들과 담장 꼭대기에 매달려 있겠지. 다만, 햇볕 때문에 눈은 서서히 녹을 테고 그러다 퐁당퐁당 하는 물방울 소리와 함께 풀 위로 떨어질 거고.

그럼 나무들 중 하나가 투덜대겠지. 「조용히 해! 조용히! 잠을 잘 수가 없잖아!」 하고 징징댈 거야. 나뭇가지들이 툭툭거리는 소리를 내며 말이지.

하지만 물방울들은 계속 땅에 떨어지며 더욱더 큰소리를 내겠지. 그러면 태양이 말할 거야.

「잠을 잔다고! 누가 잠자는 이야기를 하는 거야! 내가 여기 이렇게 눈을 뜨고 있는 동안 어느 누구도 잠을 자선 안 돼!」 하고.

그리고 배나무들엔 다 익은 큼직한 배들이 달려 있을 거야. 입이 있을 자리에 흉터가 난 배들이. 새들이 그런 흉터를 만들어놓았을 테지만, 그래도 그건 한 쌍의 입술과 무척 흡사할 수도 있을 거야. 배들이 큰소리로 웃어대겠지.

그러면 가장 나이 많은 버찌나무 하나가 불평을 늘어놓기 시작할 거야.

「조용히 좀 해! 난 잠을 자야 한다고! 난 잠을 자야 한

다니까! 그렇지 않으면 난 결코 꽃을 피울 수가 없어!」
물방울들은 그런 것에도 아랑곳하지 않겠지. 떨어지기 바로 직전, 아직도 꼬리로 나뭇가지에 매달려 있으면서 찢어질 듯 날카로운 목청으로 소리치겠지. 「조용히 해! 조용히! 고양이 꼬리가 흔들린다!」 놀려먹겠다는 거야.
정원 어디서나 마찬가지일 거야. 눈의 입자들이 풀 위로 조용히 그리고 서서히 바스러지고. 그건 웃길 거야. 해가 쨍쨍 내리쬐는데, 빗소리가 날 테니 말이야. & 모든 것이 투덜대겠지. 풀도 자신이 초록색이라고, 색깔을 바꾸고 싶다고 투덜댈 것이고. 죽은 나뭇가지들도 자신들이 죽었다고. 나무뿌리도 하늘을 보고 싶다고. 흙덩이들도 그럴 테지. 인산염이 너무 많이 섞였다고. 풀잎들은 숨이 막힌다고 투덜댈 것이고. 그리고 딸기나무 잎사귀들은 희끄무레한 솜털이 났다고, 나무 잎사귀에 희끄무레한 솜털이 나는 것은 어쩐지 우스꽝스러운 일이라고 말이야. 그러고 나면 정원이 차츰차츰 변해 갈 거야. 버찌나무에는 이제는 더 이상 거의 눈이 남아 있지 않을 테고, 담장 꼭대기에도 마찬가지로 눈이 전혀 없을 거야. 또 눈을 녹여줄 태양도 거의 없겠지. 소리들도 달라지기 시작할 거야. 이를테면 버찌나무들은 복수라도 하려는 양 가지들을 마주쳐 삐걱이는 소리를 내겠지. 배들은 대번에 익어 바닥에 떨어질 테고. 몇몇은 뭉그러져서 농익은 갈색으로 풀밭을 물들일 거야. 다른 몇 개의 배는 탈출에 성공해서 흙터로 즙을 질질 흘리며 굴러다니겠지. 그래도 벽은 한결같이 조용히 침묵을 지키며 똑바로 서 있을 거야. 온통 하얗게. 벽은 꼼짝달싹도 하지 않을 거야. 그러면 이런 일이 생기겠지. 그토록 아름답고, 그토록 고상한 벽을 보고 정원의 나머지 모든 것들이 시끌벅적하게 동요를 일으킨 것에 대해 창피함을 느끼는 일 말이야.

그래서 서서히 정원은 평온하고 쌀쌀맞은 모습을 되찾아 가겠지. 그러면 모든 미세한 점들에서 벌어지는 별로 대단치 않은 부산스러움 외에는 아무것도 없을 거야. 몇 시간만 더 지나면, 모든 것이 하얀색, 초록색, 분홍색을 띠게 될 거야. 마치 정제 설탕으로 만든 예쁜 케이크처럼. 그리고 고요해지고, 밤이 되면 잠도 때맞추어 잘 오겠지. 그래, 이 모든 나뭇잎들 위로 정말로 때를 잘 맞추어서. 그럴 거야.〉

답변:

〈사랑하는 미셸,

오늘 또 나는 여름이 언젠가는 끝나려니 하고 생각했어. 여름이 끝나면 난 무엇을 할까, 해가 없으면 더 이상 그리 덥지는 않겠지, 물이, 한 방울 한 방울 끊임없이 떨어지는 빗물이 모든 것들을 휩쓸겠구나라는 생각을 했어.

가을이 오고, 그리고 겨울이 오겠지. 여름이 끝나면 날씨가 춥다고들 하겠지. 나는 내가 어디 가 있어야 할지 모를 것이라는 생각이 들었어. 이 집에 사는 사람들이 어느 날엔가 차를 타고 돌아올 것이라는 생각도 했고. 그 사람들은 차 문을 열고, 언덕을 가로질러 오르막을 이루고 있는 오솔길을 기어오르겠지. 그리고 다시 이 집을 차지할 거야. 그렇게 되면, 난 생각했어, 그들이 아마도 발로 날 걷어차 집 밖으로 내쫓을 거라고. 헌병들을 부르지 않는다면 말이지. 만일 부른다면 날 어딘가로, 분명 내가 머물고 싶어하지 않을 곳으로 강제로 끌고 가겠지. 내가 상상할 수 있는 것은 그게 다야. 그 이후는 다시 흐릿해져. 내게 무슨 일이 생길지 난 모르겠어.

사람들은 분명 내가 저지른 숱한 일들을 비난하겠지. 여러 날 동안 저기 바닥에서 잔 것과 집을 더럽히고 벽에 오징어를 그려놓은 일하며, 당구를 쳤다는 것을. 정원의 장미들을 꺾었다고, 창틀에 병 주둥이를 깨서 맥주를 마셨다고 날 비난할 거야. 사실 나무로 된 창틀 가장자리엔 노란색 페인트가 거의 남아 있지 않아. 난 별것도 아닌 일로 인간들의 재판정에 끌려나가야 할 것이라는 상상을 해. 그러면 유언 삼아 그 쓰레기들을 그들에게 남겨야지. 이건 결코 오만이 아닌데, 난 살아간다는 그 죄값을 온몸으로 치를 수 있도록 그들이 내게 어떤 형벌을 선고해 주었으면 하고 바라. 만일 사람들이 내게 모욕을 주고, 내게 채찍질을 하고, 내 얼굴에 침을 뱉는다면, 그러면 마침내 난 운명을 가지게 될 것이고, 마침내 신을 믿게 될 거야. 어쩌면 사람들은 내가 어떤 세기, 이를테면 26세기에 살고 있는 것이라 말하겠지. 그럼 당신들은 내가 어떤 미래까지 살 것인가 알게 되겠지.

그렇지만 만일 내가 자유롭게 떠날 수 있도록 해준다면, 무엇을 할 수 있을까 생각하는 편이 더 좋아.

그게 무엇인가 말하기는 어려워. 왜냐하면 이미 머릿속

이 계획으로 꽉차 있으니까. 하긴 웃기는 일이야. 왜냐하면 사실 난 그런 것은 그렇게 깊이 생각해 보지 않았거든. 난 그저 모든 사람들처럼 자연스럽게 생각들만 해보았을 뿐이야. 시내를 혼자서 또는 미셸 너와 함께 산책하면서, 혹은 내 방의 긴 의자에 몸을 뻗고 멍하니 있으면서 말이야.

예를 들어서 내가 회색 정장에 테 없는 검은 모자를 쓰고 장례 행렬에 끼여들 수도 있을 거야. 내가 거리를 걸으면 사람들은 내가 가족 중의 누구, 친지, 친척이나 혹은 어머니를 잃었다고 생각하겠지. 난 모든 장례 절차를 따를 거야. 장례식이 끝나면 내 손을 잡는 사람도 있을 것이고 또 누군가는 날 껴안으며 나지막한 목소리로 조의를 표한다고 중얼대겠지. 그렇게 되면, 신문들에서 부고란을 읽는 것이 내 가장 바쁜 일이 될 거야. 나는 화려한 장례식이건 초라한 장례식이건 모든 장례식에 참석할 거야. & 차츰차츰 장례 생활에 익숙해지겠지. 반드시 해야 할 말, 눈을 내리까는 법이라든지 매우 조신하게 걷는 법을 배우게 될 거야.

나는 묘지에 즐겨 가게 될 것이고, 기꺼이 죽은 자들의 이마, 퀭하니 풀어진 눈, 빠진 턱 그리고 무덤에 편평하게 깐 대리석을 어루만질 것이며, 화관의 가운데에, 석고로 만든 제비꽃에 매달린 휘장 위에 써놓은 글을 읽겠지.

'근조(謹弔)'

필요하다면 난 시편을 읊조릴 수도 있을 거야.

'그날, 분노의 날,

재앙과 불행의 날,
장엄하고도 비통한 날.

네가 불로써 이 땅을
심판하러 올 때……'

여행을 할 수도 있겠지. 그럼 난 내가 모르는 많은 도시들로 다닐 것이고, 도시마다 친구를 한 명씩 사귀어야지. 그리고 나중에 그 도시들로 돌아가 보는 거야. 그렇지만 확실히 그 친구를 볼 수 없는 날들만 일부러 골라서 가는 거야. 예를 들면, 사육제가 열리는 날 리오로 가는 거지. 내가 그 친구, 그러니까 파블로라고 해두자, 그 친구 집 문에서 초인종을 누르면, 당연히 그 친구는 집에 없겠지. 그러면 난 종이쪽지를 꺼내 짤막한 편지를 쓰는 거야.

'친애하는 파블로,
널 보러 오늘 리오로 왔다.
그런데 넌 집에 없구나. 내 추측으로는
네가 사육제에 갔지 싶다. 다른 사람들처럼.
널 못 보아 아쉽구나. 우리가
한잔 같이 하며 이야기를
나눌 수도 있었을 텐데. 어쩌면 내년에
다시 들를 수도 있을 거야. 챠오.
아담 폴로.'

아니면 7월 14일에 파리로 가는 거야. 붉은 광장에서 사열식이 벌어지는 날 모스크바로 가거나 공의회가 열리는 날 로마로, 혹은 재즈 페스티벌이 벌어지는 날 뉴포트로 가지 않는다면 말이야.

정작 어려운 것은 친구들을 잘 고르는 거야. 왜냐하면 내가 찾아가는 날 그들이 확실히 집에 없어야 하니까.

그렇지 않으면 이 조그만 장난은 망쳐져 버릴 것이고, 난 더 계속할 용기가 나지 않을지도 몰라. 행여 내가 날짜를 착각이라도 한다면, 초인종을 눌렀을 때, 문이 활짝 열리면서 그들이 만면에 미소를 띠고 환호성을 지를 거야.

'아담 폴로? 자네가 여기에? 이런 놀라울 데가 있나! 자네가 내일 왔더라면 날 못 만날 뻔했어. 투우 경기가 열리거든…….'

그래, 이런 종류의 놀이에 더 유리한 점이 없지 않은 어떤 방법이 있을 거야. 자주 그런 것을 생각해 봐야겠어. 이를테면 달력을 하나 사서, 세계 각 도시의 축제와 행사 일자를 적어놓는 거야. 물론 친구들 중 한 명이 병이 난다거나 혹은 괴팍한 사람으로 변해 축제에 가지 않을 위험도 항상 있지. 하지만 그런 위험들이 이런 시도에 묘미를 더해 주거든. 내가 지금까지 말한 것은 수많은 생각들 중 두 가지에 지나지 않는 것들이야. 왜냐하면 사회에서 살아가기 위해, 난 수많은 여러 방안들을 고안해 냈거든. 내가 상피증을 앓을 수도 있을 거야. 확인한 바로는 그렇게 되면 대부분의 사람들에게 혐오감을 주고, 그들과 거리를 둘 수 있더군. 또 내 턱이 돌출될 수도 있을 거야. 그렇게 되면 사람들은 측은히 여기겠지만, 입을 살짝 벌릴 때 아랫니가 어떻게 앞으로 튀어나오는지 결코 보고 싶지는 않을 테니까. 습진 때문에 다리를 전다거나, 딱한 녀석이 된다거나 아니면 세제 용기 속에 덤처럼 들어 있는 빨간색의 조그만 셀룰로이드 스푼 같은 것으로 이를 쑤신다든지 하는 것도 나쁜 방법은 아냐. 그리고 꼬박 며칠 동안 칼끝으로 이빨의 썩은 곳을 찾아낼 수도 있지. 일반적으로 질병이나 광기 혹은 불구와 비슷한 것은 다 좋아.

그렇지만 사회 생활에는 사람들이 조용히 내버려두는 좋은 자리들도 있어. 수맥을 찾는 사람, 기둥서방, 정원사 같은 직업들이 특히 좋지.

난 내가 영화관 영사실 기사였으면 좋겠다는 생각을 종종 했어. 우선 작은 방에 기계와 단둘이만 있게 되잖아. 출입문과 광선이 새어나가는 작은 구멍 이외에는 열려 있는 곳이라고는 전혀 없지. 할 일이라고는 그저 필름 틀을 축에 걸고, 필름이 듣기 좋게 골골 소리를 내며 돌아가는 동안 담배를 피고 병 주둥이에 입을 대고 맥주를 마시면서, 보랏빛 전구의 불빛을 바라보고, 또 자신이 관광 유람선 갑판에 서 있으며 눈앞에 스쳐 지나가는 것에 속아넘어가지 않는 희귀한 사람들 중 하나인 것 같다는 생각을 하는 거야.〉

답변:

〈사랑하는 미셸,

이제 곧 비가 올 것 같아

이제 날이 갈수록 태양도 약해지고, 햇살도 하나씩 희미해져, 눈덩이로 변해 죽어버릴 것 같아. 그리고 난 긴 의

자에 깊숙이 파묻혀 태양이 싸늘히 식어가는 것을 지켜보아야 할 것 같아,

이제 불구자들과 앉은뱅이들의 승리가 시작되리라는 느낌이 들어,

이제 나는 흰개미들이 다스리도록 이 땅을,넘겨줘,

내 생각에 네가 와야 할 것 같아.

대체 넌 나처럼,

마지막 남은 빛의 잔재 한가운데로 와

잠들고 싶은 마음이 들지 않니?

넌 정말로 내게 평온한 이야기를 들려주고 싶지 않니? 맥주나 차를 마시면서, 창밖으로 스치는 소리를 들으면서. 그리고 우리는 옷을 벗고, 서로의 육체를 바라보는 거야, 손가락으로 무엇인가를 헤아려보기도 하며, 똑같은 날을 수천 번 되풀이하지 않으련?

신문도 읽겠지.

도대체 이 집의 사람들은 언제 돌아오는 거야? 네가 한번이라도 말해 주면 좋겠어. 누가 알로에 잎사귀에 그런 것들을 새겨놓았는지, 누가 그 짐승을 죽였는지,

용맹함을 드러내는 투명하고 푸른 두 눈의 흰 쥐를, 어지러이 엉킨 소귀나무 관목숲에 어쩌면 못박혀 죽었는지도 모르는 그 쥐를, 그러면서도 썩지 않고 향기를 내며 오늘도 분명 뜨거운 열기에 몸이 온통 꿰이고 있을 그 쥐를.〉

J

비가 내리고 있었다. 그러므로 이번에는 해변에 그 개가 없을 것이다. 개는 어디 있을까? 그걸 아는 사람은 아무도 없었다. 아마도 자기 집에 있겠지. 비가 오는데도 털북숭이의 불룩 솟은 큼직한 등에 빗방울을 맞으면서 거리를 헤매고 돌아다니기로 마음먹지 않았다면 말이다.

아담은 별다른 기대 없이 해변으로 가보았다. 빗속의 해변은 지저분했다. 비에 젖은 조약돌은 더 이상 조약돌이 아니었고, 시멘트도, 바다도 더 이상 시멘트와 바다가 아니었다. 모든 것이 서로 겹쳐 흐르고 뒤섞여 진흙탕을 이루고 있었다. 당연히 해는 조금도 찾아볼 수 없었다. 하늘에 해가 떠 있을 자리에는 갈매기 모양의 이상하게 생긴 작은 고리가 있었고, 평상시 해가 비추어보이던 곳에는 검은 수초 같은 또 하나의 작은 고리가 있었다.

시내로 들어서자, 아담은 날씨가 거의 추워졌다는 것을 깨달았다. 그는 어디로 가야 할지 전혀 몰랐다. 또한 자신이 비를 좋아하는지 아닌지도 몰랐다. 만일 비를 전혀 좋아하지 않았다면 그는 서슴지 않고 카페로 들어가, 조용히 맥주나 마시며 심심해했을 것이다. 그러나 그는 그렇게 돈을 쓸 만큼 자신이 비를 좋아하지 않는다고는 확신하지 못했다. 발길 닿는 대로 가다 보니 그는 백화점 같은 것 앞에 이르게 되었다. 비 때문에 평소보다 사람들이 세 배는 많았다. 아담은 진열대들 사이를 헤집고 들어가며 그리 오래 머물지는 않겠노라 생각했다.

그러다 양말을 보고 있는 뚱뚱한 여자 때문에 앞이 가로막혔다. 아담도 양말을 보았는데, 모든 치수의 양말들이 다 있었다. 주로 흰색인 어린이 양말을 제외하면 푸른색이 주조를 이루고 있었다. 뚱뚱한 여자는 주로 양말 종류에 관심을 기울이고 있었다. 그녀는 거의 모든 양말들을 만지작거리며 불그스름한 손으로 잡아당겨 보곤 하였다. 등에 단추가 달린 앞치마를 구두 끝으로 들어올리자, 그녀 다리에 정맥류가 퍼져 있는 것이 눈에 띄었다. 그로 인해 그녀의 피부 아래로는 보랏빛 고리들이 연속되어 있었는데, 좀 더 위쪽의 허벅지 부근에서는 어떻게 진행되고 있는지 보고 싶은 욕망이 일었다. 그러나 사람들의 움직임에 휩쓸려, 아담은 더 이상 알지 못한 채 그녀를 포기하고 말았다. 그는 음반 계산대 앞에 멈춰 섰고, 자기 차례가 될 때까지 잠시 기다렸다가 여점원에게 물었다.

「맥 킨슬리 모건필드 판이 있나요?」

그녀가 대답하기 전, 아담은 아가씨의 얼굴을 보았다. 얼굴은 건강한 편인 어린 소녀처럼 부드럽고, 머리칼은 담갈색이며, 특히 화장기 없이 크고 매우 붉은 두 입술이 살포시 열리면서 입의 뜨거운 공동(空洞) 속에 진주알을 반짝이는 그녀가 무척 예쁘다고 그는 생각했다. 확실히 그녀의 음성은 목구멍의 틈새로 흘러나와 예민한 성대를 네 번 진동시킴으로써 맞닿은 입술의 가벼운 떨림을 마무리 짓고, 반쯤은 욕망에서 우러나오고 반쯤은 관례를 따르는 인간 예찬의 마지막 순서를 이행하려고 하였다.

「그게 뭐죠?」 그녀는 그렇게 말했다.

「맥 킨슬리 모건필드요」 아담이 말했다. 「노래 부르는 작자지요」

「그 사람이 무얼 불렀는데요?」 여점원이 물었다. 사람의 눈길을 피하는 막연한 그녀의 시선은 아담의 이리저리 굴리는 눈 주위에서 멈칫거리고 있었다.

「미국 가수랍니다」 아담이 말했다. 「블루스를 부르는 흑인인데」 아가씨는 계산대 안쪽으로 갔다. 그리고 서랍을 열어 죽 늘어 세운 음반들 속에서 찾기 시작했다.

아담은 그녀의 등, 특히 목덜미, 어지럽게 나기 시작한 수많은 잔 머리털 아래로 앞으로 숙인 둥글고 하얀 목덜미를 관찰하였다. 그로서는 〈맥 킨슬리 모건필드〉나 〈갤러허의 블루스〉 또는 〈리카르도 앵프레〉같이 꾸며낸 이름이 백화점에서 일하는 어린 여점원으로 하여금 이처럼 자발적으로 둥근 목덜미를 숙이게 할 수 있는 힘이 있다는 것을 여전히 이해하지 못하고 있었다.

잠시 후 그녀가 돌아서서, 아니라고, 그 음반은 없다고 말했다.

아담은 또 한번 그녀의 목덜미가 보고 싶었다. 그래서 되는대로 아무 이름이나 내뱉었다.

「그러면 책 크리빈은 있나요?」

그러나 아가씨는 알아챈 듯했다. 그녀는 가볍게 미소를 띠며 대답했다.

「아뇨. 전 모르겠는데요」

실망한 아담은 고맙다고 말하고 자리를 떴다. 그렇지만 그 자리를 빠져나오는 동안, 그는 그녀의 눈, 커다란 초록색 눈이 자신의 등을 바라보고 있음을 느꼈다.

철사로 얽어놓은 일종의 회전 진열대에 책들이 걸려 있었다. 아담은 매일, 이를테면 매번 같은 시간에 이 상점에 와서 책 한 권을 골라 한 쪽씩 읽을 수도 있겠다고 생각했다. 만일 251쪽짜리 책이라면, 그것을 다 읽기 위해서는 약 251일이 소요되리라. 표지, 서문, 목차 그리고 자신이 올 수 없는 날들을 고려하면 아마 시간이 더 걸릴지도 모른다. 아담은 회전 진열대에서 손에 잡히는 대로 책 한 권을 집어 들었다. 그리고 중간쯤을 펼쳐서 읽었다.

106　　**자메이카의 태풍**

뱃머리 뒤쪽까지 물러나 전열을 가다듬으려 하였다. 그러나 매번 새로이 공격을 할 때마다 달려나가는 것은 점점 더 제약을

받았다. 돼지가 그를 에워싸고 있었다. 갑작스럽게, 그리고 자신의 무모함에 놀라서였겠지만, 돼지는 무시무시한 소리를 내지르며 그에게로 덮쳐들었다. 그리고 권양기까지 몰아붙여 눈 깜짝할 사이에 그를 물어뜯고 짓밟았다. 그제야 고분고분해진 염소는 자신의 구역으로 보내졌다. 그러나 염소가 보여준 늙은 독재자에 대한 영웅적인 공격으로 아이들은 언제고 염소를 사랑할 수 있게 되었다.

그렇지만 그 돼지에게도 인간적인 감정이 전혀 없는 것은 아니었다. 바로 그날 오후 돼지는 커다란 판자 위에 누워 바나나를 먹고 있는 중이었다. 그 배에 타고 있던 원숭이가 느슨한 줄 끝을 잡고 돼지 위를 오락가락하였다. 호시탐탐 먹이를 노리고 있던 원숭이는 최대한 낮게 미끄러져 내려와 돼지의 손에서 바나나를 낚아채 버렸다. 돼지의 무표정한 얼굴이 그 엄청난 놀라움과 커다란 절망감, 부당함에 대한 그 참담한 느낌을 표현할 수 있으리라고는 결코 상상조차 할 수 없었으리라.

아담은 책을 덮었다. 솔직히 말해 그 페이지에는 그렇게 감동적인 것은 전혀 없었다. 그렇지만 철사로 얽은 회전 진열대에 그 책을 다시 꽂으며 아담은 빙긋 미소를 지었다. 그는 자신의 닫힌 세계 속에서도 조금씩 수많은 미지의 것들, 맹수들의 싸움이나, 석탄과 태양을 넘칠 정도로 실은 선박의 갑판들을 발견할 수 있으리라고 생각했다. 그리고 물 양동이와 방수 처리된 밧줄들을 말아놓은 것도. 그는 다음날, 어쩌면 더 나중에라도 다른 페이지를 읽기 위해 다시 오리라 마음먹었다.

그는 축소판 세계, 매우 감미로운 자신만의 세계, 수많은 다양한 놀이들로 가득한 세계에서 사는 것에 흡족해했다.

K

아담은 갑작스럽게 상점을 나섰다. 그리고 입술 사이로 담배를 꺼내 물었다. 사팔뜨기 눈을 하고서야 그는 빗방울로 담배가 얼룩지는 것을 볼 수 있었다. 종이가 완전히 젖자, 그는 담배에 불을 붙이고 타들어 가는 불길이 물기와 싸우며 치직거리는 소리를 들었다.

그는 몇 개의 거리를 걸어 내려와 바닷가의 산책로에 이르렀다.

오늘에 이르기까지 비는 오랫동안 내리지 않았었다. 비가 보도의 먼지들과 뒤섞여 발산하는 냄새만으로도 그걸 알 수 있었다.

아담은 바다를 따라 길을 가기 시작했다. 빗물이 머리카락을 타고 관자놀이를 따라 방울져 흘러내리다가 셔츠의

깃 안으로 스며들었다. 빗물은 여러 달 동안 햇볕을 받고 해수욕을 한 덕분에 생긴 딱딱한 소금 껍질 속으로 고랑 같은 통로를 내며 흘러내렸다. 이상한 산책로였다. 포장된 꽤 넓은 도로가 공원 아래로 뻗어 있었다. 맨 처음 구간은 항구의 방파제를 따라 나 있었고, 두번째 구간은 연이은 작은 포구들을 따라 나 있어서 관광객들에게 해변 구실을 해주고 있었다. 보도는 단 하나뿐으로 바다가 있는 쪽에 있었다. 그래서 날씨가 좋은 날이면, 이곳을 지나다가, 사색에 잠긴 한 무리의 새디스트들이 등을 굽히고 난간에 팔꿈치를 괸 채, 아래 해변에 벌거벗은 채 잠들어 있는 또 한 무리의 매저키스트들을 감상하는 모습을 구경할 수도 있었다.

선택을 하곤 했다. 때로는 위쪽에서 새디스트들과 함께, 언제나 그러하듯 배꼽이 움푹 파인 아무 사람의 배에 커다랗게 뜬 두 눈을 고정시키곤 하였다.

때로는 아래쪽에서, 이글거리는 자갈 위로 비틀거리며 조금 걷다가, 옷을 훌훌 벗어 던지고는 등을 대고 누워 양팔을 교차시킨 채 쏟아지는 열기와 훔쳐보는 시선들 아래 꼼짝 않고 있기도 하였다. 오늘 같은 날 난간에 팔을 괴고 있는 사람이 아무도 없다는 사실이 그런 일이 벌어지곤 했다는 것을 입증하는 것이다. 왜냐하면 해변에서 비를 맞으며 벌거벗고 누울 만큼 정신 나간 사람은 아무도 없었으니까. 그 반대의 경우가 아니라면 말이다.

아무튼 아무도 없었다. 아담은 두 손을 호주머니에 찌른 채 느긋하게 걸었다. 담뱃불은 어느새 비에 젖어 꺼져 있었다. 그는 난간 너머로 담배를 던져 그것이 아래 방파제로 떨어지는 것을 보았다. 눈을 들자, 멀리 두 대의 크레인과 배 한 척이 보였다.

시커먼 고철들 속에 움직이는 것이라곤 전혀 없었다. 양팔을 벌리고 선 크레인들은 음산한 경련 같은 것에 빠져 굳어 있었고, 그 사이에 처박힌 배에서는 보일 듯 말 듯 연기가 피어오르고 있었다. 배의 곳곳이 어두운 붉은 색으로 칠해져 있었고, 현창(舷窓)은 비에 젖어 있었다. 선미에는 대문자로 씌어져 끝이 휘어져 있는 이름이 반쯤만 보였다. 그것은 이렇게 씌어 있었다.

〈데르미〉
와
〈세유〉

눈에 보이지 않는 부분은 틀림없이 〈지휘관〉이나 〈제독〉 또는 〈함장〉 아니면 〈시(市)〉일 것이다. 그것은 〈파시〉나 〈에피〉 혹은 그 어떤 것일 수도 있었다. 아래의 다른 단어가 〈마르세유〉라는 데에는 천만 프랑이라도 쉽게 내기를 걸 수 있었을 것이다. 만일 천만 프랑이라는 돈이 있고, 또 그리할 만하다면 말이다.

그러나 그것이 전부는 아니었다. 비는 여전히 내려 사방에서 낙엽의 추적추적대는 소리가 들려오고 있었다. 한결같은 그 소음만이 지저분한 풍경 속에 홀로 울리고 있었다. 아담은 자신이 불길한 무력감에 사로잡히는 것을 느꼈다. 그는 몸을 약간 기울여 철제 난간에 기댔다. 손으로 난간을 잡은 그는 빗물이 마치 피처럼 팔에서 젖은 창살 위로 흘러내리도록 내버려두었다. 그는 별다른 의심 없이 앞으로 다가올 자신의 죽음, 어둠이 내리고 비가 오는 부두의 시멘트 바닥에 길게 뻗어 있을 자신의 텅 빈 육체, 마지막 뿌리를 대지의 가장 깊숙한 곳에 박고 흐르는 가느다란 한 줄기 피로, 흘러가는 삶의 한 올 머리카락으로 환히 빛날, 마치 아침처럼 하얀 자신의 시체를, 스스로 원한 자신의 시체를 생각했다. 그는 마치 폭포수처럼 바다로부터 솟구쳐오르는 소리를 들었다. 선착장의 끝 부분까지 그의 앞에 펼쳐진 모든 것이 부드럽고 고요했지만 한편으로는 위협과 증오에 떨고 있었다. 그는 심장이 점점 더 크게, 점점 더 빨리 뛰는 것을 느꼈다. 그래서 그는 금속 난간에 가슴을 대고 주저앉았다. 황량한 방파제에는 방치된 화물들이 널려 있었는데, 어떤 것들은 방수포에 덮여 있었고 다른 것들은 그냥 내버려져 있었다.

물가에 그리고 물위에 세워진 두 대의 크레인과 한 척의 배는 널브러진 채 있었다. 그것들은 부러진 면도칼날 더미처럼, 날이 선 잔해로 빗방울을 가르며 삐걱거리고 있었다. 약간의 폭우가 내린다고 해서 사람들은 이 모든 것을 내버려두고 떠나버린 것이다. 그리하여 무언가가, 살해 흔적의 창백한 그림자가 이리저리 널려 있는 물건들을 뒤덮고 있었다. 더 이상 작업은 없었고 죽음만이 드리워져 있었다.

어쩌면 잔해들 뒤로 여기저기 숨어 생명의 숨결이 아직

남아 있을지도 몰랐다. 어쨌든 남아 있다 하더라도 포탄 구멍 속은 아니며, 사람들이 말하는 저 아래도 아니다. 그것은 석탄 먼지에 못 이겨 몸을 숙인 채, 비에 도취되어 아직까지도 아스팔트를 파 들어가고 있는 한 포기의 풀일 수도 있다. 어쩌면 한 쌍의 개미, 어쩌면 한 마리의 고양이, 어쩌면 텅 빈 빈민가에서 파이프 담배를 피우고 있는 뱃사람일 수도 있다.

그러나 그런 것들은 중요치 않았다. 모두 다 유령들에 지나지 않으며 한통속이니까.

비가 오던 어느 날 아담에게 일어난 일이 실은 다른 어떤 날에도 일어날 수 있었을 일이라는 것을 당신은 알 것이다. 이를테면 바람이 심하게 부는 날. 아니면 춘분이나 해가 내리쬐기로 이름난 날들 중 아무 날이라도. 대지 위로 거대한 빛의 판들이 펼쳐지면, 산책로는 여자들과 아이들로 엄청난 인파를 이루었을 것이며, 자동차들은 그의 뒤로 끊임없이 그르렁거렸을 것이다. 스웨터, 티셔츠, 청바지를 입고서 해변으로 가는 도중 자기와 마주쳐 지나갔을 여러 무리의 사내아이, 여자아이들도 만났을 것이다. 아이들은 그의 앞을 지나치며 트랜지스터 라디오 소리를 크게 울려댔을 것이다. 이처럼.

〈But darling darling
Keep in touch

Keep-in-touch

Keep-in-touch-with-me.〉

그리고 저기 아래, 선착장에서는 크레인을 회전시키고, 배에서 연기를 뿜어내고, 사람들을 소리쳐 부르고, 기름통을 굴리고 굵은 코르크 통나무들을 밧줄로 동여맸을 것이다. 땅에서는 석탄과 중유 냄새를 풍겼을 것이며, 대기는 화물선들의 녹슨 선체를 두드리는 망치 소리로 울렸을 것이다. 그렇다. 사람들은 해가 비치는 날 행하는 모든 일을 했을 것이다. 그러나 그럼에도 불구하고 아담은 알아차렸을 것이다. 그는 망연자실하여 산책로 벤치에 앉아 있었을 것이고, 오늘처럼 공간이 유령들로 가득 차는 것을 보았을 것이다. 그는 자신의 모든 움직임에 죽음이 엄습하는 것을 느꼈을 것이고, 그때 죽음은 일손을 놓은 칙칙한 회색이 아니라 열심히 일하는 빨갛고 흰 색이었을 것이다.

그래도 다른 모든 소리들을 뛰어넘는 단 하나의 소리, 빗소리와 유사하고, 폭포수의 굉음이나 기관차의 기적 소리와도 비슷한 소리, 모든 것들을 녹여버릴 그런 소리가 들렸을 것이다. 그것은 운명 같은 것이었다. 아담은 자기 감각의 소여(所與)들을 초월하였고, 그때부터 그에게 있어 움직이는 것은 아무것도 없었다. 그는 나비에서 바위에 이르기까지 시간과 움직임의 모든 척도들을 화해시키고 있었다. 보편적이 된 시간은 스스로의 복잡성에 의해 파괴되고 있었다. 이제 그가 이해한 세상 속에서는 모든 것이 정확히 죽거나 아니면 살아 있었다.

그러고 나니 그가 다시 일어서고, 이빨 사이로 왈츠곡을 휘파람으로 불면서 난간을 따라 다시 걷기 시작하는 것은 그리 중요하지 않았다. 그가 누런 물이 빗속에 부글거리며 고여 있는 커다란 물웅덩이를 따라 지나가는 것도, 이면에 (I 25 A)라고 씌어 있는 빈 성냥갑을 구두 굽 끝으로 짓이기는 것도. 그리고 걸으며 정원 안쪽으로 오래된 부르주아 가문이 한때 영화를 누렸을 시절 세워두었던 화장 회반죽으로 된 작은 예배당을 기웃거리려 한 것도 이제는 중요하지 않았다. 추운 듯 검은 수단 옷으로 몸을 감싼 한 무리의 신학생들, 「카스텔노 다리에서였죠, 모르셨어요?」「그렇지만 그가 내게 말하길 안 그러는 편이 더 나을지도」하고 속삭이며 웃음을 터뜨리는 신학생들을 그가 어쩌다 마주쳐 지나가는 것도 중요하지 않았다.

그렇다. 그런 것은 별로 중요하지 않았다. 왜냐하면 그들은 이미 활기 찬 삶을 살아가는 것을 중단하였고, 이제는 명석하지도 않고 승리자들도 아니었으며, 다만 야윈 유령들, 언젠가는 닥칠 거대한 허무의 예고자들일 뿐이었기 때문이다. 그들은 죽음의 모든 가능성들, 자동차로부터의 기관총 난사, 단두대의 칼날, 베개를 이용한 질식사, 교살, 독살, 도끼로 쳐 죽이는 살인, 색전증(塞栓症) 또는 그저 단순하게 대로 한복판에서 네 개의 가황 고무 타이어에 깔려 압사당하는 것을 예언하고 있었다.

아담은 걸음을 옮길 때마다 그 잔혹한 종말을 기대했다. 그 종말을 상상하는 것은 어렵지 않았다. 그는 벼락을 맞을 수도 있었다. 그렇게 되면 사람들은 폭풍우가 으르렁대는 가운데 시커멓게 타버린 그를 들것에 싣고 언덕 꼭대기에서 내려올 것이다. 그는 미친 개에 물릴 수도 있었고, 물에 탄 독에 중독될 수도 있었다. 혹은 지금처럼 비에 흠뻑 젖어 아주 수월하게 폐렴에 걸릴 수도 있었다. 손으로 난간을 훑어내리다가 금속 가지에 상처를 입어 파상풍에 감염될 수도 있었다.

머리 위로 별똥별이 떨어지거나 비행기가 떨어질 수도 있었다. 비로 인해 사태(沙汰)가 일어나고, 산책로를 덮친 수톤의 흙더미가 그를 깔아 뭉개버릴 수도 있었다. 그의 발 아래, 바로 그곳에 언제라도 화산이 솟아오를 수도 있었다. 보다 단순하게는 비에 젖은 마카담식 포장도로 위에서 미끄러질 수도 있고, 혹은 바나나 껍질을 밟아 미끄러질 수도 있었다. 그렇게 되지 말라는 법도 없지 않은가. 그래서 뒤로 넘어져 목뼈가 부러질 수도 있었다. 테러리스트 혹은 미치광이의 표적이 되어 간에 총알을 맞고 쓰러질 수도 있었다. 동물원에서 탈출한 표범이 어느 길모퉁이에서 그를 갈기갈기 찢어놓을 수도 있었다. 그가 누군가를 살해하고 단두대에 서게 될 수도 있었다. 설탕을 입힌 아몬드를 먹다 질식사할 수도 있었다. 아니면 전쟁, 갑작스런 전쟁이 엄청난 재앙을 불러오고, 어떤 폭탄은 섬광이 작렬하는 가운데 버섯구름을 피어오르게 할 수도 있고, 극도로 대기를 희박하게 만들어 그를, 아담을, 연약한 아담을 없애버릴 수도, 증발시켜 버릴 수도 있었다. 그의 심장은 박동을 멈출 것이고, 침묵이 그의 육체를 엄습할 것이다. 연쇄 반응으로 냉기가 서서히 그의 사지를 따라 퍼지고, 마침내 한없는 마비 상태에 빠지리라. 그는 예전에는 따스했던 붉은 살의 주름들 속에서 희미하게 시체와 같은 그 무엇인가를 발견하게 되리라.

내딛는 발걸음마다 새로운 위험이었다. 풍뎅이가 벌린 입으로 날아들어 그의 숨구멍을 막아버릴 수도 있고, 지나가던 트럭에서 바퀴 하나가 빠져 그의 머리를 날려버릴 수도 있었다. 혹은 태양이 꺼져 버릴 수도 있고, 갑자기 자살하고 싶은 충동이 아담을 사로잡을 수도 있었다.

그는 갑자기 지겨움을 느꼈다. 어쩌면 그것은 산다는 것에 대한 지겨움, 끊임없이 이 모든 위험에서 스스로를 지켜내야 한다는 것에 대한 지겨움일 수도 있었다. 중요한 것은 자신의 종말이 아니라 이젠 죽을 준비가 되었다고 결정을 내리는 그 순간이었다. 그는 분명 언젠가는 일어날 그 야릇한 변화, 그로 하여금 더 이상 아무것도 생각하지 못하게 만들 그 변화가 두려웠다.

아담은 벤치의 등받이 위에 걸터앉았다. 선착장은 이미 지난 지 오래였다. 그곳에서 산책로는 바위가 많은 포구를 따라 뻗어 있었다. 한 남자가 자전거를 타고 도로 위를 지나가고 있었다. 그 사람은 방수포로 만든 비옷을 입고 있었고 뱃사람들이 신는 장화를 신고 있었다. 그의 오른손에는 접은 낚싯대가 들려 있었는데, 분리된 낚싯대 부분들은 세 개의 양말 밴드로 단단히 묶여 있었다. 자전거의 짐받이 가방에는 헝겊, 물고기 또는 양털 스웨터가 들어 있는 듯했다. 도로 위로 질척거리는 소리를 내며 페달을 밟으면서 그 남자는 고개를 돌려 아담을 바라보았다. 그리고 자신이 온 방향을 가리키며 감기 걸린 목소리로 소리쳤다.

「여보시오! 저기, 사람이 물에 빠졌어요!」

아담은 눈으로 그를 좇았다. 아담이 알아듣지 못했으리라 생각한 그 남자는 이미 멀리 갔으면서도 돌아보며 또 다시 외쳤다.

「사람이 물에 빠졌다고!」

아담은 그 사람의 말이 옳다고 생각했다. 누구나 아는 일이지만, 뼛속까지 흠뻑 젖은 채 아무 목적도 없이 바닷가를 배회하며 때때로 벤치 등받이 가장자리에 걸터앉는 사람들에게 있어 물에 빠진 사람들이란 특별한 여흥이 되는 것이다. 그는 자리에서 일어서며 이처럼 매일 거의 모든 곳에서 빠져죽는 사람이 한 명은 있으리라고 생각했다. 다른 사람들에게 어떻게 해야 하는지 보여주기 위해, 다른 사람들보고 빨리 죽으라고 독촉하기 위해.

아담은 발걸음을 재촉했다. 도로가 갑(岬) 주위로 빙 둘러 나 있었기 때문에 아무것도 보이지 않았다. 익사 사고는 반대편, 아마 바위해안이나 신학교 맞은편의 독일군 보루 부근에서 일어났음에 틀림없었다. 그는 비가 오는 데에도 불구하고 바다 쪽을 바라보고 있는 사람들이 많을 것이라고 확신했다. 많은 사람들, 코끝과 가슴이 약간 찡함에도 불구하고 모두 행복해하는 사람들, 그들의 뻔뻔스러움은 아주 짧은 한순간, 눈곱만큼의 수치심이 채워질 아주 짧은 시간 동안만 멈칫했다가 곧 음식물과 포도주 냄새가 심하게 풍기는 숨결과 뒤섞여 그 사람을 향해, 그 대상을 향해 퍼부어질 것이다. 정말로 커브 길을 돌자마자, 아담은 도로 위 꽤 멀리 떨어진 곳에 사람들이 몰려 있는 것을 보았다. 대부분 방수복을 입은 낚시꾼들로 다 남자들이었다. 뒷문을 열어놓은 소형 소방차도 있었다. 가까이 가서야 또 한 대의 차가 서 있는 것을 볼 수 있었다. 그러나 그 차는 외제차 상표, 네덜란드 혹은 독일 상표 같은 것을 달고 있었다. 관광객 부부가 그 차에서 내려 발끝으로 서서 구경을 하려 하고 있었다.

그 장소로 다가감에 따라 아담은 보다 많은 활기가 감돌고 있다고 여겼다. 난간 너머로 몸을 기울인 그는 해변에 노란 플라스틱 압축 공기 매트와 잠수복을 벗고 있는 두 명의 잠수부가 있는 것을 보았다.

시체를 인양한 지 그리 오래되지 않은 것임에 틀림없었다. 왜냐하면 도로로 올라오는 작은 계단에는 아직 빗물과 뒤섞이지 않은 바닷물이 군데군데 고여 있는 것이 보였기 때문이다. 그중 한곳에는 가느다란 해초 줄기들이 널브러져 있었다. 아담이 도착하자, 사람들은 아무 말 없이 그가 맨 앞줄로 가도록 내버려두었다. 어쩌면 그것은 너무도 비를 많이 맞은 그 자신이 익사자처럼 보였기 때문인지도 몰랐다.

아담은 둘러서 있는 구경꾼들 가운데에, 누더기 뭉치 같은 작은 자갈 바닥 위로 편평히 놓인, 가느다랗고 우스꽝스럽게 생긴 그 물체, 뭍에서 사는 것 같지도 않고 또 전혀 물에서 사는 것 같지도 않은 그 물체를 보았다. 수륙양서의 괴물, 그것은 나이를 전혀 가늠할 수 없는, 어디서나 흔히 볼 수 있는 그런 평범한 남자였다. 웃음, 목구멍 깊숙한 곳에서 솟아오르는 그런 웃음이 터져나오게 만드는 그의 유일한 특징은 비에 젖은 풍경 속에, 살로 그리고 의복으로 보여주는 물의 양이었다. 영락없이 비 오는 날 물에 빠져 죽은 사람의 모습이었다. 바다가 이미 그의 육체를 해체해 놓은 후였다. 게다가 몇 시간이 지난 후라, 사람들은 그가 물고기와 비슷하게 생겼을 것이라고 느꼈다. 그의 큼직한 두 손은 푸른색을 띠고 있었고, 한쪽은 벗겨지고, 또 한쪽은 신발을 신고 있는 그의 발 위로 해조 더미가 걸쳐져 있었다. 비틀리고 씻기고 바닷물이 흠뻑 배인 그의 옷 가장 안쪽에 생기를 잃은 머리와 목이 매달려 있었다. 죽었음에도 불구하고 그의 얼굴은 야릇하게 움직이고 있었다. 생명과는 무관한 어떤 움직임이 사방에 득실거리고 있었다. 볼과 눈 그리고 콧구멍을 부풀린 바닷물이 하늘에서 빗방울이 떨어질 때마다 피부 아래서 펄쩍 뛰어오르곤 했다. 정직하고 근면한 마흔 살의 그 남자는 몇 시간 사이에 액체 인간이 되어버리고 말았다. 바닷물 속에서 모든 것이 녹아버린 것이다. 뼈는 젤리 상태가 되어버렸을 것이고, 머리카락은 해초, 치아는 조약돌, 입은 말미잘이 되어버렸을 것이고, 커다랗게 뜬 두 눈은 반투명의 얇은 막 뒤에 감춰진 채, 허공을, 비가 쏟아지는 곳을 향해 똑바로 고정되어 있었다. 눈에 보이지는 않지만 수증기와 뒤섞인 대기가 틀림없이 아가미 형태의 갈비뼈 사이에서 기포들을 이루었을 것이다. 마치 의족처럼 바짓가랑이에 나사로 죈 듯한 맨발은 기름이 배인 것이거나 혹은 잿빛을 띤 피부를 바다 심층으로부터 그대로 간직하고 있었고, 발가락 사이에는 이제 막 생겨나기 시작한 지느러미가 펼쳐지는 듯하였다. 그것은 우연히 산꼭대기로부터 저 아래 움푹 파인 이탄(泥炭) 구덩이 속 웅덩이의 물이 바람에 외로이 떨고 있는 곳으로 떨어진 거대한 올챙이였다.

소방수 한 사람이 익사자의 고개를 돌리자, 입이 벌어지며 토사물이 쏟아졌다. 구경꾼 중 한 사람이 소리쳤다.

「오……」

구경꾼들의 활기는 이미 사그라진 후였다. 이제 그들은 그 자리에 그대로 굳어 돌이 된 듯했고, 빗물이 그들의 머리 위로 흘러내리고 있었다. 오직 소방수들만이 아직도 움직이고 있었다. 죽은 사람의 뺨을 있는 힘껏 때리기도 하고, 자기들끼리 나지막한 소리로 주고받기도 하며 알코올이 든 작은 병들을 다루기도 하였다.

그러나 익사자는 가공의 이완 태세, 어쩌면 자신을 부활시켜 줄 기본 원소로 다시 그를 데려다 줄 도약의 태세를 갖춘 채, 흐릿한 눈으로 바닥에 홀로 웅크리고 있었다. 거센 빗줄기는 계속 그의 푸르스름한 살 위로 떨어져 내리며, 마치 늪지를 두드리듯 요란한 소리를 내고 있었다.

그러고 나서는 모든 것이 빨리 진행되었다. 하얀 들것이 오고, 소방수들은 원을 그리고 있는 구경꾼들을 뒤로 물러나게 했다. 한순간 사람들은 앰뷸런스를 향해 슬그머니 사라져가는 잿빛을 띠고 무엇인가가 혼합된 기이한 물체의 환영을 보았다. 차 문이 철컥 하고 닫혔다. 웅성거림이 일며 몰려든 사람들이 발걸음을 내디뎠다. 그러자 앰뷸런스는 구역질나는 짐을 싣고 시내로 돌아갔다. 이후 몇 시간 동안 사람들이 여전히 발을 대려고 하지 않는 도로 한가운데에는 비가 오고 있는데도 불구하고 강한 바다 냄새가 감돌기 시작했다. 자동차 바퀴 모양의 웅덩이는 자갈 토양으로 인해 서서히 물이 빠졌고, 모두들 이상한 행렬에 가슴이 메었다. 죽은 남자의 육체는 이제 조용히 우스운 기억으로부터 벗어나고 있었다. 그의 육체는 사람들의 정신 저 깊숙한 곳에서 낮게 흐르고, 사람들은 이제는 더 이상 그 육체를 붙잡아두려고도, 시체 안치실과 공동묘지에서 우롱당하는 그 모습을 상상하려고도 하지 않았다. 그 육체는 백의나 갑옷을 입은 이상한 대천사였다. 그는 이제 마침내 유일하고 영원한 승리자가 된 것이었다. 푸른색 장갑을 낀 그의 위압적인 손은 우리에게 그가 태어난 바다를 가리켜 보여주고 있었다. 그리고 바닷가, 온통 쓰레기들이 부서지는 파도에 밀려오는 그곳이 우리를 부르고 있었다. 빈 포마드 병 모양의 인어들, 머리가 잘린 정어리들, 석유통들과 백합꽃 장식을 한 파뿌리들이 쉰 목소리로 사람을 유혹하는 노래를 부르고 있었다. 아직 물웅덩이로 얼룩진 그 계단을 우리는 내려가야 하리라. 그리고 옷도 벗지 않고 바로 우리의 육체를 파도 한가운데에 내맡겨야 하리라. 오렌지 껍질, 병마개, 기름때가 둥둥 떠다니는 경계를 넘어, 곧장 맨 밑바닥으로 가리라. 개흙 바닥에 약간 잠겨 삼투(滲透)의 창에 꿰뚫리고, 입으로는 잔 물고기들이 들락거리면 우리는 평온히 움직이지 않고 있으리라.

괴물들처럼 옷을 입은 한 무리의 사람들이 우리를 찾으러 올 때까지, 우리의 목덜미를 갈고리로 채서 빛이 있는 곳으로 다시 데려갈 때까지, 그리고 우리를 앰뷸런스에 실어 시체 안치실과 천국으로 데려갈 때까지.

L

이제 막 물에서 꺼내, 아직도 도로 위에 누워 있는 익사자를 한번 본 사람은 별로 덧붙일 말이 없다. 어떤 날에 왜 물에 빠져 죽는 사람들이 생기는지를 이해했을 때는 더더욱 그러하다. 나머지는 중요하지 않다. 비가 오는 날이건, 화창한 날이건, 아이이건, 남자이건, 아니면 다이아몬드 목걸이를 한 벌거벗은 여자이건, 그런 것들은 상관없는 일이다. 그것은 영원한 드라마의 무대 배경 같은 것에 불과하니 말이다.

그렇지만 이해하지 못했을 때, 이를테면, 사건을 정당화시키고 그 사건에 현실성을 부여하는 듯 보이지만 실은 연출에 불과할 뿐인 세세한 일에 정신이 팔려 있을 때는 할 말이 많다. 그들은 멈추고 각기 차에서 내린다. 그러면 이제 그들은 가담하는 것이다. 구경하는 대신 그들은 작품을 만든다. 그들은 한탄한다. 그들은 이쪽 편을 들거나 혹은 저쪽 편을 든다. 그들은 고심해 가며 시를 쓴다.

그는 묻는다. 사물들 위에 자리 잡은 이 땅속의 먼지가
어디서 왔는가를. 부드럽게 내려앉은.
바퀴들 한가운데에. 잘게 바스러진 화강암.
그것이 편평한 표면을 석회질로 덮는다고 그는 말한다.
그는 아직도 원한다. 권태와 취미 곧 잿더미들을.
그는 듣는다. 그러므로 그를 그렇게 내버려두어야 한다.
위대한 사제의 선량한 쾌락을 기다리도록.
그는 모든 형태들로부터 기대한다. 그것들이 잊혀진 맹세를
상기시켜 줄 것을, 즉 그는 전쟁을 기다리는 듯하다.

사실이다. 그가 잘못 알고 있을 수도 있다.
전쟁이란 이제 용기를 주는 것이 아니라
자갈들을 깨는 것이라고.
어쩌면 전쟁은 화강암을 잘게 부수는 것이며,
어쩌면 전쟁은 가장 단단한 먼지를 만드는 것
몇 밀리미터의 찰과상을 만드는 것이다.

그는 묻는다.
그는 원하고, 그는 기다린다.
그는 손꼽아 헤아린다.

그리고 도약을 위해 움츠린다.

그는――그렇다――사랑한다
단단한 먼지를

그런 까닭에 그는 모른다
모래가 있다는 것을,
모래라 불리는 것을
재라 불리는 것을
그리고 노란 나뭇잎과 짐승의 똥을
그리고 비에 젖은 땅을
용암과 또 다른 종자들을
그렇다, 그 모든 것,
부드러운 먼지라 불리는 것을.

그리고 물론(왜냐하면 글을 쓰는 자는 자신의 운명을 만들어가는 자이므로) 그들은 차츰차츰 그 작자를 익사시킨 자들의 편을 들게 된다.

그들 중 한 명인 크리스트베르크라는 사람이 말한다.

「대체 무슨 일이 일어난 거야?」

「사고가 있었어요」 그의 아내 줄리가 말한다.

「그 사람이 얼마나 부풀어올랐는지 보셨어요? 물속에 꽤 오랫동안 있었나 봐요. 한 이틀은 되는 것 같던데……」 시모냉이라는 이름의 낚시꾼이 말한다.

「그 사람이 누군지 알아요?」 크리스트베르크가 묻는다.

그렇지만 그들은 모두 같은 장소에 있었다. 쓰레기가 떠 있는 바닷물 얼룩을 둘러싼 채——마치 방금-전-의-남자, 그 익사자가 몸이 줄어들기 시작하더니 마침내 눈에 잘 띠지도 않는 작은 벌레가 되어 아직도 물웅덩이 한가운데에서 헤엄이라도 치는 듯.

「남자예요? 아니면 여자예요?」 쥘리가 물었다.

「작년에도 그런 사람을 한 사람 봤지요. 거의 같은 장소에서. 약간 더 멀리 떨어진 곳이긴 해도 말이지요. 저 아래 식당 지나서요. 내가 해변에 있었는데, 어떤 여자가 이 사람 저 사람 물어보고 다니더군요. 기욤을 보지 못하셨나요? 그런 식으로 모든 사람들에게 묻고 다녔지요. 다들 못 보았다고 하더군요. 그 여자——그 여자는 얼마 동안 그러더군요. 그러고 나서 해변에서 그리 멀리 떨어지지 않은 곳에서 파도 사이에 떠다니고 있던 무엇인가를 보았어요. 수영을 잘할 줄 아는 사내가 있어서, 그 사람이 물에 뛰어들었지요. 그리고 가서 그를 찾아왔어요. 기욤이었어요. 그러니까 그——내가 기억하기로는 열두 살 된 어린 사내아이였어요. 사내가 그 아이를 육지로 끌어올렸을 때, 정말이지 보기가 끔찍하더군요. 사람들이 걔를, 그 아이를 자갈 위에 눕혔는데, 온통 엷은 보라색이었지요. 아이 엄마가 아이를 보지 못하도록 하려 했는데, 그럴 수가 없었어요. 너무 늦었지요. 어떻게든 뚫고 들어오더라고요. 그리고 아이를 보았죠. 아이를 자갈밭 위에서 바로 눕히기도 하고 뒤집어 눕히기도 하면서 울며 이렇게 외쳤어요.

기욤, 얘야! 기욤!

그런데, 당신들도 아시겠지만, 하도 아이를 뒤집다 보니 입으로 모든 것이 쏟아져 나오더군요. 담즙이며 우윳빛 나는 그 뭔가 하며, 온갖 것이 말이지요. 그리고 몇 리터는 족히 될 바닷물도요. 그런데 웃기죠. 안 그래요? 어쨌건 애는 죽었는데 말이지요」 게로라는 이름의 남자가 이야기했다.

「대체 정확히 무슨 일이 일어난 거야?」 크리스트베르크가 거듭 물었다.

「사람이 물에 빠졌나 봐요」 그의 아내가 속삭였다.

「그 사람이 죽었다고 생각하시오?」 보지오가 물었다.

「이틀이나 지났는데, 그가 어떻게 살아 있을 수 있겠소?」 조제프 자키노가 말했다.

「물에 빠진 사람을 뒤집으면 으레 토하게 되어 있지요. 아시겠지만, 엄청나게 물을 마신 터라 조금만 흔들어도 바로 토해 내거든요. 아, 죽음이란 전혀 멋진 것이 아냐」 오즈니악이 말했다.

「사태가 그렇다 하더라도 심장에 주사를 놓는다거나 뭐 그런 것이 있지 않소? 사람들 말로는 죽은 지 여러 날 지났어도 그렇게 해서 살릴 수도 있다던데」 보지오가 말했다.

「아니, 당신은 그런 기술이 있다고 믿는 거요?」 시몬 프레르가 되물었다.

「모르지요」 보지오가 대답했다.

「가서 알아보시구려」 오즈니악이 말했다. 「나는」

「난 어떤 사내를 보았어요. 이런 경우는 아니지만 말이오. 그 사람은 차에 치였거든요. 과장이 아니라 앞바퀴 두 개가 그 사람 몸을 깔고 지나갔지요. 바퀴 한쪽은 목을, 나머지 한쪽은 다리를 말이오. 야릇하기도 하지, 그런 자동차들은 피부에 바퀴 자국을 내놓는다니까. 장담컨대, 만일 하고자만 했으면, 그 가엾은 사람에게 온갖 주사를 다 놓을 수도 있었을 거요. 그렇다 해도 살아나지는 못했을 테지만. 피가 시냇물을 이룰 정도로 사방에 흥건했소. 그리고 눈은 얼굴에서 튀어나왔더군. 마치 짓이겨진 고양이, 그래, 짓이겨진 고양이랑 꼭 같았소」 지팡이에 몸을 기대고 서 있던 앙토냉이란 사람이 설명했다.

「그 사람을 찾아내는 데에 세 시간이나 걸렸답니다」 베랑이 말했다.

「해안을 따라 여기저기 찾아다녔지요. 그리고 이곳을 세 시간 동안이나 뒤졌답니다. 꼬박 세 시간을 샅샅이 뒤진 것이지요. 난 바닷가를 따라 거닐고 있었기 때문에 처음부터 그 사람들을 봤어요. 어쩌다 보게 된 것이지요」

「그렇다면 그 사람이 없어졌다는 것을 알고 있었다는 말입니까?」 게로가 물었다.

「물론이지요」 베랑이 대꾸했다.

「아마 자살했을 거예요. 집에다 편지 한 통을 남겼는데, 그 편지를 찾아냈답니다」 오즈니악이 말했다.

몇몇 사람은 벌써 난간을 따라 자리를 뜨고 있었다. 그들은 차에 올라타 쾅 소리를 내며 차 문을 닫았다. 구경꾼 무리들이 서로 소리쳐 부르는 소리가 들렸다.

「이봐! 자노! 안 가?

—갈 거야, 기다려!

—서둘러!
—폴! 폴!
—어이! 자노! 가자!
—다 됐어. 이제 여기서 더 할 일이 없어! 가자!」

하나씩 둘씩 사람들은 비에 쫓겨 자리를 떴다. 차를 타고 오거나 걸어온 몇몇 늦게 도착한 사람들만이 머무적거리고 있었지만, 무슨 일이 일어났었는지 알 수 없어 약간 켕겨하면서도 곧 다시 떠나갔다. 남아 있던 사람들이 이루고 있던 원이 허물어졌다. 이제 그들은 더러운 바닷물의 마지막 잔재로부터 등을 돌리고, 바다 쪽을 바라다보았다. 수평선은 어렴풋이 보였고, 안개가 끼어 회색빛으로 흐릿했다. 몇 마리 되지 않는 갈매기들이 날아오르고 대지는 둥글게 보였다.

「그 사람 배를 타고 있었던 거요?」 오즈니악이 물었다.

「아니면 낚시를 하다 바위에서 떨어졌겠지」 올리비앙이 말했다.

「아냐, 아냐. 틀림없이 배가 좌초되었을 거요. 해안에서 너무 멀리 떨어져 있었거든」 베랑이 말했다.

「어쩌면 기절했던 것은 아닐까요? 그런 일도 일어나니까요」 시몬 프레르라는 이름의 안경 낀 여자가 말했다.

「그래요. 하지만 이틀 전에는 바다가 거칠었어요」 보지오가 말했다.

「그리고 이틀 동안, 이틀 동안 떠밀려 갔을 수도 있죠. 이곳은 파도가 거세니까」 올리비앙이 말했다.

「맞아요, 사람들이 사방에서 그를 찾아다닌 것을 보면

알 수 있어요」 오즈니악이 말했다.
「난 작년 여름에 물에 빠져 죽은 사람을 보았죠. 젊은 사내였는데. 영문은 알 수 없지만 보트 탈 때 입는 옷을 다 입은 채 물에 뛰어들었더군요. 아마 남의 관심을 끌어보려고 그랬는지도 모르지만요. 그리고 단번에 물살에 휩쓸려갔어요. 그를 다시 건져내 인공호흡도 해보고, 마사지도 해보고, 주사도 놓고, 그 밖의 온갖 수단들을 다 써보았죠. 그렇지만 다시 깨어나질 못하더군요」 자키노가 이야기했다.
「그래, 신문에서 그걸 읽은 기억이 나는군」 베랑이 거들었다.
「하지만 저 사람은 젊은 사람이 아니잖소?」 오즈니악이 말했다.
「이곳은 익사 사고가 많이 일어나요」 시몬 프레르가 말했다.
빗줄기가 그들의 턱을 타고 흐르며, 머리칼을 찰싹 달라붙게 했다. 만일 자신들이 점점 더 물에 빠져 죽은 사람들과 닮아간다는 것을 알았더라면, 혹은 자신들의 모습을 볼 수 있었더라면 좋았을 텐데. 이제는 다섯 사람으로 이루어진 한 무리밖에는 남지 않았다. 그들은 다음과 같다.

오즈니악……………………… 낚시꾼
보지오………………………… 낚시꾼
조제프 자키노………………… 퇴직자
시몬 프레르…………………… 가정주부
베랑…………………………… 무직

그들은 선뜻 발길을 돌리지 못하고 있었다. 자신들의 눈 앞에서 죽은 남자에 대한 마지막 기억이 아직은 그 장소에 떠돌고 있었고, 그들을 여전히 빗속에 묶어두고 있었다. 사랑 없이 그들을 결합시키고 있는 것은 그들의 인간적 기억이었으며, 그것은 그들로 하여금 심연을 가로지르는 그 길고도 외로운 여행을 죽음이나 고통보다도 더욱 두려운 것으로 느끼게 하였다. 어느 날, 한 달 후이거나 혹은 일주일 후, 아니면 그 전에 그들 중 누구 하나가 마지막으로 그 사회면 기사에 관한 이야기를 할 때까지는 그럴 것이다.

그 사람이 오즈니악이라고 하자. 집에 돌아가기 전 카페에서 그는 한번 더 이야기를 꺼낼 것이다.

「요전 날, 난 비가 오기에 낚싯대를 접고 바닷가를 따라 집으로 돌아가고 있었지. 그러다 물에 빠져 죽은 사람을 보게 되었어. 물에 불어 온통 푸르죽죽하더군. 그런데 아무도 그를 살려내지 못했어. 그런데 다음날 신문에 그 이야기가 나온 거야.

삶에 염증을 느껴

화장용 비누 대리점 사장인 장 프랑수아 구르 씨(54세)가 소방구조대에 의해 어제 오후 익사체로 발견되었다. 조사 결과 사고사가 아니라 자살로 결론이 났다. 이 불행한 사람은 배를 빌려 타고 나가 투신함으로써 생을 마감한 것으로 보인다. 사체가 인양되었을 때는 이미 익사한 지 사흘이 지난 후였다. 업계에서 좋은 평판을 받고 있던 구르 씨는 신경쇠약증 발작을 일으킨 것으로 보인다. 그의 가족과 친구들에게 심심한 조의를 표하는 바이다.

그래, 그가 자살했다고 나도 생각하고 있었어. 다른 사람들에게도 그렇게 이야기했었지. 그 사내는 자살한 사람의 모습을 고스란히 보여주고 있었거든. 그래서 난 즉시 그가 정상적으로 물에 빠진 것이 아니라고 생각했지」

검은 옷을 입은 미망인 구르 여사와 열다섯 살 반된 그의 딸 앙드레는 시체 안치소의 복도를 걸어갈 것이다. 허리가 굽고 흰옷을 입은 키 작은 남자가 호주머니에서 열쇠 꾸러미를 쩔렁거리며 냉동 장치가 된 커다란 방으로 그들을 이끌 것이다. 그는 문을 열고, 대머리인 혹은 창백한 자신의 머리를 여자들에게로 돌리고 나지막한 목소리로 말할 것이다.

「절 따라오십시오」

그녀들은 그를 따라갈 것이다. 그리고 그가 서랍 번호를 찾는 모습을 볼 것이다. 그리고 2103V라는 번호의 서랍 바닥에서 매우 깨끗한 흰 천 같은 것을 들추며 속삭이는 모습을 볼 것이다.

「이분입니다」

죽은 지 얼마 되지 않는 장밋빛의 시체, 자신들의 남편이자 아버지인 장 프랑수아 구르 씨의 작은 시체를 보고 나면, 그녀들은 아무 말 없이 가버릴 것이다. 그리고 다시는 그에 관한 이야기를 꺼내지 않을 것이다. 식탁에서도, 저녁에도, 거실에서도, 친지들이나 친구하고도. 심지어 장을 보러 가서 상인들에게조차도. 기껏해야 간혹 누군가가 그녀들 중 한 명에게 애써 말을 건넬 것이다.

「심심한 조의를 표합니다……」

손을 붙잡지도 않고 말이다.

그녀들과 그의 사이는 끝날 것이다. 그는 선량하지 않았다. 거짓말도 자주 하고, 아내를 속였으며, 딸이 벌거벗고 욕조에 들어갈 때면 욕실 문의 열쇠 구멍으로 딸의 모습을 훔쳐보기도 했다. 그는 선량했다. 그는 좋은 아버지였다. 그는 전혀 카페를 들락거리지 않았다. 그가 사창가에 자주 가곤 했다고는 아무도 생각하지 않았다. 그는 가끔 일요일 미사에도 참석했고, 무엇보다도 정직하게 그리고 규칙적으로 돈을 벌었다.

그는 심지어 텔레비전을 사주겠다는 약속을 하기도 했다. 그는 결코 존재하지 않았었다.

그녀의 남편은 일본군 진지를 공격하다 전사한 전쟁 영웅이었다. 앙드레의 아버지는 앙드레가 겨우 세 살이었을 때 자동차 혹은 비행기 사고로 죽었었다. 그는 잘생기고 부자였고, 그리고 연인이었다. 운명이 그를 그토록 빨리 앗아가다니 유감이었다!

빠져 죽은 남자가 물에서 건져져 도로 가장자리에 놓인 날, 비가 오고 모든 것이 다 젖어 있던 그날, 아담을 제외한 몇몇 사람들 사이에 있었을 일이 바로 이것이다.

그리하여 이제 어떤 신과도 같은 것이 그들 속에 차례차례 들어가 살며 자신이 선택한 시간에 그들을 자신에게 부르는 것이다. 그들이 그때까지 한번도 가보지 못한 곳, 죽은 자들의 세상에서 살게 하려고 말이다.

III

사람들은 그들을 잊으리라. 다른 모든 사람들, 오즈니악, 게로, 보지오, 시몬 프레르, 올리비앙, 베랑, 조제프 자키노, 크리스트베르크 그리고 어린 기욤이 나름대로 살아가도록, 자신들의 집으로 돌아가도록, 그들이 해야 할 일을 하도록 내버려두리라. 아담은 도중에 그들이 앞질러 가도록 내버려두었다. 그는 먼저 자리를 뜬 사람들 속에 끼어 있었지만, 피곤해서, 너무도 피곤해서, 다리를 질질 끌며 바닷가를 따라 걸었었다. 그는 비를 피하려고 플라타너스나무 아래에서 잠시 걸음을 멈추기도 했었다. 그러나 나무 잎사귀가 비에 축 늘어진 터라 폭우는 쉽게 나뭇잎을 뚫고 쏟아졌다. 그러자 비에 흠뻑 젖고, 호주머니에 빗물까지 들어찬 그는 다시 다리를 끌며 걸음을 옮기기 시작했었다. 담배를 피우고 싶었지만, 담뱃갑이 젖는 바람에 담배는 피울 수 없는 것이 되고 말았다. 담배를 싼 종이와 담배가 호주머니 안쪽에서 오톨도톨한 알갱이가 있는 죽처럼 되어 있었다.

구경꾼들은 삼삼오오 떼를 지어 자기 집으로 돌아가고 있었다. 그들이 나누는 단편적인 이야기들이 어렴풋이나마 들려오곤 했지만 전부 다 사고와는 상관없는 이야기였다. 익사나 눈사태, 실신, 던질낚시 또는 정치에 관한 것이었다.

아담은 옆구리가 결렸다. 그는 이제 혼자라는 느낌이 전혀 들지 않았다. 왜 그런지 이유를 알고자 하지도 않았다. 틀림없이 자신이 여러 번 실수를 저질렀을 것이라는 생각을 머리에 떠올리기 시작했다.

항구 앞에 이르자, 그는 담배 가게를 겸한 바의 차양 아래 멈춰 섰다. 그리고 회전 판매대의 우편엽서들을 바라보았다. 총천연색 엽서도 있었고 흑백 엽서도 있었다. 엽서 시리즈들 중 하나에는 얼굴은 약간 못생겼지만 몸매가 예쁜 젊은 여자가 비키니를 입고 있었다. 아담은 바 안으로 들어가 그 엽서 시리즈와 담배 한 갑을 샀다. 그리고 다시 나와서, 비를 피해 차양 아래에 서서 사진을 들여다보았다. 다섯 가지 색깔로 된 그 엽서의 젊은 여자는 자갈밭 같은 장소에서 무릎을 꿇은 채 환한 미소를 띠고 있었다. 오른손으로는 비키니 팬티의 훅을 풀고 있었다. 그래서 햇볕에 그을린 꽤 동그란 엉덩이가 살짝 드러나 보이고 있었다. 다른 손으로는 젖가슴의 가장자리를 가리고 있었다. 그녀가 가슴에 아무것도 하지 않았다는 것을 알리기 위해, 그녀의 곁에 브래지어가 널브러져 있었다. 그리고 그것이 브래지어라는 것을 알리기 위해, 브래지어의 컵이 위로 향하도록 자갈밭 위에 편평히 펼쳐져 있었다. 이 모든 것은 매우 우스꽝스러웠다. 그렇지만 엽서를 만든 종이는 아름답고 광택이 나고 고급스럽고 미끈거리고 마치 설탕처럼 투명하고 빛을 받아 온통 번쩍거렸다. 아담은 엽서를 훑어보고 가운뎃손가락 끝으로 문질러 삑삑거리는 소리를 내면서 엽서 종이가 사진에 있는 반라의 여자보다 천 배는 더 에로틱하다는 생각을 했다. 곰곰 생각해 보면, 이 단순한 대상이 지닌 의사 전달력은 엽서의 선정적 의도와는 전혀 별개의 것이었다. 왜냐하면 전체적인 메시지는 빈약하며, 웃음이나 울적한 기분만 불러일으킬 뿐이었으니 말이다. 그렇지만 그 진실은 이쪽 편에 있었다. 진실은 기하학이나 기술의 층위에 위치하고 있었다. 목재 가루와 섬유소가 후광을 이루어 그 젊은 여자를 성스럽게 하였고, 그녀가 영원히 성처녀이며 순교자임을, 축복받은 여인임을 공표하고 있었다. 그녀는 마치 신성모독, 수음, 농담과는 거리가 먼 성모처럼 세상을 다스리는 듯 보였고, 사진의 광택은 박물관의 진열장 유리만큼이나 확실하게 그녀의 그런 모습을 수세기 동안 보존할 수 있었다. 굵은 물방울이 바람에 떠밀려 차양의 술 장식에서 떨어져 나와 엽서 정중앙에 떨어졌다. 그리고 순식간에 엽서 위로 펼쳐졌다. 비너스의 배꼽과 왼쪽 젖가슴 사이쯤에.

아담은 엽서를 뒤집었다. 뒷면에는 이렇게만 씌어 있었다.
〈……촬영소〉〈브로마이드판 실제 사진, 복사 금지〉

〈툴루즈, 폴리네르 가 10번지.〉

분명 다음과 같이,

〈해변의 아가씨〉

혹은 저속한 스타일의 문구로,

〈저와 함께 즐기실까요?〉

라고 씌어 있으리라 장담하고 있던 아담에게는 실망이었다.

아담은 밤이 될 때까지 거리를 걸었다. 8시경, 그는 빵 한 조각을 먹었다. 그리고 버스 정류장의 벤치에 앉았다. 그는 우산을 쓰거나 혹은 비옷으로 몸을 감싼 사람들이 무리를 지어 지나가는 것을 바라보고 있었다.

광장 맞은편, 정차되어 있는 두세 대의 버스 뒤로 영화관이 있었다. 영화관 정면에는 네온사인이 반짝이고 있었다. 몇 안 되는 사람들이 비를 맞으며 영화관 밖에서 개관 시간을 기다리고 있었다. 영화관 이름은 르 렉스Le Rex였다. 가끔씩 깜빡거리는 다섯 개의 빨간색 네온으로 그 이름의 철자가 씌어져 있었다. 〈렉스〉라는 이름 아래 있는 커다란 간판에는 레인코트를 입은 멋진 남자가 방파제 위에서 레인코트를 입은 아름다운 여자를 포옹하고 있는 모습이 그려져 있었다. 그들 둘 모두 너무 오래 해변에 있었던 것처럼 얼굴은 붉고 머리카락은 노란색이었다. 광고 그림의 바탕은 검은색으로 대충 휘갈겨져 있었고 유독 두 사람 옆의 커다란 공 모양의 것만이 노란색으로 마치 가로등처럼 보였다. 그러나 어색하고도 뻣뻣한 모습으로 굳어진 자세의 두 남녀의 얼굴이 강렬한 색채로 그려져 있어 기이하고도 음산한 느낌을 주고 있었다. 하늘을 향해 뒤집혀 있는 그들의 눈은 추했고, 눈썹은 망가졌고, 벌리고 있는 큰 입은 서로 잇대어져 피를 흘리고 있는 두 개의 상처처럼 보였다.

영화 제목은 「마약 항구」 혹은 그 비슷한 것이었다. 아담은 사무엘 풀러라면 자기 영화를 위해 그려놓은 이 선전 간판을 보고 흡족해했으리라 생각했다. 그는 한순간 영화관에 들어갈까 하는 마음이 들었다. 그러나 돈이 충분치 않다는 사실이 머리에 떠올랐다. 그는 빵 조각을 조금씩 뜯어 다 먹고 나서, 담배에 불을 붙였다.

좀더 떨어진 아케이드 아래에는 두세 명의 소녀들이 버스를 기다리고 있었다. 그녀들은 꽃무늬 옷을 입고, 살색 스타킹을 신었으며, 우산을 쓰고, 인조가죽 핸드백을 들고 있었고, 좀더 가까이 다가가 냄새를 맡는다면 알 수 있겠지만 아마 향수도 뿌렸을 것이다. 아담은 혹시 오늘이 토요일이 아닐까 하고 생각했다. 그는 날짜를 따져보려 했지만 헛수고였다. 결국 그는 오늘이 토요일, 무도회 등이 열리는 날인 토요일임에 틀림없다고 단정지었다. 그는 예전에 자신이 저녁나절을 보내곤 했던 라 페르골라, 슈팅 스타 혹은 맘모스 클럽 같은 장소 중 한곳에 가볼 수도 있겠다고 생각했다. 그래서 맥주 한 잔을 마시며, 몇 시간 동안 여자 한 명을 붙잡아두는 것이다. 그렇지만 한번도 춤추는 것을 좋아하지 않았기에 그는 그 생각을 그만두었다. 춤을 잘 못 출 뿐더러 못 춘다는 사실을 모든 사람이 다 알고 있었다. 그는 혼잣말을 했다. 그래 무슨 소용이 있겠어? 아무도 그에게 가르쳐주지 않을 것이다. 게다가 돈도 충분치 않았다.

버스 한 대가 도착하여 소녀들을 싣고 갔다. 몇 분이 지나자 이상하게도 먼젓번 소녀들과 닮은 또 다른 소녀들이 그녀들이 있던 자리를 차지했다. 그녀들 곁에서 그녀들을 바라보며 두 명의 북아프리카 노동자들이 담배를 피우고 있었다. 그들은 아무 말도 하지 않았다. 그들은 시가를 피우고 있었고, 그러면서 소녀들의 다리를 바라보고 있었다.

그런 식으로 세 대의 버스가 연속해서 왔고, 매번 몇 안 되는 소녀와 노동자의 무리를 싣고 가곤 하였다. 확실히 토요일임이 분명했다. 네번째 버스가 도착하기 조금 전에 누더기를 걸친 한 남자가 아케이드 아래로 헤집고 들어섰다. 그는 틀림없이 쓰레기통에서 찾아냈을 낡은 종이상자들과 폐신문지들을 짐처럼 끌고 다니고 있었다. 그는 그 짐을 아담이 있던 벤치 바로 맞은편의 기둥들 중 하나에 기대어놓고, 앉아서 버스를 기다렸다. 그런 식으로 자리를 잡고 나니, 영락없이 노숙자나 거지 행색이었다. 그가 안경을 끼고 있는 것이 아담의 눈에 띄었다.

아담은 그에게 말을 걸어보기로 작정하고 갑자기 자리에서 일어나 그에게로 걸어갔다. 몇 번 머뭇거린 후 그들은 매우 나지막한 소리로 이야기를 나누었다. 안경을 낀 거지는 그를 바라보지 않았다. 그는 머리를 약간 앞쪽, 한편으로 약간 기울이고, 자신의 구두코만 뚫어지게 바라보았다. 때때로 그는 다리, 겨드랑이, 머릿속을 긁어댔다. 그는 놀라거나 겁먹은 기색이 아니었다. 다만 약간 사람을 깔보는 듯했고, 지겨워하는 듯 보였다. 그는 왼손으로 자신이 앉아 있는 종이상자와 신문지 더미가 무너져내리지 않도록 계속 붙잡고 있었다. 그는 지저분했으며, 수염도 잘 깎지 않았고, 냄새도 심하게 났다. 한순간 버스가 오는 방향을 막연히 가리키는 것 외에는 그는 미동도 하지 않았다. 그는 담배를 피우지 않는다고는 했지만 그래도 한푼 달라고 했고, 아담은 주지 않았다.

버스가 도착하자, 그는 조용히 일어나 신문지와 종이상자 짐을 챙기더니 아담에게 눈길도 주지 않고 버스에 올라탔다. 그를 주시하고 있던 아담은 차창 너머로 그가 지나치게 헐거운 외투 호주머니를 천천히 뒤져 검표원에게 돈을 내는 모습을 보았다. 그는 야윈 머리를 아래로 수그리고 있었고, 차가 덜컹거리기 때문에 1밀리미터씩 코에서 흘러내리는 안경을 왼손으로 붙잡고 있었다.

아담은 차마 다섯번째 버스를 기다릴 엄두가 나지 않았다. 사람들은 영원하고, 신은 죽음이었다. 사람들은 영원하고 신은 죽음이었다. 사람들은 영원하고 신은 죽음이었다.

〈마젤란〉 바에 들어서니 화장실과 전화기가 왼쪽 구석에 있었다. 용변을 보고 신사용이라 씌어진 화장실 문을 열고 나왔을 때, 물 내리는 소음 속에서 그는 전화기 아래의 선반에 전화번호부가 놓여 있는 것을 발견했다. 통화를 하려면 술집 급사에게 전화번호를 알려주어야 했다. 급사는 종이쪽지에 84-10-10이라고 적고, 카운터의 전화기를 번호대로 돌린 후, 카운터 끝 방음 박스 안에 들어 있는 또 다른 전화기로 연결했다. 그리고 손짓을 하며 말했다.

「손님 전화입니다!」

그러자 그는 전화 받침대 위의 작은 빨간 버튼을 눌렀다. 코맹맹이 목소리로 대답하는 소리가 들렸다.

「여보세요? 여보세요?」

「여보세요? 미셸?」

「전 미셸이 아닌데요. 여동생이에요…… 누구……」

「아, 제르멘이군요. 미셸 있어요?」

「아뇨」

「없어요?」

「전 미셸이 아니라 동생이에요…… 누구……」

「있잖아요. 혹시 미셸이 어디 있는지 모르시나요?」

「그런데 누구세요?」

「미셸의 친구인 아담이라고 합니다」

「아담이라…… 아, 아담 폴로?」

「예, 그래요」

「그렇군요…… 전하실 중요한 용건이라도 있으신가요?」

「에, 그래요. 꽤…… 말하자면…… 미셸이, 미셸이 어떤가 그저 알고 싶어서요. 안 본 지도 꽤 되었거든요. 아시겠지만……」

「예」

「지금 어디쯤 있을지 모르시나요?」

「미셸이요?」

「예, 미셸이요」

「전 모르겠어요. 2시 무렵 차를 타고 나갔거든요. 가면서 특별한 말은 없었어요」

「그러면…… 몇 시쯤 돌아올 것 같아요?」

「아시다시피 사정 따라 다르지요. 어딜 갔느냐에 달려 있지요」

「그렇지만 대강?」

「오, 대강 한, 한 11시쯤이면 항상 집에 있어요」

「오늘밤 들어올 건지 아닌지 모르신다는 말씀인가요?」

「오늘밤에요?」

「예, 오늘밤 내내」

「그렇다면 놀랄 일이죠…… 언니가 밤새도록 돌아오지 않는다면 제가 놀랄 일이죠. 가끔 그럴 때도 있다는 건 알아두세요. 간혹 가서 자는 여자 친구가 한 명 있어요. 그래도 그렇다면 놀라운 일이에요. 집에 돌아오지 않을 때는 대개 전화를 하거나 가면서 미리 우리에게 알려주거든요. 그런데 제게 아무 말도 없었던 것을 보면, 늦게 돌아오지는 않으리란 생각이 드네요」

「아 그렇군요. 그러면…… 11시 이후에 돌아오리라 생각하세요?」

「그 전일 것이라 생각되는데요, 모르죠」

「예」

「그런데, 혹 전하실 말이 있으면 제게 남기는 게 가장 좋겠어요. 그러면 언니가 들어오자마자 제가 전할게요……」

「굳이 말하자면, 남길 말도 없어요. 그저, 그저 그녀 소식을 좀 들을까 해서요」

「알겠어요. 그렇지만 만나고자 하신다든지, 전 잘 모르겠지만, 돌아오면 전화해 주기를 바라시는지요? 전화번호나 뭐 그런 거 있어요?」

「아뇨, 전 전화가 없습니다. 지금 바에 있거든요」

「그럼 한두 시간 후에 다시 전화를 주시는 게 가장 낫겠어요. 물론 자정 이전에요」

「자정 전에요?」

「예, 11시경에」

「예…… 그런데 곤란하게도 그렇게 하긴 힘들겠군요. 전 한 시간 후면 기차를 타거든요. 세네갈로 가는 배를 타야 해요. 떠나기 전에 언니에게 작별 인사라도 할 수 있었으면 좋으련만」

「아…… 세네갈행 배를 타시게요?」

「예, 저는……」

「아, 알겠어요……」

「그런데요, 미셸이 지금 그 친구 집에 있을까요?」

「전혀 모르겠어요」

「전혀 모르는군요. 그러면…… 그 친구 전화번호를 좀 알려주실 수 있나요? 이름이 뭐죠?」

「소니아. 소니아 아마두니요」

「전화가 있나요?」

「예, 있어요. 가서 전화번호를 찾아올까요?」

「예, 부탁드립니다」

「잠깐만 기다리세요. 가서 찾아볼게요」

아담은 방음 박스 안에서 땀을 흘리고 있었다. 귀에 바짝 댄 수화기로 수많은 야릇한 소리들이 들려왔다. 발자국 소리, 알아들을 수 없는 문장들, 그리고 멀리 거실과 2층으로 오르는 계단 중간에서 설명하는 듯한 말이 들려왔다.

「제르멘, 누구니? 미셸 친구래요, 엄마. 이 사람이 세네갈로 떠나는데, 미셸에게 작별 인사를 하고 싶대요. 세네갈로? 예, 그래서 소니아 전화번호를 알고 싶대요. 소니아 전화번호가 정확히 어떻게 되더라? 88-07-54인지 아니면 88-07-44인지? 누구 전화번호? 소니아요, 아시잖아요, 소니아 아마두니라고? 아, 소니아 아마두니. 88-07-54, 그래, 88-07-54 아니니? 확실해요? 그럼…… 네가 알려주련? 그러지요」

「여보세요?」

「예?」

「88-07-54예요」

「88-07-54요?」

「예, 88-07-54. 맞아요. 소니아 아마두니, 88-07-54」

「고맙습니다」

「천만에요」

「됐습니다. 제가 전화를 해보지요. 어쨌든, 만약…… 만약에 말이죠, 미셸이 11시 전에 돌아오면……」

「그러면요?」

「아뇨. 괜찮습니다. 어쩔 수 없지요. 이렇게 해서라도 만나도록 해보지요. 안 되면 할 수 없고요. 다만 제가 전화했다고만 전해 주십시오」

「알겠어요」
「예, 고맙습니다. 실례했고요. 그리고 고맙습니다」
「그럼 안녕히」
「안녕히 계십시오」

전화로 장난을 치기 시작할 때는 머뭇거려서는 안 된다. 단 몇 초 동안이라도 생각을 하기 위해 멈춰서는 결코 안 된다. 아마두니에게 뭐라고 할 것인가? 전화를 하기에는 너무 늦지 않았을까? 미셸은 분명 거기 없을 것이다 등등을 말이다. 다시 시작해야 한다. 술집의 급사를 부르고 88-07-54라고 소리쳐야 한다. 「미안하지만 급한 일이오!」라고 소리치고, 다른 전화기로 달려가 빨간 버튼을 눌러야 한다. 그리고 낱말들이 마치 신비주의적인 고통의 비명인 양 눈에 보이지 않는 구름 속으로 솟아오르는 유령 같은 언어로 미끄러져 들어가야 한다. 불신을 벗어 던지고, 우스꽝스러움에 개의치 말며, 축축한 손바닥 안에서 미끄러지고 체처럼 생긴 주둥이를 귀에 붙이는, 그리고 콧소리가 섞인 통화가 이루어질 때까지, 노래를 흥얼거리는 이 거무스름한 도구에 인간성을 부여해야 한다. 기다려야 한다. 전기의 미지근한 열이 감도는 베이클라이트 껍질 속에 머리를 거의 파묻다시피 하고, 찍찍거리는 소리가 그치기를, 타닥거리며 스파크가 이는 소리가 울리기를, 그리고 심연 저 아래에서 꾸민 목소리, 거짓이 당신을 감싸고, 믿건 안 믿건 당신 자신의 목소리가 전화선을 타고 오르는 것을 들으며 멀리서 들려오는 여보세요라는 말에 당신으로

하여금 어쩔 수 없이 이렇게 말하도록 할 목소리가 솟아오르기를,

여보세요, 아마두니 씨입니까? 죄송하지만 소니아와 통화할 수 있을까요?

만일 소니아가 없다 해도 고집을 부리며, 자신은 30분 후면 세네갈로 떠난다, 꼭 미셸을 찾아야 한다고 설명해야 한다. 그러면 알게 될 것이다. 미셸과 소니아가 미셸의 차를 타고 함께 외출했다는 것을. 딱 2분 차이로 그녀들을 놓쳤다는 것을. 그녀들이 시내로 춤추러 갔을 수도 있다는 것을. 그렇지만 어쨌든 분명 영화관에 가지는 않았다는 것을. 왜냐하면 밥을 먹으며 볼 만한 것이 없다고 이야기했으니까. 듣기로는 그녀 둘이서 겨우 2,3분 전에 갔다고 했다. 라 페르골라나 〈하이파이〉, 〈맘모스〉에는 갔을 것 같지 않았다. 왜냐하면 토요일 저녁이면 그곳은 사람이 너무 많으니까 말이다. 그러면 〈스타레오〉와 〈위스키〉가 남는다. 소니아는 특별히 더 좋아하는 곳이 없다. 그렇지만 미셸이 만일 속물이라면 그녀는 분명 〈스타레오〉를 더 좋아했을 것이다. 미셸은 67퍼센트 정도 속물이다.

흐릿한 가짜 조명과 붉은색의 가짜 새틴 천으로 된 가짜 안락의자가 있고, 가짜 제비들이 가짜 부잣집 딸들과 춤을 추고 있는 겉만 번지르르한 그 디스코텍으로 그녀가 소니아 아마두니를 끌고 갔을 가능성이 67퍼센트이다. 다행히도 그럴 가능성을 믿으려 드는 사람은 아무도 없었다.

〈스타레오〉에는 아무도 없었다. 단골들이 토요일 저녁을 피했기 때문이다. 그들은 사람들이 몰리는 날인 월요일을

노리고 있었다. 아담은 컴컴한 홀 안으로 들어가 눈으로 미셸이나 소니아 아마두니를 찾았다. 그렇지만 그녀들은 거기 없었다. 그는 바로 다가가서 큰소리로 물었다.

「소니아 아마두니를 아십니까?」

남자는 귀찮다는 듯 그를 바라보았다. 남자는 관자놀이에 생기가 없었으며 실크 넥타이를 매고 있었다. 남자가 고개를 저었다. 전축이 감미로운 음악을 토해 내고 있었다. 아담의 곁에는 두 명의 잘생긴 금발 청년이 스탠드에 팔을 괸 채 미소를 띠고 있었다.

아담은 그들의 얼굴과 그 외의 다른 것을 찬찬히 훑어보았다. 모든 것이 정말 너무나도 고요하고, 너무나도 부드럽고, 너무나도 역겨웠다. 그는 오랜만에 처음으로 이처럼 깨끗한 공기를 마시게 되었다. 거기, 그 일종의 망각 속에 멈추어 서서 아무것이나, 아니 아무것도 기다리지 않고 싶었다. 커다랗고 차가운 잔으로 위스키를 좀 마시며, 여자 같은 그 두 명의 미소년 곁에 자리하고 싶었다. 섬세하고 곧 사라져버릴 것 같은 그들의 사슴가죽 윗옷 곁에, 지나치게 새빨간 그들의 입술 곁에, 너무나도 하얀 그들의 피부와 너무나도 금발인 그들의 긴 머리 곁에, 그들의 웃음, 그들의 손, 약한 흑갈색 음영을 준 그들의 검은 눈과 함께.

그러나 우선 몇백 미터 떨어진 〈위스키〉까지 걸어가야 했다. 그곳은 2층에 있었고, 아마도 시내에서 사람들이 가장 자주 찾는 디스코텍 같았다. 두 개의 홀이 맞붙어 있었는데, 하나는 바를 갖추고 있었고 또 하나는 푹신한 의자들이 놓여 있었다. 아담은 문으로 고개를 들이밀었다. 이곳의 분위기는 긴장되어 있었고, 소음으로 가득 차 있었다. 조명은 핏빛처럼 붉었고, 모든 사람들이 춤을 추며 소리를 질러대고 있었다. 열광적인 재즈 음반, 콜맨, 쳇 베이커, 블레이키의 음반에 맞추어. 계산대 뒤에 서 있던 여자가 그의 쪽으로 몸을 기울여 뭐라고 말했다. 아담은 알아듣지 못했다. 그녀는 가까이 오라고 손짓을 했다. 결국 아담은 한마디 말을 알아들었다. 그는 한걸음 그녀에게 다가서며 소리쳤다.

「뭐라고요?」

「들어오시라고 했어요!」

아담은 아무 생각도, 아무 말도 없이 10초 동안 꼼짝도 않고 있었다. 그는 자신의 몸이 사방으로 터져 나가 적어도 10평방미터는 되는 소음과 움직임 속에 펼쳐지고 있다는 느낌이 들었다. 계산대의 여자가 말을 되풀이했다.

「들어오세요. 들어오시라니까!」

이번에는 아담이 양손을 확성기처럼 모으고 말했다.

「아닙니다. 소니아 아마두니를 아시나요?」

「누구라고요?」

「소니아 아마두니요」

「아뇨」

여자가 뭐라고 덧붙여 말했지만, 아담은 이미 뒤로 물러선 후여서 듣지 못했다. 어둠, 희미한 붉은 빛, 다리와 엉덩이의 발작적인 움직임, 맞붙은 두 개의 홀이 마치 엔진처럼 웅웅대고 있었다. 그는 대번에 강철 껍질 속에, 이를테면 오토바이의 안장 속에 들어간 것 같았고, 사면이 금속으로 된 벽 속에 갇힌 죄수 같은 느낌이 들었다. 그 속은 빽빽함, 폭력, 폭발, 휘발유 그리고 불길, 불꽃들, 석탄, 폭발들, 그리고 가스 냄새, 녹은 버터처럼 찐득찐득하고 농도 짙은 기름, 검붉은 조각들, 번쩍이는 섬광들, 폭발들, 거친 고철로 이루어진 네 개의 벽면으로 불어닥쳐 갈기갈기 찢고 짓이기고 으깨버리는 무겁고 거센 엄청난 바람, 잘게 부서진 금속 파편들, 쇳소리, 전진-후퇴, 전진-후퇴, 전진-후퇴로 가득했다. 열기, 바로 그것이었다.

아담은 다시 고함을 질렀다. 「아뇨, 전 그저……」

그리고 더욱 큰소리로, 「소니아 아마두니를 찾았으면 해요!」

「……소니아 아마두니!」

그 여자는 뭐라고 대답을 했지만 여전히 아담이 알아듣지 못하자, 어깨를 으쓱하더니 모른다는 표정을 지었다.

이제 비는 거의 그쳤다. 그저 이따금씩 한두 방울 뿌릴 뿐이었다. 도시는 흠뻑 젖어 있었다. 아담은 밤새도록 거리를 성큼성큼 걸어다녔다. 저녁 9시 반부터 새벽 5시까지. 그것은 마치 이글거리는 거대한 태양이 지나치며 모든 것을 잿더미로 만들어버리는 것 같았다.

아담은 걸으며 생각했다.

(내가 장난을 잘못 친 거야. 내가 너무 일을 가볍게 처리하려고 들었던 거야. 내가 틀렸어. 바보 같으니라고. 내가 하고

자 했던 것은 이것이었는데. 난 미셸, 그 여자의 흔적을 좇으려고 했어. 마치 개가 그러듯이 말이야. 난 이런 장난을 하고 싶었어. 하나, 둘, 셋, 넷, 다섯, 여섯, 일곱, 여덟, 아홉, 열, 열하나, 열둘, 너 거기 있지? 열셋, 열넷, 열다섯, 열여섯, 열일곱, 열여덟, 너 거기 있니? 열아홉, 스물, 스물하나, 스물둘, 스물셋, 스물넷, 나 서른까지 센다, 스물다섯, 스물여섯, 스물일곱, 스물여덟, 스물아홉, 스물아홉 반, 스물아홉 반에 반, 그리고, 그리고, 서른! 그러고 나서 도시 사방으로 찾아 나서는 거야. 벽 모퉁이, 문의 구석진 곳, 나이트클럽, 해변, 바, 영화관, 교회, 공원으로. 난 널 찾고 싶었던 거야. 마침내 약학대학 학생과 탱고를 추고 있거나 바다를 바라보며 긴 의자에 앉아 있는 널 발견할 때까지. 넌 물론 내가 널 찾아낼 수 있도록 표식들을 남겼겠지. 그게 놀이의 규칙일 테니까. 아마두니 소니아 나딘, 제르멘 같은 한두 가지 이름을 남기거나, 장밋빛 오렌지색 루주가 약간 묻은 손수건을 땅바닥에 떨어뜨리거나, 한적한 골목길에 머리핀을 흘리거나 말이지. 그리고 셀프서비스 식당에서 두 종업원 사이의 대화라든가, 야간에도 문을 여는 과자점의 하늘색 푸른 비닐 테이블 보 아래 슬며시 남긴 표시 같은 것. 아니면 9번 트롤리 버스의 인조가죽 시트에 손톱 끝으로 두 단어의 첫 글자 M. D.를 새겨놓든지. 그러면 차츰차츰 널 찾아가며, 「이제 찾았다!」 하고 말하게 되겠지.

그리고 새벽 6시 25분 파김치가 된 나는 마침내 널 찾아내겠지. 남자용 비옷을 걸치고, 입을 꾹 다문 너, 이슬에 머리가 젖고, 모직 옷은 약간 구겨진 채, 밤새 뜬눈으로 지새느라 퀭

한 눈의 너를. 아무도 없이 홀로 희끄무레한 일출을 바라보며 산책로 긴 의자에 몸을 파묻은 채 웅크리고 있는 너를.)

그러나 아무도 그 누군가를 기다리지 않는다. 분명 세상에는 더 중요한 문제들이 있기 때문이다. 인구가 넘쳐흘러 굶주림으로 죽어가는 세계가 사방에 널려 있다. 아무리 미세한 일이라 하더라도 이 현실 속에서 찾고, 뒤져야 했다. 중요한 것은 한 남자와 한 여자의 삶이 아니었다.

그보다 훨씬 더 중요한 것은 이 우주 전체였다. 이십억의 남녀들이 물건을 만들어내고, 폭탄을 마련하고, 우주를 정복하기 위해 함께 일을 꾸미고 있다.

신문에서는 떠들어댄다. 「우주선 리베르테 2호가 지구 주위를 일곱 바퀴 돌았다」

「100메가톤급 수소폭탄이 네바다 주에서 폭발했다」라고.

그것은 사실 거대한 태양이 모든 곳을 내내 비춘 것과 같았다. 보포르 온도로 측정 가능한 배처럼 생긴 태양, 오로라가 점차 확대되는 그런 태양이 말이다. 사람들은 지구 주위로 빠져나갈 수 없는 그물을 치고 있는 중이었다. xx′, yy′, zz′의 선들을 연장시켜 지구를 체계적으로 바둑판 모양으로 구획을 나누고 있었다. 그리고 각각의 면적을 통제하고 있었다.

사회는 전문화된 집단으로 구조화되고 있었다.

말하자면 군대, 공무원, 의사, 정육점 주인, 식료품상, 제련공, 전자공학 엔지니어, 원양 선박의 선장, 우체국 창구 직원들로.

사람들은 22층이나 되는 건물들을 짓고, 그 지붕에다 텔레비전 안테나를 설치하였다. 지하로는 배관 시설을 만들고, 전선을 깔고, 지하철을 놓았다. 예전의 무질서하던 곳에는 푯말을 세우고 제방을 쌓았다. 땅을 파헤치기도 하고, 또 땅속에 파묻기도 했다. 불태우거나 폭파시키기도 하고. 라이트를 장착한 기계들이 윙윙거리며 조용히 불을 밝히고, 하늘 곳곳에 전자장을 던지고 있었다. 비행기들은 종이 찢는 소리를 내며 이륙하였다. 로케트들 역시 사프란 색 구름을 뚫고 우주 한가운데의 알 수 없는 지점을 향해 곧장 날아올랐다. 그리고 검은 연기 기둥을 이루며 사라져 버렸다.

동이 틀 때면 모든 것이 수백만의 결집된 의지로 이루어진 새로운 새벽으로 되돌아오곤 하였다. 그 모든 것 너머에는 폭력과 정복에 목말라 하는 그 남녀들의 군상이 있었다. 그들은 세계의 전략적 요충지마다 무리 지어 있었다. 그들은 지도를 제작하고, 땅에 이름을 짓고, 소설을 쓰거나 지도책을 썼다. 그들이 들끓고 있는 장소들의 이름들은 아래와 같이 나열되었고,

에클르페샹	스코틀랜드	55.3.N.	3.14.W.
에클레스	잉글랜드	53.28.N.	2.21.W.
에클레스홀	잉글랜드	53.28.N.	2.21.W.
에크미이아드진	아르메니아	40.20.N.	44.35.W.
에크테르나크	룩셈부르크	49.48.N.	6.25.W.
에슈카	빅토리아	36.7.S.	144.48.E.
에시자	스페인	37.32.N.	5.9.W.

에콰도르 공화국	남아메리카	2.0.S.	78.0.W.
에담	네덜란드	52.31.N.	5.3.E.
에드라칠리스	스코틀랜드	59.12.N.	2.47.W.

그들의 이름은 카페 선반 위의 책들에 가득했다.

윌리엄 푸트니 신부
프랜시스 파커
로버트 패트릭
로버트 패튼
존 페인
퍼시발 신부
로베르 드 샤를르빌
나타니엘 레이너
아벨 램 씨

그들 가운데서 찾아야 했다. 찾고자만 했다면 새벽녘 이슬에 젖은 차가운 몸으로 긴 의자에 앉아 그 뒤엉킨 힘들 속에서 전율하고 있을 미셸을 포함해 모든 것을 찾아냈을 것이다. 그들 모두는 같은 삶을 살고 있었다. 그들의 영원성, 그것은 점차 그들이 지배하고 있는 원료들 속에 녹아들고 있었다. 단일성, 고열의 용광로 속에서 제조된 그 단일성, 마치 분화구 속에서처럼 용해된 금속 한가운데에서 끓고 있는 그 단일성은 그들을 그들 자신보다 더 우월하게 만드는 무기였다. 다른 곳이나 마찬가지로 이 도시에서도 남녀들은 지옥 같은 그들의 냄비 속에서 익어가고 있었다. 대지의 모호한 바탕 위로 우뚝 솟은 그들은 자신들을 영원성으로 감싸줄 지고한 그 무엇인가를 기다리고 있었다. 그들은 자신들의 기계 속에서 살고 있었다. 벌거벗고, 고집불통인 데다 한걸음도 물러서지 않는 그들은 자신들의 땅을 빛내고 있었다. 거의 완성된 그들의 세계는 곧 그리고 영원히 그들을 시간성에서 벗어나게 할 것이다. 이미 그들의 얼굴 위로 주조된 마스크가 드러나고 있는 것 같았다. 한 세기만 혹은 두 세기만 더 지나면 그들은 동상, 석관 위의 장식물들이 될 것이다. 콘크리트와 청동으로 만든 그들의 거푸집 아래로 작지만 불멸하는 일종의 전기 불꽃 같은 것이 숨어 살 것이다. 그러면 비시간적인 물질이 지배하는 시기가 되리라. 그리하여 모두가 모두의 속에 있게 되리라. 이제는 세상에 단 한 명의 남자, 단 한 명의 여자만 있게 되리라.

아담은 도시의 길목마다 도처에 동시에 있었다. 어둠에 잠긴 공원 앞에, 개들의 묘지 앞에, 석재를 잘라 만든 현관 아래, 때로는 나무들이 줄지어 선 좁은 길을 따라, 혹은 성당의 계단에 앉아 있었다.

이 광물의 공간 속에 그만이 홀로 도처에서 휴가중이었다. 사람들은 포스 분수대 주변이나 슈맹 드 페르 다리 아래에서 담배를 피우는 그를 보았다. 그는 대광장의 아케이드 아래에, 스퀘어 광장 한복판에, 해변 산책로 난간에 팔을 괸 채 무심히 있었다. 해변에서도 미동도 않는 바다를 마주하고 있었다. 그는 도처에 있었기 때문에 어쩌다 거리에서, 또는 어떤 집을 돌아나오다 자신과 마주치는 일도 있었다. 새벽 4시 15분 전인 지금 이 시각 아마 복제가 불가능한 4천 혹은 5천 명의 아담이 도시를 쏘다니고 있을 것이었다. 걸어다니는 아담도 있었고, 또 어떤 아담들은 자전거 혹은 자동차를 타고 있었다. 그들은 끝에서 끝까지 도시를 가르며 가고 있었고, 시멘트로 처바른 구석구석을 다 차지하고 있었다. 주홍색 드레스를 걸친 어떤 여자 아담이 힐 소리를 크게 울리며 남자 아담 뒤를 좇아 달렸다. 그리고 말했다.

「어이, 바지 씨, 나랑 같이 가지 않을래?」

그러자 남자 아담이 마지못한 듯 그녀를 따라갔다.

동쪽 구역 부근에는 또 다른 남자 아담들이 휘파람을 불며 출근하고 있었다. 늙은이 아담 한 명이 야채 수레 위에서 둥글게 몸을 만 채 잠을 자고 있었다. 아마 아담 자신 중 누구 하나는 땀에 절은 누런 침대 속에서 짧은 비명을 지르며 죽어가고 있는지도 몰랐다. 아니면 또 누군가는 이제는 돈이 다 떨어졌다고 혹은 이제는 아내가 없다고 허리띠로 목을 맬지도 몰랐다.

스퀘어 광장 잔디밭 한가운데에서 마침내 아담은 걸음을 멈췄다. 그는 자신의 모습을 나타내고 있는 동상 받침대에 등을 기댔다. 그리고 5시경, 그는 세탁소 유리창 앞에서 멈춰 섰다. 피로와 기쁨에 겨워 뺨 위로 눈물 같은 것이 흐르는 것을 느꼈다. 그는 자신의 뒤로 열리는 수백, 수천 개의 창문들을 바라보지도 않고 갑자기 울기 시작했다. 아담들이 발자국 소리가 울리는 도로 위를 달리고 있었다.

기도라도 올리듯 그는 입술 끝으로 어떤 시의 두 구절을 읊었다. 정확히 열다섯 시간 앞서, 진열창 안쪽에서 불그스름한 네온사인이 일몰의 한 자락을 빚어내고 있었다.

입술 끝으로, 마치 기도라도 올리듯, 지금이 밤인지 낮인지도 이제는 분간 못한 채 아담은 어떤 시의 두 구절을 읊었다.

〈'Tis ye, 'tis your estranged faces,
That miss the many-splendoured thing.〉

12

태양, 덧창이 반쯤 닫힌 방안의 2인용 침대 위에 누운 한 남자와 한 여자, 그들 사이 군데군데 회색을 띠고 있고 군데군데 불에 그을린 시트 위에 놓인 질그릇 재떨이. 방은 네모지고 베이지색을 띠고 있으며, 단단하고, 정말로 건물 한복판에 끼워 넣어져 있다. 도시의 나머지는 전부 시멘트, 단단한 모서리, 창문들, 문과 경첩들로 이루어져 있다.

그들 옆 머리맡 탁자 위에 켜져 있는 라디오에서는 말이 물줄기처럼 쏟아져 나오는데 다만 매 8분마다 섬과도 같은 음악으로 중단되곤 한다.

「결론적으로 말씀드리자면 새해에는 관광 사업이 보다 잘될 것이며, 언제나 그렇듯 관광 사업, 특히 아름다운 우리 고장의 주요 재원이 되고 있는 외국인 관광 사업이 강조되고 또 중요성이 부여되어 왔던 만큼 우리로서는 그것을 누리기만 하면 될 것입니다. (……) 그러기 위해 우리는 벌써부터 모든 해안선을 따라 숙박업 체계를 대폭 개선하였고, 미비했던 시설물들을 재정비하였으며 그저 보통 수준의 안락함에 그쳤던 시설물들을 완벽하게 개선하고 보다 현대적인 호텔들을 갖춘 종합 관광 단지를 꾸몄습니다. 이는 외국과의 경쟁, 특히 이탈리아, 스페인 또는 유고슬라비아와 같은 남부 국가들과의 경쟁 때문에 점점 더 필요하게 되었던 것입니다. (……) 예 그렇군요. 뒤테르 박사님, 저희들에게 들려주시고자 했던 말씀에 심심한 감사를 드리는 바이며 다음번에 있을 지역의 관광 경제에 관한 인터뷰에서 다시 뵙겠습니다. (……) 지금 시각이 정확하게 14시 9분 30초를 가리키고 있습니다. 라디오 몬테카를로에서는 립 회사 제공으로 정확한 시간을 알려드리고 있습니다. (……) 14시는 또한 휴식을 취하실 시간입니다. 그러나 아무렇게나 휴식을 취하시지 마시고 느긋하게 활기를 얻을 수 있는 단 하나의 휴식, 데탕트 커피와 함께하십시오. (……) 취향에 따라 뜨거운 커피나 아이스커피로 좋은 커피의 향을 즐기십시오. 편안한 휴식을, 편안한 휴식을, 편안한……」

그 머리맡 탁자 위에는 자명종시계도, 괘종시계도 없다. 남자는 손목에 손목시계를 차고 있었고, 그로 인해 피부 전체에 작은 가죽옷을 입은 듯했다. 왜냐하면 손목시계를 빼고는 온통 벌거벗고 있기 때문이다. 여자 역시 나체다.

그녀는 오른손 약지에 결혼 반지를 끼고 있다. 같은 손 검지와 중지 사이로는 종이가 땀에 젖고 짓눌려 담배 잎사귀 모양으로 생긴 담배를 들고 있다. 그리고 그것을 피운다.

옷가지들은 아무렇게나 둘둘 말려, 의자 위, 등받이와 좌석이 서로 마주치는 곳에 바짝 붙어 놓여 있다. 라디오 앞쪽으로는 사진 한 장이 주파수 계기판에 끼워져 있다. 사진 속에는 그 남자와 그 여자가 옷을 입고 로마의 거리에 서 있다. 그는 미소를 띠고 있고, 그녀는 그렇지 않다. 사진 한쪽에 그들은 자신들의 이름을 써넣었다.

루이즈와 장 말랑파르 부부

2년 전 그들은 재미 삼아 그렇게 자신들의 이름을 적어 넣었다. 그 다음달이면 결혼할 예정이었으니까. 그들은 그렇게 생각했었다. 그러나 그 모든 것이 지금은 너무 오래된 일임에 분명하다. 두 번의 무더운 여름 혹은 라디오 램프에서 흘러나온 열기 때문에 사진은 완전히 뒤틀려버렸다. 세번째의 짧은 신호음으로 정각 14시 10분을 알린 지금이 시각, 태양, 닫혀진 덧창, 땀, 오르간 연주 영화 음악과 함께, 담배를 피우는 여자의 손 그리고 머리 위쪽에서 반짝이는 장 말랑파르라는 남자의 동그란 눈 이외에 움직이는 것이라곤 뚜렷이 없는 그 방안에는 끔찍이 비극적인 것도, 또 우스꽝스러운 것도 전혀 없다.

지은 지 얼마 되지 않은 현대식 건물 아래층의 식품점, 〈로갈 식품점〉이라는 상호의 가게 안 달력은 지금이 8월 말이라는 것을, 마치 26일이나 24일처럼 8월 말에 가까워지고 있다는 것을 알려주고 있다. 그것은 하루에 하나씩 유머 문장이 들어 있기 때문에 〈익살〉이라는 이름으로 팔리는 정사각형의 하얀 일력에 씌어져 있다. 오늘의 유머는 〈천 번에 한 번씩 〈톡〉 소리를 내는 것은?――다리 하나가 목발인 지네[8]이다. 그 일력은 물방울무늬 드레스를 입은 금발 여인이 그려진 두꺼운 종이로 덮여 있다. 그림 속의 그녀는 손에 잔을 들고 있는데, 빨간색 대문자로 〈비르 BYRRH〉 〈식전 음료 Apéritif〉라고 씌어 있어서 그녀가 마시는 것이 무엇인지 분명히 알려주고 있다. 모든 것이 덥고 거의 끓어오르는 듯하다. 제라늄의 역겨운 냄새, 도로 위를 미끄러지는 타이어 소리들이 가득하다. 지금은 여름, 거의 8월 말이다. 해변의 긴 의자들은 구릿빛의 번질번질한 넓은 사람들 등판의 무게로 삐걱거리는 소리를 낸다. 검은색 안경도 접을 때면 신음을 내지른다. 한두 군데의 식당에서는 같은 시각에 붉은 개미 한 마리가 노란 장미나 분홍색 카네이션을 본따 만든 푸르스름한 플라스틱 잎사귀를 먹고 있다.

남녀들이 물속으로 들어간다. 그들은 서서히 물에 몸을 담그고, 두 팔을 공중에 쳐든 채, 모터보트가 지나가며 만드는 작은 파도들과 마주쳐 배 위 몇 센티미터만큼 더 물에 젖기를 기다렸다가, 고개를 세우고 앞으로 몸을 던져 지면에서 발을 떼고 점차 그들에게서 이름을 벗겨내고 그

8) 프랑스어로 지네와 같은 다족류를 mille-pattes(〈천 개의 발〉이라는 뜻)라 한다.

들을 우스꽝스럽게, 숨가쁘게, 발작적으로 만드는 물질 속으로 나아간다.

바다 전체는 둥근 모습이고 요란스런 푸른색을 띠고 있다. 뭍에서 겨우 50센티미터 떨어진 곳에 수영복을 입은 어린 소년이 바닷물에 몸을 담그고서 조류에 떠밀려오는 쓰레기들을 손가락으로 헤아리고 있다. 그가 찾아낸 것은,

바나나 껍질
반쯤 먹다 버린 오렌지
파
나무토막
해초
목이 잘린 도마뱀
속이 비어 찌그러진 아르탄 회사의 튜브
무엇인지 알 수 없는 두 개의 갈색 덩어리
말똥 같은 것
벨포드 코드 회사 제품의 천 조각
필립 모리스 담배꽁초

산책로에는 여전히 햇빛이 내리쬐고, 라 가르 대로가 이어지는 교차로에서는 한 노파가 일사병으로 죽어가고 있다. 그녀는 아주 쉽게 죽는다. 거의 여러 번 그래 본 만큼 쉽다. 한마디 말도 없이 도로에 배를 깔고 쓰러지다가, 그녀의 손은 주차되어 있는 차의 앞 흙받이에 부딪히고, 메마른 그 늙은 손에서는 매우 가느다랗게 피가 흐른다. 그

러는 동안 그녀는 죽어간다. 그러는 동안 사람들은 지나치고, 헌병들, 사제나 의사를 찾고, 구경하던 어떤 여인은 몸이 굳어 나지막한 소리로 암송한다.

〈은총으로 가득하신
마리아여 찬송합니다
주는 당신과 함께 하나니
등등.〉

벤치 위에 앉아 있는 한 이탈리아 사내는 호주머니에서 이탈리아제 담뱃갑을 꺼낸다. 담뱃갑의 4분의 3이 비어 있어서인지, 〈에스포르트타지오네〉라는 담배 이름은 그 풍요로움을 잃고 마치 맥빠진 깃발처럼 담뱃갑 종이 옆면에서 흔들리고 있다. 그는 담배 한 개비를 꺼내고 사람들이 기대할 수 있던 일이 일어난다. 즉 그가 담배를 피우는 것이다. 그는 걸어가는 젊은 여자의 가슴을 바라본다. 프리쥐닉에서 파는 뱃사람 스타일의 몸에 착 달라붙은 스웨터를. 두 젖가슴을.

블록들, 회색의 거대한 직사각형들, 시멘트 위의 시멘트 그리고 각이 진 이 모든 장소들로 인해 사람들은 한 장소에서 다른 장소로 빨리 지나친다. 사람들은 도처에서 거주하며, 도처에서 산다. 태양은 오톨도톨한 벽들 위로 내리비친다. 계속 이어진 신시가지들과 구시가지들로 인해 사람들은 삶의 소란스러움 한복판에 박힌다. 사람들은 차곡차곡 쌓인 무수한 책들 속에서처럼 살아간다. 각각의 단어는 하나의 사건이며, 각각의 문장은 같은 종류의 일련의 사건들, 그리고 각각의 이야기는 한 시간, 혹은 그 이상, 혹은 그 이하, 1분, 10초, 20초이다.

머리 주위로 파리들이 날아다니고, 뜰 안쪽으로부터 뜨거운 물에 덴 아이의 울음 소리가 들려오는 가운데 마티아스는 추리소설을 쓰려고 한다. 그는 학생 노트에 손으로 쓴다.

〈조제핌은 차를 세웠다.

—여기서 내릴래?

—오케이, 베이비. 더그가 말했다.

차에서 내리자마자 그는 후회했다.

—바보짓을 하지 않는 게 좋았을 텐데.

아름다운 조제핌은 어느새 벨기에 세공 기술의 걸작이라 할 수 있는 은이 박힌 작은 권총을 꺼내 들고 있었고, 총부리는 곧장 더그의 배를 겨누고 있었다.

〈불행한 일이 일어나지 않기를〉 하고 더그는 생각했다. 〈여자들까지도 역시 내게 총질을 해대려 한단 말이야. 그럼 그 유명한 나의 섹스 어필은 어떻게 된 거야?〉

—자, 그럼 이제 무슨 일이 일어날까? 더그는 이죽거렸다. 너도 알겠지만, 난 생명보험에 들어 있다고.

—그렇다면 네 미망인이 능력 있는 사람이길 바라. 하고 조제핌이 말했다.

그리고 그녀는 방아쇠를 당겼다.〉

그리고 더글라스는 죽었다, 혹은 죽지 않았다.

그러나 많은 창문들 너머로 많은 초록색, 황산염 색의 푸른 포도나무들이 여전히 보이고 있다. 아이들은 볕이 드는 작은 산책로에서 달팽이들을 줍는다. 복족류의 연체동물들은 자신들의 껍질 속으로 몸을 웅크렸다. 그리고 고무처럼 끈적거리는 점액을 사용해 월계수 가지 위에 달라붙는 가느다란 접합에 맹목적으로 자신들의 생명을 내맡긴다. 리요네 카페의 붉은색 장식 널 아래로는 사람들이 모여 이야기를 한다.

해변에서, 어때?

종업원, 맥주 한 잔 줘요. 맥주 한 잔.

맥주 한 잔이요.

내셔널 복권입니다! 일등상은 누구에게 갈까요?

고맙지만 나는 싫소.

종업원, 로제 포도주 한 잔.

로제 포도주요? 예, 손님.

여기 있습니다.

얼마요?

1프랑 20상팀입니다. 손님.

받아요. 팁도 있소.

예, 손님.

고맙습니다.

장, 어디 앉을까?

내가 어제 모랭 씨를 만났는데, 그가 내게 뭐랬는지 아시오?

아, 그래, 그 작자는 괴짜야.

전혀. 불가능해, 전혀 불가능해.

그러고 나면 어쨌든 난 쇼핑하러 갈 거야. 그래, 살 게 많아. 버터, 고기, 홈드레스에 달 리본하며…….

갈까? 어이, 종업원!

하지만 그게 무슨 상관이냐고 네게 묻잖아. 그래도 그가 내게 말을 했지만…… 그게 무슨 상관이냐고? 그게 그 사람이랑 무슨 상관이야, 엉? 그게…….

어두운 빛깔의 붉은색이 테이블이나 벽 색깔의 주조를 이루는 그 카페 건물은 아름답다. 매우 동그란 테이블들이 보도 위에 기하학적으로 배열되어 있어서, 해가 비치는 날 블라인드를 걷고 건물 2층에서 보면 싸움을 시작하기 전 쭉 늘어선 단색의 체스판 말들을 보는 것 같다고 생각할 정도이다. 테이블 위의 유리컵들은 단순한 모양이며, 그 가장자리에 샹티이 크림과 루주가 뒤섞인 반달 모양의 얼룩이 묻어 있을 때도 간혹 있다.

종업원들은 흰색 옷을 입고 있다. 주문을 하면 그들은 유리컵과 함께 음료의 가격에 따라 색깔이 다른 잔받침들을 가지고 온다. 남녀 손님들은 마시고 먹고 소란스럽지 않게 이야기를 나눈다. 종업원들 역시 왼팔 아래 행주를 낀 채, 빈 쟁반이나 음식이 가득 담긴 쟁반을 손에 들고 심해 잠수부가 유영하는 듯한 몸놀림으로 미끄러지듯 오간다. 소음은 특히 거리에서 들려온다. 소리는 여러 가지인데, 무엇보다도 그 다양성에도 불구하고 마치 바다 소리, 끊임없이 추적대는 빗소리처럼 확연한 단일 음색으로 풍부한

앙상블을 이루기에 이른다. 귀에 들리는 단 하나의 음에 수백만의 변이음, 음색, 표현 방식들이 덧붙여진다. 여자들의 하이힐 소리라든지 자동차 경적 소리, 자동차와 오토바이 그리고 버스의 엔진 소리라든지. 그것은 오케스트라의 모든 악기들이 동시에 내는 라 음과 같다.

물질적인 움직임만이 유일하다. 멀리 보이는 풍경 속에 줄줄이 늘어선 차량들의 회색 덩어리가 그것이다. 하늘에는 구름 한 점 없고, 나무들은 인조 나무들인 양 전혀 꼼짝도 않는다.

반대로 동물적 움직임은 그 극에 달해 있다. 보도를 따라 산책하는 사람들과 보행자들이 걷고 있다. 팔이 움직이며 흔들린다. 다리는 쭉 뻗어 거의 80킬로그램에 달하는 육체의 무게를 받으며 한순간 휘청하다가 다시 지렛대가 되고, 그 지렛대 위로 나머지 몸뚱이는 보잘것없는 우의(寓意)를 그려낸다. 입은 숨을 쉬고, 눈은 축축이 젖은 눈구멍 속에서 잽싸게 구른다. 색채들이 움직이며 순수하게 회화적인 속성들을 약화시킨다. 그리하여 흰색은 움직여서 동물화되고, 검은색은 흑인 노예화된다.

이 모든 것으로부터 그는 마치 자신이 달을 창조했다거나 성서를 썼다는 듯 자신의 애정과 약간은 시니컬하고, 약간은 신랄한 자신의 경멸감을 이끌어낸다.

그는 거리를 걷지만 어느것에도 눈길을 주지 않는다. 그는 플라타너스와 밤나무들이 늘어선 인적 없는 광장 전체, 대로 전체를 쏘다니고, 진짜 도청, 시청, 영화관들, 카페들, 호텔들, 해변과 버스 정류장들 앞을 지나친다. 그는 친구들, 여자들을 기다리거나 혹은 아무도 기다리지 않는다. 대개 그들은 오지 않으며, 그는 기다리다 지친다. 그는 별다른 이유도 찾지 않으며, 또 그런 것에는 전혀 흥미가 없다. 게다가 어쨌든 그런 것은 그와 전혀 상관없는 것인지도 모른다. 그래서 그는 다시 혼자 걷기 시작한다. 태양은 나무 잎사귀들 사이로 흩뿌려진다. 그늘은 선선하고 해가 내리쬐는 곳은 덥다. 그는 시간을 허비하고, 분주히 움직이고, 걷고, 숨을 쉬고, 밤을 기다린다. 장담컨대 그는 해변에서 리비라는 여자를 만났고, 그녀에게 말을 걸고 먼지투성이의 자갈밭 위에서 뒹굴었다. 그녀는 그에게 별 대단치 않은 것들, 젊은 사람들이나 아는 것들, 고전 음악 따위를 이야기했다. 그리고 자신이 보았던 저질 영화도 이야기했다——그런 것들에 열중함으로써 사람들은 나머지 것들을 잊는다. 어쨌건 그건 좋은 일이다. 그렇게 하여 사람들은 두뇌의 모든 집중력을 더러운 자갈 무더기와 부딪치는 파도 소리에 쏟음으로써 차츰차츰 흠잡을 데 없는 인간, 영웅이 다시 되어간다고 느끼니 말이다. 그러고 나서 한 시간 후 그는 얼빠진 운동선수처럼 휘청거리며 의기양양해서 거리로 되돌아온다. 비극적인 것은 더 이상 없는가? 어디 보자, 사소한 일들, 일반적 관념들, 아이스크림콘, 5시에 먹는 피자, 시네 클럽과 유기화학이 남아 있다. 즉,

치환 반응
수소(H) 원자들은 염소(Cl)처럼 같은 가(價)의 어떤 원

소들에 의해 연속적으로 대체될 수 있다. 명확히 드러내보여야 한다. (그리고 브롬(Br)도)

$CH_4 + Cl_2 = CH_3Cl + ClH$

$CH_3Cl + C_{12} = CH_2Cl_2 + ClH$

$CH_2Cl_2 + C_{12} = CHC_{13} + C_{14}$

$CHC_{13} + C_{12} = CC_{14} + C_{14}$

(4 염화탄소)

우리들, 우선 우리에게 더 이상 심리 반사는 없다. 그것은 소멸된 것이다. 아가씨는 아가씨이며, 거리를 지나가는 사내는 거리를 지나가는 사내다. 때때로 그 사람이 경찰일 수도, 친구나 신부일 수도 있지만 무엇보다 먼저 거리를 지나가는 사내다. 물어보라. 사람들이 당신에게 뭐라고 대답할 것인가? 「거리를 지나가는 사람입니다」 그건 우리가 뿔뿔이 흩어져 있기 때문은 아니다. 천만에. 오히려 우리가 관리들이어서일지도 모른다. 엄격한 관리들, 한산한 시간의 관리들.

이 여자, 앙드레아 드 코민처럼 말이다. 갈색의 윤기가 흐르는 피부의 다른 여자들 사이에서 약간 창백한 얼굴에 살짝 분칠을 한 유일한 여자, 초록색 눈을 검은 안경으로 가리고, 한 손은 청동 목걸이의 고리를 쥔 채 다른 한 손은 가죽 장정이 된 책 위에 얹고 책을 읽고 있는 유일한 여자. 벌레들이 여러 페이지를 좀 슬게 하였고, 제목은 책 표지에 활자 크기가 다른 글자들로 씌어져 있는데, 그 글자들의 색깔은 이미 바래버렸다.

INGOLDSBY LEGENDS

구름 한 점 없는 하늘을 소리 없이 가로지르는 비행기도 빼먹지 말자. 그리고 아침 6시부터 쏟아지는 햇빛을 맞고 서 있는 동상, 수반 가운데에 벌거벗고 있는 남자 모습의 동상도 빼먹지 말자. 또 비둘기들, 보도 아래에서 올라오는 흙 냄새도, 벤치에 앉아 끝날 줄 모르는 뜨개질감을 앞에 두고 꾸벅거리고 있는 세 명의 노파들도.

그리고 휘파람꾼이라 불리는 거지도. 그는 흔히 볼 수 있는 타입은 아니다. 구걸을 하지 않을 때면 거리를 배회하며 「아라벨라」라고 하는 오래된 탱고곡을 휘파람으로 불고 다니기 때문에 사람들은 그를 그렇게 부른다. 그렇게 다니다가 그는 걸음을 멈추고 낡은 담벼락, 특히 개와 어린아이들의 오줌으로 누렇게 얼룩진 구석에 웅크리고 앉는다. 그리고 절단된 부위의 바짓가랑이를 걷어올리고 지나가는 관광객들을 불러 세운다. 누가 걸음이라도 멈출 때면 그는 주저리주저리 읊어댄다.

「난 닥치는 대로 산답니다. 그럭저럭 견디지요.
헌 신문지들도 팔아요. 그런데 뭐 좀 없어요?
불쌍한 장애자에게 줄 잔돈푼이라도 말이죠, 예?」
그러면 상대방이 말한다.
「아, 없는데요. 오늘은 완전히 빈털터리라오」
그러고는,
「좋아요? 그…… 그러니까, 그런 생활 말이오?」

그는 대답한다.

「그럼요, 불평 따위는 하지 않아요」

그리고,

「그래, 그게 정말이오? 내게 담배 한 개비 정도도 못 준단 말이요? 여보시오, 내게, 이 불쌍한 장애자에게 말이오?」

환히 드러난 절단 부위는 딱딱한 껍질을 이루고 있다. 그것은 대개 여름철 시장에서 파는 야채류처럼 생겼다. 수천 대의 자동차들이 일렬종대로 늘어서서 〈자동차 경주 그랑프리 대회〉로 몰려간다. 아마 한두 명의 사망자가 생길 것이다. 사람들은 패배자를 땅바닥에 내려놓을 것이고, 월요일자 신문을 기다릴 것이다. 신문에는 〈그랑프리 경주에서의 비극적 결과〉라고 기사가 날 것이고, 다른 기사들보다 더 나쁜 것도 아니다.

오르나토지는 사람을 시켜 아내의 뒤를 밟는다. 오르나토지는 오르나토지 부자(父子) 양곡상의 아들이다. 그는 밝은 색의 목재로 지은 사무실로 출근해서 때때로 호주머니에서 아내 사진을 꺼내 본다. 엘렌은 키가 크고 젊고 머리카락이 적갈색이다. 조제핌처럼, 리셰 부인처럼 그녀도 종종 검은색 드레스를 입는다. 오르나토지는 그저께 3시와 3시 30분 사이에 그녀가 플뢰르 가 99번지에 갔다는 사실을 알고 있다. 손때가 묻어 지저분한 그 사진 속에서 엘렌 오르나토지는 고개를 왼쪽 어깨 쪽으로 약간 기울인 채 허공을 향해 미소 짓고 있다. 그녀가 아무렇게나 그 미소를 띠워 보내면, 끝이 말려 올라간 그녀의 입술로부터 신비로운 성령이 날아가 남자들 틈에서 관계를 맺는다. 대리석 같은 인화지 위에 누워 있는 그녀는 죽은 듯 보이고, 얼어붙은 초상 아래로 여체의 마지막 잔재들, 검은 바탕 위의 하얀 뼈 무더기, 색깔들이 서로 뒤바뀌고 살이 빠져나가 버린 마스크를 보여주는 듯하다. 투명한 바람막이와 대기 사이를 떠도는 엘렌에 대한 기억은 죽음의 부정적인 경련 속에 응축되고, 검은 망막 위로 하얀 동공의 두 눈은 두 개의 구멍으로 산 자들의 장벽을 뚫어, 그들로 하여금 어쩔 수 없이 유령의 존재를 믿게 한다. 모든 것을 노출시키는 목욕으로 고정된 그 기억으로부터 여자는 자신의 모든 힘을 얻는다. 가늠할 길 없는 악의가 사랑을 위해 만들어진 관능적인 그녀의 육체로 사람들의 시선을 이끈다. 오르나토지의 손가락 아래에서 검은 바탕으로 더욱 두드러진 그녀의 하얀 실루엣은 수많은 질투심의 불길로 타오른다. 사진 가장자리를 누르고 있는 그의 엄지손가락에 땀이 나면서 다시 한번 기름기가 밴 지문을 남긴다. 이제 그는 몸을 숙이고, 몽롱한 그의 시선은 어둠이 시작되는 듯한 두 개의 푹 파인 커다란 눈구멍을 똑바로 응시하고 있다. 그건 그가 여행을 하고 싶어하기 때문이다. 설령 노예가 된다 하더라도, 그 고통의 끝에서 옛날의 달콤했던 친밀감을, 존재 속에 감추어진 존재의 따스함을, 순수함을, 충족된 욕망을, 거의 알코올 중독자와도 같은 몰입감을 되찾을 수만 있다면. 그러나 그녀, 죽어버렸는지 아니면 자신을 속였는지 이제는 알 수 없는 그 여자는 셀룰로이드 성벽을 확인만 시켜줄 뿐 자신의 이상한 영역으로의 접근을 거부한다. 그렇기 때문에 그가 번들거리는 그 종이 위에 몸을 기울이고 있어보았자 다 부질없는 짓이고, 숨을 몰아쉬며 사진 위로 입김을 내뿜어 동그라미를 그려보았자, 관자놀이의 혈관이 부풀어올라 보았자, 어깨를 축 늘어뜨려 보았자 다 부질없는 짓이다. 이미 악의는 사라졌고, 해코지를 하려는 힘도 소멸되었다. 사진 위로 날카로움이라고는 창문으로 스며드는 반사광, 일렁거리는 인화지에 반사되어 끝에서 끝으로 흐르는 반사광, 마치 수프 접시의 거품처럼 사로잡혀 우스꽝스럽고 그래서 결국 인간적인 반사광밖에는 남아 있지 않다.

저 아래, 여전히 햇빛이 내리쬐고 무더위 속에 놓여 있는 먼지투성이의 편평하고 긴 공간 속에 부두가 있다. 선박들, 석탄을 싣는 기중기들, 세관이 있고, 독dock 위에서는 열한 명의 하역 인부들이 작업을 하고 있다. 3분마다 도르래를 통해 면이나 목재 화물들이 바닥에 쌓인다. 뿌옇게 흐르는 고약한 냄새, 미끄러지는 소리, 하얀 가루와 소스라치는 대기 속에서 화물들은 독 위로 내려진다.

컴컴한 호텔 방에서는 흑인 대학생이 추리문고의 탐정소설을 읽고 있다. 늙은 여자들은 쌍안경으로 고미 다락방 속을 들여다보고 있다.

흐릿하면서도 또렷이 보이는 루이즈 말랑파르는 부드러운 시트 자락에 몸을 파묻은 채 꽃무늬 식탁보가 깔려 있고 한가운데에 커다란 잔으로 냉수가 한 잔 덩그러니 놓인

식탁을 생각하고 있다.

이 모든 것, 그것은 가지를 치며 뻗어나가고, 땅바닥에 낮게 깔려 기어가는 더위다. 살랑거리는 가느다란 바람에 사물들 주위로 잔주름이 인다. 땅과 물, 그리고 공기는 검은 입자들과 흰 입자들의 덩어리로서 마치 수백만 마리의 개미들처럼 뒤섞이고 있다. 이제는 진정 기이한 것, 무질서한 것은 아무것도 없다. 세상은 마치 열두 살 어린아이가 그려놓은 것 같다.

어린 아담은 곧 열두 살이 된다. 그날 저녁 농장에서, 밖에는 비가 오고 있는데, 파인 길로 암소들을 데리고 돌아오는 소리를 들으며, 삼종 기도를 알리는 종소리에 귀기울이며, 대지가 말라죽어 가는 것을 느끼며, 그는 커다란 푸른색 도화지를 가져다 세상을 그린다.

푸른 도화지 상단 좌측에 그는 색연필로 빨갛고 노란 동그라미를 그린다. 주변에 빛이 없다는 점만 빼면 그것은 태양 같다. 균형을 맞추기 위해 반대편 우측 상단에 그는 또 하나의 동그라미를 그린다. 빛이 있는 푸른색 동그라미를. 이 동그라미는 빛이 있기 때문에 태양이다. 그러고 나서 그는 도화지에 직선을 그어 태양-달과 달-태양을 가른다. 초록색 색연필로 그는 수평선 위에 작은 수직선들을 긋는다. 그것은 밀과 풀들이다. 어떤 것들은 수염도 있는데, 그것들은 전나무들이다. 하얀 분필로 그린 하늘에는 거미발을 가진 검은 말이 통조림 깡통과 머리카락으로 이루어진 사내에게 뒷발질을 하고 있다. 그리고 밤색, 노란색으로 테두리를 두른 보라색으로 그는 도화지 위의 그릴 수 있는 곳 어디에나 커다란 별들을 그린다. 별 가운데 찍은 점으로 인해 별은 살아 있는 짐승이 되어 박테리아의 핵으로, 야릇하게 생긴 진드기의 외눈으로 우리를 바라본다.

그가, 어린 아담이 그린 것은 어쨌건 기이한 세상이다. 거의 수학적인 메마른 세상, 암호 코드만 있으면 모든 것이 매우 쉽게 이해되는 세상이며, 그 코드의 열쇠는 아주 가까운 곳에 있다. 도화지 가장자리를 두른 밤색의 선에는 별다른 어려움 없이 수많은 사람들을 위치시킬 수 있다. 상인들, 어머니들, 어린 소녀들, 악마들과 말들을. 그들은 생긴 모습 그대로 그곳에 고정되었고, 그들을 이루는 질료는 분해되지 않고 독립적이며 구분되어 있다. 거의 일종의 신과 같은 것이 상자 속에 들어 있어 손가락과 눈으로 모든 것을 지시하고, 또 모든 것들에게 〈있으라〉고 말하고 있다는 생각이 들 정도다. 또한 모든 것 속에 모든 것이 무한히 들어 있다는 생각도 든다. 말하자면 로갈 식품회사의 달력 속이나 프랭스 드 갈 회사 옷감의 1평방미터 속에서와 마찬가지로 어린 아담의 서툰 그림 속에서도 그렇다는 것이다.

아담에게는 익숙한 또 다른 광기를 예로 들자면, 그 유명한 동시성에 관해 말할 수도 있을 것이다. 동시성이란 단일성에 필수적인 요소들 중 하나로서, 아담이 어느 날, 동물원에서 사건이 일어나던 때나 익사자 때문에, 아니면 이 글에서는 일부러 묻어둔 수많은 다른 일화들을 통해 예감

했었던 것이다. 동시성이란 시간의 전적인 소멸이고, 움직임의 소멸은 아니다. 그 소멸은 반드시 신비주의적 경험의 형태로서 이루어져야 할 것이 아니라, 추상적인 추론 속에서 끊임없이 절대 의지에 의거함으로써 이루어져야 한다. 그것은 어떠한 동작, 이를테면 담배 피우는 동작이라고 할 때, 똑같은 동작을 하는 동안 지구상의 다른 수백만의 개인들이 정말로 피우는 듯한 수백만 개비의 담배들을 무한정 느끼는 것이다. 담배를 싸고 있는 수백만 개의 가벼운 종이 원통 모양을 느끼고, 입술을 벌려 담배 연기와 뒤섞인 몇 그램의 대기를 통과시키는 것이다. 그때서야 비로소 담배를 피우는 동작은 단일한 것이 된다. 하나의 장르로 탈바꿈하는 것이다. 우주생성론과 신화화의 습관적인 메커니즘이 개입될 수도 있다. 어떤 의미에서 보면, 이것은 인식을 용이하게 하는 개념에 도달하기 위해 하나의 행위나 하나의 감각에서 출발하는 정상적인 철학의 체계와는 정반대의 방향으로 가는 것이기도 하다.

예컨대 탄생, 전쟁, 사랑, 계절이나 죽음처럼 일반적인 신화의 과정이기도 한 이 과정은 모든 것에 적용될 수 있다. 니스칠을 한 마호가니 탁자 위의 성냥개비, 딸기, 괘종시계 소리, Z의 형태와 같은 모든 대상은 시간과 공간 속에 무한정 재생시킬 수 있다. 그리고 수백만 번, 수십억 번이나 존재하다 보니 그 횟수와 동시에 그 대상들은 영원한 것이 된다. 그러나 그들의 영원성은 자동적이다. 왜냐하면 그것들은 한번이라도 창조되어야 할 필요성이 전혀 없었고, 모든 시대, 모든 장소에 존재하기 때문이다.

코뿔소에게는 전화를 만드는 데 필요한 모든 요소들이 들어 있다. 샌드페이퍼와 마법의 랜턴은 언제나 존재했다. 그래서 달은 태양이며 태양은 달이고, 지구는 화성, 목성이고, 소다수를 탄 위스키는 곧 발견하게 될 그 괴상한 도구로서, 사물들을 창조하거나 파괴하는 데에 쓰일 것이며 그 구성 성분은 이미 다 암기되어 있다.

이러한 것을 잘 이해하려면, 아담처럼 확실성에 도달하는 길을 가보아야 할 것이며, 그 길은 바로 유물론자가 황홀경에 빠지는 길이다. 그렇게 하면 시간은 점점 더 축소되고, 그 반향은 점점 더 짧아진다. 더 이상 매달려 있지 않는 시계추의 움직임처럼, 예전의 해〔年〕는 재빨리 달〔月〕이 되고, 달은 시, 초, 1/4초, 1/1,000초가 되다가, 갑자기 대번에 전혀 없는 것이 되어버리고 만다. 사람들은 우주의 고정된 단 하나의 점에 도달했고, 이제는 거의 영원하다. 말하자면 하나의 신이다. 왜냐하면 존재해야 할 필요도 없고, 또 창조되었어야 할 필요도 없기 때문이다. 이것은 심리적 고착도 아니며, 엄밀히 말해 신비주의 혹은 고행도 전혀 아니다. 왜냐하면 신과의 소통 가능성 추구나 영원성에 대한 욕망이 이러한 표현에 동기를 부여하는 것이 아니기 때문이다. 만약 아담이 물질을 이겨내려 한다거나, 그 물질과 동일한 원동력을 사용하여 자신의 물질을 이겨내려 한다면 그것은 아담의 더욱 큰 나약함이 될 것이다.

솔직히 이것은 욕망의 문제가 아니다. 조금 전 그것이 솔직히 지상에서 피울 수 있는 담배의 문제가 아니었던 것처럼 말이다. 그렇다. 아담을 움직이는 것은 성찰과 명철

한 명상이다. 인간이라는 자신의 육체, 자기에게 있는 모든 감각의 총체로부터 출발하여, 그는 증식과 동일화라는 이중의 체계로 자신을 소멸시킨다. 그 두 가지의 여건 덕분에 그는 현재, 과거에서와 마찬가지로 미래에서도 추론할 수 있다. 그 단어들의 정확한 가치, 즉 단어들이라는 것으로서 이해한다면. 혹은 가깝거나 먼 곳에서도 추론할 수 있다. 차츰차츰 그는 자기창조를 통해 스스로를 소멸시킨다. 그는 일종의 공동(共同) 시를 쓰는 것이며, 아름다움, 추함, 이상, 행복으로 끝을 맺는 것이 아니라 망각과 부재로 끝을 맺는 것이다. 곧 그는 더 이상 존재하지 않는다. 그는 더 이상 그 자신도 아니다. 그는 사라지고, 극소량이 되어 끊임없이 움직이며, 끊임없이 스스로를 기술한다. 그는 이제 외롭고 영원하고 거대한, 흐릿한 유령, 쓸쓸한 노파들의 공포의 대상에 지나지 않으며, 스스로를 창조하고, 죽고, 살고, 다시 살고, 어둠 속에 잠기고, 영원한 단 한 번에서 나온 수백 번, 수백만 번, 수십억 번이 되고, 이도 저도 아닌 것이 된다.

0

아담은 나중에 그 이후의 일을 이렇게 썼다. 그는 서두에 편지투로 〈내 사랑 미셸에게〉라고 적어놓은 노란 초등학생 노트에 볼펜으로 꼼꼼하게 그후의 일을 써 내려갔다. 우리는 반쯤 불에 타긴 했지만 그 글 전부를 찾아냈다. 운동화나 집안의 쓰레기들 같은 이런저런 물건들을 싸느라 찢어냈거나 화장지 대용으로 사용하느라 찢어낸 페이지, 또는 불에 타서 없어진 페이지가 있어서 어떤 대목들은 빠져 있다. 따라서 그 대목들은 여기 실리지 않을 것이며, 누락된 부분들은 그 길이나 성격에 있어 원본과 매우 흡사한 여백으로 표시될 것이다.

〈집주인들이 돌아와 나를 별장에서 내쫓기 며칠 전, 난 시내에 일이 있었다. 평소와 다름없이 오후 2,3시경 나는 미셸이나 또는 그 개, 아니면 다른 누구라도 만나볼까 해서, 그리고 무엇보다도 담배, 맥주, 먹을 것을 사기 위해 시내로 내려갔었다. 특히 미셸을 만났으면 했는데, 그녀에게서 천 프랑이나 5천 프랑을 더 빌려야 했기 때문이었다. 나는 빈 담뱃갑에 짤막한 목록을 적어놓았었다.

궐련
맥주
초콜릿
요깃거리
종이
신문 만일
좀 들여다
볼 수 있다면

그리고 나는 목록 순서대로 따르기로 마음먹었었다.

담배는 시내로 들어가는 길목에 있는 담배 가게에서 구했다. 그곳은 〈공트랑 네〉라고 하는 조용하고 꽤 산뜻한 외양의 조그만 바였다. 벽에는 우편엽서들이 걸려 있었다. 담배 판매대는 나무로 되어 있고, 밤색으로 칠해져 있었다. 판매원은 예순에서 예순다섯 살 정도로 보이는 여자였다. 그녀는 줄무늬 드레스를 입고 있었다. 늑대 비슷한 개 한 마리가 바 안쪽에서 잠을 자고 있었는데, 목덜미의 늘어진 살 속에 파묻힌 목걸이의 알루미늄 판에는 딕Dick이라는 이름이 새겨져 있었다.

맥주는 식품점, 널찍하고 깨끗하며 환기가 잘 되는 셀프 서비스형 상점에서 구입했다. 입구에서 내가 사는 물건들을 담을 수 있도록 구멍이 숭숭 뚫린 빨간 플라스틱 바구니를 하나 받았다. 그 바구니 안에 나는 플라스틱에 유리가 부딪히는 소리를 내며 블롱드 맥주 한 병만 담았다. 그리고 돈을 내고 밖으로 나왔다.

초콜릿도 같은 상점에서 샀다. 그렇지만 나는 그것을 훔쳤다. 나는 초콜릿 하나를 바지 허리춤에 약간 꽂히도록 해서 셔츠 아래 쑤셔 넣었다. 그런데 불룩하게 튀어나와서 계산대 앞을 지날 때는 부피를 줄이기 위해 배를 한껏 안으로 들여야 했다. 숨쉬기가 힘들었다. 판매원은 아무것도 알지 못했고, 계산대 사이에서 감시를 하고 있는 덩치 큰 남자 역시 아무것도 눈치 채지 못했다. 나는 그들이 직장에서 아무것에도 아랑곳하지 않는다는 느낌이 든다.

요깃거리와 신문 그리고 종이가 남아 있었다.

요깃거리로,

나는 프리쥐닉에서 카술레[9]를 샀다.

신문,

당신도 아시겠지만, 나는 내 습관적인 방식에 따라 가로등에 부착된 공용 휴지통을 뒤져 신문들을 찾아냈다. 《해안 지방 치과의사들》이라는, 상태가 좋은 잡지 한 권도 찾아냈다. 종이 질도 좋고 여백도 많았다. 난 생각했다. 이

9) 스튜의 일종.

거 새롭군, 치조와 치열, 어금니와 치 신경 제거에 사용되는 B 방법을 모두 다 뒤섞으며 놀 수 있겠군.

종이,

프리뤼스에서 초등학생 노트를 구했다. (이 노트도 이제 거의 다 썼다. 이렇게 세 권만 더 채우면 출판도 생각해 볼 수 있겠다. 나는 벌써 딱 맞는 제목을 찾아냈다, 〈멋진 더러운 놈들〉이라는.)

가장 중요한 것은 가능하다면 좀 보아두는 것이었다.

~~말하자면, 시내를 걸으며 나중에 내게 쓸모가 있을 만한 물건들을 보아두고, 필요하다면 지금 있는 언덕 위의 집에서 더 이상 머물 수 없게 될 때 들어가 살 수 있는, 폐허라도 좋으니 빈 가건물을 찾아두고, 또 그 개와 다른 많은 짐승들을 만나고, 장난도 치고, 공중 목욕탕에서 목욕도 하고 마셀에게서 5천 프랑을 빌려보려고 노력하는 것이다. 무엇보다도 잊지 말아야 할 것은 내가~~ 만일 내가 뭐든지 일거리를 얻을 수 있다면, 그리 열심히 하지 않아도 되는 일, 몸으로 때우는 일, 그러니까 레스토랑의 접시닦이라든가 시체 안치소에서 염을 하는 사람, 혹은 영화사의 단역배우 같은 일을 할 수 있다면 그걸로 난 족할 것이다. 그러면 내가 원할 때마다, 이를테면 하루에 한 번, 담배 한 갑 & 글을 쓸 수 있는 종이, 그리고 또 하루에 한 번 맥주 한 병을 살 수 있을 만큼만 벌 텐데. 나머지는 다 사치다. ~~나는 미국에 가고도 싶다. 사람들 말로는 그곳에서는 그렇게 살 수 있다고 한다. 남부 지방에서 햇볕을 쬐며 다른~~

~~아무 일도 하지 않고 그저 글이나 쓰고 술 마시고 잠이나 자면서 말이다. 난 또 수도회에나 들어가 볼까 하는 생각도 한다. 안 될 것도 없지 않은가?~~

나는 예전에 도자기를 굽는 사내를 알았던 적이 있다. 그는 블랑슈라는 여자와 결혼해서 산속에 있는 집에서 살고 있다. 어느 날인가 3시에 나는 그의 집에 가보았다. 날씨는 무척 더웠고, 일본 잠두콩 넝쿨이 정자를 기어오르고 있었다. 태양으로 인해 사방에서 땅이 딱딱한 껍질처럼 굳어가고 있었다. 그는 정자 아래에서 반쯤 벌거벗은 채 작업을 하고 있었다. 흙으로 빚은 대형 도자기 같은 것에 그는 아즈텍족의 그림들을 새겨 넣고 있었다. 그런데 햇볕에 흙이 말라 도자기 주위로는 온통 작은 입자의 가루들이 생기고 있었다. 그러고 나서 그는 유약을 입혔고, 가마에 넣어 색채들을 구워내고 있었다. 열기에 열기가 더해졌다. 이 모든 일이 조화로웠다. 꼬리가 잘린 불도마뱀 한 마리가 딱딱하게 굳은 땅에서 자고 있었다. 내 생애에 그토록 열기에 열기가 겹쳐진 더위는 처음이었다는 생각이 든다. 대기의 온도는 39도였고, 가마의 온도는 5백 도였다. 그날 저녁 그의 아내 블랑슈는 일본 잠두콩을 삶아 내놓았다. 그는 좋은 녀석이었다. 매일매일 거의 죽은 듯이 지냈다. 온통 새하얀 그곳에서는 대기의 한 자락이 춤을 추고 있었고, 등변 입방체가 익어가고 있었다.

나도 시골에 그런 집을 한 채 가질 수 있었으면 하는 생각을 했다. 자갈투성이의 산비탈, 이글거리는 돌들 아래로는 뱀, 전갈, 붉은 개미들이 있을 것이다.

나는 이렇게 하루하루를 보내게 되리라. 아침부터 저녁까지 해가 내리쬐는 한 뙈기의 자갈밭을 구해 그 땅 한가운데에 불을 놓을 것이다. 나무판자들, 유리잔, 주물, 고무, 눈에 띄는 모든 것을 다 불태울 것이다. 그렇게 불을 가지고 직접 온갖 종류의 조각을 하리라. 온통 새까맣고, 바람과 먼지 속에서 불에 그을린 작품들. 나는 나무 등걸들을 불에 던져 넣어 태울 것이다. 모든 것을 비틀리게 하고, 모든 것을 시커멓게 만들고, 모든 것을 바스락 소리를 내는 가루로 칠하고, 그리고 불길이 높이 솟구치게 하여, 무거운 소용돌이 모양의 짙은 연기가 피어오르게 할 것이다. 대지에는 오렌지색 혀들이 돋아 널름대며 하늘과 구름에까지 이르리라. 창백하게 질린 하늘은 여러 시간 동안 그 혀들과 싸울 것이다. 수많은 벌레들이 날아와 불길 속에 뛰어들고, 아무 색도 없는 불길의 근원에 머리부터 처박을 것이다. 그리고 열기에 둥실 떠올려져, 눈에 보이지 않는 기둥을 타고 오르듯 불길을 따라 기어오르다 탄소 입자들로 변해 섬세하고 부서지기 쉬운 잿가루의 비로 내 머리와 드러낸 어깨 위로 다시 떨어져 내릴 것이다. 그러면 불길의 숨결이 그들 위로 불어, 내 피부 위에서 그것들이 몸을 떨도록 할 것이다. 그 숨결은 그들에게 새로운 발과 새로운 앞날개가 돋게 하고 새로운 생명을 주어 대기 속에 일으켜 세우고, 그러다 마치 연기의 파편들처럼 흐릿하고 우글거리는 그들을 자갈들 틈새에, 산자락 아래에 내팽개칠 것이다.

한 오후 5시쯤이면 태양이 승리를 거둘 것이다. 태양이 불길을 불태워 버릴 것이다. 땅 한가운데에는 완벽한 원을 이룬 검은 흔적 외에는 아무것도 남지 않을 것이다. 나머지는 모두 눈에 덮인 풍경처럼 하얄 것이다. 불길이 일던 곳은 마치 태양의 그림자, 바닥이 보이지 않는 구멍 같으리라. 그리고 남은 것이라고는 불에 그을린 나무들, 벼락을 맞은 듯 녹은 금속의 덩어리들, 뒤틀린 유리잔, 잿더미 속에 마치 물방울처럼 방울진 쇳물뿐이리라. 기괴한 줄기와 섬유질의 접합 부위, 탄 가루가 들끓는 틈새를 지닌 알 수 없는 식물 같은 것들이 온통 자라나 있으리라. 그러면 나는 경련을 일으킨 듯 떨고 있는 그 형태들 모두를 집안으로 가져가 어느 방에다 쌓아둘 것이다. 그리고 하얀 자갈들로 이루어진 산과 불에 탄 정글 한가운데에서 살아갈 것이다. 이 모든 것이 더위와 연관되어 있다. 열기는 모든 것을 해체하고 메말라 썩어버린 세상을 재구성할 것이다. 단순히 열기로. 열기로 인해 모든 것은 하얗고 단단하게 고정될 것이다. 마치 북극의 빙하 덩어리처럼 그것은 물질적 조화를 이룰 것이고, 그 덕분에 시간은 더 이상 흐르지 않을 것이다. 그렇다. 그것은 진정 아름다우리라. 낮은 더위에 더위를 더한 것이 될 것이고, 밤은 석탄보다 더 칠흑 같을 것이다.

[

]

그리고 어느 날 난 자동차를 한 대 살 것이다. 그것을 그 땅 한가운데에 두고 휘발유를 끼얹을 것이다. 그러고 나서 내 몸에도 휘발유를 뿌릴 것이다. 그리고 차를 타고 불을 붙일 것이다.

내가 검은 안경을 쓰고 있을 것이므로, 사람들은 불에 탄 내 몸에서, 공 모양의 내 두개골에서 거무스름하고 우스꽝스럽게 생긴 이상한 곤충을 발견하게 될 것이고, 플라스틱으로 이루어진 그 곤충의 몸은 부글부글거리며 내 눈구멍에 박혀 있을 것이다. 금속으로 이루어진 발 모양의 두 안경다리는 양옆으로 뻗어나가 내 더듬이가 되어줄 것이다.

나는 사람들이 그 갈라터진 미라에서 나의 그 어떠한 것도 알아보지 못했으면 한다. 왜냐하면 나는 그렇게 살기를 간절히 바라기 때문이다. 발가벗은 채, 시커멓게, 마침내 불에 타서, ~~마침내 창조되어~~.

미셸,

나는 열심히 널 찾았어.

먼저 그 제라르인지 프랑수아인지 이름이 어떻게 되는지 이제는 잘 모르는 그런 사람이 있었어. 예전에 내가 당구를 칠 때 알던 사람이야. 아니면 내가 대학생이던가 뭐 그럴 때 알던 사람이든지. 그는 나를 알아보지 못했지. 그 이후로 내가 수염을 깎지 않았고 또 검은 안경을 끼고 다니니까. 구항구 쪽으로 네가 내려가는 것을 보았다고 그가 내게 말해 주더군.

난 그곳에 갔지. 그리고 그늘진 벤치에 앉았어. 그리고 잠시 쉴 요량으로 좀 기다렸지. 방파제를 마주보고 있었는데, 요트 조종자 옷차림을 한 두 명의 영국인이 말을 하고 있었어. 그들은 지중해가 이제는 지긋지긋하다는 표정을 짓고 있었고, 그들 중 한 사람이 말하더군.

「I am looking forward to the Shetlands(나는 셔틀랜드 쪽으로 가볼까 하는데)」

많은 사람들이 지나치며 자기 아이들에게 흰 배들을 가리켜 보여주곤 했어.

한 시간 후 나는 다시 분수대가 서 있는 대광장 쪽으로 돌아왔어. 카페에서 한 여자를 만났는데, 너도 알 거야. 마르틴 프레오라고. 그녀에게 제라르인지 프랑수아인지 분홍 셔츠를 입은 갈색 머리의 그 사내가 구항구 쪽으로 내려가는 널 보았다더라고 말해 주었지. 그녀는 대충 이런 말을 하더군.

「그 사람, 미쳤군요. 내가 방금 좀더 아래쪽 카페에서 미셸을 만났는데. 미국 사람이랑 같이 있던데요」

내가 물었어.

「미국 사람이라고? 미국 해병인가요?」

그녀가 대답했어.

「아니, 해병은 아니에요. 그저 미국 남자일 뿐이죠. 관광객이거나」

나는 그녀에게 네가 여전히 그곳에 있으리라고 생각하는지 물었어. 그녀는 이렇게 말했지.

「그건 모르죠. 그럴 수도 있죠. 그리 오랜 시간이 지나지는 않았으니까」

그리고 덧붙여 말했어.

「가보면 알겠죠」

넌 그 카페에서 떠나고 없더군. 네가 그곳에 갔었다면 말이야. 종업원은 아무것도 모르더군. 아무것도 알려고 하지도 않고. 팁을 주었어야 했는데, 그럴 처지가 되지 못했어. 그래도 어쨌건 자리에 앉아, 물을 탄 석류 시럽 한 잔을 마셨어.

무엇을 해야 할지도 알 수 없었고, 또 그 시간의 4분의 3 동안은 왜 메모지에다 그리지 않을까 하는 생각도 미처 못했기에, 내 초등학생 노트 첫 장을 뜯어 시내 지도를 만들고, 네가 있을 만한 곳에 줄을 그어 표시를 했지. 그렇게 하는 데 거의 한 시간이 걸렸어. 중요한 순서대로 그 장소들을 써보면 이래.

너의 집

광장의 카페들

대로의 상점들

바닷가

교회

버스터미널

스몰렛 가

뇌브 가

크로티 내리막길

그러고 나서 난 자리에서 일어나 석류 시럽 값을 내고 곧바로 널 찾아 나섰어. 내겐 50프랑 가량이 남아 있었지. 다행히도 난 아직 [

네가 내게 말한 것 말이야. 그 사람은 고개가 약간 처지고, 머리를 짧게 깎았고, 두 다리는 살찌고 통통했지. 날이 저물었기 때문에 나는 바의 안쪽으로 가서 적포도주 한 잔을 청했어.

처음에는 그렇게 마실 생각이 아니었어. 만일 취하고 싶었다면, 애초에 다른 것, 이를테면 맥주로 시작했을 거야. 적포도주는 잘 안 받거든. 술을 마시기 시작하면 난 꼭 끝에 구토를 해. 그런데 난 토하는 것이 정말 싫어. 마치 배설물에 대해서처럼 내가 내 일부를 어딘가에 버리고 다닌다는 생각은 하기 싫거든. 난 온전히 있고 싶어.

내가 그때 많이 마셨던 것은 호주머니에 5천 프랑이 있었고, 또 달리 할 일도 없었고, 또 미국 사람의 머리를 보아도 아무 생각이 들지 않아서였어. 처음에는 그래서 이렇게 말했지.

「적포도주 한 잔」

마치 내가 이렇게 말할 수도 있었던 것처럼,

「미스티 아이슬리 한 잔」

혹은,

「에스프레소 커피 한 잔과 크루아상 두 개」 하고 말이야.

중요한 것은 그 이후에는 너무 피곤해서 종업원에게 다른 것을 주문할 수도 없었다는 거야. 그래서 종업원에게 말했지.

「같은 걸로」

「적포도주요?」

고갯짓만 까닥했어.

이상한 일이 일어나고 있었어. 바는 사람들로 가득 차 있고, 종업원들은 왔다갔다하고 있었는데, 네가, 네가 문 가까이에 그 미국 사내와 함께 앉아 있는 거야. 나는 너희들 모두를 하나하나 바라보았는데, 너희들은 다 똑같은 짓을 하고 있더군. 그러니까 마시고 떠들고 다리를 꼬고 미소를 띠고 두 콧구멍으로 연기를 내뿜으며 담배를 피우고 말이야. 너희들 모두 얼굴, 팔, 다리, 목덜미, 성기, 엉덩이, 입이 달려 있었어. 너희들 모두 똑같이 팔꿈치 아래로 빨갛게 살이 불거져 있었고, 눈 가장자리엔 똑같이 눈물샘이 드러나 보였고, 허리 아래로는 똑같이 이중의 주름살이 잡혀 있고, 귀는 조개껍질처럼 둥글게 말려 있어서 마치 한 틀에서 찍어낸 듯 끔찍하게도 똑같았어. 이를테면 너희들 중 어느 한 사람도 입이 둘인 사람은 없지. 또 왼쪽 눈이 달릴 곳에 발이 달린 사람도 없고. 너희들 모두 내 내 이야기를 하고 있었어. 그것도 같은 이야기를. 너희들 모두, 모두, 모두 다 똑같아. 너희들은 둘, 셋, 넷, 다섯, 여섯, 열, 열아홉, 백여든셋 등등으로 떼를 지어 살고 있었지.

나는 너희들이 이야기하는 것을 다시 짜 맞추며 놀았어.

쉬잔은 병원에 있어.

아냐. 전혀 그렇지 않아. 왜냐고? 이유가 없어!

조르주 때문이야. 요전 날 저녁에 그를 멕시코에서 보았는데, 그는.

어떤 의미에서 보면 그게 맞아. 그러나 이오네스코는
개새끼 만일 네게 사람들이 묻거든 말해 그게
어이! 장 클로드 너 담배 피울래? 너 알지
생맥주 한 잔 너 20프랑도 없구나
걔가 잭키 친구인 앙리야. 나는
그래, 무슨 일이야?
진실을 알고 싶어요? 뭐가 진실인지 아세요?

반드시 현대적이지는 않아. 그의 계보는
나라고, 어쨌건. 지겨워. 갈까? 말해 봐.
비가 내리던 목요일, 그래, 그게 잘되더라고
시테의 직원이야. 내가 상자들을 내리지 두 번
음반을 틀려면 그건 말할 필요도 없어
그래서 난 샤워를 했어. 그가 내게 말했어

그가 당신에게 허풍을 떠는군, 그래, 좋아,
하지만 내버려둬 이젠 없어
사실주의자들이지, 그래, 모니에, 앙리 모니에를 예로 들면
아직 10시도 안 됐어, 기다리자
그래도 난 모나코로 갔어
이젠 끝장났어　　　　여기서?
일주일에 그 횟수면 보수가 나쁜 것도 아냐 게다가 운동도 좀 되고
다음번 경기에는 내게 기대할 필요 없어
어이, 클로드!　　　　새로운 것은 아무것도 없어
그 모든 것 중에 단 한마디 진실
5분 전이야. 나는 확신해, 그는 분명히
올 거야, 줄곧 그렇게 말했거든.

그러나 뒤죽박죽 뒤섞이는 그 단어들, 그 말들은 의미가 없었어. 너희들 모두 남자와 여자들이었고, 나는 그때까지는 한번도 그토록 뚜렷하게 너희들이 한 종족을 대표하고 있다는 것을 느껴본 적이 없었어. 나는 갑자기 개미굴로 도망치고 싶었고, 개미들에게 너희들에 관해 내가 알고 있는 만큼 가르쳐주고 싶었어.

나는 포도주를 네다섯 잔 더 마셨어. 식사를 하지 않았었는데, 공복에 술을 마시면 난 언제나 탈이 나. 나는 그렇게 해서 바의 깊숙한 쪽에 앉아 포도주를 한 병 이상 마셨어.

혀에서 토사물 같은 맛이 느껴졌어. 기억이 난다. 난 초등학생 노트 한 장을 뜯어 가운데에 이렇게 썼어.

개미굴에서의
재앙에 관한 조서.

그리고 뒷면에 나는 본문을 썼어. 그렇지만 그러고 나서 그걸 잃어버렸어. 거기에 뭐라고 말했는지 지금은 기억이 나지 않아. 내 생각으로는 가루, 하얀 가루로 이루어진 산을 말하고 있었던 것 같아.

거의 취한 상태로 바에서 나왔어. 네 옆을 지나치다가 네가 그 미국인에게 사진을 보여주는 모습을 보았어. 속이 불편해서 나는 구시가지에서 한참을 거닐었어. 비틀거리며 벽을 긁어대기도 했어. 길가 도랑에 두 번이나 토하기도 하고. 몇 시나 되었는지, 내가 무엇을 하고 있는지도 모르겠더군. 성 프랑수아 분수대의 가장자리에 가서 앉았어. 식품 꾸러미와 초등학생 노트를 옆에 내려놓고. 그리고 연달아 담배를 두 대나 피웠어. 서늘한 바람이 잠시 불어 상점들 차양이 펄럭이곤 했어.

성냥갑이 비었더군. 그래서 그걸로 배를 만들고, 타버린 성냥개비를 성냥갑 위에 꽂았어. 그리고 종이 조각을 성냥개비에 말아 돛처럼 세우고, 수조의 물에 띄웠어. 그러자 검은 액체 위로 그것이 표류하기 시작했어. 바람이 불어와 돛을 치면, 배는 지그재그를 그리며 수조 가운데로 나아갔지. 1분 이상 그렇게 배를 바라보고 있었는데, 갑자기 내

시야에서 사라져버리는 거야. 빗방울처럼 쏟아지는 분수의 물줄기가 그것을 삼켜버렸고, 흐릿한 물안개가 덮어버린 거야. 그 배 주위로 물이 부글대더니 몇 초 후 배는 그림자처럼 바닥으로 곤두박질치고, 흐릿한 소란과 검은 소용돌이 속으로 사라져버렸어.

바로 그 순간 난 누군가 말하는 소리를 들었으면, 누군가 내게 말해 주었으면 했어. 개새끼! 라고.

그래도 결국 나는 자리를 떴어. 경찰차 한 대가 날 보더니 속도를 늦추었거든. 나는 구시가지를 우회해서 버스터미널 공원 쪽으로 거슬러 올라갔어. 공원 벤치 위에 몸을 쭉 뻗고 한잠 잘 수 있으리라 생각했지.

공원에는 너와 그 미국인 사내가 있었어. 너희들을 보았을 때 난 전혀 아랑곳하지 않았어. 어두웠고 또 너희들은 좋아 보였으니까. 나는 너희들 곁에 앉아서 너희들이 하는 이야기를 듣기 시작했어. 그게 무슨 얘기였는지, 말장난이었는지, 귀신 이야기였는지, 아니면 밑도 끝도 없는 문장들이었는지 지금은 기억이 나지 않아. 내가 너희들에게 실론 섬의 총독이었던 내 증조부에 관해 말했던 것 같은데. 잘 모르겠다. 그 미국 녀석은 내가 가버리기를 기다리며 미제 담배에 불을 붙였어. 그렇지만 난 자리를 뜨고 싶지 않았어. 네게 천 프랑을 더 요구했지. 미셸은 이번에는 줄 만큼 다 주었다고 했지. 그래서 내가 빌려준 비옷도 그녀가 아직 돌려주지 않았는데, 그것은 확실히 5천 프랑은 더 나갈 것이라고 대답했어.

미셸, 넌 화를 내기 시작했고, 나보고 꺼지라고 했어. 나는 웃으면서 천 프랑을 달라고 했고. 미국 놈이 담배를 던져버리더니 말하더군.

「Now, c' mon, git off(이봐, 이제 꺼져버려)」

나도 미국 욕으로 맞받아 쳤어. 미셸은 겁을 집어먹고 내게 1천 프랑을 건네주었어. 미국 놈이 일어나더니 똑같은 말을 되풀이하더군. 「Hey, git off(헤이, 꺼져버려)」 나도 똑같은 욕을 퍼부었지. 미셸이 경찰을 부르겠노라고 겁을 주더군. 그러나 미국 놈은 그럴 필요도 없이 자신이 혼자서 해결하겠노라고 했어. 앞이 흐릿하게 보이더군. 그가 날 억지로 벤치에서 일으켜 세우더니 뒤로 밀쳐버렸어. 난 다시 그 녀석을 덮치며 여전히 무슨 이야기를 지껄였지. 닥치는 대로 아무 말이나 했는데, 무슨 말을 했는지 기억도 나지 않아. 지금 생각해 보면 비옷 이야기를 하고, 그것이 만 프랑은 넘는다, 인조 가죽으로 안감을 댔다, 그리고 또 이번에는 산에서 우리가 무슨 짓을 했었다, 그런 이야기를 했던 것 같아. 미셸은 자리를 뜨며 경찰을 부르러 가겠다고 했어. 파출소가 공원 바로 맞은편에 있었지.

미국 놈은 내가 무슨 이야기를 하는지 전혀 알아듣지 못했어. 내가 숨 넘어가는 소리로 말을 너무 빨리 했거든.

그 녀석이 다가오더니 다시 나를 뒤로 밀쳤어. 그렇지만 난 그 녀석의 멱살을 잡고 늘어졌지. 그러자 그가 내 왼쪽 턱에 한방 날리고 또 눈 아래를 한방 치더군. 나도 그 녀석 사타구니를 한번 걷어차려 했지만 헛발질이었어. 그러자 그는 주먹과 발길질로 내 얼굴과 복부를 마구 치기 시작했어. 마침내 나는 오솔길의 자갈 위로 쓰러지고 말았지. 그러나 녀석은 거기에 그치지 않았어. 살찐 두 무릎으로 내 가슴을 누르고는 있는 힘껏 내 얼굴을 내리쳤어. 그는 나를 거의 녹초가 되게 했지. 내 앞니 하나가 부러졌어. 이빨이 부러질 때 그 녀석도 분명 주먹이 아팠던 모양이야. 그 즉시 동작을 멈추었으니까. 그는 헐떡거리며 일어서더니 미셸을 부르며 공원을 떠났지.

잠시 후 난 다시 몸을 일으켜 세우고 벤치까지 엉금엉금 기어갔어. 앉아서 손수건으로 얼굴을 닦았지. 부러진 앞니 말고는 아무런 느낌도 없었는데, 피가 많이 흐르더군. 내 코를 주먹으로 갈겼던 모양이야. 어쨌든 내 두 눈이 오렌지처럼 부풀어올랐더군. 피를 닦으며 난 나지막한 소리로 중얼거렸어. 아직도 약간 취기가 남아 있었기에 그저 이 말밖에 할 줄 몰랐어.

「그 개새끼 때문에, 치과에 가야 하겠군, 그 개새끼 때문에, 치과에 가서 2천 프랑이나 내야 하겠군」

5분도 채 지나지 않아 그 미국 놈과 미셸이 경관 한 명과 공원으로 되돌아오는 것이 보이더군. 내게는 덤불숲을 가로질러 울타리를 뛰어넘을 시간밖에 없었어. 나는 구시가지로 되돌아와, 분수 아래에서 얼굴과 손을 씻었어. 숨을 돌리느라 담배를 한 대 피웠지. 이가 욱신욱신 쑤시기 시작했어. 이가 반쯤 부러졌는데, 신경이 마치 풀이 돋아나듯 사기질 치아 밖으로 돋은 느낌이었어. 나는 생각했어. 내가 사는 곳으로, 언덕 꼭대기 버려진 별장으로 돌아가야 한다고.

나는 될 수 있는 한 빨리 돌아왔어. 항구 교회 앞을 지나치면서 5시 25분 전이라는 것을 알게 되었지. 자동차들은 헤드라이트를 켠 채 지나가고 사방에서 짐승들이 짝을 지어 이상야릇한 울음 소리를 내고 있었어. 나는 내내 생각했어. 「두 번 토했고 내일은 치과, 치과, 치과에 가야 한다」 발산되는 공기로 인해 서늘하고 매우 위생적인 사각형의 방에서 고약한 아말감 냄새를 풍기며 돌아가는 금속 핸들, 가죽의자에 대한 생각이 내내 머리에서 떠나지 않았다.

[

]

이곳에서 노트의 세 페이지가 찢겨져 나갔다. 네번째 페이지에는 비행기에서 내려다본 도시 모습 같은 그림이 실려 있다. 길은 볼펜으로 그려져 있었다. 스퀘어 광장과 비슷한 붉은 자국은 종기가 터져 피가 흥건한 엄지손가락을 종이에 대고 눌러서 만들었다. 그 페이지 왼쪽 아래로는 담배꽁초를 짓이긴 흔적이 있다. 너무도 오랫동안 종이 위로 고개를 수그리고 있은 탓에 눈꺼풀 가장자리에서 눈썹 한 올이 떨어진 것만 보아도 알 수 있듯, 꽤나 꼼꼼하고 보기 좋게 그린 듯하다. 앞 페이지와 빠져버린 장들 다음 페이지 사이로 대략 사나흘의 공백기가 있었음을 짐작할 수 있다. 이 페이지는 이미 잘 알고 있는 그 노란색 초등학생 노트의 마지막 페이지이다. 여기에도 역시 볼펜으로 몇 줄만 씌어 있을 뿐이다. 페이지 아래쪽은 찢겨졌다. 삭제된 부분들이 많은데, 어떤 것들은 그래도 아직 단어 몇몇을 읽어낼 수 있으나 다른 것들은 완전히 지워져 있다. 기름기로 번지르르한 종이 위로 볼펜이 미끄러지는 바람에 몇몇 단어들은 잘려져 있다.

일요일 아침, 사랑하는 미셸에게,

미셸과 그 미국 녀석이 경찰에 고소를 하고 내가 숨어 있는 곳을 알려준 것이 틀림없다. 오늘 아침 매우 일찍 나는 어떤 소리에 잠이 깼다. 나는 왈칵 겁이 나서 자리에서 일어나 창밖을 내다보았다. 두세 명의 사내들이 묵묵히 언덕을 가로질러 올라오고 있는 모습이 보였다. 그들은 발걸음을 빨리 하며 이따금씩 별장 쪽을 바라보곤 했다. ~~난 이내 그들이 경찰일 것이라고 생각했다.~~ 어쨌건 내게 남은 시간이라고는 두세 가지 물건을 챙겨 창문으로 뛰쳐나갈 시간뿐이었다. 어쨌든 그들은 나를 보지 못했다. 창문 앞으로 장미, ~~완두콩, 장미나무~~ 묘목들이 있었기 때문이다. 나는 집 위의 비탈길을 약간 거슬러 올라가다 왼쪽으로 비스듬히 돌아 말라버린 개천을 따라 다시 내려왔다. 그들에게서 그리 멀리 떨어지지 ~~않은 곳을 지났고~~ 어느 순간 가시덤불[illegible]숲 사이를 기어 올라가는 그들의 옆모습을 보았다. 나는 자갈이 쏟아져 내리며 소리를 내지 않도록 조심했다.[illegible]

나는 다시 길로 접어들었다. 비탈길을 걷기 시작하다 이윽고 보도로 해서 내려갔다. 해가 뜬 지 얼마 되지 않아서인지 왼쪽 소나무숲 사이로 바다가 조금 눈에 띄었다. 송진 냄새와 풀 내음으로 숨이 막혀왔다. 그래서 나는 마치 산책이라도 하는 양 천천히 걸었다. 5백 미터쯤 가자, 해변으로 내려가는 길의 끄트머리가 보였다. 그래서 그 길을 따라갔다. 대로로 가지 않는 편이 더 낫겠다는 생각이 들었다. 그러다가는 차를 타고 지나가는 경찰들이 틀림없이 날 알아볼 테니 말이다. 손목시계를 별장에 놓고 왔지만 해를 보건대 8시쯤 되었고, 8시를 지나지는 않았다. 허기가 지고 목이 탔다.

저 아래 해변 근처에 새로 문을 연 카페가 있었다. 나는 코코아를 마시고 사과 튀김을 먹었다. 아직까지도 부러진 이빨에서 통증이 느껴졌다. 주머니에는 천2백 프랑 가량이 있었다. 망명을 해야 하는 것은 아닌가 하는 생각이 들었다. 스웨덴이나 독일 혹은 폴란드로 말이다. 이탈리아 국경은 멀지 않았다. 그러나 서류도 없고 돈도 없어서 그건 능했다. ~~어쩌면 어머니를 보러 갈 수도 있지 않을까 하는 생각도 했다.~~ 이제는 빈 담뱃갑 껍질에 그런 것을 쓸 필요도 없었다. 내가 해야 할 일은 가능하다면 좀 보아두는 것이었다. 시내에서 묵으려면 숙소가 두 종류가 있다. 하나는 집이고 하나는 수용소다. 수용소에는 두 가지 부류가 있는데, 정신병자 수용소와 야간 수용소다. 야간 수용소는 부자들을 위한 것과 가난한 자들을 위한 것이 있다. 가난한 자들을 위한 수용소는 방으로 된 것과 기숙사로 된 것이 있다. 기숙사로 된 수용소에는 값이 저렴한 것이 있고 무료 수용소가 있다. 무료 수용소로는 구세군 수용소가 있다. 구세군 수용소는 언제나 들어갈 수 있는 것은 아니다.

그런 까닭에 결국 언덕 위 비어 있는 별장에 들어가 혼자 사는 편이 훨씬 나았다.

분명 거기에는 사람들이 편의 시설이라 부르는 것이 없었다. 침대를 남겨두지 않았다면 바닥에 누워 잠을 자야 했는데, 그곳은 그런 경우였다. 수도는 거의 언제나 끊어져 있었다(정원의 수도꼭지는 제외하고, 너도 기억하지, 미셸?). 강도나 짐승들로부터 안전하게 보호를 받는 것도 아니었다. 그러니 자기 몸은 자기가 방어해야 한다. 혼자 있을 때는 벼룩, 모기, 거미, 심지어 전갈이나 뱀으로부터 잘 받지 못한다. 게다가 언제고 집주인이 들이닥칠 수도 있다. 자기들 집에 누군가가 들어가 사는 것을 보고 그 사람들이 화를 내는 일도 다. 변명할 말도 마땅치 않다. 특히 날씨도 덥고, 자신이 다른 사람들처럼 젊고 건장한 남자, 말하자면 일을 할 수 있고, 더구나 시내에 필요한 것을 모두 갖춘 자기 집이 따로 있는 사람이라면 말이다. 집주인이 경찰을 부를 수도 있으며, 그러면 〈고정된 이 없는 〉이라는 단서와 함께 부랑자, 도둑, 탈영병, 그리고 주거 침입, 배임, 공갈이나 구걸 행위로 곧 붙잡히게 된다.

나는 장님도 불구자도 아니다. 나는 추운 나라로 떠나려고 한다. 화물열차를 타고 여행하며 로테르담에서 구걸을 할 것이다. 나는 어망 옆 경계석 위에 앉거나 해변으로 가 수영을 할 것이다. 어쩌면 그 개가 오늘 이곳으로 지나갈지도 모른다. 8월 29일 일요일, 곧 오전 9시가 된다. 무덥고 후텁지근하다. 근방의 산들이 불타오르는 듯하다. 여기서 난 비밀에 싸인다.

불행 [

노트 표지에 아담은 자신의 이름 전체로 서명했다. 〈순교자, 아담 폴로.〉 확신을 가지고 단언할 수는 없지만, 위에 옮겨 적은 글은 후에 우연히 그 글이 발견된 바 있는 〈토르페도 스낵바〉의 남자 화장실에서 끝을 맺었을 가망성이 무척 크다.

P

아침나절이 끝나갈 무렵인 정오나 1시쯤 그는 별난 사람처럼 해변 한가운데에 있었다. 그는 호리호리하고 여린 몸을 이글거리는 자갈 위에 쭉 뻗고 누웠었다. 바람이라도 좀 통하게 하고 끔찍한 태양의 열기를 좀 덜 받기 위해 그는 두 팔꿈치를 등뒤에 받쳐 지면과 등 사이에 약간의 틈새가 생기도록 했었다. 그는 물에서 아주 가까운 곳에 자리 잡았기 때문에 수상 스키를 타는 사람들을 매달고 모터보트가 먼바다로 나갈 때마다 그 궤적으로 생기는 파도들이 발바닥을 적실 정도였다.

멀리, 그의 등뒤에서 보면 별로 변한 것은 없었다. 그는 여전히 기름때가 묻은 인디고 블루 색의 반바지를 입고 있었고, 금도금된 철테 선글라스를 끼고 있었다. 그의 옷가지들은 접힌 채 그의 곁에 뭉쳐져 있었고, 그 위에는 두 달이나 묵은 잡지가 얹혀 있었다. 잡지의 중간쯤이 펼쳐져 있었고, 그 페이지에는 철도 참사 기사가 실려 있었다. 그러나 비스듬히 불어오는 바람이 페이지를 넘겨버렸고, 이제는 맨 마지막 페이지의 표지가 드러났다. 그 페이지 속에서는 어린 소년이 치즈 파이를 먹고 있었다. 좀 떨어진 곳에 또 다른 소년 하나가 바닷물에 발을 담그고 혼자 놀고 있었다. 아담은 그 소년을 바라보지 않았다. 이제 아담은 서른 살 가까이 되었다.

아담 폴로의 머리는 길고 윗부분이 약간 뾰족했다. 가위로 다듬은 머리카락과 수염은 온통 뭉치고 층이 져 있었다. 그의 얼굴 전체에서 아직도 아름다운 부분이 있다면, 그것은 아마 약간 큼직한 두 눈, 아니면 형태가 뚜렷하지 않은 무른 코, 누런 수염으로 층진 아래쪽으로 아직도 청춘인 매끈한 뺨이었다. 팔을 뒤로 젖힌 자세 때문에 불룩 튀어나온, 열두 개 가량의 갈비뼈가 자리하고 있는 좁은 상체는 별로 탄력이 없어 보였다. 아마 근육이겠지만 어깨는 앞쪽으로 살집이 있었고, 팔은 뼈만 앙상했다. 손은 짤막하고 넓고 오동통해서, 분명 가장 간단한 브래지어의 고리조차 풀 수 없는 손처럼 보였다. 나머지는 모두 상황에 따라 달랐다. 그러나 가까이서 보면 피부를 대리석처럼 보이게 하는 태양과 편평한 바닷물로 인해 아담의 몸은 원색의 노란색에서 푸른색에 이르기까지 가지각색의 얼룩들로 서서히 물들어 가는 듯했다. 그렇게 위장된 그는 밤색, 초록색, 검정색, 거무스름한 회색, 흰색, 황갈색, 지저분한 주홍색의 무수한 온갖 다른 얼룩들의 한가운데에 사로잡혀 있었다. 그리하여 멀리서 보면 아주 어린아이 같고, 좀더 가까이서 보면 청년 같고, 바싹 다가가서 보면 백 살이 넘은 천진난만하고 야릇하게 생긴 노인처럼 보였다. 그는 호흡을 빨리 했다. 매번 숨을 들이쉴 때마다 배꼽 주위의 털이 곤두서며 약 2리터 가량의 공기가 일시적으로 존재함을 뚜렷이 드러냈다. 공기는 기관지를 통해 들어가 모세기관지를 확장시키고, 늑골을 벌려 횡격막의 움직임으로 위의 상부와 작은창자를 밀어냈다. 공기는 깊숙이 침투해 심장을 박동시키고, 그럴 때마다 살점이 접힌 부위에는 붉은 피가 스며들고, 혈관은 신체를 타고 오르는 커다란 푸른 흐름에 따라 규칙적으로 흔들렸다. 냄새들과 미세한 입자들을 지닌 미지근한 공기는 도처에 파고들었다. 그것은 살점과 피부로 이루어진 덩어리를 휩쓸며 가벼운 전기 충격으로 온몸의 끝에서 끝으로 달렸다. 공기가 지나가는 길에서는 모든 것이 기능하곤 하였다. 판이 닫히고, 기관(氣管)의 모세혈관들은 먼지를 밀어냈으며, 자주색과 하얀색을 띤 커다랗고 축축한 공동의 가장 깊은 곳에서는 탄산 가스가 쌓여 위쪽으로 밀려갈 채비를, 바깥으로 발산되어 대기 속에 녹아들 채비를 갖추고 있었다. 그 가스는 해변 여기저기에, 자갈 구멍 속에, 땀에 젖은 이마 위에 내려앉아 강철 빛을 띤 하늘의 밀도를 높일 것이다. 아담의 가장 깊숙한 곳은 세포들, 핵들, 혈장, 다양한 결합을 이룬 원자들의 집적체였다. 따라서 어떠한 것도 스며들지 못할 리 없었다. 아담을 이룬 원자들은 돌의 원자들과 혼합될 수도 있었을 것이며, 그래서 그도 흙과 모래, 물과 진흙 속으로 매우 부드럽게 삼켜질 수도 있었을 것이다. 그리하여 심연 속으로 모든 것이 함께 무너져내려 어둠 속으로 사라져버릴 수도 있었을 것이다. 좌측 대퇴부 동맥 속에는 아메바가 낭종을 만들어놓고 있었다. 원자들은 마치 미세한 행성들처럼 거대한 우주와 같은 아담의 육체 속에서 돌고 있었다.

해변 앞쪽에서 두 발을 바닷물에 담근 채 다른 사람들을 마주하고 있었지만, 그는 개별적인 존재였다. 하얗고 노란 태양 광선이 원뿔형의 설탕 덩어리 같은 그의 두개골 위에 수직으로 쏟아지고 있었고, 돌출된 턱뼈, 아무렇게나 자란 수염, 전반적으로 풍기는 표본 같은 분위기로 인해 그는 점점 더 고전극 도입부에나 나오는 인물을 닮아갔다. 그는 이제 담배를 피우고 있었다. 반사되는 빛의 형태를 띤 흑점들이 그의 눈앞에서 날아다니다 마치 거품처럼 터져버리곤 하였다. 체모에 붙은 염분이 하얗게 말라가고 있었다. 방금 전 그 꼬마는 바닷물 속을 첨벙거리고 다니면서 찬송가를 읊조리고 있었다.

〈……신의 영광을
소리 높여 외치고,
신의 사랑을
노래했노라……〉

꼬마는 걸음을 멈추고 조금 위쪽의 자갈 위에 쓰러져 자고 있는 자기 엄마를 바라보았다. 그러다가 틀린 음정으로 다시 노래를 불렀다.

〈……신의 영광을

소리 높여 외치고, 등등〉

두 대기층 사이를 비행기들이 소리 없이 지나치고 있었다. 사람들이 식사를 하러 떠나고 있었다. 날개 한쪽이 반쯤 찢겨나간 말벌 한 마리가 한 조약돌에서 다른 조약돌로 달려가고 있었다. 두 번이나 단단한 흙길 쪽으로 방향을 잡을 뻔했으나 혼돈의 사막에서 방향을 잃고 판단을 잘못하여 바다를 향해, 죽음을 향해 걸어갔다. 태양이 내리쬐는 그곳에서 단 한 방울의 소금물이 말벌을 익사시켰다. 꼬마는 이제 노래를 부르고 있었다.

〈오 사리마레스

옛날의 아름다운 친구여,

내 안에서 네가 살기를.〉

보다 확신에 찬 목소리였다. 그러고 나서 아이는 해변을 거슬러 올라갔고, 옆으로 지나치다 아담의 잡지를 떨어뜨렸다. 그러자 아이는 눈꺼풀이 무겁게 내리누르는 조그만 눈을 아담의 등에서 떼지 않은 채 더욱 조심해서 걸음을 옮겼다. 마침내 자기 엄마가 누워 자고 있는 비치타월에까지 이르자, 아이는 그 타월을 자기 쪽으로 잡아 당겨 그 위에 앉고 나서 아담을 잊었다.

잠시 후 아담은 일어나 그곳을 떠났다. 그는 잰걸음으로 걸어 항구에서 가장 가까운 우체국으로 갔다. 그리고 우체국 보관 우편 창구에 가서 물어보았다. 창구 직원이 두꺼운 편지가 들어 불룩한 봉투를 그에게 건네주었다. 봉투 위에는 손으로 직접 쓴 글씨가 적혀 있었다.

아담 폴로

국유치 우편 n°15.

그리고 주소가 씌어 있었다.

안은 선선했고, 또 막상 어디로 가야 할지도 알 수 없었기 때문에 아담은 우체국 안에서 편지를 뜯어보았다. 그는 전화번호부가 놓인 테이블에서 그리 멀리 떨어지지 않은 긴 의자에 앉았다. 그의 옆에서는 젊은 아가씨 하나가 우편환을 작성하고 있었다. 그녀는 머뭇대면서 머릿속으로 셈을 해가며 여러 번 되풀이해서 작성했다. 그녀는 땀을 흘리고 있었고, 고무줄로 매놓은 광고용 볼펜을 손가락 사이에 꼭 움켜쥐고 있었다.

아담은 편지를 펼쳤다. 편지는 세 장이었고 글씨체는 큼직큼직했다. 로마식 알파벳이라기보다는 차라리 그림이나 상형문자에 가까운 철자들은 편평한 표면, 특히 종잇장 위에 올려놓는 데에 길이 든, 별로 여자의 손 같지 않은 투박한 손으로 씌어진 것이 분명했다. 철자 배열이나 단어 끝의 〈s〉를 빼먹는 데에서 드러나는 변덕스러움은 애정과 활기, 또는 보다 단순하게 읽힌다는 어떤 보장도 없이 되는대로 몇 마디 글을 써야 한다는 것에 대한 가벼운 신경질을 엿볼 수 있게 하였다. 페이지들이 뚜렷이 펼쳐지며 내용이 드러났다. 일종의 고지식하게 꼬아놓은 수수께끼와도 같이 그 내용의 행간에 숨은 의미를 읽어내야만 했다. 하여간 마치 성벽에라도 새긴 양 꿈쩍도 않는 그것은 인간의 손으로 쓴 메시지로서, 어떠한 시간에도 상실되지 않고, 마치 날짜처럼 명확하게, 마치 미로를 빠져나올 수 있는 해결책처럼 난해하게 주어진 것이었다.

그 편지가 우체국 보관 우편함에서 수취인을 기다린 것도 일주일 이상이나 되었다.

8월 19일

사랑하는 아담에게,

우편함에 넣어둔 네 쪽지를 보고 네 아버지와 나는 얼마나 놀랐는지 모른단다. 너도 짐작할 수 있겠지만 정말 놀랐다. 우리는 이런 종류의 일은 전혀 예상도 못했단다. 네가 한 일이나 우리에게 네가 한 일을 알리는 방법도 전혀 예상 밖이었다. 네가 우리에게 아무것도 숨기지 않았으면 한다. 그리고 이번 일의 배경에 심각한 일이 없었으면 한단다. 비록 네 아버지와 나는 네가 우리에게 보여준 그 미흡한 신뢰감이 마음에 들지는 않았지만 말이다. 정말이지 우리는 무척 걱정했단다.

네 아버지는 네가 쪽지에다 그렇게 해달라고 부탁하긴 했지만, 우체국 보관 우편으로 네게 편지 쓰는 것에 심하게 반대했다. 우리는 오랜 시간 의논을 했고, 네가 보다시피 나는 네 아버지 뜻을 거스르고 네 변덕에 양보하기로 했다.

그러나 어쩐지 내가 잘못하고 있다는 느낌이 드는구나. 뭐라고 말해야 할지 모르겠으니 말이다. 차분하게 네게 말할 수 있었으면, 네 행동을 납득할 수 있었으면, 그리고 네가 무얼 필요로 하는지 알 수 있었으면 좋겠구나. 한 통의 편지로는——더구나 이처럼 부랴부랴 쓴 편지 한 통으로는——그런 일에 별로 도움이 될 것 같지도 않으리라는 느낌이 든다. 어쨌든 네가 그렇게 고집을 부리니, 그래도 편지를 쓰마. 네게 다정하게 편지를 써서 네 태도가 얼마나 어리석은 것인지 그리고 그러한 태도로 인해 네 아버지와 내가 얼마나 고통스러운 근심에 잠겨 있는지 네가 이해했으면 한다. 이 편지를 받는 즉시 답장을 해다오. 그리고 왜 그런 식으로 우리에게 미리 알리지도 않고 떠났는지, 지금 현재 어디 있는지 그리고 네게 필요한 것이 무엇인지 알려주렴. 무엇보다도 먼저 그렇게 해주는 것이 우리의 근심과 고통을 가시게 할 수 있다는 것을 알아주려무나. 아담, 네게 바라는 것은 그게 전부란다.

네가 떠나기 전에 우리에게 남겼던 쪽지를 이 봉투 안에 넣어두었다. 그걸 읽고, 그걸로는 우리가 안심하기에 턱없이 부족했다는 것을 알아다오. 우리는 이와 같은 일은 전혀 예상하지 못했단다. 너는 우리에게 여행에 대해서도, 휴가에 대해서도 일언반구도 하지 않았었다. 네가 군복무를 하느라 최근 피곤했었으니 우리들 곁에서 좀 쉴 수 있으리라 생각했었는데——다 같이 얼마 동안 시골에 있는 네 숙모 댁에 가 있으리라 생각하고 있었단다——물론 그 이야기를 길게 하지는 않았었지. 그렇지만 네가 얼마 전부터 피곤해 보였고 또 넌 계획 짜는 것을 좋아하지 않잖니. 그런 얘기나 또 우리 휴가가 수포로 돌아가고 말았다는 얘기 따윈 해서 뭘 하겠니.

필립이 지난주에 우리에게 편지를 보냈더구나. 걔도 일

이 허락하는 대로 루이즈 숙모네로 와서 우리와 합류하고, 가족이 함께 8월 한 달을 보내기로 했단다. 네 아버지도 그 기간 동안 휴가를 얻어놓았었고, 그래서 나는 당연히 너도 찬성하리라 생각했지. 그러면 모두 함께 모여 예전처럼 지내리라 생각했다. 필립과 너는 이제 다 자랐지만, 너희도 알다시피 가족이 화목하게 모이기만 한다면, 너희들은 다시 내 아이들이 되고 또 나도 내 나이와 너희들 나이를 잊을 수 있지 않니. 그런데 네 경솔한 행동이 모든 것을 다 어렵게 만들고 말았구나. 네 아버지는 네가 한 짓을 아시고는 무척 화를 내셨단다. 아담, 왜 그 전에 마음을 털어놓지 않았니? 왜 우리에게 그런 얘기를 하지 않았니? 적어도 네 엄마인 내게라도 말이다. 그래, 왜 네 입장을 납득시키려고 시도해 보지도 않은 거니? 네가 어떤 이유에서건 다른 곳으로 떠나야 했다면, 얼마 동안이라도 꼭 떠나야만 했다면, 우리가 이해했으리라는 걸 너도 잘 알고 있지 않니. 우리는 반대하지 않았을 거야.

다시 기억해 보렴. 15년인가 16년 전에, 네가 집을 떠나려 했던 적이 있지. 그때 네 나이가 열네 살이었다. 스물아홉 살이 아니고. 하지만 생각해 보렴. 나는 네가 떠나는 것을 반대하지 않았다. 네가 우리들에게서 벗어나 멀리 떨어진 곳으로 가 있을 필요가 있다고 느꼈다. 네 아버지와의 언쟁은 물론 어리석은 짓이었다. 하지만 난 느꼈다. 파란색 사발이 깨진 것을 놓고 언쟁을 하는 것보다 그게 더 중요한 일이었다는 것을. 너도 알겠지만, 네 아버지는 화를 잘 내시는 분이다.

그렇지만 아버지 역시 파란색 사발에는 개의치 않으셨다. 다만 네가 아버지를 경멸한다고, 아버지의 권위를 조롱한다고 믿었고, 그렇기 때문에 널 때리셨던 거야. 아버지가 잘못했고, 그래서 사과하셨었지. 그렇지만 내가 어떻게 했는지 기억해 보렴. 난 계단에서 널 붙잡아 좀더 깊이 생각해 보라고 부탁했다. 혼자서 무작정 인생을 헤쳐나가기에는 네가 아직 너무 어린 나이라고 타일렀지. 얼마 동안 더 기다리며, 화를 가라앉히는 것이 더 낫다는 말도 했다. 한 주나 두 주 더 기다려보고 그래도 떠나고 싶으면, 어디 가서 일자리도 구할 수 있고 이를테면 견습생으로 자리를 잡을 수도 있다고 했어. 만일 그게 네가 원하는 것이라면, 나름대로 올바르게 살 수 있을 거라고. 넌 깊이 생각했고, 결국 이해했었다. 넌 자존심이 상했고 또 싸움에서 졌다고 생각하고는 부끄러움에 눈물을 좀 흘렸지. 그렇지만 난 널 위해 기뻐했단다. 꼭 그렇게 해야 한다는 것을 알고 있었기 때문이야.

그래, 사랑하는 아담아, 내가 이해하지 못하는 것은 왜 그때 파란 사발이 깨졌을 때처럼 네가 행동하지 않았는가 하는 거야.

왜 내게 와서 말하지 않았니? 그랬더라면 예전처럼 내가 충고를 해주고 또 널 도우려 했을 텐데. 퉁명스럽고 짧은 네 쪽지로 인해, 그리고 그런 사태에 직면해서 널 전혀 도울 수 없다는 것 때문에 내가 얼마나 고통스러운지 넌 상상도 못하겠지. 네 아버지는 버럭 화를 내셨다. 하지만 나는 그렇지 않단다. 얘야, 그토록 오랜 세월 동안 쌓인 신뢰와 애정은 지워지지 않는 것이란다. 이 모든 것을 깊이 생각해 보지도 않고 네가 떠났다는 것이 정말 안타깝구나. 네가 생각이 짧았다고 난 확신한다. 그러나 이미 다 지난 일이었으면 한다. 이 편지를 받는 즉시 집으로 돌아오너라. 그러면 아무것도 탓하지 않겠다. 그리고 어떠한 해명도 요구하지 않으마. 곧 잊혀져 버리겠지. 너도 다 커서 성년이 된 지 오래니, 자유롭게 네가 원하는 곳으로 갈 수가 있잖니. 그러고 싶다면 함께 그런 이야기를 해보자꾸나. 만일 즉시 돌아오고 싶지 않다면, 네 아버지와 내게 자세한 편지를 보내다오——그렇지만 아담아, 제발 카페 테라스에서 몇 마디 급히 갈겨써 보낸 듯한 인상을 주지는 않도록 해다오. 우리가 계속 걱정하며 또 실망하지 않도록 해다오. 아담아, 우리가 아직 네 아버지와 어머니라는 것을 보여주고, 네가 적의를 품는 그런 낯선 사람들이 아니라는 것을 보여줄 수 있는 그런 애정 어린 편지를 보내다오——네가 무엇을 하고자 하는지, 어디서 일하고 싶은지, 어떻게 꾸려나가는지, 또 어디로 갈 생각인지 우리에게 말해 주렴——신문을 보니 북아프리카와 알제리에서 교사를 구한다고 하더구나. 보수는 그리 많지 않지만, 우선 그것으로 시작해서 나중에 다른 일도 할 수 있겠더라.

또 스칸디나비아와 분명 다른 나라들에도 불어 강사 자리가 있다고 하더라. 네 학위라면 그런 나라들 중 한군데에서 쉽게 직업을 가질 수도 있을 거야. 여기 남는 것을 더 좋아하는 것이 아니라면 말이다. 아니면 시내에서 네 마음에 드는 동네를 골라 방을 하나 얻을 수도 있을 거야.

나중에 갚으면 되니까 필요한 돈은 빌려주마——그럼 주중에 가끔 우리를 보러 오거나 편지를 쓸 수 있겠지. 그렇게 되면 어쨌든 네가 무얼 하는지, 잘 지내는지, 또 금전 문제나 여타 문제는 없는지 알 수 있을 테니까.

보렴, 아담아, 네가 한 일이 영원히 지속될 수는 없다는 것을 깨달아야 한다. 네가 우리와 쭉 담을 쌓고 남은 인생을 보낼 수는 없어. 단 한번의 경솔한 행동을 계속 밀고 나갈 수는 없는 거야. 그래서는 안 돼. 조만간 우리들 중 누군가와 다정한 관계를 유지해야 하거나, 아니면 낯선 사람들과라도 그런 관계를 유지해야 해. 주변에서 친구들도 사귀고, 사랑하는 사람도 있어야 하는 거야. 그렇게 하지 않으면 넌 괴로워질 거고, 네가 먼저 손해를 볼 위험도 있단다. 그래 언젠가는 네가 그 돌발적인 행동과 불신의 태도를 버려야 한다면, 왜 지금 당장 우리와 함께 그렇게 하지 못하는 거니? 네 아버지와 나, 우리가 네게 그렇게 했던 것은 다 네 반(反)사회성과 소심함과 싸우고자 하는 생각에서였단다. 그렇기 때문에 우리는 다른 사람들이 널 비난하는 것을 원하지 않았어. 넌 우리가 언제나 애정 속에 간직하고 싶은 우리의 피붙이니까 말이다. 네가 예전에 그렇게 부른 바 있지만 폴로 패거리는 뭉쳐 있어야만 해. 너처럼 까다로운 일원이 있다 해도 흩어져서는 안 되지. 제발, 아담아, 우리가 절대 깨어지지 않는 그 무엇인가의 부분이라고 생각하렴. 바로 그런 마음에서 우리는 필립을 키웠고, 또 그런 마음으로 네가 자랐으면 했단다.

그러니, 사랑하는 아담아, 잃은 것은 아무것도 없다——

마음씨만 올바르게 가지면 모든 것이 다 예전처럼 돌아갈 수 있어. 네 눈에 어떻게 보이든 간에 우리들은 여전히 폴로 패거리란다. 네 성도 그렇고, 또 네 이름도 조상들 중 한 분의 이름과 같아. 증조부 성함이 앙투안-아담-폴로였단다——비록 네가 하는 행동이 다른 사람들과 같지는 않다 하더라도, 또 네가 별나게 군다 하더라도, 넌 틀림없이 이 패거리의 중요한 한 부분이야. 기억해 보렴, 아담아. 다시 뭉칠 수 있는 방법은 수없이 많단다. 넌 네게 적당한 방법을 선택하면 되는 거야. 그 방법이 언제나 내게도 적당하다는 것을 믿어다오.

내일부터 당장 너의 편지, 자세하고도 상냥한 편지를 기다리마. 특히 네게 필요한 것을 적어주렴. 약간의 돈을 준비해 두었다가 네가 집에 들르면 건네주마. 그렇게 하면 네가 생활비를 벌 수 있을 때까지 지낼 수 있을 게다. 원한다면 깨끗한 내의 한 벌과 셔츠들, 정장 한 벌, 속옷들도 꾸려놓으마.

그래, 내가 하고 싶었던 말은 이게 전부다. 파란색 사발과 관련된 부끄러운 기억을 떠올리게 해서 미안하구나. 그렇지만 계단에서 널 붙잡아 그런 식으로 떠나서는 안 된다고 부드럽게 설득시켰던 그날과 지금의 네가 다르지 않다고 난 정말 확신하고 있다. 네가 바란다면 이 모든 것을 우리들만의 비밀로 해두겠다. 네가 우리를 보러 온다면 우리는 서로를 더욱 잘 이해할 수 있을 게다——사랑하는 아담아, 널 기다린다. 빠른 시일 내에 보자꾸나. 네게 진심으로 애정을 보내며, 네게 대한 기대가 크다.

널 진심으로 사랑하는 네 어머니,

드니즈 폴로.

아담은 편지를 다시 접었다. 봉투 안에는 종이쪽지가 하나 더 있었다. 무척 많이 구겨지고 더럽혀진 종이였다. 다른 사람의 필치로 매우 급하게 몇 줄 연필로 써놓은 것이었다.

그것은,

〈저에 대해 걱정하지 마세요. 저는
당분간 떠납니다. 항구에 있는 우체국 보관
우편 15번으로 편지하세요.
저에 대해 너무 신경쓰지 마세요.
다 잘되니까.
아담.〉

다 읽자, 아담은 편지지를 동봉된 쪽지와 함께 봉투 안에 다시 넣었다. 그리고 그 모두를 잡지 사이에 끼워넣고, 소지품을 챙겨 우체국을 나섰다. 땀이 났었는지 머리칼이 이마에 달라붙어 있고, 셔츠가 등에 달라붙어 있었다.

모든 것이 잘되어 가고 있었다. 여름이 끝나갈 무렵 치고 날씨는 여전히 좋았고, 바닷가 산책로는 사람들로 들끓고 있었다. 카페들 앞에는 티셔츠를 입은 젊은이들이 기타를 치며 돈을 요구하고 있었다. 햇빛 아래 모든 것이 너무나 하얀 나머지 새까맣게 되어버렸을 수도 있었을 것이다. 사람들은 태양에 그을린 피부로 살고 있었다. 거대한 잉크

병이, 하긴 안 될 것도 없지 않은가, 대지 위로 잉크를 쏟아 부었다. 그래서 마치 사진의 음화를 통해 보듯 투명한 세상을 보는 듯했다.

아담은 이제 어느 누구도 뒤쫓아가지 않았다. 어쩌면 이제는 심지어 그 자신을 사람들이 쫓아오고 있는 것인지도 몰랐다. 그는 더 이상 무턱대고 나아가지 않았다. 마름모꼴의 자갈 위로 내딛는 걸음마다 다 계산된 것이었다. 그는 바다를 따라 도로 위를 자로 잰 듯 정확히 걷고 있었다. 마치 카드나 서식을 작성하는 듯했다.

성.................................. 이름 ....

출생 일시와 장소 ....

주소 ....

직업 ....

당신은(*) 공무원입니까?

프랑스 수도가스회사 직원입니까?

지방 단체 직원입니까?

실업자입니까?

학생입니까?

연금 수혜자입니까?

자원봉사자입니까?

(*) 해당되지 않는 사항은 삭제하시오.

길 건너편에 라디오 상점이 아이스크림 상점과 나란히 있었다. 아담은 아몬드 초콜릿 아이스크림콘을 하나 사고 TV를 보았다. TV 속의 두 사람, 소년과 소녀는 「페이퍼 문」이라는 곡에 맞추어 검정 타이츠를 입고 춤을 추고 있었다. 진열장 안쪽에는 세 대의 또 다른 TV가 같은 방송을 내보내고 있었다. 무수히 많은 회색 점들이 우글거리는 똑같이 생긴 하얀 사각형 안에서 그들은 모두 끔찍하게도 인간적인 모습이었다. 그들의 모습 너머로 눈 둘, 코 하나, 입 하나, 귀 둘, 몸통 하나, 사지, 어깨와 엉덩이를 지닌 아담의 길쭉한 실루엣이 반사되었다.

아담은 이 모든 것에 대해 미소를 지어보였다. 아직 다 이해하지는 못하겠다고 말하는 듯한 미소였다. 그는 천천히 아이스크림을 핥으며, 여러 날 이후 처음으로 혼잣말을 했다. 그는 매우 억양이 드러나는 목소리로, 오히려 낮은 음색으로 음 하나하나를 똑똑 끊어서 말했다. 그의 목소리는 유리판에 부딪혀 아름답고 크게 울려 퍼지며 시끄러운 음악 소리와 거리의 소음들을 덮어갔다. 이제는 피라미드 형태의 아담의 입에서 나와 열은 안개처럼 진열장의 표면으로 퍼져가는 그의 목소리만 들릴 뿐이었다. 처음부터 그 목소리는 그 자체만으로 자족하는 것 같았고, 어떠한 부언도, 어떠한 대답도 요구하지 않는 것처럼 보였다. 마치 어린이 잡지에 나오는 인물들의 목구멍에서 솟아나는 둥근 테두리로 단어들이 둘러싸인 것 같았다.

「내가 말하고 싶었던 것은 이것입니다. 우리들은 모두 똑같고, 모두 형제들입니다. 그렇지요? 우리들 모두 똑같은 몸뚱이와 똑같은 정신을 가졌습니다. 그렇기 때문에 우리는 형제들입니다. 물론 여기서 백주에 이런 고백을 한다는 것이 약간 우습게 들리겠지만 말입니다. 그렇게 생각하시지 않습니까? 그러나 저는 말하는 바입니다. 왜냐하면 우리들 모두 형제이며 똑같기 때문입니다. 여러분은 한 가지 사실을 알고 계십니까? 알고 싶으십니까? 내 형제들이여. 우리들 모두 대지를 소유하고 있으며, 우리가 존재하는 한 그것은 우리의 것입니다. 대지가 얼마나 우리와 닮았는지 모르십니까? 대지에서 싹트는 모든 것, 대지에서 사는 그 모든 것이 우리의 형상, 우리의 스타일과 얼마나 닮았는지 모르십니까? 그리고 우리의 육체하고. 그래서 우리 자신들과 뒤섞인다는 것을 말입니다. 자, 예를 들어 여러분 주위를, 좌우를 살펴보십시오. 이 경치 속에 우리 것이 아닌, 여러분 것도 아니고 제 것도 아닌 단 하나의 사물이라도, 단 하나의 요소라도 있습니까? 진열장에 반사되어 제 눈에 보이는 이 가로등에 대해 여러분께 말씀드려 보지요. 예. 이 가로등은 우리 것이며, 주물과 유리로 만들어졌고, 우리들처럼 똑바로 서서 꼭대기에 우리 머리와 흡사한 머리를 달고 있습니다. 저기 바다에 있는 돌로 만든 방파제 역시 우리의 것입니다. 그것은 우리의 손과 발에 알맞게 세워졌습니다. 만일 우리가 원했더라면, 천 배는 더 조그맣게 만들 수도 있었겠지요? 아니면 천 배나 더 크게 말입니다. 그렇습니다. 우리에게는 동굴과도 유사한 집이 있습니다. 우리 얼굴처럼 구멍이 뚫려 있고, 우리 엉덩이처럼 의자들로 가득 차고, 우리의 등처럼 침대가 있고, 땅을 모방한 마루가 있는, 결국 우리를 모방한 집 말입니다. 우리들 모두 똑같은 동지들입니다. 우리들은 괴물들을 창조했습니다. 괴물들, 예, 그렇습니다. 마치 이 텔레비전 수상기나 저 이탈리아식 아이스크림 기계 같은. 그러나 우리는 우리 본성의 한계 내에 머물렀습니다. 그렇기 때문에 우리는 천재들입니다. 우리는 이 땅위에 쓸모없는 것은 하나도 만들지 않았습니다. 형제들이여, 마치 신 자신처럼, 신 자신처럼 말입니다. 제가 여러분께 말씀드립니다. 예. 여러분께 그걸 말씀드립니다. 바다와 나무와 텔레비전 사이에는 다른 점이 전혀 없습니다. 우리는 모든 것을 사용합니다. 왜냐하면 우리가 주인이며, 이 세상에서 유일하게 지능이 있는 피조물이기 때문입니다. 자, 텔레비전, 그것은 바로 우리, 사람들입니다. 우리는 언젠가는 우리에게 대답할 수 있도록 금속과 합성수지 덩어리에 우리의 힘을 주었습니다. 그리고 그날이 왔습니다. 금속과 합성수지 덩어리가 우리에게 대답을 하고 우리의 눈과 귀를 붙잡아 맵니다. 그 물건을 우리의 배와 연결시키는 탯줄이 있습니다. 여러 가지로 빛나는 이 쓸모없는 물건이 우리로 하여금 그 속에서 표류하도록 하며, 우리가 약간의 쾌락에, 예, 모두에게 공통된 즐거움에 빠져 그 속에서 길을 잃도록 합니다. 형제들이여, 저는 텔레비전입니다. 여러분도 텔레비전이며, 텔레비전은 우리 속에 있습니다! 그것은 우리들의 독특한 해부학적 구조를 지니고 있어서, 우리들 모두는 사각형이며, 온통 까맣고, 온통 전기를 사용하며, 온통 웅웅대는 소리와 음악 소리로 울립니다. 눈과 귀가 그것에 쏠리면 우리는 그것의 목소리에서 인간의 목소리를, 그 화면 속에서 우리와 똑같은 모습을 알아보게 됩니다. 내 형제들이여, 상상해 보십시오. 우리는 사랑을 공유하듯 그 영상을 공유합니다. 그리하여 희미하고 어렴풋한 우리의 동질성이 나타나기 시작합니다. 투명한 물감으로 표면을 덧칠한 아래로 진하고 뜨거운 피 같은 것이 흐르며, 한 쌍이 더 있는 염색체 같은 것이 마침내 우리들을 가지고 하나의 종족을 다시 만들려고 합니다. 그로 인해——너무나 오랫동안 고립되고, 서로 오해하고, 서로 불신한 탓에——가장 끔찍한 보복을 당하게 되지나 않을지 누가 알겠습니까? 우리가 결국에는 티라노사우루스나 세라토사우루스, 데이노테리우스, 피로 뒤덮인 거대한 프테로닥틸과 마주쳐, 그것들에 대항해 함께 싸우게 되지나 않을지 누가 알겠습니까? 희생과 제물을 바치는 상황, 우리가 마침내 손을 맞잡고, 나지막한 소리로 잔혹한 신들을 향해 기도를 드리게 되는 그런 상황이 올지 말입니다. 그러면, 형제들이여, 더 이상 텔레비전도, 나무도, 짐승들도, 대지도, 타이츠를 입고 춤추는 무용수들도 없을 것입니다. 형제들이여, 영원히 우리들만, 오직 우리들만이 존재하게 될 것입니다!」

아담은 이제 맞은편 보도에 있었다. 소지품 꾸러미와 잡지는 이미 옆에, 바닥에 내려놓은 후였다. 바다를 향해 등을 돌리고 있어서 바람에 그의 누런 바지가 펄럭이고 있었다. 그가 자세를 취하고 있는 방식에는 약간 현학적인 무엇인가가 있었다. 그의 뒤편에 있는 난간은 페인트칠을 한 철책들을 바둑판 모양으로 펼쳐놓고 있었다. 철책들 사이 빈틈으로 넓은 부두나 일꾼들이 하역을 하는 독이 보였다. 이 모든 움직임은 조금 길쭉하고 덤덤한 아담의 얼굴과 대조를 이루는 듯했다. 만일 거기 벤치가 있었더라면 아담이 그 위에 올라섰으리라는 것을 느낄 수 있었다. 그렇지만 그의 태도는 대중 연설가의 태도는 아니었다. 그는 자신의 모습이 전체적으로 경쾌한 분위기를 내비치도록 할 줄 알았다. 지금 그의 목소리는 저음부에서 덜 떨리며, 간혹 보다 높은, 상당히 꾸민 듯한 음역에 이르기도 하였다. 게다가 그는 애써 완벽한 조화를 이루려 하지도 않았다. 사실 끊임없이 움직이는 풍경의 명암 한가운데에 그토록 완벽하게 부동의 자세로 서 있는 그 남자의 존재보다 더 어색한 것은 없었다. 그리고 13시 30분경의 태양 아래에서 구경꾼들을 앞에 두고 큰소리로 혼자 떠들어대는 그 남자에 대한 생각보다 더 불쾌한 것도 없었다.

아담이 말하는 내용은 더욱 또렷해졌다. 그는 광신적인 설교와 결혼 피로연에서의 지루한 연설 중에서 한 어조를 택했던 것이다. 그는 말했다.

「신사숙녀 여러분, 걸음을 멈추십시오. 그리고 제가 드리는 말씀을 잠시 들으십시오. 여러분은 사람들이 여러분에게 하는 연설에 그리 주의를 기울이지 않습니다. 그렇지만 하루 종일 그리고 여러 시간 동안 여러분은 일상적으로 연설을 듣고 있습니다. 라디오에서, 텔레비전에서, 미사에서, 극장에서, 영화관에서, 향연에서 그리고 장터에서 벌어지는 여흥거리에서 말입니다. 그렇지만 말이란 쉬운 것입니다. 그리고 아주 가까이서, 두서없이 내뱉는 터무니없는 이야기처럼 즐거운 것도 없습니다. 여러분은 이미 그러한 것에 길들여져 있습니다. 여러분은 인간이 아닙니다. 자신이 인간 세계에 살고 있다는 것을 모르고 있으니 말입니다. 말하는 법을 배우십시오. 그리고 여러분 역시 말하도록 해보십시오. 비록 할말이 전혀 없다 하더라도 말입니다. 여러분께 발언권을 드린다고 제가 말씀드리지 않습니까. 여러분이 존재하는 동안 왜 여러분 자신의 기계들을 대신하려고 해보지 않는 것입니까? 자, 좌우를 보고 말씀을 하세요. 좋은 말을 널리 퍼뜨리십시오. 곧 라디오나 텔레비전이 필요하지 않다는 것을 여러분도 아시게 될 것입니다. 오늘 저를 만난 것처럼 길모퉁이에서 여러분들끼리 서로 마주치시고, 서로 이야기를 나누십시오. 아무 이야기라도 좋습니다. 그러면 여러분의 자녀들과 여러분의 아내들이 모여들어 한마디도 빼먹지 않고 들어줄 것입니다. 그들에게 가장 아름다운 이야기들을 들려주실 수 있으실 것입니다. 한없이……」

이제 청중이 형성되었다. 그들의 구성은 대체로 이렇다.

1°) 열두 명 가량의 여자, 남자, 아이들로 고정된 인원.

2°) 약 스무 명 가량의 다른 사람들로 잠시 후 가버렸다.

어쨌거나 평균 서른 명 정도의 구경꾼들이 모여 보도를 막고 있었다.

「여러분께 무엇인가를 말씀드리고자 합니다. 귀를 기울여 주십시오. 저는——벌써 얼마 전이군요, 저는 산속에 있는 어느 층계의 계단에 앉아 있었습니다. 담배를 한 대 피우고 있었지요. 제가 앉아 있는 곳에서 보면 경치가 참 아름다워, 저는 무척 기뻐하며 경치를 감상하고 있었습니다. 정면에는 언덕, 바다까지 펼쳐진 시가지 그리고 긴 곡선을 그리고 있는 해안이 보였습니다. 모든 것이 무척 평온했습니다. 눈에 보이는 전경의 4분의 3을 하늘이 차지하고 있었지요. 그리고 아래의 대지는 너무도 평화로와 마치 하늘이 연장된 듯했습니다. 여러분도 그런 것을 아시지요. 두 개의 산, 시가지, 강, 만, 그리고 약간 보이는 바다, 나선형을 이루며 구름까지 올라가는 연기 기둥을 말입니다. 도처에 그런 것이 있지요. 이 모든 것, 그것은 나머지 이야기를 여러분이 이해할 수 있도록 하기 위해 여러분께 드리는 자료들입니다. 아시겠습니까?」

대답하는 사람은 아무도 없었지만 몇몇 사람은 웃으며 고개를 끄덕였다.

아담은 아무나 구경꾼 한 명을 택해서 그를 바라보았다. 그리고 질문을 던졌다.

「아시겠습니까?」

「예, 예, 압니다」 하고 그 사람이 대답했다.

「그러면, 당신은 이야기할 것이 없나요?」

「나요?」

「예, 당신이요. 왜 못합니까? 시골에 살고 계시나요?」

남자는 주춤 뒤로 물러나는 듯했고, 모인 사람들도 그에 동참하는 듯했다.

「아니오. 나는……」

「당신은 무얼 파는 사람인가요?」 하고 어떤 여자가 물었다.

「예, 말씀을 팝니다」 하고 아담이 말했다.

조금 전의 그 구경꾼이 뭔가 알겠다는 몸짓을 보였다.

「당신, 여호와의 증인이죠? 그렇지요?」

「아니오」 아담이 대답했다.

「그래요, 당신은——당신은 예언자요, 예언자?」

그러나 아담은 그 말을 듣지 않았다. 그는 이제 막 태어나는 자기 언어의 신비스러운 어둠으로, 하층민의 침략을 맞은 자신의 보루인 열광적인 고립으로 되돌아갔다. 그리고 시작했던 이야기를 계속했다.

「갑자기, 땅위의 모든 것이 변했습니다. 그래요, 단번에, 난 모든 것을 깨달았지요. 난 이 땅이 나의 소유라는 것을, 그 어느 살아 있는 종의 것도 아니라는 것을 깨달았습니다. 개의 것도, 쥐의 것도, 벌레의 것도, 그 어느 누구의 것도 아니라는 것을. 달팽이의 것도, 바퀴벌레의 것도, 풀의 것도, 물고기의 것도 아니라는 것을 말입니다. 그것은 인간의 것이었습니다. 그리고 내가 인간이니까, 나의 것입니다. 무엇이 나로 하여금 그러한 것을 깨닫게 해주었는지 아십니까? 이상한 일이 일어났었습니다. 갑자기 닥쳐왔던 것이지요. 그것은 한 노파였습니다. 그렇습니다. 노파. 어떤 노파. 여러분도 알게 될 겁니다. 내가 있던 길 앞쪽은 산으로 가는 도로들 중 하나인데, 경사가 무척 심했습니다. 층계의 계단, 내가 앉아 있던 그곳에서는 길이 내려가다가 모퉁이를 돌면 사라져서 보이지 않았습니다. 내 앞에는 백 미터가 채 될까 말까 하는 도로의 한 자락이 있었지요. 아스팔트를 깔아놓은 탓인지 구름에 가린 햇빛 아래에서도 온통 번쩍거렸어요. 갑자기 제게로 다가오는 둔탁한 소리가 들렸습니다. 길 아래쪽을 바라보니 길고 헐렁한 꽃무늬 외투를 입은 뚱뚱하고 못생긴 노파가 마치 깃발처럼 외투자락을 펄럭이며 느릿느릿, 끔찍하게도 느릿느릿하게 모습을 드러내는 것이 보였습니다. 처음에는 머리가 보이다가, 그 다음에 상체, 그 다음에 허리, 다리 그리고 마침내 전체 모습이 다 보였지요. 그녀는 아무 생각 없이, 마치 암소처럼 헐떡거리며, 습진에 걸린 뚱뚱한 다리로 아스팔트를 긁으며 힘겹게 도로를 기어오르고 있었습니다. 마치 욕조에서 나오듯 그녀의 모습이 언덕 위로 떠오르더니 나를 향해 올라오는 것이 보였죠. 보잘것없는 그녀의 모습이 구름 덮인 하늘을 배경으로 시커멓게 그려지고 있었습니다. 그녀는, 그래 맞아요, 그녀는 고장 전체를 통틀어 유일하게 움직이는 하나의 점이었습니다. 그녀 주변의 자연 경치는 여전했고 움직이지 않았습니다. 주변의 자연이 그녀의 머리 주위로, 뭐랄까, 하늘과 땅이 마치 그녀의 머리카락인 양 일종의 후광 같은 것을 이루고 있었다는 것만 제외한다면 말이지요. 시가지는 여전히 바다까지 뻗어 있고, 강도 여전했고, 산들도 여전히 둥근 모습으로 서 있고, 연기들도 여전히 수직으로 올라가고 있었습니다. 그렇지만 그녀의 머리에서부터 그랬단 말이지요. 마치 모든 것이 흔들린 것 같았습니다. 모든 것이 변했어요. 아시겠지요, 바로 그녀, 그녀랍니다. 그녀가 모든 것을 그렇게 한 것입니다. 연기, 그래요, 그건 사람들의 짓거리입니다. 도시도, 강도 마찬가지고. 만(灣)도 그렇고. 산에서는 나무가 베어지고 전신주들이 빼곡이 들어서고 작은 도로와 배수로가 나 있습니다. 도로와 층계, 벽, 집들, 다리들, 제방들, 비행기들, 이 모든 것, 그것은 개미들이 아니었습니다. 그녀였습니다. 그녀요. 하찮은 노파. 못생기고 뚱뚱한, 생존한다고 할 수도 없는. 신체 기능이 없는. 봉와직염이 온몸에 퍼진. 똑바로 걸을 수조차 없는. 정맥류에 걸린 다리에는 붕대를 감고, 항문 아니면 어딘가 다른 곳이 암이 걸린. 바로 그녀였습니다. 땅은 둥글고 아주 작습니다. 그런데 사람들은 도처에서 땅을 매매했습니다. 당신들도 알지요, 이제 이 땅위에 도로, 집, 비행기, 전신주가 없는 곳은 한군데도, 한군데도 없습니다. 우리가 그런 종족에 속해 있다는 걸 생각만 해도 충분히 미쳐버리지 않겠습니까? 그 여자였습니다. 그 여자, 창자와 그런 것들, 더럽고 피 묻은 것들로 가득 찬 그 누더기 뭉치 말입니다. 그 어리석은 짐승, 둔한 눈에, 피부는 말라버린 악어 같고, 목살은 축 늘어지고, 자궁은 쪼그라들었고, 생식 샘은 텅 비어버린, 허파, 갑상선종, 더듬더듬 말하려는 누런 혀…… 얼어터진 암소처럼 아앙거리는 소리, 그녀의…… 그 무거운 울음 소리…… 앙앙…… 앙앙…… 배는 뿔뚝 나오고…… 배의 줄무늬…… 그리고 그 두개골…… 머리카락이 없는, 털이 북슬북슬하고 75년간의 땀으로 갈라진 겨드랑이. 바로 그 여자였습니다. 그 여자…… 여러분——여러분도 보이시죠?」

아담은 조금씩 말이 빨리 했다. 이제는 더 이상 문장을 만든다거나 자기가 하는 말을 이해시키려 하지도 않는 지경에 이르렀다. 그는 페인트칠을 한 철제 난간에 완전히 몸을 붙이고 있었다. 이제 군중 틈에 솟아올라, 어떻게 보면 예언자 같기도 하고 또 어떻게 보면 다정하게 보이기도 하는 그의 머리밖에 보이지 않았다. 사람들은 그를 손가락

질하기도 하고, 또 경찰을 부르기도 하고, 사진을 찍으려 사진기를 찾으러 가기도 하고, 마음대로 비웃거나 욕설을 퍼붓기도 하였다.

「당신들에게 말하고 싶어요. 잠깐만. 이야기를 하나 해 줄 수도 있어요. 당신들도 아는. 마치 라디오에서처럼. 친애하는 청취자 여러분. 나는 토론도 할 수 있어요. 당신들과 토론할 수 있단 말입니다. 누가 하겠어요? 누가 내게 말하겠습니까? 엉? 뭔가에 대해 토론할 수 있어요? 전쟁에 대해 말할 수 있겠지요. 곧 전쟁이 터질 거요——아니. 또는 생활비 얘기를. 고구마 가격이 얼마입니까? 엉? 올해는 고구마가 엄청나요. 그리고 무는 아주 작고. 아니면 추상화 얘기를 하지요. 아무도 할말이 없다면 말이오. 당신들은 할말 없어요? 난 이야기를 하나 할 수 있습니다. 그래요. 당신들을 위해 이야기를 지어낼 수도 있어요. 즉석에서. 자, 들어요. 제목들을 알려주겠소. 들으시오. 유럽 동방으로 여행하고 싶어하는 난쟁이 야자수의 전설. 혹은 세일즈맨이 여자로 만들어버린 이비스 새. 아니면 입이 둘 달린 인간 아스드루발. 그리고 사육제의 왕과 파리의 사랑 이야기. 또는 펠로폰네소스의 여왕 조에는 어떻게 레이스가 달린, 목신 판의 피리라는 보물을 발견했는가. 그리고 또 방울뱀을 어떻게 죽일 수 있는가. 그건 간단합니다. 세 가지 사실을 알아야 합니다. 방울뱀은. 무척 오만하다. 재즈를 좋아하지 않는다. 에델바이스를 보면 곧 경직 상태에 빠진다. 자. 어떻게 해야 하는지 들으세요. 클라리넷을 집어듭니다. 뱀이 당신들에게 흉측한 표정을 지을 때 말입니다. 그놈들은 오만하기 때문에 화를 내며 당신들을 공격합니다. 바로 그때입니다. 「블루 문」이나 「저스트 어 지골로」를 연주하세요. 클라리넷으로 말이죠. 그놈들은 재즈를 싫어하거든요. 그러면 놈들은 멈춥니다. 멈칫거리는 거죠. 바로 그 순간, 꺼내세요. 눈에서 핀 진짜 에델바이스를 호주머니에서 꺼내는 겁니다. 그러면 그놈들이 경직 상태에 빠지지요. 그렇게 되면 이제 그놈들을 잡아다가 놈들 어딘가에 〈r〉자 하나를 슬쩍 집어넣는 겁니다. 놈들이 깨어날 때요. 놈들은 이제 자신들이 아니라는 것을, 자신들이 이제는 방울뱀 serpents-à-sonnettes이 아니라 헛소리하는 뱀 serpents-à-sornettes에 지나지 않는다는 것을 알게 됩니다. 그러면 놈들은 엄청나게 오만한 녀석들이기 때문에, 그걸 알고는 죽어버리지요. 놈들은 자살하는 편을 택하는 겁니다. 그래서 스스로 숨을 막지요. 여러 시간 동안이나. 결국은 그래서 죽습니다. 아주 시커멓게 되지요. 아시겠죠? 등등」

14시 10분과 14시 48분 사이에 아담은 말을 했다. 구경꾼들 무리는 눈에 띄게 불어 있었다. 그들은 이제 정말로 말없이 듣는 태도를 보이기 시작했고, 간간이 그들이 내지르는 탄성이 아담의 목소리를 덮어버리기도 했다. 그는 점점 더 말을 빨리 했고, 그에 따라 점점 더 불명확해졌다. 지쳐서 목이 쉰 소리가 나오고, 얼굴에는 일종의 신경질 비슷한 것이 쌓였다.

그의 이마 한복판에는 이제 두 줄의 깊은 주름이 파이고 귀는 시뻘갰다. 그의 셔츠는 등과 어깨에 찰싹 달라붙어 있었다. 말을 너무 많이 하고 소리를 너무 질러서인지 이제는 더 이상 군중을 압도하지 못했다. 그는 군중과 하나가 되어가고 있었고, 머리칼과 수염이 더부룩한 그의 뾰족한 머리는 마치 다른 사람의 머리인 양 군중들 사이를 떠돌았다. 절망감이 그를 비굴하게 만들기는커녕 초상화처럼 조각해 버렸다. 말없는 증오가 특별한 종류의 혁명의 문턱에서 그의 머리를 베어버린 것 같았고, 옛날처럼 영웅에 의해 일깨워진 하층민들이 바다처럼 끈적거리는 그 중심에 아직도 생생한 그의 고귀한 얼굴을 간직하는 듯했다. 결백하면서도 동시에 치욕스러운 두 눈은 가는 끈으로 엮은 그물 속의 구슬처럼 숱한 광기에 사로잡혀 동공 속에서 반짝거리고 있었다. 이제 그들 모두 인간의 살과 땀으로 하나의 덩어리를 이루었다. 파해되지 않을 듯한 양상의 덩어리, 그 속에 포함되면 어떠한 것도 존재할 수 없는 그런 덩어리를. 낭랑한 목소리, 웃음 소리, 야유, 엔진의 소음, 경적 소리, 바다 그리고 배들의 소리도 이제는 전혀 논리적이지 않았다. 모든 것이 난잡하게, 불연속적으로, 폭동의 소음과 색채와 함께 오가고 있었다.

진실은 옮겨 적기 힘들다. 사실 모든 것이 두려울 정도의 가속이 붙어 진행되었다. 단 1초 사이에 모든 일이 벌어졌던 것이다. 군중들 사이에서 소요가 일었는데, 아마도 분노의 함성이었을 것이다. 그러고 나서 모든 것이 정상적으로 이어졌다. 기이하고 예상치 못했던 그 작은 사건을 제외하면 우연에 내맡겨진 것은 아무것도 없다. 내가 말하고 싶은 것, 그것은 너무나 단순하고 자동적으로 일어난 일이어서 군중이 적어도 두 시간은 자신들 생각보다 앞서 행동했다는 것이다.

벤 벨라, 오랑에서 대대적으로 환영받다:

"우리에게는 단일 정당이 필요하다"

산불로 인해 망드리외와 트라야 간의 철로 여러 구간이 끊겨

수많은 열차 운행이 중단되었고, 여러 채의 빌라가 위험에 빠져 있다. 캠핑객들은 서둘러 대피했다.

티지우주에서 10만 명의 카빌리아 원주민들, G.P.G.A. 지지 환호

마르세유 선원들 내일 오후까지 총파업

코르시카와 아프리카행 선박들의 운항이 새로운 지시가 내릴 때까지 중단되었다.

바르 지방에서 온 피서객, 파라바레플로에서 사고로 익사 :

몽펠리에 발. 라 세뉴쉬르메르(바르 주)에 거주하는 피서객 로베르 마주 씨(47세)가 어제 오전 파라바레플로(에로 주)에서 익사했다. 폐충혈이 있었던 것으로 보이는 마주 씨는 수영객들에 의해 백사장으로 옮겨졌다. 응급조치를 취했으나 몽펠리에 병원으로 이송된 마주 씨는, 이송 직후 불행히도 사망했다.

코르시카의 수수께끼

독일 관광객 시체 2구가 ᅟ랑지온 해변 3km 부근에서 ᅟ인양되었다. 남자는 두개골 ᅟ파열로 사망한 것으로 보이ᅟ며, 여자에게서는 어떠한 반ᅟ항의 흔적도 발견되지 않았ᅟ다.

(7면에서 계속)

- 지난 6월 30일 툴롱에서 행방불명된 농부가 협곡에서 시체로 발견되었다. 사고사인가, 자살인가, 아니면 살인 사건인가?
- 아리안 구역에서 12세의 어린이가 파이용에 빠져 숨지다.

정신이상자 카로스에서 체포

젊은 정신이상자 한 명이 카로스 학교로 숨어들었으나 경찰들에 의해 체포되었다. 경찰의 짧은 추적 끝에 그 정신질환자의 도피는 카로스에서 끝나고 말았다.

이상한 행동들

일요일 오후 해변 산책로를 배회하던 피서객들은 아담 P.라는 이름의 한 청년이 보인 이상한 행동들에 놀라 불안에 떨었다. 정신적 능력이 현저히 결핍된 그 청년은 군중들에게 횡설수설하며 연설을 했다고 한다. 사건은 거기서 그칠 수도 있었지만, 그 청년은

(7면에서 계속)

로퀴솔 사건 판결

스테파니, 징역 20년
아르토, 금고 5년

(아샤르 궐석 재판 2심에서 사형 선고.

정신이상자 카로스에서 체포

(1면에서 계속)

이유는 밝혀지지 않았지만, 정신을 잃고 만인이 보는 앞에서 풍기 문란으로 간주될 수 있는 노출을 감행하였다고 한다.

기상천외한 도피: 정신병원으로의 이송

신고를 받은 경찰은 즉시 현장으로 출동, 용의자를 추적하였으나 용의자는 탈출에 성공하였다. 경찰은 시내 고지대의 수색에 나섰다. 어둠이 깊어갈 무렵인 22시 30분경, 마침내 용의자가 보호벽을 넘어 카로스 지역의 유치원에 잠입하는 것에 성공, 그곳에 은신하고 있다는 것이 확인되었다. 청년은 빈 유치원 교실 중 한 곳에 바리케이드를 치고 경찰의 투항 권유에 자살하겠다고 위협하였다. 경찰은 청년을 끌어내기 위해 최류탄을 사용할 수밖에 없었다. 잠시 후 그 정신이상자는 경찰에 항복하였는데, 부엌칼을 흉기로 소지하고 있었다.

여러 가지 피의 사실에 대한 심문에 응하기 위해 검찰로의 송치를 기다리는 동안, 시내의 명망 높은 집안의 자제로 알려진 그 청년은 정신 감정을 받을 예정이다. 갑작스런 광기의 발작에 사로잡혀 그렇게 행동하는 것으로 이미 추정되고 있는 가운데, 만일 파스퇴르 연구소의 심리학자인 포베르 박사가 신경 장애로 진단을 내리게 되면, 청년은 피의 사실에 대한 심문에 응하지 않고 바로 정신병원에 수용될 것이다. 그렇지 않을 경우 그는 두 가지 주요 고소 사실로 기소될 것이다. 그것은 부랑죄 및 주거침입과 강간이다. 고나르디 씨가 변호사로 선임될 것으로 보인다. 한편 경찰은 성명을 통해 피의자로부터 피해를 입었거나 또는 그렇게 생각하는 모든 사람은 즉시 경찰서에 출두하여 피해 내용을 밝혀줄 것을 요구하였다.

마지막 순간, 그 젊은 정신이상자는 자신이 이 지방에서 여러 차례 발생한 화재의 주범이라고 고백했는데, 근거는 전혀 없는 것으로 여겨지고 있다. 그 정신질환자는 수차례 되풀이하여 "나는 방화광이오, 나는 방화광이오."라고 말했다고 하는데, 현재로서는 오히려 기억상실증과 관련이 있는 것으로 보인다. 그럼에도 불구하고 경찰에서는 오전 일찍 두 가지의 새로운 고소를 접수하였다. L모 씨가 상기 청년에 대해 주거침입과 여러 건의 기물 파손으로 고소하였고, M모 양이 풍기문란죄로 고소하였다. 피의자는 정오에 정신병원 센터에 이송되어 검사를 받을 예정이다.

코르시카의 수수께끼

(1면에서 계속)

남녀 2구의 시신이 어제 오전 바스티아에서 그리 멀지 않은 코르시카 동쪽 해안의 해수욕장인 앙지온 해변에서 발견되었다.

시신의 발견은 정말 수수께끼 같은 사건이다.

오전 7시경, 수많은 피서객들이 바닷가에서 조용히 휴가를 즐기는 앙지온 지역이 서서히 잠에서 깨어나고 있을 때, 두 명의 낚시꾼이 관리사무소로 뛰어들어와 어떤 여자의 시체가 백사장에서 300m 떨어진 곳에 떠다니고 있다고 신고하였다. 몇 분 후 모리아니 지역 경찰부대가 현장에 도착하였다. 문제의 시체가 인양된 직후 경찰부대 대장은 또 1구의 시체가 북쪽으로 3km 더 떨어진 피나렐로 해변에서 수영하던 사람에 의해 발견되었다는 전화 통보를 받았다.

최초 확인 사항들

즉각 확인된 두 시체의 신원은 지난 6월 28일 앙지온 지방에 도착한 독일인 부부로서 어제 코르시카를 떠날 예정이었다. 남자의 나이는 대략 50세로 보이며, 여자는 42세로서, 두 사람 모두 함부르크에 있는 사무실에서 근무하고 있었다. 두 사람 모두 옷을 입고 있었고, 탄환의 흔적은 전혀 없었다. 남자만이 이마에 커다란 혈종이 있었을 뿐, 여자는 싸운 흔적도, 상처도 없었다.

그렇지만 두 사람 모두 물에서 끌어올리자마자 귀에서 피를 많이 흘렸다는 점을 지적해 두자. 현장으로 불려온 마르세지 의사는 간단한 검진 후 적어도 남자의 두개골에서는 골절이 발견된다고 진단하였다.

복잡해지는 사건

건물 관리사무소에 문의한 결과, 그 부부는 야영장에 있는 수많은 다른 부부들과 다름없었으며, 특별히 눈에 띄는 점은 전혀 없었다고 한다. 그렇지만 남자는 언제나 서류가방을 들고 다녔으며 손에서 절대 놓지 않았다고 했다.

한편 한 여종업원은 그 부부의 사이는 좋지 않았으며, 두 사람 사이에 말다툼이 잦았다고 말했다.

—죽기 몇 시간 전인 수요일 저녁에 두 사람이 말다툼을 했습니까? 라는 기자의 질문에,

—아뇨, 그날 저녁에는 식당에 모습을 보이지 않았어요, 라고 여종업원은 대답했다.

또 하나 이상한 사실은 도착한 다음다음날 남편이 코를 골아 불편하다는 이유로 부인이 다른 방갈로에서 묵을 수 없겠느냐고 문의했다는 점이다.

아닌 게 아니라 부부는 이상했다. 부인은 휴가중에야 함께 사는 남편이 수면에 방해가 될 정도로 코를 곤다는 사실을 알았다는 것이다.

성급한 결론일지 모르나 그들 두 사람은 결혼한 사이가 아니며, 치정 사건으로 여겨지고 있다. 마르셰지 의사가 확인한 바에 따르면 사망 시각은 전날 21시경으로 추정된다.

목록 작성

법률이 정한 대로 지역 최고 행정관인 카스텔라르 디 카신카 시(市)의 시장 레오넬로 씨의 입회하에 남자가 묵었던 방갈로에서 소지품 목록 작성이 행해졌다. 여러 가지 세면 도구와 평상복 말고도, 앞서 말한 서류가방이 발견되었는데, 그 속에는 몇 장의 지저분한 손수건과 또 다른 쓸데없는 자질구레한 물건들만 들어 있을 뿐이었다. 또한 약간의 프랑스 지폐와 독일 화폐가 발견되었다. 따라서 추잡한 범죄일 것이라는 사건 동기는 제외해야 할 것이다. 방을 철저히 수색한 경찰은 중요하지 않은 편지 몇 통과 문학지에서 오려낸 철학적 또는 신학적 주제, 인간, 미래, 무(無) 등등에 대한 연구를 다루고 있는 기사들을 발견하였다.

나중에 알려진 사실에 따르면 두 사람 모두 수영하는 것을 좋아하지 않았고, 해변에서 멀리 떨어진 그늘에서 시간을 보냈다고 한다.

핸드백 속의 집게 한 쌍

첫번째 유력한 단서로 독일에서 최근에 구입한 한 쌍의 집게가 들어 있는 여자의 핸드백이 발견되었다. 여자가 가지고 다니기에는 이상한 물건이다. 그녀는 방어용으로 아니면 공격용 둔기로 그 집게를 사용하려 했던 것인가? 또한 많은 의약품과 진정제들이 발견되었지만, 곧 병력 카드 덕분에 두 사람 모두 신경쇠약으로 인해 이미 독일에서 치료를 받았다는 사실이 밝혀졌다.

15시에 검찰이 현장에 도착했다. 리치 검사 대리와 예심판사 레오넬로 씨 그리고 의사이자 법의학자인 콜로나 씨는 사건이 벌어진 현장을 조사하고, 이어서 바스티아 소방구조대에 의해 시신이 시체 안치소로 옮겨져 콜로나 씨에 의해 부검이 행해질 것이다.

가정

1차 사실 확인만으로 결론을 끌어내는 것은 어렵다. 그러나 추측은 가능하다. 자정 무렵 비명이 들렸던 것으로 보인다. 그러나 그 시각이 일치하지 않으며, 게다가 그날 밤에는 이웃 건물에서 새 유람선의 진수식을 축하하느라 파티가 열렸기 때문에 상당히 시끄러웠다고 한다. 따라서 사람들이 들은 것은 파티에 참석한 사람들이 지르는 소리였을 가망성이 크다.

사람들 말로는 초저녁에 지나가는 배들의 상당수는 낚싯배라고 한다.

그렇다면 복수를 위해 찾아온 살인자가 이중의 범죄를 저지른 것일까?

수사관들은 한동안 그렇게 생각했다. 그러나 다음의 가정이 더 사실과 가까운 것으로 보인다. 즉 여자는 자신이 사랑하는 남자가 자신을 떠나려 한다는 사실을 알게 된다. 휴가는 곧 끝날 것이고 휴가와 함께 자신의 사랑도 끝나는 것이다. 남자가 신체가 허약하다는 점을 이용하여(게다가 남자는 약간 다리를 전다), 여자는 그를 때려눕혀 물에 던지고 자신도 물에 뛰어든다.

다시 한번 밝혀두는 바이지만, 이 모든 것은 가정에 지나지 않으며, 만일 부검을 통해 다른 단서들이 주어지지 않는다면 수사는 어려워질 것이다.

R

이제서야 마침내 그는 그늘 속에 들었다. 북향이라 햇빛이 완전히 차단되는 작고 깨끗한 방안 서늘한 곳에 그는 앉아 있었다. 저수조 파이프 어딘가에서 물이 넘치며 자그맣게 찰랑거리는 소리와 오후 5시에 멀리 공원 모래밭과 벤치들이 있는 사이에서 들려오는 아이들의 고함 소리 외에는 소음이라 할 만한 것도 들리지 않았다. 소리가 가느다랗게 들려오는 것과 마찬가지로 벽도 허술하다는 생각이 들게 했다. 벽은 구멍이 숭숭 뚫린 벽돌로 만들어졌는데, 그 위로 석회가 한 겹 칠해지고 크림색 물감의 굵은 입자가 그대로 드러나는 페인트로 한 겹 덧칠이 되어 있었다. 그 벽들로부터 여름이고 겨울이고 분명 약하나마 습기가 새어 나올 것이다. 창문은 정확히 외벽 한가운데에 나 있었다.

창문에는 창살들이 박혀 있어 빛이 차단되면서 침대 모포와 줄무늬 파자마 위에 수직과 수평의 그림자들을 드리우고 있었다. 세 개의 세로 창살과 두 개의 가로 창살은 벽을 가르는 것과 마찬가지로 하늘도 가르고 있었다. 제멋대로 가르고 있는 것이긴 했지만 조화를 이루고 있었고, 12라는 그 숫자는 이상하게도 마니리우스[10)]가 말한 황도 12궁을 연상케 했다.

이 순간 아담은 줄무늬 파자마를 입고 철제 침대 가장자리에서 바로 그 생각을 하고 있었다. 그에게 담배를 피울 수 있는 권리가 주어졌고, 그래서 그는 플라스틱 재떨이와 함께 담배 사용 권리를 행사하고 있었다. 재떨이 바닥에 끄트머리 부분이 닿은 채 타오르는 담배는 그의 생각에 끝없이 양분을 공급하고 있었고, 담배가 타는 한 생각은 결코 중단되지 않을 것 같았다. 사람들이 그의 머리카락을 자르고 수염을 면도로 밀어버려, 다시금 젊어진 그의 머리는 단색의 사각형 창문을 향하고 있었다. 아담은 교차된 창살로 형성된 칸막이 중 하나를 택할 방법을 이미 찾아냈었다. 취향이 나빠서인지 아니면 우연히 그런 것인지 그는 왼쪽에서 여덟번째 칸을 택했었다. 그 선택이 심사숙고한 결과이건 아니건 간에 어쨌든 마니리우스에 따르면 황도 제8궁은 죽음의 궁이라는 것을 아담은 알고 있었다. 그 사실을 안다고 하더라도 그렇다고 해서 진지해지는 것은 불가능했다. 그 단 하나의 사실을 가지고 그가 상상하거나

---

10) 1세기경의 라틴 시인으로 아우구스투스와 동시대 인물이다. 저서로 다섯 권으로 된 시집 『천문학』이 있다.

생각할 수 있는 모든 것(그리고 주어진 각도가 어떻든, 바둑판무늬건, 60도 떨어진 것이건 등등, 황도, 남북회귀선, 자오선, 제1 수직선으로 확인이 가능하건 아니건, 그 유명한 적도 30도와 60도의 지점에 해당하는 것이건 아니건——마니리우스의 말대로 황도 제8궁이 그 세력에 있어 세번째라고 간주하건 아니건)은 아무런 중요성도 없었다. 그는 마치 게임의 기본 규칙을 미리 받아들이고 나서 해상 전투, 교수형, 돌 차기, 그림의 다른 부분 찾기 놀이를 하듯 그 놀이를 즐겼었다. 그렇게 하고 나니 그는 더 이상 그 자신이 아니었다. 더구나 창문의 창살도 더 이상 창살이 아니었다. 그것은 다음과 같이 여섯 개의 십자가가 뒤섞인 것이었다.

A
D
O
N
A
I
Elohim Eloher
Z
E
B
A
O
T
H

그리고 그것은 두 개의 몰타 십자, 뒤집힌 만(卍) 자 모양의 십자 하나, 그리고 유대의 별 모양 하나라든가 아니면 에고 알파와 오메가, 아니면 유대의 별 모양들과 태양들이 서로 번갈아 나타나는 모양을 하면서 아글리옹, 테트라그라마통과 같은 다른 기호들의 테두리를 이루고 있었다.

만일 창문으로 변해 그와 마주하고 있었더라면, 매트리스가 삐죽 불거져나온 곳에 똑바로 앉아, 고개를 약간 숙인 채 손은 마치 시간이라도 헤아리는 듯 무릎에 얹은 그의 모습을 볼 수 있었으리라. 그렇게 보니 그는 사색하는 것 같기도 하고 또 추위를 타는 것 같기도 했다. 그는 그저 왼쪽의 한 지점만을 응시하고 있었다.

가지런히 모은 그의 발밑 바닥은 니스칠을 한 지 오래된 어두운 붉은 색 타일로 되어 있었는데, 육각형의 그 타일들은 엄격한 기하학적 구도를 따르고 있어서 마치 방 자체의 축소판과도 같았다. 창문을 통해 들어오는 빛은 칸막이 벽들이 마치 비스듬하게 절단된 거울들로 덮여 있기라도 하듯, 반사광을 더욱 연장시키고 있었다. 페인트칠의 광택과, 벽면을 가득 메운 오톨도톨한 표면은 빛을 반사시켜 한 지점에서 다른 지점으로 튀어오르게 했다. 아담, 그는 처음부터 방을 샅샅이 살펴보았기 때문에 그 방을 잘 알고 있었다. 옹색하기는 하지만 그는 방이 친근하며 꽤 가족적인 모습을 하고 있다고, 잘라 말하면 그런대로 위안이 되는 방이라고 인정했다. 방은 깊고도 엄격하며 근엄했다. 모든 것, 특히 벽은 차갑고도 현실적인 느낌이 돋보였다. 그렇지만 비록 보이지는 않아도 바로 그 차가움 자체를 그는 즐기고 있었다. 그는 벽을 이룬 질료를 싫어하지 않았다. 왜냐하면 거기에는 은연중 하나의 놀이가, 그가 적응해야 할 놀이, 사물들이 아니라 그 자신이 맞추어가야 할 놀이가 개입되어 있기 때문이었다. 그는 매번 할 때마다 자신이 성공을 거둔다는 것을 알고 있었다. 부동의 자세로 무감각하게 꼼짝도 않고 있으면, 체온이 내려간다. 36.7도에서 36.4도로. 담배를 둔 오른쪽에 앉아서, 그는 시간에는 아랑곳하지 않고 크림색의 오톨도톨하고 축축한, 흐릿한 빛 속에 몸을 담그곤 했다. 하루에도 여러 번 그와 유사한 순간들을 누리곤 했다. 그리고 유년 시절부터 그는 그러한 순간들을 축적해 왔었다. 예를 들면, 욕조에 몸을 담그고, 뜨거운 물이 서서히 미지근해지고, 미지근하다가 시원해지고, & 시원하다가 차가워질 때, 그리고 낯선 원소에 턱까지 잠긴 채 몸을 쭉 뻗고, 두 겹의 수증기 사이로 천장을 바라보며 얼마나 있어야 물이 얼음장처럼 차가워질 것인가를 기다릴 때이다. 그럴 때면 부글부글 끓는 냄비 속에 들어가 오직 정신력(혹은 선(禪)의 힘)만으로 더위를 견뎌내고, 약 백 도의 온도를 이겨낸다는 생각을 한다. 그러다·포기하고 수치스럽게 벌거벗고 혹은 추위로 벌벌 떨며 기어나오는 것이다.

그리고 침대가 있다. 종종 그는 나중에 돈이 생기면 침대 밑에 바퀴를 달아 밖으로 밀고 나가리라고 생각하곤 했다. 그러면 날씨가 춥다는 것을 뻔히 알면서도 그는 더위를 느낄 것이고, 시트 아래 몸을 파묻어 스스로를 고립시키면서도 세상과 온전히 소통할 것이다. 방이 너무나 좁고 숨이 막힐 정도여서 그는 확실히 그러리라 믿었다. 어쩌면 그것이 무엇보다 그가 원하는 것일지도 몰랐다. 어쨌든 그런 일은 거의, 말하자면 한번도 일어나지 않았다. 만일 거기에서 잠들어버린다면, 한밤중에 소리 없이 침대 속으로 돌아와 주변을 둘러보며 눈에 보이는 것이 무엇인지 애써 이해하려 들 필요도, 여기는 빈 옷걸이고 저기는 의자와 수건이 있고 좀더 멀리로는 달빛이 비쳐 커다랗게 보이는 창살 그림자고 하는 식으로 머릿속에 그려볼 필요도 없을 것이다. 또한 잠자리에 들기 전에 물건들의 배치를 암기할 필요도, 경계 태세를 갖추고 머리를 문 가까이 둘 필요도 없을 것이다. 여기는 문에 자물쇠가 채워져 있고, 창문은 창살이 가로막고 있다. 닫힌 공간이며, 그는 혼자, 유일한 인간으로서, 정중앙에 있었다.

아담은 눈을 1센티미터도 움직이지 않은 채 천천히 귀를 기울이고 있다. 그에게 필요한 것은 아무것도 없었다. 모든 소리들(파이프 속에서 물이 꾸르륵 하는 소리, 둔탁하게 치는 소리, 가구의 삐걱거리는 소리, 딱딱 끊어져 다른 곳으로부터 방안으로 들려오는 고함 소리, 가구 아래 어딘가 가까운 곳에 속삭이듯 떨어져 내리는 먼지 소리, 식세포(食細胞)의 가벼운 떨림 소리, 칸막이벽 저편에서 세게 치는 바람에 떨며 깨어나는 한 쌍의 자벌레 소리)이 마치 자기에게서 나는 것 같았다. 벽 저편에는 모두 건축학적으로 설계한 사각형의 방들이 있었다.

건물 내의 모든 구역들에 똑같은 설계 도안이 되풀이되고 있었다. 방, 복도, 방, 방, 방, 방, 방, 방, 방, 방, 방,

화장실, 방, 복도 등등…… 아담은 그처럼 네 개의 벽, 한 개의 자물쇠, 한 개의 침대로 분리되는 것이 기뻤다. 추위와 조명 속에, 항구적이라 할 수는 없을지 모르지만 편안했다. 사람들이 조만간 그런 사실을 짐작해 내고 그를 불러낼 것이다.

바깥, 바깥에는 어쩌면 해가 비추고 있을지도 몰랐다. 아마 점점이 작은 구름들이 떠 있거나 아니면 하늘의 절반가량만 구름에 덮여 있을 것이었다. 그 모든 것은 도시의 나머지 부분이었다. 벽이 있는 덕분에, 사람들이 동심원을 이루어 주변에서 살고 있다는 것이 느껴졌다. 사방으로 많은 도로들이 뚫려 있었다. 그렇지 않은가. 그 도로들은 반죽과도 같은 가옥들을 삼각형이나 사각형으로 나누었고, 도로 위로는 자동차와 자전거들이 그득했다. 결국 모든 것은 반복되고 있었다. 백 미터 떨어진 곳에 기선(基線) 각도 30도로 똑같이 설계된 상점들, 주차장들, 담배 가게, 피혁 가게들이 있으리라는 것을 거의 확신할 수 있었다. 아담은 머릿속으로 그 단면도들을 그려보며 많은 다른 것들을 첨가했다. 예를 들어 48도 3분으로 각도를 잡으면, 지도 어딘가에 확실히 그것을 표시해 둘 수 있다. 그런데 만일 시카고에 그런 각도에 해당하는 장소가 한군데도 없다면 정말 지랄 같은 일이다. 그렇지만 만일 그런 곳을 찾는다면, 지도만 보아도 즉시 어떻게 해야 할지 알 수 있을 것이다. 그렇게 보면 아담은 결코 길을 잃는 법이 없을 것이다. 가장 어려운 것은 곡선들이었다. 아담은 곡선들에 어떻게 대처해야 할지 알 수 없었다. 최선의 방법은 도형 표시법을 만드는 것이었다. 원은 덜 복잡했다. 그저 사각형을 그리고(물론 가능한 한) 그것을 다각형으로 분해하기만 하면 되었다. 그때 각이 생기고 그러면 성공한 것이다. 예를 들면, 그가 다각형의 한 변인 GH를 연장하면 하나의 직선을 얻게 될 것이다. 아니면 GH와 KL의 두 변을 연결하면 이등변삼각형 GLz가 생길 것이고, 그러면 어떻게 해야 할지 알 수 있을 것이다.

세상은 아담의 파자마처럼 직선, 탄젠트, 벡터, 다각형, 사각형, 사다리꼴 등 온갖 것으로 분류되어 있고, 그 망은 완벽하게 짜여 있었다. 땅이나 바다의 아무리 작은 부분도 매우 정확히 분할되어 있었고, 투영선이나 도식으로 환원되지 못할 것은 하나도 없었다.

결국 백 개의 변으로 이루어진 다각형을 그린 종이 한 장만 그려서 떠나면 지구상 어느 지점에서도 충분히 자신이 갈 길을 찾을 수 있을 것이다. 만일 길을 따라 걸으며, 벡터에 대한 자신의 영감을 따른다면, 누가 알랴? 어쩌면 아메리카나 오스트레일리아에 닿을 수도 있었을 것을. 장안으로 가는 길에 있는 도시 장주에는 갈대로 벽을 이어 지은 작고 나지막한 집 한 채가 햇빛과 그늘을 견디며, 어느 날인가 손에 컴퍼스를 든 기하학자이자 측량기사인 메시아가 나타나 자신을 옴짝달싹 못하게 하고 있는 둔각의 정체를 드러내주길 기다리고 있다. 그래, 또 다른 집들도 있다. 니아사랜드[11]에, 우루과이에, 베르코르 고원

11) 말라위를 가리킨다.

한복판에, 세계 도처에, 말라서 쩍쩍 갈라지는 땅위에, 금작화 덤불 사이에, 벌레처럼 우글거리는 수백만 개의 각과 죽음의 징조와도 같은 수백만 개의 숙명적 사각형, 그리고 지평선 끝에서 번개가 치듯 하늘을 꿰뚫는 직선들에 뒤덮인 채. 그 모든 곳으로 가야만 했다. 그러려면 좋은 지도, 그리고 또한 믿음, 즉 평면기하학에 대한 전적인 신뢰와 곡선을 이루는 모든 것, 오만함에 빠져 죄를 지으며 물결치는 모든 것, 원이나 말단 부위에 대한 증오가 있어야 했다.

이제 창문을 통해 방으로 스며드는 햇빛이 전후사방으로 튀며, 단조롭고 상쾌한 물소리와 함께 마치 불꽃으로 이루어진 천으로 감싸듯 그를 조여오자, 아담의 몸은 더욱 오그라들었다. 온 신경을 돋우고 귀를 기울이며 바라보자, 그는 자신의 몸이 거대해져 거인이 되는 것을 느꼈다. 벽의 직선들로 무한히 연장되고, 사각형들은 서로서로 포개져서 점점 더 커지는 것이, 여전히 조금씩 더 커지는 것이 보였다. 그리하여 차츰차츰 지구 전체가 그러한 서툰 그림으로 뒤덮였으며, 선과 면이 교차하며 마치 총을 쏘듯 탕탕거리는 소리를 냈고, 그것들이 교차하는 지점들에서는 커다란 불꽃이 일었다가 공 모양으로 떨어져 내렸다. 아담 폴로, 아담 P……, 아담, 폴로 패거리에서 외따로 떨어져 나온 하나의 점인 그는 중앙에, 완전히 한가운데에 자리 잡고 있었으며, 온통 줄이 그어진 도면을 손에 든 채, 언제라도 길을 떠나, 걷고, 이 각에서 저 각으로, 선분에서 벡터로

오가며, 땅에 xx′, yy′, zz′, aa′ 라고 철자를 써서 직선들에 이름을 붙일 채비를 갖추고 있었다.

아주 자연스럽게 아담은 창살의 여덟번째 교차점에서 시선을 떼고, 뒤로 물러나 침대에 누웠다. 저녁식사 시간 전까지는 아직 두세 시간 남아 있다는 생각이 들었다. 식사를 마치면, 그는 그날의 마지막 담배를 피우고, 잠을 잘 것이다. 그는 종이와 검은색 볼펜을 가져다 달라고 요구했었지만, 간호사가 아침에도 정오에도 그에 대해선 아무 말도 안해 주는 것을 보니 그것은 금지된 모양이었다. 게다가 이제는 마땅히 쓸 만한 것도 없다는 것을 그도 깨닫고 있었다. 그는 조금이라도 피곤한 일은 전혀 하고 싶지 않았다. 그는 느긋하게 서늘한 곳에서 고요한 가운데 일종의 편안함을 느끼며, 마시고, 먹고, 싸고, 자고 등등을 하고 싶었다. 그는 어렴풋이 거기, 주변에 나무들이 있다고 느꼈다. 어쩌면 언젠가는 파자마 차림으로 정원에 나갈 수 있도록 허가해 줄지도 모른다. 그러면 세실 J.라는 여자애가 선인장 잎에 그랬듯이 나무 밑동에 몰래 자신의 이름을 새길 것이다. 훔친 포크를 사용해서 로마자로 이름을 팔 것이다. 그러면 그 이름은 햇볕과 비를 맞으며 오랫동안, 12년이고 20년이고 그 나무들이 서 있는 동안, 서서히 아물어갈 것이다.

ADAM POLLO ADAM POLLO

그는 베개를 치우고, 머리를 바로 매트리스에 대고 누웠다. 그리고 두 다리를 가능한 한 멀리 뻗었다. 그러자 두

발이 침대 바깥으로 나가버렸다. 그의 오른편으로는 머리에 바싹 붙다시피 하여 머리맡 탁자가 놓여 있었다. 그것은 문을 달지 않은 두 개의 선반으로 이루어져 있었는데, 알루미늄 판으로 만들어져 떼었다 붙였다 할 수 있었다. 첫번째 선반에는 빈 용변기 하나가 있었고, 두번째 선반에는 도금한 검은색 철테 안경과 꽃시계 덩굴과 키니네를 주원료로 한 진정제 한 병, 담배 한 개비, 성냥은 없었고——불을 붙이려면 벨을 울려 당직 간호원을 불러야 했다——손수건 한 장, 병원 도서관의 소장 도서인 작크 디르크 딜리의 『자르 지방의 운명』, 반쯤 찬 물 한 컵, 하얀색 빗 하나, 잡지에서 오린 차차 가보르의 사진 한 장이 있었다. 방안의 모든 가구나 실내 표면 개조는 오직 한 사람, 팔을 비스듬히 하고 발은 모은 채 마치 나른함과 휴식에 못박힌 듯 침대에 거꾸로 누운 아담을 위한 것이라고 여겨졌다.

그가 담배를 피운 지 따라서 생각을 한 지 한참 지난 후, 오후 6시가 채 못 되어, 간호사가 바깥문의 빗장을 열고 방안으로 들어섰다. 그녀는 아담이 잠들어 있는 것을 보았다. 어깨를 흔들어 그를 깨워야 했다. 그녀는 젊고 상냥했지만, 간호사 제복에 가려 나이가 몇 살인지, 정말 예쁜지 아니면 정말 수수한 얼굴인지 도저히 분간할 수 없었다. 머리는 황갈색이 도는 붉은색으로 물들였고, 흰 편에 가까운 그녀의 피부는 베이지색 벽 위로 얼룩처럼 두드러져 보였다.

뭐라고 채 말하기도 전에, 그녀는 아담이 놓아둔 그대로 방바닥에 있던 플라스틱 재떨이를 집어들어 쓰레기통에 비웠다. 이런 장소에서는 시간이 빨리 흐르지 않았다. 그녀가 갑자기 취한 그 동작 덕분에, 이유는 잘 알 수 없지만, 아마도 수많은 시간을 정신병 환자들을 돌보는 데 보낸 탓인지, 그녀의 행동은 모순을 드러내고 부조리에 휩싸이며 스크린을 이루는 사면의 벽 위로 투사되는 환등기의 화면 속에 고정되는 것처럼 보였다. 그리하여 그녀는 몸이 허리 부근에서 꺾여 하염없이 구부린 채 있었다. 세상에서의 노동과 고통의 메아리를 불러일으키고, 빵 없이 지냈던 세월, 좌절과 노쇠의 기억을 일깨우며. 가능한 연속적인 움직임을 통해 여러 면에서 모든 색조의 부각을 무너뜨리고 오직 수채화의 회색만이 주조를 이루도록 하면서. 그리하여 불행히도 그녀를 바라보는 사람은 누구나 미쳐버리고, 곧 눈을 감아버리도록 만들면서. 왜냐하면 이미 색채의 전도가 일어나고 있었기 때문이다. 얼굴과 앞치마의 흰색은 잉크처럼 검은색으로 변하고, 예전에 누런색이었던 벽은 가루가 되어 거친 청회색의 일종의 외투로 되어버렸으며, 신선하고 고요하던 각각의 색조는 갑자기 지옥과 잔인함을 드러내는 색조로 바뀌었다. 이제 악몽이 다가오며 관자놀이를 옥죄고, 모든 사물들을 제멋대로 줄이거나 늘이고 있었다. 방금 전의 그 여자는 가장 끔찍한 광기, 즉 진짜 미치광이가 되어가는 것에 대한 두려움을 완성시키고 있는 매개체였다. 그녀는 마치 뿌리처럼 망막에 달라붙어 무한히 자신의 얼굴을 증식시켰다. 그녀의 눈은 마치 동굴처럼 거대하게 입을 벌리고 있었다. 그녀는 컴컴한 지구의 핵에서 솟아올라, 요새처럼 단단한 뒷배경을 유리잔 깨부

수듯 부수고, 반쯤 몸을 솟구친 채, 자신의 모습을 본떠 만든 세계 위로 몸을 기울이고 미세한 변화가 일기를 기다리고 있었다. 그녀의 형체는 서서히 마르며 뼈를 드러냈고, 펜을 꾹꾹 눌러 그린 그림, 뱀가죽으로 만든 가죽 제품을 닮아갔다. 그녀의 몸은 어떤 숫자, 아니 차라리 어떤 이상한 문자, 대문자로 쓴 감마 형상을 나타내며 뇌의 이곳저곳을 뚫고 다녔다. 몇 초 만에 그녀는 강렬한 불길로 타며, 한계를 뒤집어버린 것이다. 차츰 느려지는 왕복 운동 속에 그녀는 움직이지 않고 기계가 되어가며, 불길이 지나간 죽은 나뭇가지로 변하고 있었다. 그녀는 자신의 고통이 계속될 수 있는 모든 가능성, 자신의 동작을 반복할 수많은 방식을 보여주고 있었다. 아담은 침대 가장자리에 앉기로 했다. 그리고 아무 생각 없이 간호사가 다시 움직이기를 기다렸다. 그러한 동작 후에 단어들, 다정한 말이 들렸다. 그녀가 물었다.

「어때요? 잘 잤어요?」

그러자 그는 대답했다.

「예, 잘 잤어요. 고마워요……」

그리고 덧붙여 말했다.

「방을 청소하러 오셨나요?」

여자는 쓰레기통을 몇 센티미터 옮겨놓았다.

「아뇨. 오늘은 당신도 일을 좀 해야죠, 안 그래요? 여긴 당신을 위해 하녀를 고용할 만한 능력이 있지는 않으니까요. 그건 말도 안 되는 생각이죠. 자, 당신이 착실하게 침대 정리도 하고, 또 바닥도 좀 쓸도록 하세요. 빗자루와 쓰레받기는 가져다드렸으니까. 좋지요?」

「그러지요……」 아담이 말했다. 「그런데……」 그는 호기심 어린 눈으로 젊은 여자의 얼굴을 살폈다.

「그런데——제가 매일 그렇게 해야 합니까?」

「무슨 말인지 알겠어요」 상대방이 대답했다. 「매일 아침에요——오늘은 좀 예외였죠. 당신은 새로 왔으니까요. 그렇지만 지금부터는 매일 아침 10시에 일을 시작합니다. 만일 당신이 착실히만 하면, 곧 다른 사람들처럼 밖에도 나갈 수 있어요. 정원에 나가서 책을 읽거나 화단도 가꾸고, 다른 사람들과 이런저런 얘기도 할 수 있지요. 정원에 나가고 싶죠? 그렇죠? 그렇게 될 거예요. 여기가 마음에 들게 될 겁니다. 간단한 일감도 드릴 거예요. 버드나무 가지로 작은 바구니를 짠다거나 장식품을 만든다거나 하는. 여긴 대패, 전기톱 등등 필요한 연장을 다 갖춘 작업실, 목공소도 있어요. 아시게 될 거예요. 그리고 마음에 드실 거고요. 하라는 대로만 한다면 말이죠. 아시겠죠? 우선은 침구 정리를 하고 바닥을 좀 쓸어요. 그렇게 해야 면회를 왔을 때 방이 깨끗하지요」

아담은 그 말에 따랐다. 그는 일어나 즉시 일을 시작했다. 흰옷을 입은 젊은 여자가 지켜보는 가운데 일을 해치웠다. 청소를 다 끝내자, 그는 그녀를 향해 돌아서서 말했다.

「이렇게 하면 되나요?」

「용변기는 비웠어요?」

「예」 하고 아담이 대답했다.

「좋아요. 그럼 됐어요. 우린 잘 지낼 수 있을 것 같군요」

그녀는 쓰레기통을 집어들며 말을 덧붙였다.

「좋아요. 그럼 한 시간 후에 면회하러 오면 다시 봅시다」

「날 면회 오는 사람이 있나요?」 아담이 물었다.

「그때 부르러 오지요」

그는 다시 물었다.

「날 면회 오는 사람이 있나요?」

「그럴걸요」

「누군데요? 내 어머니인가요? 그래요?」

「한 여섯 명쯤 되는 분들이 주임 의사와 함께 한 시간 후에 당신을 면회할 거예요」

「경찰인가요?」 아담이 물었다.

「아, 아뇨」 그녀는 웃으며 말했다. 「경찰은 아니에요」

「그럼 누구죠?」

「당신에게 관심이 있는 분들이랍니다. 꼬치꼬치 캐묻는 당신에게 말이죠. 꼭 당신을 보겠다는 분들인데 참 좋은 분들이에요. 얌전히 굴어야 해요, 예? 」

「누군데요?」

「좋은 분들이라고 말씀드렸잖아요. 여섯 분쯤 되요. 특히 당신에게 관심이 있대요」

「기자들인가요?」

「예, 그래요. 기자라고 할 수도 있죠」

「나에 관한 엉터리 기사를 쓰려 하는 것은 아닌가요?」

「에, 그러니까, 굳이 말하자면——진짜 기자들은 아니에요. 당신에 관해서는 말하지 않을 겁니다. 그건 확실해요……」

「그러면, 내가 여기 들어올 때 보았던 그 사람들인가요?」

간호사는 가져갈 것을 다 집어들고 왼손으로 문 손잡이를 잡았다.

「아뇨, 아니에요. 그 사람들은 아니에요. 당신처럼 젊은 사람들이랍니다. 주임 의사와 함께 당신을 만나러 의무실로 올 거예요. 그리고 당신에게 질문을 할 겁니다. 그분들을 잘 대해야 해요. 어쩌면 당신을 위해 무슨 일인가 해줄 수도 있을 테니까요」

아담은 끈덕지게 캐물었다.

「경찰인가? 뭐죠? 예?」

「학생들이에요」 간호사가 말했다. 그녀는 쓰레기통을 들고 방에서 나갔다. 「당신이 그렇게 알고 싶어하니까 말해주는데, 학생들이랍니다」

아담은 다시 잠을 잤고 7시 10분경에 그들이 도착했다. 간호사가 먼젓번처럼 그의 어깨를 흔들어 잠을 깨웠고, 그로 하여금 소변을 보고, 파마자 매무시를 고치고, 머리를 빗게 한 후 복도 건너편의 방문 앞으로 데리고 갔다. 그리고 그를 혼자 들여보냈다.

그의 독방보다 더 협소한 그 방에는 사람들이 빼곡이 의자에 앉아 있었다. 한쪽 구석에는 약장이 있고, 다른 쪽에는 대저울이 있어 그곳이 의무실임을 알 수 있었다. 아담은 의자와 사람들 사이를 지나, 방 한쪽 끝에 빈 의자가 있는 것을 보고 그곳에 가 앉았다. 그는 아무 말 없이 잠시 그러고 있었다. 의무실 안의 다른 사람들은 그에게 별로 신경을 쓰고 있는 것 같지 않았다. 아담이 자기 옆에 앉아 있는 젊은 아가씨에게 혹시 담배가 있느냐고 물었을 때를 제외하면 말이다. 그녀는 그렇다고 대답하고 검은색 가죽가방을 열어 그에게 자신의 담뱃갑을 건네주었다. 그것은 블랙 혹은 뒤모리에 상표의 꽤 비싼 연한 빛깔의 담배였다. 아담은 서너 개비를 가져도 되겠느냐고 물었다. 그 젊은 아가씨는 담배를 갑째로 다 가지라고 말했다. 아담은 담뱃갑을 집어들고, 고맙다는 말을 한 후, 담배를 피우기 시작했다. 몇 분 후 아담은 고개를 들어 다른 사람들을 둘러보았다. 그들은 다 합쳐서 일곱 명이었는데, 열아홉에서 스물네 살 가량의 남녀들이었고, 거기에 마흔여덟 가량 되어 보이는 의사가 한 명 더 있었다. 그들 중 어느 누구도 그에게 눈길을 주지 않고 있었다. 나지막한 소리로 이야기를 하고 있었다. 젊은 사람들 중 세 명은 받아 적고 있었다. 네번째에 있는 아가씨는 초등학생 노트를 읽고 있었는데, 그에게 담뱃갑을 선물했던 바로 그녀였다. 나이는 스물한 살 정도였고, 이름은 줄리엔 R……로서, 보니 놀라우리만큼 예쁘고 날씬했다. 머리는 금발로 땋아올렸고, 오른쪽 발목에는 미인점이 있었다. 그녀는 짙은 푸른색의 아마포로 만든 드레스를 입었는데, 양가죽에 금박 비닐을 입힌 벨트로 허리를 졸라매고 있었다. 그녀의 어머니는 스위스 사람이고, 아버지는 10년 전에 궤양으로 세상을 떠났다.

처음으로 아담을 똑바로 바라본 사람은 그녀였다. 그녀는 가장자리가 약간 거무스름하고 이해심과 교양이 쌓인 진지한 눈으로 그의 얼굴을 살폈다. 그러고 나서 팔짱을 끼고, 목을 평소보다 약간 더 앞으로 내민 채, 새끼손가락을 팔꿈치가 접히는 안쪽에 대고, 검지손가락 맨 마지막 마디를 약간 까닥였다. 그녀의 이마에는 어린애 같으면서 동시에 어머니 같은 구석이 있었다. 고고하되 천박하지 않은 그녀의 이마에는 자연스럽게 모근이 자리 잡고 있었고, 머리카락은 처음에는 양옆 좌우로 갈라져서 뒤쪽으로 올라가다가 비틀린 가르마 끝에서부터 두루마리 모양으로 다시 흘러내리고 있었다.

그녀는 틀림없이 다른 사람들, 주임 의사와 학우들의 이야기에 가장 귀를 잘 기울여주는 사람이었다. 그녀의 얼굴에서 풍기는 이상한 의젓함, 딱딱하기는커녕 오히려 그 반대로 부드럽고 무엇인가 탐색하는 듯 보이는 얼굴 아래쪽, 특히 입술 부위의 균형 잡힌 모습에서 그런 것을 짐작할 수 있었다. 그녀는 숨을 쉬려고 입은 약간 벌리고 있었지만 눈을 내리깔지는 않았다. 그녀의 시선은 미세하나마 아담의 시선을 압도하고 있었고, 거기에는 가상적인 수많은 감동들, 수많은 섬세함, 마치 죄악처럼 강하고 근친간의 사랑처럼 완벽한 친밀감이 실려 있었다. 그 시선은 인식과 지식의 성채로서, 결코 복수심에 불타지도 않고 폭력적이지도 않으며, 거의 노인의 시선처럼 부드러운 확신에 차 있었다.

그녀가 먼저 입을 열었다. 주임 의사가 허락한다는 신호를 보내자, 그녀는 마치 손이라도 잡으려는 듯 몸을 약간 앞으로, 아담 쪽으로 기울였다. 그러나 여전히 팔짱은 끼고 있었다. 그녀가 신중한 목소리로 물었다.

「여기 계신 지 오래되었습니까?」

「아뇨……」 아담이 말했다.

「얼마나 되셨지요?」

아담은 머뭇거렸다.

「하루? 이틀? 사흘? 아니면 더 오래……?」

아담은 씩 웃었다.

「예 — 그래요. 사나흘쯤, 그렇게 생각되는데요……」

「그렇게 생각된다고요?」

아담은 다시 머뭇거렸다.

「여기 계시는 데에 만족하세요?」 쥘리엔이 물었다.

「예」 하고 아담이 대답했다.

「지금 어디에 계시는데요?」 마르탱이라는 또 다른 여학생이 물었다.

「여기가 어딘지는 알고 계시나요? 이곳을 뭐라고 부르지요?」

「아 — 정신병자 수용소요」 아담이 대답했다.

「그런데 당신은 왜 여기에 계시는 거죠?」 쥘리엔이 다시 물었다.

아담은 곰곰 생각했다.

「경찰이 날 여기로 데려왔어요」 그가 대답했다. 젊은 아가씨는 뭐라고 초등학생 공책에 적었는데, 아마도 대답을 적었을 것이다. 창문 너머 어딘가에서 트럭 한 대가 가파른 언덕길을 힘겹게 기어오르고 있었다. 귀를 멍멍하게 하는 엔진의 소음이 의무실 안으로 밀려 들어와, 마치 쉬파리가 흰 타일로 된 벽 사이에 솜털 같은 파동의 망을 짜는 것 같았다. 아마도 쓰레기를 가득 실은 트럭일 것이다. 트럭은 미모사가 심어져 있는 길을 기어올라 쓰레기 처리장으로 가고 있을 것이다. 아연 파이프, 마분지 뭉치, 스프링 더미들이 뒤섞인 채 인공적으로 쌓아올려진 쓰레기 산의 허리께에 쏟아지고, 소각장으로 밀려 들어가 마침내 소멸되기를 기다릴 것이다.

「얼마 동안이나 여기 갇혀 있게 되나요?」 쥘리엔 R.이 물었다.

「저는 몰라요—말을 해주지 않았으니까」

맨 안쪽에 있던 꽤 키 큰 남학생이 큰소리로 물었다.

「그러면 여기 계신 지 얼마나 되었지요?」

아담은 생각에 잠겨 그를 바라보았다.

「이미 말씀드렸는데요, 사나흘이라고……」

젊은 아가씨가 고개를 돌려 남학생에게 비난하는 듯한 표정을 지었다. 그리고 좀더 부드러운 목소리로 다시 물었다.

「이름이 뭐죠?」

「아담 폴로」 하고 아담이 말했다.

「당신 부모님은요?」

「부모님도 마찬가지지요」

「아뇨, —제가 묻는 것은, 부모님이요, 부모님은 계시나요?」

「예」

「부모님과 함께 살고 계시나요?」

「예」
「항상 함께 살았나요?」
「예, 제가 생각하기로는……」
「따로 살아본 적이 있나요?」
「예 — 한번은……」
「그게 언제죠?」
「그리 오래되지 않았어요」
「거기가 어디였죠?」
「언덕 위에서요. 빈집이 있었어요」
「거기서 사셨나요?」
「예」
「좋았습니까?」
「예」
「혼자였나요?」
「예」
「아무도 만나지 않았어요? 당신을 만나러 오는 사람이 아무도 없었나요?」
「예」
「왜죠?」
「내가 어디 있는지 몰랐으니까요」
「그게 좋던가요?」
「예」
「하지만 당신은……」
「좋았어요. 아름다운 집이었죠. 언덕도 좋았고요. 아래로는 도로가 보였어요. 발가벗고 일광욕도 즐겼지요」

「그러니 좋던가요?」

「예」

「옷을 입는 것이 싫어요?」

「날씨가 더울 때는 싫지요」

「이유가 뭐죠?」

「단추를 채워야 하니까요. 난 단추가 싫어요」

「부모님은 어떻게 했나요?」

「부모님은 남겨두고 갔었지요」

「그럼 당신은 떠나버린 것이군요?」

아담은 입에서 담배를 떼어냈다.

「예」

「왜 떠나버렸죠?」

「어디로부터 말입니까?」

젊은 아가씨는 공책에 무엇인가 적었다. 이번에는 그녀가 머뭇거리며 고개를 떨구었다. 아담은 그녀의 정수리에서 가르마가 방향을 바꾸며 S자형을 이루고 있는 것을 보았다. 이윽고 그녀는 고개를 다시 들고, 졸음이 가득한 크고 무거운 눈을 또다시 아담에게로 향했다. 크고 푸른 그녀의 두 눈은 총기 있어 보였지만, 잠을 자고야 말겠다는 두 눈의 의지는 꺾이지 않았다. 그녀의 목소리는 시선을 따라 흐르며, 아담의 내장 깊숙이 미끄러져 드는 듯했다. 목소리가 채 자라 무르익기 전까지는 두 명의 여학생과 한 명의 남학생이 던진 세 가지의 다른 질문들에 대답도 하지 않았다.

「당신은 환자인가요?」

「몇 살이죠?」

「당신은 옷을 좋아하지 않는다고 하셨는데, 그러면 나체로 있는 것을 특별히 좋아하시나요?」

마침내 쥘리엔 R.의 목소리가 터지며, 마치 젖은 가루가 타듯 일종의 안개 속으로 퍼져나갔다. 마치 성냥개비로 귀를 후비고 나면 귀지가 묻은 황이 활활 타오르지 않고 사그라지듯, 그리고 살이 타는 듯 독한 냄새를 풍기듯. 마치 타다 남은 불이 불길에 거스르는 물의 층을 가르듯.

「왜 당신은 부모님 집에서 나왔죠?」

아담은 듣지 못했다. 그러자 그녀는 화를 내는 기색도 없이 마치 마이크를 대고 말을 하는 듯 다시 물었다.

「왜 당신은 부모님 집에서 나왔죠?」

「난 떠나야만 했습니다」 하고 아담이 말했다.

「그렇지만 왜죠?」

「기억이 잘 나지 않습니다」 하고 아담이 말을 꺼내기 시작했다. 모두들 종이 위에 메모를 했다. 오직 쥘리엔 R.만이 고개를 숙이지 않았다.

「내가 말하고자 하는 것은—」

「언짢은 일이 있었나요?」

「부모님과 다퉜나요?」

아담은 손을 저었다. 담뱃재가 쥘리엔의 구두 위로 떨어졌다. 그는 「미안해요……」라고 중얼거리고 다시 말을 이었다.

「아뇨. 굳이 언짢은 일이라고 할 것은 없고, 아뇨. —어떨지는 모르겠지만, 난 오래전부터 떠나야 했습니다. 난 그렇게 생각했어요」

「예? 어떻게 생각했는데요?」 젊은 아가씨가 물었다.

그녀는 정말로 귀기울여 듣고 있는 것처럼 보였다.

「그게 더 나으리라고 생각했지요. 부모님과 안 좋은 일은 없었어요. 그래요. 하지만—어쩌면 결국 내가 어린애처럼 유치하게도 고독해지고 싶다는 욕구에 굴복하고 만 것인지도 모르죠……」 아담이 말했다.

「어린아이들은 대체로 꽤 붙임성이 있는 편인데」 검은 안경을 쓴 남학생이 말했다.

「그렇게 말한다면, 그렇지요. —예, 맞아요. 아이들은 꽤 사교적이에요. 그렇지만 그와 동시에 아이들은 어떤——어떻게 말을 해야 할지?——자연과의 어떤 소통 가능성을 추구하지요. 내 생각으로는 아이들은 순전히 자기 중심적인 욕구들——의인법의 욕구들에 쉽사리 넘어가고 또 그러고 싶어해요. 그래서 아이들은 사물들 속으로 침투할 수 있는 수단을 찾지요. 왜냐하면 자기 자신의 인간성을 두려워하니까요. 마치 부모들이 자녀에게 스스로를 최소화하고자 하는 욕망을 준 듯, 모든 일이 진행됩니다. 부모들은 자녀를 사물화하고——아이들을 소유물처럼——소유할 수 있는 대상처럼 취급합니다. 자녀들에게 그러한 대상으로서의 강박관념을 심어주는 것이죠. 그러다 보면 아이들이 사회, 어른들의 사회를 두려워하게 됩니다. 거기서는 자신들이 대등하다는 것을 막연하게나마 느끼니까요. 바로 그 평등함이 아이들에게 두려움을 줍니다. 아이들은 하나의 역할을 해야 하거든요. 사람들은 아이에게 무엇인가를 기대합니다. 그래서 아이들은 후퇴하기를 좋아하지요. 아이들은 자기들만의 세계, 하나의 우주——그러니까 약간 신화적인 우주——자신들이 생명 없는 물질들과 짝을 짓게 되는 유희의 세계를 가질 수 있는 방도를 찾지요. 아니 차라리, 자신들이 가장 강하다고 느낄 수 있는 그런 세계 말입니다. 예, 아이들은 자신들이 그 누구와 대등하다고 느끼기보다는 식물, 동물, 사물들보다 우월하고, 사람들보다는 열등하다고 느끼는 것을 더 좋아합니다. 엄밀히 말하면 심지어 서로 위치를 바꾸어버리기도 합니다. 아이들은 식물들로 하여금 어린아이 역할을 하게 하고, 자신들은 어른의 역할을 합니다. 아시겠지만, 사내아이에게 있어 배춧잎 벌레, 그것은 다른 사내녀석 이상의 한 사람인 것입니다. 저는— 예……」

이제 보니 어느새 그 젊은 아가씨는 의자에서 다시 자세를 꼿꼿이 하고 있었다. 그녀의 눈은 마치 안경처럼 반짝이고 있었다. 미간을 찌푸린 채 그녀는 깊은 생각에 빠진 듯 보였다. 답답해 보이던 그녀의 이마와 머리가 약간 달라졌다. 서로 상충하는 것으로 인정받는 두 요소를 엉뚱하게 비교하는 데에서 생기는 일종의 속물적 즐거움으로 그 답답함이 바뀌었던 것이다. 그것은 마치 백지 한가운데에 바로크 풍의 연상되는 단어들을 쓰는 것과 같았다. 이런 식으로 말이다.

〈프로톤–이미〉

〈예수–수영하는 사람〉

〈산들바람–할머니〉

〈섬－복부〉

그녀는 이제 가면의 정면만을 보여주고 있는 듯했다. 아무도 알 수는 없지만, 그녀는 성경의 한 대목에서 철자법의 오류를 찾아낸 감리교 신자 모습을 하고 있었다. 장난기와 혐오감이 뒤섞인.

안경 낀 남학생이 앞으로 몸을 숙이며 말했다.

「하지만 당신은— 당신은 이제 어린애가 아니잖소!」 다른 사람들이 신경질적으로 웃음을 터뜨렸다. 그러자 주임의사가 제지시켰다.

「미안합니다. 보세요. 우린 여기에 장난이나 치려고 온 것이 아닙니다. 자, 인터뷰나 계속하세요. 그리고 미리 알려두는 바인데, 지금까지는 별로 만족스럽지 못했어요. 좀 더 짜임새 있게 질문과 대답을 하지 않는다면 어떻게 흥미로운 견해를 얻을 수 있겠습니까? 여러분이 아무렇게나 질문을 하고 환자의 성향을 전혀 고려하지 않는다면, 나중에 어떠한 진단에도 이를 수 없다는 것을 알고 놀라게 될 것입니다. 여러분들은 병의 징후들을 놓치고 있어요」

그는 자리에서 일어나 검은 안경을 낀 학생 손에서 공책을 건네 받았다. 그리고 잠시 훑어보더니 다시 그 학생에게 넘겨주었다.

「여러분은 어떻게 대처해야 하는지 모르고 있군요」 하고 말하더니 다시 자리에 앉았다.

「여러분은 쓸데없는 것들만 잔뜩 적고 있어요. 여러분은 〈병원에 들어온 지 얼마나 되는지 기억 못함——사나흘〉

그리고 좀더 아래에는 〈왜 집에서 가출했는지 기억 못함〉, 또 〈옷을 입고 있는 것을 싫어함. 이유: 단추를 좋아하지 않는다〉라고 썼습니다. 이런 것은 전부 쓸모없는 것들입니다. 반대로 흥미로웠을 만한 것은 빠뜨렸어요. 그런 것들을 쓰지 말고 〈기억 장애——사실 날조를 통한 책임감 회피와 성적 강박관념〉 이렇게 쓰기만 하면 되었는데 말이죠. 그러면 초기 진단이 이루어지는 것입니다. 자, 계속하세요」

그리고 그는 쥘리엔 R.에게 덧붙여 말했다.

「자, 계속하세요, 학생. 출발은 좋았어요」

쥘리엔 R.은 잠시 생각했다. 그렇게 하는 동안 공책 뒤적이는 소리, 학생용 크기의 공책 한두 장이 구겨지는 소리, 침 삼키는 소리 그리고 의무실 벽에서 풍기는 것인지 아니면 아담의 몸에서 나는 것인지 잘 알 수 없는 땀과 오줌이 뒤섞인 야릇한 냄새 외에는 정적만이 흘렀다. 그는 상체를 크게 움직이지 않고서도 무릎 위에 팔꿈치를 올려놓을 수 있었고, 그렇게 자세를 취하고 오른팔을 수직으로 세우니, 손이 턱 높이에 이르고, 꺼져 가는 담배 끄트머리가 바로 입 앞에 놓이게 되었다. 그러한 자세는 모든 것이 최소한의 노력만 들도록 계산된 것이었다. 그 모임에서 줄무늬 파자마와 거의 밀다시피 지나치게 짧게 깎은 머리, 또 의무실에 감도는 전반적으로 냉담한 분위기로 인해 생길 수 있는 불편함을 감안해 볼 때 아담은 그럭저럭 잘 버텨 나가고 있었다. 또한 지나칠 정도로 큰 그의 몸집, 야윈 두 팔, 꾹 다문 입은 예외적이면서도 기이한 그의 지적인 능력과 아울러, 자세에 대한 그의 섬세한 취향을 드러내 보여주었다. 게다가 펠트 천으로 만든 슬리퍼 속의 맨발은 똑바로 평행을 이루고 있었다. 한 줄기 바람, 갈아엎은 약간의 부식토, 세면대의 물 빠지는 소리 외에 그는 이제 대단한 것을 기대하지는 않는 것으로 보였다. 오래전에 태어나 이제는 또다시 살아갈 수 있는 그 어떠한 것도 그에게 없었고, 금발 여학생의 무거운 시선, 그 푸른 두 눈, 마치 병처럼 깊고 고통스럽고 모든 사람과 아담, 그를 인식의 힘으로 둘러싸고 싶어 안달하는 그 시선에 애써 저항할 수 있는 것은 그 어떠한 것도 없었다. 그는 그녀를, 그 무리의 나머지 사람들을 마치 그림엽서를 읽듯 읽어내고 있었다. 하지만 거기서 그쳤다. 그러자 그의 위로 검은 물결이 들어차고, 그를 실어다가 화강암 가루들의 소용돌이 속에, 층층이 쌓여 움직이는 거대한 아연판 속에 휩쓸리게 하였으며, 그 아연판들은 외롭고 지나치게 야윈 남자인 그의 모습을 무한히 반사시켰다.

쥘리엔 R.은 이제 다른 사람들은 보지 않았다. 그녀가 부끄러워하는지 두려워하는지, 아니면 어떠한 것인지 알기 힘들었다. 그녀는 말했다.

「당신은 왜 여기 있는 거죠? 왜 여기 있는 겁니까?」

그것은 여타 질문들과 마찬가지로 그저 하나의 질문일 수도 있었다. 그러나 그것은 거의 너그러운 부름, 막연한 사랑의 문구에 가까웠다. 그녀는 다시 물었다.

「우리에게 말해 줄 수 있죠— 제게 그 이유를 말해 주시겠지요? 왜 여기 있는 거죠? 제발, 제게 설명을 해보세요……」

아담은 거절했다. 그는 담뱃갑에서 또 한 개비의 담배를 꺼내 피우던 담배로 불을 붙였다. 그리고 꽁초를 바닥에 떨구고 한참을 슬리퍼 끝으로 짓눌렀다. 여학생은 손가락 사이로 공책을 꼭 쥐고 그가 하는 짓을 바라보았다.

「왜 당신이 여기 있는지 제게— 말해 주기 싫은가요?」

마르탱이라는 또 다른 여학생이 입을 열었다.

「당신은 기억을 못하시는군요」

남학생들 중 하나가 연필을 입으로 물어뜯었다.

「당신은 조금 전에 우리에게 흥미로운 사실을 이야기했어요. 어린아이들, 극소화 콤플렉스 따위를 말입니다. 그런데— 그런데 그게 당신의 강박관념은 아닌가요? 내 말은 당신이 그런 아이들과 자신을 동일시하기 때문에 그런 것은 아닌가 하는 겁니다. 아무튼— 내가 말하고자 하는 것은—」

「당신 몇 살이지요?」 검은 안경을 쓴 남학생이 물었다.

「스물아홉 살이오」 하고 아담은 대답하고 나서 다른 학생에게 말을 돌렸다.

「당신이 무슨 말을 하려는지 압니다. 그렇지만 나는 그런 유의 질문에 답할 수 있을 것 같지 않습니다. 내가 생각하기로— 미치광이나 머리가 돈 사람이 흔히 보이는 태도가 아니라면 말이지요. 어느 경우에 나는 예 혹은 아니오, 라고 말할 것이고, 혹은 아무 말도 하지 않을 것입니다. 그렇지만 그게 무슨 상관이겠소?」

「그렇다면 왜 우리에게 그런 이야기를 한 거죠?」 그 남학생이 반문했다.

「내 생각을 밝히려고 그런 겁니다」 아담이 대답했다. 「나는 소아의 고독에 관해 말했었습니다. 그걸 설명하려고 했지요. 아마 소용없었나 봅니다」

「하지만 거기서 문제되는 것은 당신이었습니다」

「그럼 쓸모가 있었군요. ―어쨌건 당신 질문에 답이 되었으니까요」

「당신이 극소 집착 증세를 보이기 때문입니다」

「아니면 어쨌건 스물아홉의 나이에도 유아적인 것을 지닐 수 있기 때문이겠지요」

여학생이 입을 열어 무슨 말인가 하려 했지만, 누군가 선수를 쳤다.

「군복무는 하셨나요?」

「예」

「일은?」

「무슨 일을 하셨죠?」

「전에는?」

「예, 전에는 뭘 하셨어요?」

「모든 일을 다 조금씩 해보았습니다」 하고 아담이 대답했다.

「고정적으로 하는 일은 없었나요?」

「없었어요―」

「무슨 일을 하셨죠?」

「모르겠어요. 전……」

「당신이 한 일 중에 마음에 들었던 것은 뭔가요?」

「자질구레한 일들이죠. 전 그게 마음에 들었어요」

「어떤 자질구레한 일들이죠?」

「그러니까, 이를테면 세차 같은 것이죠」

「그렇지만 당—」

「해변의 카페 종업원도 좋았어요. 그렇지만 내가 하고 싶었던 일은 결코 할 수가 없었어요. 난 굴뚝 청소부나 무덤 파는 인부, 아니면 트럭 운전사가 되었으면 했는데. 신원 보증이 있어야 한대요」

「평생 그런 일을 하고 싶었다고요?」

「안 될 것도 없잖아요? 무덤 파는 인부들 중에 아시다시피 노인들도 있어요……」

「그렇지만 당신은 공부를 한 사람이잖소, 안 그래요?」

「그렇습니다」

「학위가 있습니까?」

「두세 개 있죠, 예」

「무슨—」

「자격증들이 있는데, 지방 지리……」

「왜 그런 것들을 이용하지 않았지요?」

「나는 고고학자가 되고 싶었어요— 아니면 발굴 조사반이던가, 이제는 생각도 잘 나지 않는군요……」

「그리고요?」

「다 지나간 일이죠……」

금발의 여학생이 고개를 들었다.

「솔직히」 하고 그녀가 말을 꺼냈다. 「난 당신이 여기서 무얼 하는지 궁금해요—」

아담은 미소를 지었다.

「말하자면, 당신은 내가 미치지 않았다고 생각하는 거죠? 그렇죠?」

그녀는 그렇다고 했다. 그녀의 눈이 흐릿해지며, 그 속을 들여다볼 수 없게 되었다.

그녀는 주임 의사를 향해 돌아섰다.

「누가 이 사람을 미쳤다고 했지요?」

주임 의사는 유심히 그녀를 살폈다. 그리고 서서히 의자 아래로 다리를 집어넣었다.

「내 말 좀 들어봐요, 학생. 자네에게 교훈이 될 테니까. 자네는 항상 모든 자료를 채 손에 넣기도 전에 판단을 내리는군. 적어도 인터뷰를 끝낼 때까지는 기다려야지. 그가 무슨 짓을 했는지 알고 있나?」

그녀는 수긍했다. 그러면서도 미간 사이에 주름살 같은 것이 생겼다. 의사는 재미있다는 듯 그녀를 바라보았다.

「자네도 알겠지. 모든 경우가 다 그리 단순하지는 않아요. 모든 경우가 지난번 환자처럼 단순하지는 않단 말이야. 자네, 그 선원이 기억나나? 이렇게 말하면 놀랄지 모르겠지만, 광기에 극단이란 없어요. 살인을 저지른 미치광이와 전혀 해를 끼치지 않을 것처럼 보이는 미치광이 사이에 실질적으로 경계가 없단 말이오. 자네, 자네는 여기 도착하면서 비정상적인 사람들, 스스로 나폴레옹이라고 자처하거나 채 두 마디 말도 연결시켜 말하지 못하는 사람들을 보게 되리라 생각했어요. 그러다가 실망했지. 아무 일도 일어나지 않으니 말이오. 오늘처럼 심지어 때로는 대단히 똑똑한 환자들을 만나는 일도 있어요」

그는 신중하게 잠시 침묵했다.

「어쨌건 오늘은 자네가 특별히 어려운 경우와 마주쳤으니까, 자넬 도와주도록 하지. 자네 생각으로는 이 환자가 정상이야. 그런데 이 사람이 여기 도착하자마자 내가 실시했던 첫번째 심리-병리학적 테스트 결과로는 이 사람이 비정상일 뿐만 아니라 정말로 정신이상인 것으로 드러났어요. 그 테스트로 내가 알아낸 것을 읽어주겠소……」

그는 종이쪽지를 들고 읽었다.

「—계통적인 편집증적 망상.

—심기증 경향.

—과대망상(때로 정반대의 극소 집착증으로 나타나기도 함).

—피해망상.

—정당화를 통한 책임 회피 증세.

—성도착증.

—정신착란.

요컨대 이 환자는 끊임없는 우울증 상태에 놓여 있으며, 이는 착란이나 심지어 극심한 착란성 정신질환으로 이어질 수 있어요. 이 사람과 같은 경우 논리 정연한 방식으로 발작이 일어나는데, 이는 환자의 잠재적인 지적 능력, 문화적 소양에 대한 무의지적 기억에 의한 것입니다. 그러나 빈번한 일탈, 좌절, 우울한 상태, 특히 허언증, 착란과 성적 강박의 여러 단계들이 두드러지게 나타납니다」

의사는 하루에도 여러 번 라벤더 향수로 문지르는 데에

도 불구하고 오히려 기름기가 흐르는 목 뒤를 손으로 쓸었다. 그는 자신의 말을 경청하는 학생들을 거북하게 만드는 것에 점점 더 재미를 붙이는 것처럼 보였다. 특히 쥘리엔 R.이 당황해하는 것이 그를 기쁘게 했다. 그는 그녀를 향해 어깨를 으쓱했다.

「알겠지만, 학생, 우린 결론이 서로 일치하지 않는군요. 폴로 씨와 대화를 계속하면서 내 결론을 확인하도록 해보세요. 나는 그가 다른 사람들보다 당신 말을 더 주의 깊게 듣는 것을 보았어요. 당신이 그로 하여금 매우 흥미로운 것들을 말하게 할 수 있으리라 확신합니다 — 아니, 사실이에요. 우울증 유형의 환자들은 동정심에 무척이나 민감합니다. 폴로 씨, 이 말에 대해 어떻게 생각합니까?」

아담은 문장의 끝 부분만 들었을 뿐이었다. 나머지 부분은 학생들을 향해 비밀 이야기나 하는 듯한 어조로 나지막이 말했기 때문이었다. 아담은 잠시 의사를 쳐다보다 손끝에 쥔 가늘고 하얀 담배 끄트머리 부분으로 눈길을 돌렸다. 그리고 말했다.

「미안합니다. 질문의 첫 부분을 듣지 못했습니다」 그리고 다시 일종의 마비 상태로 빠져들었다. 이미 현실 바깥의 허공에 발을 딛고 있는 느낌이었다. 쥘리엔 R.이 기침을 했다.

「에, 그럼 — 계속합시다……. 어떻게 생각하세요? 제 말은 당신에게 무슨 일이 일어나리라고 생각하시는가 하는 겁니다」

아담은 고개를 들었다.

「뭐라고요?」

쥘리엔이 거듭 물었다.

「이제 당신에게 무슨 일이 일어나리라고 생각하시나요?」

아담은 젊은 아가씨의 눈을 바라보았다. 이제는 거의 친숙해진 두 개의 빈 공간이었다. 눈썹이 붙어 있는 눈두덩이 툭 튀어나와 있어서, 위에서 내리비치는 빛으로 인해 흰 얼굴 위로 마치 데드마스크처럼 회색과 청색의 중간쯤 되는 두 개의 얼룩이 져 있었다. 아담은 폐에 있는 약간의 공기를 내쉬었다.

「갑자기 이상한 일이 머리에 기억나는군요」 그가 말을 꺼냈다. 「왜 그게 생각나는지 모르겠군요 — 이상도 하지……」

그는 젊은 아가씨의 눈꺼풀 윗부분을 바라보았다.

「그때가 — 내가 열두 살 때라고 해두지요. 나는 트위드뮈르라는 이상한 사내를 알게 되었어요. 그렇지만 사람들은 그를 심이라고 불렀지요. 이름이 시몽이었으니까요. 시몽 트위드뮈르. 그는 예수회에서 교육을 받았었는데, 그 덕분에 어떤 기품 같은 것이 있었습니다. 다정하기는 했는데, 그만의 독특한 방식으로 다정했지요. 우리에게 말하는 것을 별로 좋아하지 않았거든요. 툭하면 그는 혼자 처박혀 있곤 했어요. 내 짐작으로는 자기 아버지가 자기를 몽둥이로 팬다는 사실을 고등학교에서 다들 알고 있다고 생각했기 때문이었을 거예요. 그는 어느 누구에게도 그 사실을 이야기하려 하지 않았지요. 내가 아는 한 그는 분명 가장 똑똑한 축에 속하는 사람이었는데, 학급에서는 언제나 꼴

찌를 했죠. 그렇지만 그가 하려고만 들면 1등을 할 수도 있었으리라고 다들 느끼고 있었어요. 한번은 자신이 라틴어 작문 암송과 대수에서 1등을 하겠노라고 어떤 녀석과 내기를 했었죠. 그리고 정말 1등을 했어요. 참으로 알 수 없는 것은 아무도 그 일에 놀라지 않았다는 거예요. 내기를 했던 녀석조차도 말입니다. 그 일이 있고 난 후 심이 후회를 했었다고 난 믿어요. 왜냐하면 선생님들이 그에게 관심을 보이기 시작했으니까요. 그는 일부러 고등학교에서 퇴학을 당했고, 그후엔 아무도 그의 소식을 듣지 못했어요. 딱 한번 그가 내게 진심으로 이야기한 적이 있는데, 그때가 크리스마스 휴가 전날로, 바로 그가 고등학교를 떠나기 직전이었죠. 푸른색 옷을 입고 수업에 들어왔었는데, 오락 시간에 변소에서 자신이 기도하는 방법을 내게 이야기해 주었어요. 그는 내게 말하기를, 신에 다가서는 유일한 방법은 신이 물질적으로 이룬 일을 정신적으로 다시 행하는 것이다, 그러자면 창조의 모든 단계들을 점진적으로 거슬러 올라가야 한다, 자신은 이미 동물로서 2년을 보냈다, 고 했어요. 내가 그를 알게 되었을 때 그는 그 위의 단계, 즉 타락한 천사들의 단계에 이르렀다고 했죠. 그리고 사탄과의 완벽한 소통을 성공할 수 있을 때까지 사탄을 전적으로 숭배해야 한다고 했어요. 아시겠죠. 어떻게 말해야 할까, 대부분의 성자들이나 신비주의자들이 그런 것처럼, 성 앙투안이나 다르스 사제가 그런 것처럼 단지 육체적인 관계에 들어서는 것만이 아니죠. 총체적인 소통, 말하자면 악의 산물들인 동물과 인간들, 그 궁극적 목적, 그들과 신의 관계에 대한 이해에 도달하는 것입니다. 신은 그 자체로, 그 본질로도 이해되지만 그 정반대인 악마로도 이해될 수 있다는 것이죠. 매일 저녁 심은 두 시간 반 동안 꼬박 사탄에게 스스로를 바쳤어요. 그는 사탄에 대한 기도문과 찬사를 지어 바쳤고 제물, 그러니까 희생물이 된 작은 짐승들과, 저지른 죄악을 바쳤습니다. 또 마법을 부려보려고도 했는데, 자신의 나이를 감안하고 자신이 살고 있는 시대를 감안해서 너무 유치하거나 너무 무모하다고 여겨지는 것들은 다 배제했지요. 그것은 아시다시피 크리스티스 혹은 삼디 남작과 같은 유형의 단계였습니다. 그러나 다른 점이 있다면, 심에게 있어 그것은 종교 생활의 한 단계에 지나지 않았다는 것입니다. 신에 대한 가장 커다란 사랑 속에서 이루어지는 삶. 영적으로 창조 행위를 반복하겠다는 열망 속에서 말입니다. 그는 결심했어요—」

아담은 이야기를 계속하겠다고 마음을 정하기에 앞서 머뭇거렸다. 금발의 젊은 아가씨는 의자 가장자리에 몸을 웅크리고 앉아 있었다. 그녀는 몸을 떨고 있었다. 초등학생 노트 겉장은 그녀의 손가락에서 흐르는 땀으로 얼룩지고 있었다. 이따금 창문 앞을 지나 날아가는 새들로 인해 그녀의 눈썹 선을 따라 그림자가 스치곤 했다. 이야기, 추억들을 계속 말하다 보니 꿈에서나 나오는 가공의 인물들과 그녀 사이에 이젠 아무 차이도 없었다. 말들이 살아 움직이고, 혹은 그녀가, 아니면 일각수와 엥크, 아니면 그 어떠한 것이라 할지라도 다 살아 움직였다.

「그래요— 그는 열 여섯 살 때쯤— 열 여섯인지 열 일곱

인지 되어서 사탄 숭배를 그만두기로 결심했어요. 그렇게 해서 그에게는 성년이 되기까지 4년이라는 세월, 인간의 단계에 바쳐야 할 4년의 세월이 남게 된 거죠. 그리고 다음으로 천사의 단계에 바쳐야 할 9년이. 그래서 그가 쉬지 않고 수행을 한다면, 그리고 자신의 욕심이나 개인적인 만족에 몸을 내맡기지 않는다면, 서른 살에는 신의 품에, 그의 품에, 신에 의해 신을 위해서만 존재할 수밖에 없을 겁니다. 지고지순한 숭고함 속에 — 그 숭고함 속에 온전히 말입니다. 더 이상 심 트위드뮈르가 아니라 신 그 자신으로서 말이죠. 아시겠지요. 아실 겁니다」

그가 하는 말은 마치 욕실처럼, 마치 화장실처럼 흰색 타일로 벽을 바른 그 비좁은 방, 의무실에서 이상하게 울리는 듯했다. 어딘가 지상에 사각형의 거대한 진공의 공간이 있어 문장의 깊이를 변화시키고 단어들의 의미를 사라지게 하는 듯했다.

「트위드뮈르. 트위드뮈르. 심 트위드뮈르. 그 이후, 그날 이후, 그는 다시 내게 그런 말을 꺼내지 않았습니다. 그간 그가 죽었다고 나는 알고 있어요. 악마주의에 빠져 있던 기간 동안에 어디선가 틀림없이 매독에 걸렸겠지요. 창녀와 함께 악마에 대한 경의를 표하다 말입니다. 그런 부류를 아시죠? 어떤 의미에서는, 그래요, 그는 똑똑한 녀석이었죠. 만일 끝까지 해내는 데 성공했더라면, 결국 신문에도 났었을 텐데」

아담은 빈정거렸다.

「웃기는 건 말이죠, 아시겠어요? 만일 그가 아주 조금만 더 사교적이었더라면, 고등학교의 수많은 녀석들이 그와 그의 종교를 따랐을 거라는 겁니다. 이를테면 나도 그랬을 거예요. 그렇지만 그는 아무것도 알려고 하지 않았습니다. 경계심이 많았어요. 뤼스브로엑[12]이나 오캄[13]에 대해 말하는 것을 들으려 하지조차 않았지요. 결국 속 좁은 면이 있었던 것이고 그 때문에 실패하고 만 겁니다……」

「그래도 그를, 결국 그의 종교, 그의 교리를 조금 따랐던 것은 아니라고 자신 있게 말할 수 있습니까?」 하고 쥘리엔이 물었다.

안경 쓴 사내가 덧붙여 물었다.

「그 사람 나이가 몇 살이었다고 했죠?」

「누구요? 심이요?」

「예」

「아마 나보다 나이가 좀 많았죠. 열네 살이나 열다섯 살……」

「예, 그렇게 하니 더 잘 설명이 되는군요— 그 나이 또래에 빠질 수 있는 신비주의 종류이겠군요, 그렇죠?」

「순진했다는 말인가요?」

「예, 그리고 저는—」

「맞습니다. 그렇지만 멋있었지요. 제 생각으로는, 제 생각엔 만일 그때가 교리문답이거나 뭐 그런 것을 할 나이였다는 것을 감안하면, 그게 멋있게 보일 수도 있었겠지요. 아닌가요?」

---

12) 벨기에 브라방 지방의 신학자이자 신비주의자(1293-1381).
13) 영국의 신학자이자 철학자.

「게다가 당신은 그게 무척이나 멋지다고 생각했지요—」
쥘리엔 R.은 갑자기 두통이라도 생긴 듯 눈살을 찌푸렸다.
「……추종할 정도로 말입니다. 그렇죠?」
주임 의사가 맞장구를 쳤다.
「예, 그겁니다. 내가 좀더 말하자면, 당신은 그 이야기가 전부 당신 이야기가 아니라고 확신합니까? 그 심이라는 사람, 이름이 뭐라고 했지요? 그 심이라는 사람이 정말 실존했던 인물입니까?」
「심 트위드뭐르……」 하고 아담이 대답했다.
그는 어깨를 으쓱했다. 담뱃불이 검지 손톱까지 타 들어가자, 그는 또 한번 바닥에 던져 슬리퍼 끝으로 밟아 꺼야 했다.
「아무튼 나는…… 난 당신에게 그렇다고 말할 수는 없겠습니다. 제 말은 그게 나이건 그이건 별로 중요치 않다는 겁니다. 아시겠죠? 설령 그게 당신이든, 나든, 아니면 그이든, 그게 무슨 상관입니까?」
그는 생각에 잠겼다. 그러다 대뜸 금발 아가씨에게 물었다.
「당신은 날 어디에 분류했죠? 정신분열증 환자에?」
「아뇨, 망상증 환자에」 하고 쥘리엔이 대답했다.
「정말입니까?」 아담이 말했다. 「나는— 나는 당신이 날 정신분열증 환자로 분류할 거라고 생각했는데」
「왜요?」
「모르죠. 몰라요. 그렇게 생각했어요. 난 모르지요」
아담은 혹시 커피를 한 잔 갖다줄 수 있느냐고 물었다. 그는 갈증이 난다는 둥 춥다는 둥 핑계를 댔지만, 사실은 방안의 분위기를 약간 바꾸어보기 위한 것이었다. 그는 의무실 안에 놓여 의무실 의자들과 의무실에서의 토론, 의무실 냄새 그리고 의무실의 커다란 빈 공간에 시달리는 것에 지쳤다.

이내 그가 부탁한 커피가 왔다. 그는 커피잔을 왼쪽 무릎 위에 놓고 설탕이 녹도록 천천히 스푼으로 젓기 시작했다. 그리고 고개를 별로 들지 않고 조금씩 마셨다. 머리 속에 종기 같은 그 무엇이 있었다. 그렇지만 그게 무엇인지 도저히 알 수가 없었다. 어쩌면 죽은 사람에 대한 기억 같기도 하고, 소멸에 대한 어리석은 생각 같기도 했다. 아니 엄밀히 말하면 그건 밤에 뱃전에 서서 수많은 것들, 예컨대 어둠에 휩싸이는 파도와 반짝이는 불빛들을 회상하는 것 같았다.

「그러니까 당신은 모르신다고——아니 당신이 이제 무엇을 하려는지 아시나요?」 쥘리엔이 물었다. 그러더니 질문을 멈추고, 「담배 한 대 주시겠어요?」 하고 말했다.

아담은 그녀에게 담뱃갑을 건네주었다. 그녀는 가방에서 진줏빛이 도는 작은 라이터를 꺼내 담배에 불을 붙였다. 다른 사람들은 안중에도 없다는 기색이 뚜렷했는데, 엄밀히 말하면 그것은 곧 그녀가 아담의 존재 역시 곧 잊을 수도 있다는 것을 의미했다.

「당신에게 무슨 일이 닥칠지 당신은 모른다……」

아담은 손을 움직였고, 손은 무릎뼈에서 몇 밀리미터 떨어진 바짓단에서 멈췄다.

「예 — 그렇지만 짐작은 합니다. 그러면 되죠」

그녀는 안간힘을 다해 입을 열었다.

「그러니까 당신은 바라는 것이 아무것도 없어요?」

「아뇨. 왜요?」

「그러면 뭘 바라는 거죠? 죽는 것?」

아담은 미소 지었다.

「오, 천만에! 죽고 싶은 생각은 추호도 없어요」

「그럼 당신은—」

「내가 뭘 바라는지 아세요? 난 사람들이 날 가만히 내버려두었으면 해요. 아니, 어쩌면 꼭 그런 것만은 아닐지도 몰라요…… 난 많은 것을 하고 싶습니다. 내가 아닌 일을 하고 싶어요. 사람들이 나보고 하라고 하는 일. 내가 여기 왔을 때, 간호원이 내게 얌전히 굴어야 한다고 하더군요. 그래요. 내가 하려는 것이 바로 그겁니다. 난 얌전히 굴 거예요. 죽는 것, 아뇨, 정말이지 그러고 싶지는 않아요. 왜냐하면, 왜냐하면 말이죠, 죽는다는 건 분명 그다지 휴식을 가져다주는 것이 아닐 테니까요. 그건 마치 태어나기 전과도 같아요. 다시 소생하려고 안달할 것이 분명한데, 그건 피곤할 거라는 생각이 들어요」

「혼자 있는 것이 지긋지긋하실 텐데……」

「예, 그래요. 사람들과 함께 있고 싶어요」

그는 쥘리엔의 코에서 뿜어져 나오는 담배 연기를 들이마셨다.

「나는 성서에 나오는 인물, 아시죠? 엘리사의 하인인 게아지와 같답니다. 나아만에게 요단 강에서 일곱 번 목욕이라든가 뭐 그런 일을 하라고 했었지요. 문둥병에서 나으려면 말입니다. 병이 낫자마자 나아만은 엘리사에게 선물을 보냈는데 게아지가 몽땅 가로채버렸죠. 그래서 그를 벌주기 위해 하느님이 그에게 나아만의 문둥병을 안겨주었습니다. 아시겠지요? 게아지, 그게 나입니다. 난 나아만의 문둥병에 걸렸어요」

「당신은 뭘 알고 있죠?」 쥘리엔이 말했다. 「—보세요. 당신은 이제껏 씌어진 가장 아름다운 시구들이 뭔지 모르시죠? 물론 좀 우쭐대는 것처럼 보이겠지만, 그래도 당신에게 들려주고 싶군요. 듣고 싶나요?」

아담은 그렇다는 몸짓을 했다. 그녀가 시를 암송하기 시작했다.

「그건, 〈실로, 나는—〉」

그러나 목소리가 멈칫했다. 그녀는 기침을 몇 번 하더니 다시 암송했다.

「실로, 나는 생명 없이 살거나,
그림들처럼, 마음으로,
아니면 죽음을!」

그녀는 왼쪽을, 아담의 왼쪽에서 몇 센티미터 떨어진 곳을 바라보았다.

「이건 프랑수아 비용[14]의 시예요. 이 시를 아세요?」

아담은 커피를 마시며, 손을 저어 모른다고 했다. 그는 다른 사람들이 약간은 심기가 불편한 듯, 약간은 빈정대는 듯한 기색으로 듣고 있는 모습을 바라보았다. 그리고 왜

14) 중세 프랑스의 시인(1431-1463). 『대 유언집』, 『소 유언집』의 시집을 남겼다.

하루 온종일 자신에게 파자마를 입혀놓고 있는지 생각했다. 어쩌면 자신이 도망치지 못하도록 하기 위함일까? 또 어쩌면 세로로 줄무늬가 나 있긴 하지만 자신이 입고 있는 것이 파자마가 아닐 수도 있었다. 그것은 정신병원이나 환자들의 제복일 수도 있었다. 아담은 무릎에 놓인 커피잔을 들고 커피를 다 마셔버렸다. 아직 잔 밑바닥에는 녹다 만 설탕이 약간 남아 있었다. 아담은 스푼으로 설탕을 긁어 핥아먹었다. 또 커피를, 한 열 잔 정도의 커피를 마셨으면 했다. 그런 말을 하고도 싶었다. 아마 그 금발 아가씨에게 말이다. 그는 그녀에게 말하고 싶었다. 나와 함께 있어주세요, 이 집에 나와 함께 있어주세요, 그리고 우리 커피를 끓입시다, 낮이고 밤이고 아무 때나, 그리고 함께 마십시다. 주변은 온통 널따란 정원이 에워싸고 있을 터이니 밤에 나가 아침이 올 때까지 거닐 수도 있을 거요. 그러는 동안 비행기도 지나가고. 검은 안경을 낀 남학생이 안경을 벗고 아담을 바라보았다.

「제가 제대로 들었다면」 하고 그가 말을 꺼냈다. 「당신 친구가 가진 종교의 목적, 그건 일종의 범신론——그러니까 신비주의였군요. 인식을 통해 신과 연결되는 그런 종류죠? 확실성에 이르는 길, 그런 것 아닙니까?」

줠리엔 R.이 덧붙여 물었다.

「하지만 그 모든 것이 당신에게 무엇을 해줄 수 있다는 거죠? 그 신비주의에 관한 이야기들이 말입니다. 그게 무슨 뜻이지요? 그게 그토록 당신의 관심을 끄나요?」

아담은 뒤로 몸을 젖혔다. 그것도 거의 난폭하다 할 정도로.

「당신들은 이해하지 못했군요. 아무것도 이해를 못했어요. 알아두실 것은 내 관심을 끄는 것은 신이 아니라는 겁니다. 관심을 끄는 게 신이 아니라는 것은 심에게도 마찬가지죠. 그런 신, 난 알지 못하지만, 창조주로서의 신, 그게 아닙니다. 마치 자물쇠를 여는 열쇠처럼 어떤 궁극 목적성이나 절대에 대한 욕구에 화답하는 그런 신이 아닙니다. 빌어먹을, 당신들은 결코 그걸 이해 못해요! 난 그런 것은 관심 없어요. 난 창조되었어야 할 필요도 없소. 이런 토론처럼 말이오. 현재의 이런 토론도, 또 토론인 척하려는 이 토론도 난 관심 없어요. 단지 이런 토론이 빈 공간을 메우는 것 빼고는 말이오. 끔찍하며 견딜 수 없는 빈 공간을. 삶의 층위들 사이에 있는…… 두 개의 층계참 사이, 두 개의 시간 사이에 있는, 아시겠어요?」

「그렇다면 그 신비주의의 비결들은 무슨 소용이 있죠?」

안경 쓴 학생이 물었다.

「아무짝에도, 아무짝에도 소용없어요. 당신은 내가 이해하지 못하는 말로 내게 이야기를 하는 것 같군요. 대체 그게 무슨 소용이 있기를 바라는 겁니까? 난 당신에게 말할 수 없어요. 마치 왜 내가 당신이 아닌지 당신에게 설명하려고 애쓰는 것 같을 테니까——뤼스브로엑을 예로 들어봅시다. 흙과 공기와 불과 물이라는 다양한 물질 원소들을 구분하는 것이 그에게 무슨 소용이 있었습니까? 그건 분명 시가 될 수도 있었어요. 하지만 시는 아니지요. 신비주의는 그가 그 단계——하지만 심리적 단계는 아닙니다. 심리적 단계는 아니란 말입니다——말로 표현할 수 없는 그 단계에 이르는 데에 도움이 되었던 것입니다. 그 단계가 어디에 위치하는가는 중요하지 않아요. 어떤 단계든 상관없죠. 중요한 것은 생의 어느 한순간, 그는 자신이 모든 것을 이해했다고 믿었다는 것입니다. 그가 이후로 줄곧 신이라고 불렀던 존재와 관련을 맺으며 말입니다. 그리고 신은 그 정의에 따르자면 영원하고 전지전능하며 편재하기 때문에 뤼스브로엑 역시 그랬던 것입니다. 적어도 신비주의가 발작할 때마다 그 기간 동안은 말이지요. 어쩌면 종국에는 그가 말하던 단계, 영원한 방식으로 존재의 전적인 분출에 도달했을 수도 있지요. 바로 그렇습니다. 중요한 것은 아는 것이 아니라 자신이 알고 있다는 사실을 아는 것입니다. 그 상태에 이르면 문화와 지식, 언어와 글쓰기가 더 이상 아무 쓸모도 없어지는 것입니다. 모든 것을 따져볼 때, 그 상태가 일종의 안락한 상태일 수도 있겠지요. 그러나 아시다시피 절대 그 자체가 목적은 아닙니다. 결코 그 자체가 목적일 수는 없어요. 그리고 사실 그 단계에 이른 진정한 신비주의자들도 그리 많지 않았습니다. 이해하시겠지만, 변증법적인 용어로 말하자면——그렇지만 물론 그 관계는 다릅니다만——사람은 존재하는 그대로 존재할 수 있지요. 그것은 그저 하나의 상태입니다. 그렇지만 결국 그것이야말로 인식이 유일하게 도달하는 곳입니다. 아무리 다른 방식을 취하더라도 인식은 막다른 길에 이르고 맙니다. 그러면 인식은 인식이기를 그치게 되지요. 인식은 과거형이 됩니다. 그리고 그때 인식은 대번에 과장됩니다.

너무나 거대하고 너무나 압도적인 것이 되어 인식 이외의 그 어떤 것도 더 이상 중요하지 않게 됩니다. 사람은 존재하는 그대로 존재한다——에, 바로 그것입니다. 존재하는 대로 존재하는 것……」

R양은 가볍게 고개를 끄덕였다. 마치 모순된 사고에 사로잡힌 양 그녀의 아랫입술이 떨리고 있었다.

「거참 똑똑한 말씀이군요」 안경을 낀 사내가 말했다. 「하지만 그거야 누구든 할 수 있는 말이지요……」

「그건 아무 뜻도 없는 말이오. 형이상학적인 횡설수설이지」 또 다른 학생이 끼어들었다. 안경을 쓴 학생은 계속 말을 이었다.

「난 모르겠습니다. 그게 멈출 수 없는 그런 종류의 추론이라는 것을 당신이 생각해 보았는지 말입니다. 마치 삼면의 거울에 반사되는 영상처럼 말이죠. 왜냐하면 이를테면 나 같은 사람도 사람은 존재하는 그대로 존재하는 그대로 존재하는 그대로 존재하는 그대로 존재한다고 말할 수 있으니까요. 그렇게 계속할 수 있지요. 내가 보기엔 그건 차라리 수사학에 해당되는 것 같군요. 열두 살쯤에 장난 삼아 해보는 그런 수사학 말입니다. 그저 탁상공론일 뿐이죠. 배 한 척이 대서양을 건너는 데 엿새가 걸린다면, 배 여섯 척으로는 하루만에 건넌다는 그런 식이죠」

「나는……」

「존재의 개념이 하나의 통일성을 상정하는 한에서 말입니다. 그 통일성은 존재한다는 의식의 통일성이지요. 또 그 존재의 의식을 현학적인 문장으로 정의 내리는 것과 동일시할 수 없는 한 말입니다. 문장으로 정의하는 것은 무한히 증식이 가능하죠. 마치 모든 것이 상상적인 것인 양. 멈추지 않는 것도 좋겠죠, 안 그래요?」

「그렇지 않습니다」 하고 아담이 말했다. 「그렇지 않아요. 당신은 혼동하고 있어요. 당신은 체험된 현실로서의 존재와 모든 사고의 출발점이자 도착점인 코기토cogito로서의 존재를 혼동하고 있습니다. 당신은 내가 심리학적인 개념들을 이야기한다고 생각하고 있어요. 내가 당신을 싫어하는 것이 그런 점에서요. 당신은 언제나 당신의 그 고약한 분석 체계와 심리학을 아무데나 끌어들이고 있어요. 결정적으로 심리학적 가치 체계를 채택해 버린 것이죠. 분석에나 어울리는. 하지만 당신은 모르고 있어요. 내가 당신으로 하여금 훨씬 더 큰 체계를 생각하게 하려 애쓰는 중이라는 것을 모르고 있단 말이오. 심리학을 뛰어넘는 그 무엇을 말입니다. 나는 당신이 거대한 체계를 생각하도록 이끌고 싶어요. 어떤 점에서는 보편적인 사고를, 순수한 정신적 상태를 말입니다. 아시죠? 추론의 정점일 수 있는 것, 형이상학의 정점, 심리학, 철학, 수학 그리고 모든 것, 모든 것, 모든 것의 정점 말입니다. 그래요, 바로 그겁니다. 그런데 모든 것의 정점이 뭐죠? 그건 존재하는 대로 존재하는 것입니다」

그는 쥘리엔 R.에게로 말을 돌렸다.

「내가 방금 전에 황홀경에 대해 말했기 때문인데요. 그런데 당신은 그걸 심리학적 사실과 동일시하더군요. 치유되는 것으로 말입니다. 병리학적 편집증 발작인가 뭔가.

정말 짜증나는군요. 당신에게 그게 무엇인지 한번 이야기를 해드리도록 하지요. 그러면 끝날 테니까. 그러고 나면 내가 파르메니데스를 어떻게 생각하는지 묻지 마세요. 나도 더 이상 당신에게 말해 줄 수 없을 테니까……」

아담은 의자를 뒤로 밀었다. 그리고 등을 벽면에 붙였다. 흰색 타일을 바른 벽은 차갑고 단단해서 공격을 하거나 잠을 자거나 할 때 몸을 의지하기 쉬웠다. 게다가 아담의 목소리의 떨림도 분명 벽을 통해 울릴 것이다. 그의 등을 지나 방안 전체에 울려 퍼져 아담으로 하여금 큰소리로 말해야 하는 피로를 덜어줄 것이다. 아담은 간신히 알아들을 수 있는 발음으로 설명했다.

「한두 해 전 내게 일어났던 일을 여러분께 말씀드릴 수 있는데, 신이라거나 자기 분석 따위, 혹은 뭐든지 간에 그와 같은 유의 것과는 전혀 관계가 없습니다——물론 여러분이 좋다면 통상적인 심리학적 기준에 따라 분석하든 말든 그건 여러분 자유입니다. 그렇지만 그래 보았자 아무 소용 없으리라고 나는 생각합니다. 게다가 바로 그런 이유 때문에 난 일부러 신, 형이상학, 그런 모든 것들과 전혀 무관한 듯 보이는 것을 택했습니다」

그는 말을 멈추고 쥘리엔을 바라보았다. 그녀의 얼굴에서 콧구멍 아래쪽과 눈 주위가 복잡한 분노의 충동으로 알 듯 모를 듯 움직이는 것이 보였다. 그리고 갑자기, 다른 사람들 어느 누구도 그 변화를 감지하지 못하자 그는 자신이 끔찍이도 우스꽝스럽게 느껴졌다. 그는 자신을 받쳐주던 벽에서 몸을 떼어 앞으로 숙이고, 적의에 찬 적들의 시선에 몸을 내맡겼다. 그리고 오직 금발의 젊은 아가씨만이 자신을 이해할 수 있으리라는 것을 온 존재로 의식하며 조용히 말했다.

「그래요……」

그는 7초의 간격을 두고 반복했다.

「그래요…………그래요」

그녀가 말했다.

「계속하세요」

아담은 얼굴을 붉혔다. 그는 마치 일어서려는 듯 다리를 의자 아래로 끌어당겼다. 마치 이 잠깐의 순간들 덕분에, 어렴풋이 흑갈색이 감도는 낯선 젊은 아가씨의 시선 덕분에, 그리고 어쩔 줄 모르는 정신의 저 밑바닥에서 솟아나 억눌린 목구멍을 통해 던져진 〈계속하세요〉라는 그 말 덕분에, 그들 사이에는 우호 협정이 맺어진 듯했다. 이번에는 그녀가 밑창이 얇고 발목이 드러나는 검은색 신발로 담뱃불을 밟아 껐다. 내용으로나 형식으로나, 상황은 기묘하게도 사진사가 몰래 찍은 사진에 자신들의 모습이 나란히 박히게 되었다는 것을 불현듯 알아챈 낯선 두 남녀와 닮아가고 있었다.

「필요 없소」 아담이 투덜댔다. 「당신은 일화 같은 이야기를 좋아하지 않으니까」

그녀는 아무 말 없이 고개를 숙였다. 그러나 첫번째보다 약간 덜 숙인 바람에 S자의 윗부분만이 눈에 띄었다. 하지만 그 움직임만으로도 그녀 옷의 파인 부분이 느슨해지는데 충분했기에, 아담은 가슴이 봉긋 솟아오른 그 사이로 두 줄의 은빛 실, 사슬의 양쪽을 볼 수 있었다. 그 사슬은 분명 조금 더 아래쪽, 브래지어의 컵에 맞닿은 곳에서 진줏빛 십자가나 남색 옥으로 세팅한 성모 마리아 메달에서 끝날 것이다. 신의 형상과 같은 약간은 성스런 것을 여체에서 가장 두드러지게 생물적인 부분에 맞대어 감춘다는 생각이 기괴하게 느껴졌다. 유치하고 감동적이거나 아니면 과시적이었다. 아담은 다른 사람들을 쳐다보았다. 노트에 무엇을 적고 있는 검은 안경을 낀 학생과 주임 의사와 이야기를 나누고 있는 마르탱 양을 빼고는 모두가 지겹다는 기색을 드러내고 있었다. 이제 거북함 대신 권태로움이 자리한 것이다. 권태는 악몽과도 같은 이상한 형태를 띠고, 마치 똑같은 몸짓, 똑같은 소리, 똑같은 냄새를 영원히 반복시키는 듯 보였다.

아담은 이 짓이 15분 가량 더 지속될 수 있을 뿐 결코 그 이상은 안 될 것임을 예감했다. 그래서 자신에게 남은 시간을 최대한 이용하기로 마음먹었다.

「아뇨, 말씀드리겠지만, 그럴 필요 없어요. 그건 단지 당신이 일화와 같은 유를 좋아하지 않기 때문만이 아니라 — 또한 어떤 면에서, 진실의 관점에서, 사실주의적 관점에서도 역시 그게 아니기 때문입니다……」

「왜 아니라는 거죠?」 쥘리엔이 물었다.

「왜냐하면 그건 문학에 속하기 때문입니다. 아주 솔직히 말해서 그렇죠. 나는 압니다. 우리 모두 어느 정도는 문학을 해요. 그러나 지금은 그게 되지 않아요. 나는 정말 지쳤습니다. 치명적이죠. 너무 많이 읽기 때문에. 사람들은 모든 것을 완벽한 형태로 표현해야 한다고 생각하죠. 추상적인 것을 언제나 가장 최근의 예에 비추어, 약간은 유행을 따라, 가능하면 상스럽게, 그리고 무엇보다도 — 무엇보다도 문제와는 전혀 관계가 없는 예에 비추어 설명해야 한다고 믿는 겁니다. 빌어먹을, 그건 다 거짓이오! 가짜 시, 추억, 유년 시절, 정신분석, 청춘 시절, 그리고 기독교 역사, 모두 다 악취가 나요. 사람들은 자위 행위, 남색, 보두아, 멜라네시아의 성적 성향 따위를 가지고 서푼짜리 소설이나 쓰지요. 오시안, 생 타망의 시나 운지법이 적힌 프란체스코 다 밀라노의 칸초네가 아니라면 말이죠. 아니면 도메니코 베네지아노의 젊은 부인의 초상. 셰익스피어. 윌프레드 오웬. 조아오 드 데우스. 레오빌 롬. 전체주의. 파질 알리 클리나시 등등. 그리고 노발리스의 신비주의. 또 유팡키 파샤퀴텍의 노래인,

들판의 백합처럼 나는 태어났네
백합처럼 나는 자랐고
시간은 흘렀네
노년이 오자
나는 시들었고
그래서 나는 죽었네.

그리고 키퀴카마요. 비라코샤. 카파코샤 귀아귀아. 아팅랭크리요. 인텁 아크라. 메네프타의 약속. 제트로. 다비드의 키노르. 비극 작가 세네카. 아님므, 파란둠 에. 리베리

쿠온담 메이, 보 프로 파테르니스 셀레리뷔스 포에나스 다테. 그리고 이 모든 것, 말코비치의 담배, 베티베 컵, 와자, 진자노 재떨이, 볼펜, BIG n°576이라고 쓰인 내 볼펜 —〈26/8/58. J.O. 승인〉이라고 씌인 복제품, 이 모든 것이, 예? 이게 옳은 건가요? 이게 무슨 의미라도 있어요? 이게 올바른 것인가 말이오?」

아담은 바싹 깎은 머리카락 속으로 손을 밀어 넣었다. 그렇게 하자 자신이 미국인과 비슷하다는 느낌이 들었다.

「뭘 아십니까?」 그가 물었다. 「당신은 무엇을 아시냐고요? 우리들은 개 같은 영화나 찍으며 시간을 보내고 있어요. 영화, 그래요. 연극도 하고 심리소설도 쓰지요. 우리에게 이젠 단순한 것이라곤 별게 없어요. 우리들은 위선자요, 난쟁이입니다. 늙고 나약하지요. 마치 1930년대 작가의 펜 아래에서 겉멋 들고 잘생기고 세련된, 또 교양, 그 망할 놈의 교양에 가득 찬 사람으로 태어난 것 같아요. 그게 젖은 외투를 입은 듯 내 등에 찰싹 들러붙어 있어요」

「에 — 그렇다면 단순한 것은 뭡니까?」 앞뒤 분간 못하고 안경 쓴 학생이 끼여들었다.

「뭐라고요? 뭐가 단순하냐고? 당신이 그걸 모른단 말이오? 그래도 조금은 짐작하고 있지 않나요?」 아담은 담뱃갑을 꺼내려는 듯 주머니로 손을 가져가다가 신경질적으로 손을 멈췄다.

「대체 당신 눈에는 당신 주위의 이 삶, 이 빌어먹을 삶이 보이지 않는단 말이오? 사람들이 살고, 그들이 살고 먹고 하는 것들이 보이지도 않는다는 거요? 그들이 행복해하는 것이? 〈지구는 오렌지처럼 푸르다〉라고 쓴 작자가 미친 놈이거나 아니면 멍청이라는 것을 모른다는 겁니까? —하지만 아니다, 그 사람은 천재다, 그는 두 마디 말로 현실을 해체했다, 고 당신들은 생각하겠지. 세어보시오. 푸르다, 지구, 오렌지. 멋있지요. 그건 현실을 뜨는 것이오. 어린애 같은 매력이 있지만 성숙함은 없소. 그게 당신들이 바라는 전부지. 하지만 난, 나는 체계들이 필요해요. 그렇지 않으면 미쳐버릴 거야. 지구가 오렌지색일 수도 있고, 오렌지가 푸른색일 수도 있지. 그러나 말을 사용하는 체계에서는 지구가 푸른색이고 오렌지는 오렌지색이오. 나는 이제 사소한 실수조차도 견딜 수 없는 지경이 되었습니다. 이해하시겠지만 현실을 발견한다는 것이 너무 힘들어요. 내가 유머가 부족한가요? 당신들 말을 따르자면 그런 것을 이해하려면 유머가 필요하다고 하니까. 내가 무슨 말을 하는지 알겠어요? 나는 유머가 너무 없어서 당신들보다 훨씬 더 멀리 가버렸어요. 그리고 보세요. 이제 다 망가져서 돌아왔으니. 내 유머, 나만의 유머는 말로 할 수 없는 것 속에 있었어요. 그것은 숨어 있어서 난 그걸 말할 수 없었어요. 그리고 말로 할 수 없었기에 당신들의 유머보다 훨씬 더 엄청나죠. 그렇죠. 사실 내 유머에는 차원이라는 것이 없었어요. 당신들도 아시다시피. 나는 이렇게 합니다. 지구는 오렌지처럼 푸르다. 그러나 하늘은 시계추처럼 헐벗었고, 물은 우박처럼 빨갛다. 한술 더 떠서 초시류의 하늘이 포엽(苞葉)들을 물에 잠기게 한다. 잠자고 싶어하다. 시가 담배가 영혼들을 욕되게 한다. 열한번째. 887. A, B,

C, D, E, F, G, H, I, J, K, L, M, N, O, P, Q, R, S, T, U, V, W, X, Y, Z. 회사」

「잠깐만, 잠깐만요, 나는—」 하고 젊은 아가씨가 말을 시작했다. 그러나 아담은 계속했다.

「나는 이 어리석은 장난을 중단하고 싶어요. 내가 얼마나 그러고 싶어하는지 당신들이 알기라도 해준다면. 나는 짓눌려 있고 곧 거의 뭉개져 버릴 거요……」 그의 목소리는 더 약해진 것이 아니라 더 비인간적이 되었다.

「무슨 일이 일어나고 있는지 아시오?」 그가 물었다. 「말씀드리죠, 당신들에게 말입니다. 거의 모든 곳에서 사람들이 살아갑니다. 저녁이면 그중 어떤 사람들은 실신하여 자기 집에서 조용히 죽어가기도 합니다. 아내가 떠나서, 기르던 개가 죽어서, 아이의 기도(氣道)로 음식물이 들어가서 고통 받는 사람들도 생깁니다. 당신은 아시오? —우리, 우리는 그런 데에 무엇을 하러 온 것입니까?」

「당신이 그 모든 짓을 한 것이 다 그 때문인가요?」 젊은 아가씨가 물었다.

「그 모든 짓이라뇨?」 아담이 소리쳤다.

「그러니까, 그 이야기들— 그 모든 이야기들이—」

「잠깐만!」 아담이 말했다. 그는 설명하는 것이 수치스럽다는 듯 서두르고 있었다.

「지긋지긋해! 하루 종일 그놈의 정신병리학뿐이군— 내 말은— 이제 이해할 것이 아무것도 없소. 다 끝이야. 당신들은 당신들이고 나는 나요. 더 이상 내 입장에 서려고 애쓸 것 없소. 나머지는 다 하찮은 것이니까. 나는 지겨워요, 그리고— 제발 부탁하건대, 더 이상 이해하려고 애쓰지 마시요. 당신들도 알겠지만— 난, 나는 창피한 말이지만— 어떻게 말을 해야 할지 모르겠어요. 더 이상 그런 얘긴 꺼내지 마시오……」

그는 갑자기 목소리를 낮추더니 몸을 기울여 오직 줄리엔 R.에게만 들리도록 말했다.

「이제 우리 이렇게 합시다. 내가 당신에게 나지막이, 오직 당신에게만 말하겠소. 그럼 당신도 그렇게 내게 대답하는 겁니다. 내가 당신에게 말할 게요, 안녕? 잘 지내? 그럼 당신이 내게 말해요. 고마워요. 난 잘 지내요. 내가 뭘 원하는지 아시겠죠. 그리고 또 말하죠. 당신 이름이 뭔가요? 당신, 예쁘군요, 당신 옷 색깔 혹은 당신 눈 색깔이 마음에 들어요. 당신 별자리는 뭐죠? 전갈좌? 천칭좌? 그럼 당신은 예, 아니오로 대답하는 겁니다. 내게 당신 어머니 이야기, 당신이 가장 최근 식사 때에 무엇을 먹었는지, 아니면 영화관에서 무엇을 보았는지 내게 얘기해 주세요. 당신이 아일랜드, 시실리 섬으로 여행한 이야기도. 당신의 휴가, 유년 시절을 말해 주세요. 입술에 루주를 바르기 시작한 때, 산에서 길을 잃었던 때를. 어둠이 내리기 시작하는 저녁마다 산책하는 것을 좋아하는지, 그리고 눈에 보이지 않는 것들이 움직이는 소리가 들리는지를 내게 말해 주세요. 아니면 비를 맞으며 대입 자격시험 결과를 보러 갔을 때 명단을 쭉 훑으며 무슨 생각을 했는지를. 아주 조용히 말해 주세요. 내가 귀기울일 필요도 없을 만큼 세세한 것들을 이야기해 주세요. 폭우나 춘분 이야기, 브르타뉴의 가을날, 당신보다 키가 큰 고사리 이야기를. 당신이 무서워했던 때, 잠을 이루지 못해 덧창 틈새로 어둠을 바라보던 때를. 그러면 나머지, 나머지 모든 것에 대해서는 내 이야기를 계속할 게요. 아시죠. 이 복잡한 이야기, 이것이 모든 것을 설명해 준다는 것을. 신비주의의 비결을 말이죠. 하시겠어요?」

다른 사람들은 몸을 기울여 관찰하고 있었다. 몇몇은, 예를 들자면 금발의 남학생은 조롱기 어린 미소를 띠고 있었다. 그들은 그런 말을 믿지 않았다. 그들 모두 어서 이 딴 세상 이야기가 끝나 자신들이 집으로 돌아갈 수 있기를, 가서 저녁을 먹고, 오늘밤 외출할 수 있기를 바라고 있었다. 영화관에 가도 뭔가가 있고, 오페라 극장에서는 어쩌면 글루크의 작품을 공연할지도 모른다.

아담은 젊은 아가씨에게서 동의의 표시를 읽어냈다. 목에서, 목 언저리 전체에서, 입술 가장자리에서, 어깨와 가슴, 척추에서, 무수한 빛이 분산되는 황금빛 고리의 굽 낮은 신발 속에 구겨져 있는 발에서도. 그는 몸을 뒤로 젖혀 벽면에 등을 기댔다. 그리고 다리를 쭉 뻗다가 젊은 아가씨의 맨무릎을 가볍게 스쳤다. 자신의 맨살 위로 파자마의 붉고 검은 줄무늬가 느껴졌다. 그와 학생 집단 사이에 이제 세워져 버린 뚫리지 않을 듯한 견고한 표면 위로 줄무늬가 길게 드리워지고 있었다. 그의 손이 윗옷 주머니를 뒤져 담뱃갑을 찾았다. 검은 안경을 쓴 학생이 팔을 뻗어 성냥갑을 건네주었다. 마분지로 만든 작은 성냥갑 속엔 다섯 개비의 성냥이 들어 있었다. 세 개는 이미 쓴 것이었고, 두 개는 쓰지 않은 것이었다. 아담은 완벽하게 담배를 피웠다. 그 성공적인 몸짓에서 단 하나 순간적인 사소한 일이 있다면, 그것은 겨드랑이 사이에 맺힌 땀방울 하나가 마치 차가운 주사바늘처럼 그의 두번째 늑골 위로 떨어졌다는 것이다. 그러나 순식간의 일이었고, 어쨌건 잘 참아냈기 때문에 아무도 그 사실을 알아차릴 수는 없었을 것이다. 의자에 축 늘어져 있는 쥘리엔 R.은 더더욱 피곤을 탓했다. 그녀가 무엇인가를 기대하고 있었던 것만은 명백했다. 새롭거나 낯선 것이 아니라 반드시 사회적인 것, 예를 들자면 문장에서 한 단어에 밑줄을 긋는 것처럼 침착하고 냉정한 그 무엇인가를.

「조금 전 하던 이야기를 다시 하자면」 아담이 입을 열었다. 「한두 해 전이었어요」

쥘리엔 R.은 초등학생용 노트를 펼치고, 중요한 것을 적을 채비를 갖추었다.

「해변에 한 여자와 있었죠. 나는 수영을 하러 갔었고, 그녀는 조약돌 위에 누워 공상과학 잡지 읽는 데에 푹 빠져 있었습니다. 「베텔쥐즈」라는 이야기였던 것이 생각나는군요. 내가 물에서 나왔을 때에도 그녀는 여전히 거기 있었죠. 그녀가 더워하는 것을 보고, 왜 그랬는지는 모르지만 그녀의 등에 젖은 발을 얹었어요. 아마 그녀를 못살게 굴려고 그랬겠죠. 그녀는 비키니를 입고 있었지요. 그러자 그녀가 소스라치듯 벌떡 일어나 내게 무슨 말을 했어요. 그게 무슨 말인지는 생각나지 않는군요. 하지만 중요한 것은 바로 이거예요. 2분 후에 그녀가 내게로 와 이렇게 말하더군요. 〈좀 전에 네가 내 몸에 물을 묻혔으니, 난 네 담배를 가져가겠어〉라고 말입니다. 그러더니 옆 모래사장 위에 벗어놓은 내 바지 주머니를 뒤져 담배를 가져갔어요. 나는 아무 말도 하지 않았지만, 바로 그 순간부터 곰곰 생각하기 시작했습니다. 기억하기로는 두 시간 후에도 나는 여전히 그 일을 생각하고 있었어요. 집으로 돌아와서 사전을 찾아봤어요. 정말입니다. 나는 그녀의 말뜻을 이해하려고 단어마다 다 찾아봤지요. 그런데도 여전히 이해가 되지 않는 거예요. 그래서 꼬박 밤을 새워 생각했지요. 새벽 4시가 되자 거의 기진맥진해졌습니다. 여자가 말한 문장은 더 이상 머리에 떠오르지 않았어요. 단어들만이 사방으로 흩어지더군요. 곳곳에 씌어진 단어들이 보였습니다. 내 방의 벽에, 천장에, 직사각형 창문틀에, 모포 위에 말입니다. 여러 날을 밤낮으로 그 단어들만을 중얼거렸죠. 병이 난 거죠. 그러고 난 후 난 다시 똑바로 보기 시작했습니다. 그러나 더 이상 같은 것이 아니었어요. 모든 것이 하루는 옳다가 하루는 틀린 것이 되어버리는 것 같더군요. 나는 생각했지요. 그 문장 혹은 그 문장에 해당하는 사실들을 내가 어떻게 바꾼다 하더라도 그건 틀림없이 순수 논리가 되어야 할 것이라고 말입니다. 무슨 말인가 하면 내가 모든 것을 명확히 이해하기 시작했다는 것입니다. 그리고 나는 생각했습니다. 내가 떠나야 한다, 내 오토바이와 다른 모든 것을 바다에 던져버려야 한다고 말입니다. 내가 생각한 것은 그」

그러나 자기 어머니의 눈에서, 미셸의 눈에서 그리고 다른 많은 사람들의 눈에서 사라져야 했던 것처럼, 아담은 이미 모든 사람들의 눈에서 사라져버리고 말았다. 환히 불 밝혀진 병실 한쪽 귀퉁이에 외따로 떨어져 있던 그는 그의 여린 사지로, 원뿔 모양의 머리로, 담배를 수평으로 들고 있는 그의 왼손으로 조금씩 부유(浮游)하고 있었다. 금속의자에 똑바로 앉은 그의 몸뚱이는 원하지도 않은 혼돈의 한가운데에서 연기로 피어오르는 것처럼 보였다. 아주 사소한 것, 돌출된 턱, 땀방울이 맺힌 이마 그리고 어쩌면 삼각형으로 생긴 눈이 그를 선사 시대의 생물로 변신시키고 있었다. 피부에 깃털을 착 붙인 채 창공으로 날아오르기 위해 미세한 각각의 근육들을 움직이는 호숫가의 새처럼, 그는 혼탁하고 누런 물속에서 끊임없이 떠오르는 듯하였다. 이제는 너무도 이해하기 힘든 그의 목소리는 지상의 인간들 위로 흘러 퍼지며, 그들을 연처럼 음파 속에 휩쓸리게 했다. 그의 위쪽, 천장 근처에는, 두 개의 푸른 구체(球體)가 서로 부딪치고 반대로 팽창하면서 생기는 충격으로, 자기(磁氣)를 소나기처럼 퍼붓고 있었다. 그것은 마치 운명을 다스리는 신의 관념, 기관차의 두 바퀴 사이에서 이는 불꽃으로부터 어느 날 생겨난 신비와 시성식의 고리와도 같았다. 아담은 바다로 변해 가고 있었다. 쥘리엔 R.의 시선에서 오는 자력의 영향 혹은 단순한 줄무늬 파자마의 최면효과로 인해 편안한 자세로 잠든 것이 아니라면 말이다. 아무튼 무르고 투명하고 물결치는 그는 뒤쪽으로 흘러가고 있었고, 그의 입에서는 단어들이 조약돌처럼 부딪치며 꾸르륵거리는 야릇한 소리를 내고 있었다. 들끓는 소리가 그물과도 같이 좁은 방 전체를 가득 메우자, 다른 사람들이 그를 따르는 위험한 지경에 이르렀다. 아담이 말을 멈추고 가느다랗게 그르렁거리는 소리를 내자 의사는 자신이 나서야겠다고 생각했다. 그러나 때는 너무 늦었다. 그는 아담의 어깨를 흔들며 「어이, 폴로 씨! 폴로 씨! 어이! 이봐요!」 하고 두세 번 소리쳤다. 그러고 나서 점점 양피지 같은 모습이 뚜렷이 드러나는 그 야윈 얼굴에서 마치 비죽거리는 듯한 표정을 보았다. 그것은 얼굴 위쪽, 광대뼈 바로 아래에서 시작되어, 입술을 벌리지도 않고, 앞니를 전혀 드러내지도 않은 채 얼굴을 둘로 갈라나갔다. 그러자 의사는 모든 희망을 접고, 간호원을 불러오게 했다. 하나씩 하나씩 천천히 그들이 차가운 방을 비우는 동안 아담은 비틀거리며 사람의 손에 이끌려 복도를 가로질러 갔다.

몽롱한 가운데에서도 아담은 그들이 떠나는 것을 느꼈다. 그의 입술이 움직였고, 하마터면 〈안녕〉 하고 말할 뻔도 했다. 그러나 그의 목구멍에서는 그르렁거리는 소리조차 나지 않았다. 푸른색 볼펜 하나가 노트 아래 어딘가에, 종이와의 가벼운 마찰음을 일으키며, 〈실어증〉이라고 썼다.

간호원의 미적지근한 팔에 꼭 붙잡힌 채 복도 모퉁이를 하나 그리고 또 하나 지나치면서 아담은 전설의 세계로 접어들고 있었다. 어쩌면 자신의 성대가 얼어붙기 오래전부터 그는 자신의 영역에서 잘 지내고 있는 것이라고 아주 나지막이, 아주 흐릿하게 생각하고 있는지도 몰랐다. 자신이 꿈꾸어오던 흰색의 산뜻하고 아름다운 집, 기막힌 정원

한가운데에 고즈넉이 지어진 집을 마침내 발견했다고 말이다. 하나만 달린 창문으로 평화로운 소리들이 항상 흘러드는 베이지색 방에서 홀로 행복하게 지내고 있다고 그는 생각했다. 그는 거부하지 않았다. 자정에도 자신의 태양이 있고 자신을 돌봐줄 사람들이 있는 그 영속적인 휴식, 그 북극의 밤을. 야외 산책을, 땅 밑에서의 수면을, 심지어 때때로 저녁이면 잡목숲 속으로 데려갈 수도 있는 예쁜 간호사들을. 편지들을. 이따금 오는 면회, 초콜릿과 담배가 그득한 소포를. 해마다 한번 4월 25일 혹은 10월 11일 개원기념일이 돌아오면 파티가 열린다. 크리스마스와 부활절에도. 어쩌면 내일 그 금발 아가씨가 그를 보러 돌아올지도 모른다. 이번에는 혼자서 말이다. 그러면 그녀의 손을 잡고 그녀에게 오랫동안 말을 할 것이다. 그녀에게 시를 써 보낼 것이다. 만약 모든 일이 잘된다면 두 주가 채 가기 전에 서신 연락을 허락할지도 모른다. 그러면 가을이 끝나갈 무렵 함께 정원을 산책할 수도 있을 것이다. 그녀에게 말하리라. 난 이곳에 1년, 어쩌면 그보다 덜 머물 수 있어. 그러고 나서 내가 이곳을 나가면 남쪽, 파두 혹은 지브롤터에 가서 함께 살자. 내가 일을 좀 하면, 우린 저녁에 디스코텍이나 카페에 갈 수도 있을 거야. 가끔 마음이 내키면 한두 달 정도 이곳에 돌아와서 지내자. 우릴 친절하게 맞아줄 것이고, 공원을 향해 나 있는 가장 아름다운 방을 내줄 거야. 밖에선 태양에 낙엽들이 바삭거리고, 살아 있는 나뭇잎들은 비를 맞으며 부딪치는 소리를 내겠지. 기차 소리가 들린다. 복도에서는 야채 수프를 끓이는 냄새가 난다. 모든 것이 속이 비고 따스하며 또 동시에 서늘한 것 같다. 이제 잔가지와 흙더미를 치우고 땅에 굴을 팔 시간이다. 그리고 발을 먼저 집어넣은 채 아주 은밀히 숨어 환자의 겨울을 날 때이다. 그러고 나서 보리수 탕약 한 잔을 마시고, 밤이 오면 신밧드의 마법의 연기처럼 마지막 담배 연기가 자욱한 구름으로 밤을 감싼다. 마침내 종이 울린다. 모기 한 마리가 대리석 연마기 소리를 내며 램프 주위를 맴돈다. 대지를 흰개미들에게 내어줄 시간이다. 거꾸로 도망칠 시간, 과거의 시기들로 거슬러 올라갈 시간이다. 마치 끈끈이에 사로잡힌 듯 유년 시절 저녁의 몽롱함에 빠진다. 그리고 식사를 마친 후 이상하게도 다 비우긴 했어도 아직 수프 거품이 남은 호랑가시나무 장식 접시를 앞에 둔 채, 안개 속으로 빠져든다. 그러면 요람의 시절이와 왜소함과 분노에 숨 막혀 배내옷에 감싸인 채 질식해 죽는다. 그러나 그런 것은 대수롭지 않다. 왜냐하면 좀더 멀리, 피와 고름 속으로, 마침내 어머니의 뱃속으로 다시 돌아가 난자 모양으로 팔과 다리 자세를 취하고, 고무질의 기관에 머리를 기댄 채 지상의 야릇한 악몽들이 우글거리는 컴컴한 잠을 자야 하기 때문이다.

아담은 겹겹이 부는 바람 아래 침대에 홀로 누워 더 이상 아무것도 기다리지 않는다. 엄청난 삶을 사는 그의 눈동자는 3년 전 열일곱 명의 유혈 사건으로 구멍이 뚫린 천장을 바라보고 있다. 그는 이제 사람들이 아주 멀리 떠나갔음을 알고 있다. 그는 사람들이 그에게 내어준 세계에서 어렴풋이 잠이 들 것이다. 천창(天窓) 맞은편에는 철창으로 이루어진 여섯 개의 만(卍) 자형 십자가에 화답이라도 하는 양 단 하나의 유일한 진줏빛과 장밋빛 십자가가 매달려 있다. 그는 굴 껍질 속에 들어 있고, 굴은 바다 밑바닥에 있다. 물론 몇 가지 귀찮은 일들이 있다. 방 청소를 해야 하고, 소변 검사를 받아야 하고, 테스트에 응해야 한다. 그리고 언제든 불시에 퇴원 조치될 수도 있다. 하지만 운좋게도 벌써 오래되었지만 그는 이렇게 그 침대에, 그 벽들에, 그 공원에, 밝은 색의 금속과 산뜻한 페인트칠의 조화에 매여 있다.

가장 최악의 것을 기다리며, 이야기는 끝났다. 그러나 기다리라. 당신들은 보게 될 것이다. 나는(내가 이 말을 그리 자주 쓰지 않았다는 사실을 유의하라) 그들을 신뢰할 수 있다고 생각한다. 다가올 어느 날, 아담에 대해 그리고 그의 속에 있는 어느 누구에 대해 아무것도 쓸 말이 없다면 그것이야말로 정말 기이한 일일 것이다.

작품 해설

르 클레지오와 『조서』

1 귀스타브 르 클레지오

장 마리 귀스타브 르 클레지오는 1940년 4월 13일 세계적인 휴양 도시로 널리 알려진 니스에서 태어났다. 영국인 아버지와 프랑스인 어머니 사이에서 태어난 덕분에 영어와 불어를 자유자재로 구사할 줄 아는 그는 처음에는 영어로 글을 쓰려 하였으나 영국이 모리스 섬을 식민지화하려는 데에 반감을 느껴 불어로 글을 쓰기 시작했다. 첫 소설 『조서 Procès-verbal』(1963)로 〈르노도 상〉을 수상함으로써 화려하게 문단에 데뷔한 그는 브리스톨 대학과 런던 대학에서 수학하였고, 1964년 앙리 미쇼에 대한 연구로 액스 Aix 대학에서 석사 학위를 받았다. 1966-1967년 군복무로 방콕에서 체류하면서 불교와 선(禪)의 세계를 접했고, 1967년 멕시코 체류를 통해 남미 인디언들의 삶에 매료되기도 하였다. 1969-1973년에는 파나마에서 남미 인디언들과 자주 어울려 살며 그들에게서 자신의 철학과 작품 세계에 적지 않은 영향을 받았다. 첫 소설 이후 두 권의 인디언 신화 번역서와 더불어 장편, 단편, 에세이 등 30편이 넘는 작품들을 발표하며 꾸준히 활동하고 있는 그는 1980년 『사막』을 위시한 그의 전 작품으로 〈폴 모랑 상〉의 첫 수상자가 되었고, 1994년에는 불어로 글을 쓰는 가장 위대한 현존 작가로 인정받기도 하였다.

1963년 『조서』, 1965년 『열병』을 거쳐 서구 대도시의 혼돈, 두려움, 고뇌를 그린 『홍수』(1966)를 발표함으로써 자신만의 독특한 세계를 개척하기 시작한 그는 1970년대를 전후하여 『사랑의 대지』(1967), 『도피의 서』(1969), 『전쟁』(1970), 『거인들』(1973)을 잇달아 발표함으로써 명성을 확고히 한다. 아마도 『거인들』이 그의 글에서의 어두운 시기에 종지부를 찍는 작품일 것이다. 『저편으로의 여행』(1975)에서 볼 수 있는 보다 절제된 문체, 보다 폭넓은 주제 의식은 『몽도, 그리고 또 다른 이야기들』(1978)이라는 단편집에서 유년 시절과 산업화되기 이전 사회의 순진함에 대한 향수로 이어진다. 1970년대를 전후하여 그의 작품들이 보다 안정되고 평화로운 모습을 보이는 것은 아마도 지금까지 계속되는 남미 여행과 체류 그리고 남미 인디언들과의 생활을 통해 타락한 언어 뒤에 숨은 보다 상위의 현실로 접근하는 방법을 깨달았기 때문일 것이다. 감정이 보편적 진리에 도달할 수 있게 해주는 유일한 통로일 때 언어는 그 공격의 칼날을 접고 순진무구한 상태, 이를테면 오르페

우스의 노래처럼 사물, 세상과 직접적인 소통을 가능케 하는 도구가 된다. 그러한 점에서 볼 때 그의 작품들은 죽음, 침략, 폭력, 사물의 예속화, 삶의 파괴를 가져오는 인위적인 서구 사회에 대한 비난과 공격, 그리고 그 사회에서의 도피 수단으로부터 시작하여 인간, 언어, 사물, 자연, 세계가 함께 어우러지는 신화적 유년 시절(남미 인디언들의 세계로 현재화된)로 회귀하는 긴 여정을 보여주고 있다.

그의 작품들을 발표 시간대별로 대략 살펴보면 다음과 같다.

1963년 『조서』
1966년 『홍수』, 소설집 『열병』
1967년 『사랑의 대지』, 에세이집 『물질적 황홀』
1969년 『도피의 서』
1970년 『전쟁』
1971년 에세이집 『아야 Haï』
1973년 『거인들』
1975년 『저편으로의 여행』
1978년 에세이집 『지상의 미지인』
1978년 소설집 『몽도, 그리고 또 다른 이야기들』
1980년 『사막』, 『성스러운 세 도시』
1982년 소설집 『배회, 그리고 또 다른 사건들』
1984년 에세이집 『멕시코의 꿈과 중단된 사유』
1986년 일기 『로드골드 여행』
1988년 『금광을 찾는 사람』

1989년 소설집『봄, 그리고 매혹의 계절들』
1991년 『오닛샤』
1992년 『방황하는 별』,『파완다』
1993년 『디에고와 프리다』
1997년 『황금 물고기』,『노래되는 축제』,『구름의 사람들』,『유년 시절』
1999년 소설집『앙골리 말라가 겪은 우연』

2『조서』

작가 자신이 밝히고 있듯, 아담 폴로라는 주인공의 이름은 아무렇게나 붙여진 것이 아니다. 최초의 인간 아담과 태양의 신 아폴론을 연상시키는 그 이름은 문명 이전의 사회, 신화적 세계로 회귀하고자 하는 갈망을 드러내고 있으며, 주인공이 보이는 광기 어린 행동은 바로 그 회귀로의 몸부림이다. 금단의 열매를 먹고 이성을 지니게 되기 이전, 빛과 어둠, 선과 악이 분간되기 이전의 인간인 아담으로서, 그리고 기독교가 전래되어 인간이 영혼과 육체로 이분되기 이전, 자연과 인간과 신이 혼융되어 완전한 하나를 이루고 있던 신화적 세계 속의 아폴론으로서, 아담 폴로는 자신이 보고 느끼고 말하는 것을 통해 세계와 그 속에서 살고 있는 인간의 의미에 대해 새로운 의문을 던진다. 그가 던지는 그러한 본질적 의문은 어쩌면 여러 번 진부하게 되풀이된 것일 수도 있으나 그 강도와 파장에 있어 매우 신선하며 충격적이다. 왜냐하면 세계를 주어진 그대로 둔 채 그 속에서 인간이란 무엇이며 어떻게 살아가야 할 것인가를 묻는 것이 아니라, 우리가 살고 있는 이 세계가 과연 우리가 그렇다고 믿는 그러한 세계인가를 의심하기 때문이다(세계가 흔들리면 인간도 흔들린다).

혹시 이 세계는 실재하는 그대로의 세계가 아니라 인간의 오성과 감각으로 이루어진 세계, 아니 보다 정확히 말해, 소위 합리적 이성이라 부르는 것과 타성화된 감각으로 꾸며진 거짓은 아닌가. 이 소설을 읽었을 때 드는 첫 느낌은 바로 그러한 의문이다. 그리고 그 의문은 아담 폴로의 시선으로 보게 되는 매우 낯설고 생경한 세계의 모습에서 잘 드러난다. 마치 카메라 렌즈를 통해 들여다보듯 지극히 객관적이면서도, 동시에 렌즈의 초점 조절을 통해 매우 주관적으로 보이는 세계의 모습은 인간의 눈으로만 보던 세계를 전혀 다른 모습으로 바라보게 한다. 한 컷 한 컷 단편적으로 끊어지거나 논리적 연결 없이 길게 이어지는 대화, 중간중간 삭제된 행들, 신문 기사들의 삽입, 찢어진 광고지, 또 줌-인 Zoom-in, 줌-아웃 Zoom-out의 기법인 양 극도로 확대되어 정상적인 눈으로는 보이지 않는 사물의 물질성을 드러내거나, 그와 반대로 눈에 보이지 않을 정도로 축소되어 사라져버리고 마는 사물들의 모습에 대한 묘사는 우리가 흔히 사실이라고 믿고 있는 견고한 현실을 비현실적으로 만들어버린다.

그것은 우리가 영화에서 흔히 볼 수 있는 현실을 가장 사실적으로, 아니 지나치게 사실적으로 그림으로써 오히려 현실의 현실성을 부정하게 만드는 것과 같다. 그렇다면 왜 그는 눈에 보이는 현실을 그런 식으로 해체시키는가.

그에게 있어 서구 문명은 합리주의적 이성으로 자연, 인간과 세계를 재단하고 위장하는 괴물과도 같은 거대한 체계이다. 그리고 그 문명 사회 속에서 아무렇지도 않게 살아가는 사람들은 이미 순수성을 잃어버린 사람, 동물과도 같은 공격성과 잔인성을 문명으로 위장한 식인종, 괴물, 공룡들과도 같다.

아담 폴로가 산 언덕에 버려진 집에서 마치 이미 죽고 없는 사람들처럼 살아가는 것도, 해변에 갈 때에도 사람을 피해 외진 곳을 찾는 것도, 어쩌다 한번 시내에 간다 하더라도 개를 뒤쫓아서, 혹은 생필품(굳이 생필품이라고 할 수 있을지도 의심스럽지만)을 사러 갈 때가 전부인 것도 그러한 사람들과의 만남, 문명을 피하기 위함이다. 그가 만나는 사람이라곤 오직 미셸뿐이며 그녀와의 관계도 의심스럽기만 하다. 성폭행이 과연 있었는지, 있었다면 그녀는 왜 아담을 만나는 것인지, 나중에 왜 그녀는 그를 고소하는지 명확하게 드러나는 것은 전혀 없다.

아담에게 있어 사람들이 말하는 가치, 윤리, 삶의 목적 등은 이미 그 효능을 상실한 껍데기일 뿐이며, 사람들과 나누는 대화 역시 논리적 연결이 없는, 그리하여 단지 소통 기능의 희미한 흔적만 남아 있을 뿐 진정한 소통을 이루지 못하는 단편적인 낱말들의 나열일 뿐이다. 의미를 상실한 세계에서 사는 아담 폴로는 어떤 면에서 보자면 카뮈의 『이방인』에 나오는 뫼르소와 닮았다. 그러나 뫼르소보다 더 극한적이라 할 수 있다.

탈영을 했는지 혹은 정신병원에서 탈출했는지 알 수 없는 아담 폴로가 어느 날 마치 예언자와도 같이 사람들에게 쏟아 붓는 말들은 광기와 예지와의 경계를 넘나드는, 따라서 습관적이고 일상적인 의미 체계로는 파악하기 힘들다. 그리고 그가 가족을 떠나 은둔하며 살고, 마침내 정신병원으로 끌려가고 실어증에 빠지게 되는 과정은 탄생에서 사망으로 이르는 과정을 역행하여 탄생 이전의 단계로 되돌아가는 여정을 보여준다. 그것은 곧 문명으로부터 신화로 이행하는 과정을 그린 것이라 할 수 있으며, 르 클레지오는 이러한 이야기를 지극히 사실주의적(르 클레지오는 서문에서 유사 사실주의라고 밝히고 있지만)인 서술 방식을 통해 제시하고 있다. 펜카메라stylo-camera라고 불리는 그의 서술 기법은 종래의 사실주의적 기법을 뛰어넘어 일상적이고 습관적인 사실성을 해체하며, 환상과 현실의 경계를 무너뜨린다.

또한 아담 폴로를 통해 르 클레지오가 『조서』에서 드러내보이고 있는 세계의 모습은, 화려한 인위적 가치 체계로 가리고 있긴 하지만, 서구 문명 사회가 안고 있는 한계에 대한 통렬한 비판이라 할 수도 있다. 모든 것이 다시 시작되기 위해서는 비판, 공격, 파괴가 있으며, 그 파괴는 후일 그가 찾게 되는 또 다른 세계의 시작일 뿐이다.

세계문학전집 54

조서

1판 1쇄 펴냄 2001년 10월 15일
1판 40쇄 펴냄 2023년 1월 13일

지은이 르 클레지오
옮긴이 김윤진
발행인 박근섭, 박상준
펴낸곳 (주)민음사

출판등록 1966. 5. 19. (제 16-490호)
서울특별시 강남구 도산대로1길 62(신사동) 강남출판문화센터 5층 (우편번호 06027)
대표전화 02-515-2000 팩시밀리 02-515-2007
www.minumsa.com

ISBN 978-89-374-6054-8 04800
ISBN 978-89-374-6000-5 (세트)

* 잘못 만들어진 책은 구입처에서 교환해 드립니다.

세계문학전집 목록

1·2 **변신 이야기** 오비디우스·이윤기 옮김 서울대 권장도서 100선

3 **햄릿** 셰익스피어·최종철 옮김 서울대 권장도서 100선 | 미국대학위원회 선정 SAT 추천도서

4 **변신·시골의사** 카프카·전영애 옮김 서울대 권장도서 100선

5 **동물농장** 오웰·도정일 옮김 미국대학위원회 선정 SAT 추천도서 | 《타임》 선정 현대 100대 영문소설

6 **허클베리 핀의 모험** 트웨인·김욱동 옮김 《뉴스위크》 선정 100대 명저

7 **암흑의 핵심** 콘래드·이상옥 옮김 미국대학위원회 선정 SAT 추천도서 | 《뉴스위크》 선정 10대 명저

8 **토니오 크뢰거·트리스탄·베니스에서의 죽음** 토마스 만·안삼환 외 옮김 노벨 문학상 수상 작가

9 **문학이란 무엇인가** 사르트르·정명환 옮김

10 **한국단편문학선 1** 김동인 외·이남호 엮음 국립중앙도서관 선정 청소년 권장도서

11·12 **인간의 굴레에서** 서머싯 몸·송무 옮김

13 **이반 데니소비치, 수용소의 하루** 솔제니친·이영의 옮김 노벨 문학상 수상 작가

14 **너새니얼 호손 단편선** 호손·천승걸 옮김

15 **나의 미카엘** 오즈·최창모 옮김

16·17 **중국신화전설** 위앤커·전인초, 김선자 옮김

18 **고리오 영감** 발자크·박영근 옮김

19 **파리대왕** 골딩·유종호 옮김 노벨 문학상 수상 작가 | 《타임》 선정 현대 100대 영문소설

20 **한국단편문학선 2** 김동리 외·이남호 엮음

21·22 **파우스트** 괴테·정서웅 옮김 서울대 권장도서 100선 | 미국대학위원회 선정 SAT 추천도서

23·24 **빌헬름 마이스터의 수업시대** 괴테·안삼환 옮김

25 **젊은 베르테르의 슬픔** 괴테·박찬기 옮김 논술 및 수능에 출제된 책(1998~2005)

26 **이피게니에·스텔라** 괴테·박찬기 외 옮김

27 **다섯째 아이** 레싱·정덕애 옮김 노벨 문학상 수상 작가

28 **삶의 한가운데** 린저·박찬일 옮김

29 **농담** 쿤데라·방미경 옮김

30 **야성의 부름** 런던·권택영 옮김

31 **아메리칸** 제임스·최경도 옮김

32·33 **양철북** 그라스·장희창 옮김 노벨 문학상 수상 작가 | 서울대 권장도서 100선

34·35 **백년의 고독** 마르케스·조구호 옮김 노벨 문학상 수상 작가 | 서울대 권장도서 100선

36 **마담 보바리** 플로베르·김화영 옮김 서울대 권장도서 100선

37 **거미여인의 키스** 푸익·송병선 옮김

38 **달과 6펜스** 서머싯 몸·송무 옮김

39 **폴란드의 풍차** 지오노·박인철 옮김

40·41 **독일어 시간** 렌츠·정서웅 옮김

42 **말테의 수기** 릴케·문현미 옮김

43 **고도를 기다리며** 베케트·오증자 옮김 노벨 문학상 수상 작가 | 서울대 권장도서 100선

44 **데미안** 헤세·전영애 옮김 노벨 문학상 수상 작가

45 젊은 예술가의 초상 조이스 · 이상옥 옮김 서울대 권장도서 100선
46 카탈로니아 찬가 오웰 · 정영목 옮김
47 호밀밭의 파수꾼 샐린저 · 공경희 옮김 《타임》 선정 현대 100대 영문소설 | 미국대학위원회 선정 SAT 추천도서 | 《뉴스위크》 선정 100대 명저 | BBC 선정 꼭 읽어야 할 책
48·49 파르마의 수도원 스탕달 · 원윤수, 임미경 옮김
50 수레바퀴 아래서 헤세 · 김이섭 옮김 노벨 문학상 수상 작가 | 국립중앙도서관 선정 청소년 권장도서
51·52 내 이름은 빨강 파묵 · 이난아 옮김 노벨 문학상 수상 작가
53 오셀로 셰익스피어 · 최종철 옮김 서울대 권장도서 100선
54 조서 르 클레지오 · 김윤진 옮김 노벨 문학상 수상 작가
55 모래의 여자 아베 코보 · 김난주 옮김
56·57 부덴브로크 가의 사람들 토마스 만 · 홍성광 옮김 노벨 문학상 수상 작가
58 싯다르타 헤세 · 박병덕 옮김 노벨 문학상 수상 작가
59·60 아들과 연인 로렌스 · 정상준 옮김 《뉴스위크》 선정 100대 명저
61 설국 가와바타 야스나리 · 유숙자 옮김 노벨 문학상 수상 작가 | 서울대 권장도서 100선
62 벨킨 이야기 · 스페이드 여왕 푸슈킨 · 최선 옮김
63·64 넙치 그라스 · 김재혁 옮김 노벨 문학상 수상 작가
65 소망 없는 불행 한트케 · 윤용호 옮김 노벨 문학상 수상 작가
66 나르치스와 골드문트 헤세 · 임홍배 옮김 노벨 문학상 수상 작가
67 황야의 이리 헤세 · 김누리 옮김 노벨 문학상 수상 작가
68 페테르부르크 이야기 고골 · 조주관 옮김
69 밤으로의 긴 여로 오닐 · 민승남 옮김 노벨 문학상 수상 작가 | 미국대학위원회 선정 SAT 추천도서
70 체호프 단편선 체호프 · 박현섭 옮김
71 버스 정류장 가오싱젠 · 오수경 옮김 노벨 문학상 수상 작가
72 구운몽 김만중 · 송성욱 옮김 서울대 권장도서 100선 | 국립중앙도서관 선정 청소년 권장도서
73 대머리 여가수 이오네스코 · 오세곤 옮김
74 이솝 우화집 이솝 · 유종호 옮김 논술 및 수능에 출제된 책(1998~2005)
75 위대한 개츠비 피츠제럴드 · 김욱동 옮김 《타임》 선정 현대 100대 영문소설
76 푸른 꽃 노발리스 · 김재혁 옮김
77 1984 오웰 · 정회성 옮김 《타임》 선정 현대 100대 영문소설 | 《뉴스위크》 선정 100대 명저
78·79 영혼의 집 아옌데 · 권미선 옮김
80 첫사랑 투르게네프 · 이항재 옮김
81 내가 죽어 누워 있을 때 포크너 · 김명주 옮김 노벨 문학상 수상 작가
82 런던 스케치 레싱 · 서숙 옮김 노벨 문학상 수상 작가
83 팡세 파스칼 · 이환 옮김
84 질투 로브그리예 · 박이문, 박희원 옮김
85·86 채털리 부인의 연인 로렌스 · 이인규 옮김
87 그 후 나쓰메 소세키 · 윤상인 옮김
88 오만과 편견 오스틴 · 윤지관, 전승희 옮김 미국대학위원회 선정 SAT 추천도서
89·90 부활 톨스토이 · 연진희 옮김 논술 및 수능에 출제된 책(1998~2005)
91 방드르디, 태평양의 끝 투르니에 · 김화영 옮김
92 미겔 스트리트 나이폴 · 이상옥 옮김 노벨 문학상 수상 작가
93 빼드로 빠라모 룰포 · 정창 옮김

94 **차라투스트라는 이렇게 말했다** 니체·장희창 옮김 국립중앙도서관 선정 청소년 권장도서
95·96 **적과 흑** 스탕달·이동렬 옮김 국립중앙도서관 선정 청소년 권장도서
97·98 **콜레라 시대의 사랑** 마르케스·송병선 옮김 노벨 문학상 수상 작가 | BBC 선정 꼭 읽어야 할 책
99 **맥베스** 셰익스피어·최종철 옮김 서울대 권장도서 100선 | 미국대학위원회 선정 SAT 추천도서
100 **춘향전** 작자 미상·송성욱 풀어 옮김 서울대 권장도서 100선
101 **페르디두르케** 곰브로비치·윤진 옮김
102 **포르노그라피아** 곰브로비치·임미경 옮김
103 **인간 실격** 다자이 오사무·김춘미 옮김
104 **네루다의 우편배달부** 스카르메타·우석균 옮김
105·106 **이탈리아 기행** 괴테·박찬기 외 옮김
107 **나무 위의 남작** 칼비노·이현경 옮김
108 **달콤 쌉싸름한 초콜릿** 에스키벨·권미선 옮김
109·110 **제인 에어** C. 브론테·유종호 옮김 BBC 선정 꼭 읽어야 할 책
111 **크눌프** 헤세·이노은 옮김 노벨 문학상 수상 작가
112 **시계태엽 오렌지** 버지스·박시영 옮김 《타임》 선정 현대 100대 영문소설 | 《뉴스위크》 선정 100대 명저
113·114 **파리의 노트르담** 위고·정기수 옮김 미국대학위원회 선정 SAT 추천도서
115 **새로운 인생** 단테·박우수 옮김
116·117 **로드 짐** 콘래드·이상옥 옮김 《뉴스위크》 선정 100대 명저
118 **폭풍의 언덕** E. 브론테·김종길 옮김 미국대학위원회 선정 SAT 추천도서
119 **텔크테에서의 만남** 그라스·안삼환 옮김 노벨 문학상 수상 작가
120 **검찰관** 고골·조주관 옮김
121 **안개** 우나무노·조민현 옮김
122 **나사의 회전** 제임스·최경도 옮김 미국대학위원회 선정 SAT 추천도서
123 **피츠제럴드 단편선 1** 피츠제럴드·김욱동 옮김
124 **목화밭의 고독 속에서** 콜테스·임수현 옮김
125 **돼지꿈** 황석영
126 **라셀라스** 존슨·이인규 옮김
127 **리어 왕** 셰익스피어·최종철 옮김 서울대 권장도서 100선 | 《뉴스위크》 선정 100대 명저
128·129 **쿠오 바디스** 시엔키에비츠·최성은 옮김 노벨 문학상 수상 작가
130 **자기만의 방·3기니** 울프·이미애 옮김
131 **시르트의 바닷가** 그라크·송진석 옮김
132 **이성과 감성** 오스틴·윤지관 옮김
133 **바덴바덴에서의 여름** 치프킨·이장욱 옮김
134 **새로운 인생** 파묵·이난아 옮김 노벨 문학상 수상 작가
135·136 **무지개** 로렌스·김정매 옮김
137 **인생의 베일** 서머싯 몸·황소연 옮김
138 **보이지 않는 도시들** 칼비노·이현경 옮김
139·140·141 **연초 도매상** 바스·이운경 옮김 《타임》 선정 현대 100대 영문소설
142·143 **플로스 강의 물방앗간** 엘리엇·한애경, 이봉지 옮김 미국대학위원회 선정 SAT 추천도서
144 **연인** 뒤라스·김인환 옮김
145·146 **이름 없는 주드** 하디·정종화 옮김
147 **제49호 품목의 경매** 핀천·김성곤 옮김 《타임》 선정 현대 100대 영문소설

148 **성역** 포크너 · 이진준 옮김 노벨 문학상 수상 작가 | 퓰리처상 수상 작가
149 **무진기행** 김승옥
150·151·152 **신곡(지옥편 · 연옥편 · 천국편)** 단테 · 박상진 옮김 《뉴스위크》 선정 100대 명저
153 **구덩이** 플라토노프 · 정보라 옮김
154·155·156 **카라마조프가의 형제들** 도스토옙스키 · 김연경 옮김
157 **지상의 양식** 지드 · 김화영 옮김 노벨 문학상 수상 작가
158 **밤의 군대들** 메일러 · 권택영 옮김 퓰리처상 수상 작가
159 **주홍 글자** 호손 · 김욱동 옮김 서울대 권장도서 100선 | 미국대학위원회 선정 SAT 추천도서
160 **깊은 강** 엔도 슈사쿠 · 유숙자 옮김
161 **욕망이라는 이름의 전차** 윌리엄스 · 김소임 옮김
162 **마사 퀘스트** 레싱 · 나영균 옮김 노벨 문학상 수상 작가
163·164 **운명의 딸** 아옌데 · 권미선 옮김
165 **모렐의 발명** 비오이 카사레스 · 송병선 옮김
166 **삼국유사** 일연 · 김원중 옮김 서울대 권장도서 100선
167 **풀잎은 노래한다** 레싱 · 이태동 옮김 노벨 문학상 수상 작가
168 **파리의 우울** 보들레르 · 윤영애 옮김
169 **포스트맨은 벨을 두 번 울린다** 케인 · 이만식 옮김
170 **썩은 잎** 마르케스 · 송병선 옮김 노벨 문학상 수상 작가
171 **모든 것이 산산이 부서지다** 아체베 · 조규형 옮김 《타임》 선정 현대 100대 영문소설
172 **한여름 밤의 꿈** 셰익스피어 · 최종철 옮김 미국대학위원회 선정 SAT 추천도서
173 **로미오와 줄리엣** 셰익스피어 · 최종철 옮김 미국대학위원회 선정 SAT 추천도서
174·175 **분노의 포도** 스타인벡 · 김승욱 옮김 노벨 문학상 수상 작가 | 《타임》 선정 현대 100대 영문소설
176·177 **괴테와의 대화** 에커만 · 장희창 옮김
178 **그물을 헤치고** 머독 · 유종호 옮김 《타임》 선정 현대 100대 영문소설
179 **브람스를 좋아하세요...** 사강 · 김남주 옮김
180 **카타리나 블룸의 잃어버린 명예** 하인리히 뵐 · 김연수 옮김 노벨 문학상 수상 작가
181·182 **에덴의 동쪽** 스타인벡 · 정회성 옮김 노벨 문학상 수상 작가
183 **순수의 시대** 워튼 · 송은주 옮김 《뉴스위크》 선정 100대 명저 | 퓰리처상 수상작
184 **도둑 일기** 주네 · 박형섭 옮김
185 **나자** 브르통 · 오생근 옮김
186·187 **캐치-22** 헬러 · 안정효 옮김 《타임》 선정 현대 100대 영문소설 | 《뉴스위크》 선정 100대 명저 | BBC 선정 꼭 읽어야 할 책
188 **숄로호프 단편선** 숄로호프 · 이항재 옮김 노벨 문학상 수상 작가
189 **말** 사르트르 · 정명환 옮김
190·191 **보이지 않는 인간** 엘리슨 · 조영환 옮김 《타임》 선정 현대 100대 영문소설
192 **왑샷 가문 연대기** 치버 · 김승욱 옮김 퓰리처상 수상 작가
193 **왑샷 가문 몰락기** 치버 · 김승욱 옮김 퓰리처상 수상 작가
194 **필립과 다른 사람들** 노터봄 · 지명숙 옮김
195·196 **하드리아누스 황제의 회상록** 유르스나르 · 곽광수 옮김
197·198 **소피의 선택** 스타이런 · 한정아 옮김 퓰리처상 수상 작가
199 **피츠제럴드 단편선 2** 피츠제럴드 · 한은경 옮김
200 **홍길동전** 허균 · 김탁환 옮김

201 요술 부지깽이 쿠버 · 양윤희 옮김

202 북호텔 다비 · 원윤수 옮김

203 톰 소여의 모험 트웨인 · 김욱동 옮김

204 금오신화 김시습 · 이지하 옮김

205·206 테스 하디 · 정종화 옮김 미국대학위원회 선정 SAT 추천도서 | BBC 선정 꼭 읽어야 할 책

207 브루스터플레이스의 여자들 네일러 · 이소영 옮김

208 더 이상 평안은 없다 아체베 · 이소영 옮김

209 그레인지 코플랜드의 세 번째 인생 워커 · 김시현 옮김 퓰리처상 수상 작가

210 어느 시골 신부의 일기 베르나노스 · 정영란 옮김

211 타라스 불바 고골 · 조주관 옮김

212·213 위대한 유산 디킨스 · 이인규 옮김 서울대 권장도서 100선 | BBC 선정 꼭 읽어야 할 책

214 면도날 서머싯 몸 · 안진환 옮김

215·216 성채 크로닌 · 이은정 옮김

217 오이디푸스 왕 소포클레스 · 강대진 옮김 서울대 권장도서 100선

218 세일즈맨의 죽음 밀러 · 강유나 옮김

219·220·221 안나 카레니나 톨스토이 · 연진희 옮김 서울대 권장도서 100선

222 오스카 와일드 작품선 와일드 · 정영목 옮김

223 벨아미 모파상 · 송덕호 옮김

224 파스쿠알 두아르테 가족 호세 셀라 · 정동섭 옮김 노벨 문학상 수상 작가

225 시칠리아에서의 대화 비토리니 · 김운찬 옮김

226·227 길 위에서 케루악 · 이만식 옮김 《타임》 선정 현대 100대 영문소설 | 《뉴스위크》 선정 100대 명저

228 우리 시대의 영웅 레르몬토프 · 오정미 옮김

229 아우라 푸엔테스 · 송상기 옮김

230 클링조어의 마지막 여름 헤세 · 황승환 옮김 노벨 문학상 수상 작가

231 리스본의 겨울 무뇨스 몰리나 · 나송주 옮김

232 뻐꾸기 둥지 위로 날아간 새 키지 · 정회성 옮김 《타임》 선정 현대 100대 영문소설

233 페널티킥 앞에 선 골키퍼의 불안 한트케 · 윤용호 옮김 노벨 문학상 수상 작가

234 참을 수 없는 존재의 가벼움 쿤데라 · 이재룡 옮김

235·236 바다여, 바다여 머독 · 최옥영 옮김

237 한 줌의 먼지 에벌린 워 · 안진환 옮김 《타임》 선정 현대 100대 영문소설

238 뜨거운 양철 지붕 위의 고양이 · 유리 동물원 윌리엄스 · 김소임 옮김 퓰리처상 수상작

239 지하로부터의 수기 도스토옙스키 · 김연경 옮김

240 키메라 바스 · 이운경 옮김

241 반쪼가리 자작 칼비노 · 이현경 옮김

242 벌집 호세 셀라 · 남진희 옮김 노벨 문학상 수상 작가

243 불멸 쿤데라 · 김병욱 옮김

244·245 파우스트 박사 토마스 만 · 임홍배, 박병덕 옮김 노벨 문학상 수상 작가

246 사랑할 때와 죽을 때 레마르크 · 장희창 옮김

247 누가 버지니아 울프를 두려워하랴? 올비 · 강유나 옮김

248 인형의 집 입센 · 안미란 옮김

249 위폐범들 지드 · 원윤수 옮김 노벨 문학상 수상 작가

250 무정 이광수 · 정영훈 책임 편집 서울대 권장도서 100선

251·252 의지와 운명 푸엔테스 · 김현철 옮김
253 폭력적인 삶 파솔리니 · 이승수 옮김
254 거장과 마르가리타 불가코프 · 정보라 옮김
255·256 경이로운 도시 멘도사 · 김현철 옮김
257 야콥을 둘러싼 추측들 욘존 · 손대영 옮김
258 왕자와 거지 트웨인 · 김욱동 옮김
259 존재하지 않는 기사 칼비노 · 이현경 옮김
260·261 눈먼 암살자 애트우드 · 차은정 옮김 《타임》 선정 현대 100대 영문소설
262 베니스의 상인 셰익스피어 · 최종철 옮김
263 말리나 바흐만 · 남정애 옮김
264 사볼타 사건의 진실 멘도사 · 권미선 옮김
265 뒤렌마트 희곡선 뒤렌마트 · 김혜숙 옮김
266 이방인 카뮈 · 김화영 옮김 노벨 문학상 수상 작가 | 미국대학위원회 선정 SAT 추천도서
267 페스트 카뮈 · 김화영 옮김 노벨 문학상 수상 작가 | 국립중앙도서관 선정 청소년 권장도서
268 검은 튤립 뒤마 · 송진석 옮김
269·270 베를린 알렉산더 광장 되블린 · 김재혁 옮김
271 하얀 성 파묵 · 이난아 옮김 노벨 문학상 수상 작가
272 푸슈킨 선집 푸슈킨 · 최선 옮김
273·274 유리알 유희 헤세 · 이영임 옮김 노벨 문학상 수상 작가
275 픽션들 보르헤스 · 송병선 옮김 서울대 권장도서 100선
276 신의 화살 아체베 · 이소영 옮김
277 빌헬름 텔 · 간계와 사랑 실러 · 홍성광 옮김
278 노인과 바다 헤밍웨이 · 김욱동 옮김 노벨 문학상 수상 작가 | 퓰리처상 수상작
279 무기여 잘 있어라 헤밍웨이 · 김욱동 옮김 미국대학위원회 선정 SAT 추천도서
280 태양은 다시 떠오른다 헤밍웨이 · 김욱동 옮김 《타임》 선정 현대 100대 영문 소설
281 알레프 보르헤스 · 송병선 옮김
282 일곱 박공의 집 호손 · 정소영 옮김
283 에마 오스틴 · 윤지관, 김영희 옮김
284·285 죄와 벌 도스토옙스키 · 김연경 옮김 미국대학위원회 선정 SAT 추천도서
286 시련 밀러 · 최영 옮김
287 모두가 나의 아들 밀러 · 최영 옮김
288·289 누구를 위하여 종은 울리나 헤밍웨이 · 김욱동 옮김 노벨 문학상 수상 작가
290 구르브 연락 없다 멘도사 · 정창 옮김
291·292·293 데카메론 보카치오 · 박상진 옮김
294 나누어진 하늘 볼프 · 전영애 옮김
295·296 제브데트 씨와 아들들 파묵 · 이난아 옮김 노벨 문학상 수상 작가
297·298 여인의 초상 제임스 · 최경도 옮김 미국대학위원회 선정 SAT 추천도서
299 압살롬, 압살롬! 포크너 · 이태동 옮김 노벨 문학상 수상 작가
300 이상 소설 전집 이상 · 권영민 책임 편집
301·302·303·304·305 레 미제라블 위고 · 정기수 옮김
306 관객모독 한트케 · 윤용호 옮김 노벨 문학상 수상 작가
307 더블린 사람들 조이스 · 이종일 옮김

308 **에드거 앨런 포 단편선** 앨런 포 · 전승희 옮김 미국대학위원회 선정 SAT 추천도서
309 **보이체크 · 당통의 죽음** 뷔히너 · 홍성광 옮김
310 **노르웨이의 숲** 무라카미 하루키 · 양억관 옮김
311 **운명론자 자크와 그의 주인** 디드로 · 김희영 옮김
312·313 **헤밍웨이 단편선** 헤밍웨이 · 김욱동 옮김 노벨 문학상 수상 작가
314 **피라미드** 골딩 · 안지현 옮김 노벨 문학상 수상 작가
315 **닫힌 방 · 악마와 선한 신** 사르트르 · 지영래 옮김
316 **등대로** 울프 · 이미애 옮김 《타임》 선정 현대 100대 영문소설 | 《뉴스위크》 선정 100대 명저
317·318 **한국 희곡선** 송영 외 · 양승국 엮음
319 **여자의 일생** 모파상 · 이동렬 옮김
320 **의식** 노터봄 · 김영중 옮김
321 **육체의 악마** 라디게 · 원윤수 옮김
322·323 **감정 교육** 플로베르 · 지영화 옮김
324 **불타는 평원** 룰포 · 정창 옮김
325 **위대한 몬느** 알랭푸르니에 · 박영근 옮김
326 **라쇼몬** 아쿠타가와 류노스케 · 서은혜 옮김
327 **반바지 당나귀** 보스코 · 정영란 옮김
328 **정복자들** 말로 · 최윤주 옮김
329·330 **우리 동네 아이들** 마흐푸즈 · 배혜경 옮김 노벨 문학상 수상 작가
331·332 **개선문** 레마르크 · 장희창 옮김
333 **사바나의 개미 언덕** 아체베 · 이소영 옮김
334 **게걸음으로** 그라스 · 장희창 옮김 노벨 문학상 수상 작가
335 **코스모스** 곰브로비치 · 최성은 옮김
336 **좁은 문 · 전원교향곡 · 배덕자** 지드 · 동성식 옮김 노벨 문학상 수상 작가
337·338 **암 병동** 솔제니친 · 이영의 옮김 노벨 문학상 수상 작가
339 **피의 꽃잎들** 응구기 와 시옹오 · 왕은철 옮김
340 **운명** 케르테스 · 유진일 옮김 노벨 문학상 수상 작가
341·342 **벌거벗은 자와 죽은 자** 메일러 · 이운경 옮김 퓰리처상 수상 작가
343 **시지프 신화** 카뮈 · 김화영 옮김 노벨 문학상 수상 작가
344 **뇌우** 차오위 · 오수경 옮김
345 **모옌 중단편선** 모옌 · 심규호, 유소영 옮김 노벨 문학상 수상 작가
346 **일야서** 한사오궁 · 심규호, 유소영 옮김
347 **상속자들** 골딩 · 안지현 옮김 노벨 문학상 수상 작가
348 **설득** 오스틴 · 전승희 옮김
349 **히로시마 내 사랑** 뒤라스 · 방미경 옮김
350 **오 헨리 단편선** 오 헨리 · 김희용 옮김
351·352 **올리버 트위스트** 디킨스 · 이인규 옮김
353·354·355·356 **전쟁과 평화** 톨스토이 · 연진희 옮김
357 **다시 찾은 브라이즈헤드** 에벌린 워 · 백지민 옮김
358 **아무도 대령에게 편지하지 않다** 마르케스 · 송병선 옮김
359 **사양** 다자이 오사무 · 유숙자 옮김
360 **좌절** 케르테스 · 한경민 옮김 노벨 문학상 수상 작가

361·362 **닥터 지바고** 파스테르나크 · 김연경 옮김 노벨 문학상 수상 작가
363 **노생거 사원** 오스틴 · 윤지관 옮김
364 **개구리** 모옌 · 심규호, 유소영 옮김 노벨 문학상 수상 작가
365 **마왕** 투르니에 · 이원복 옮김 공쿠르상 수상 작가
366 **맨스필드 파크** 오스틴 · 김영희 옮김
367 **이선 프롬** 이디스 워튼 · 김욱동 옮김 퓰리처상 수상 작가
368 **여름** 이디스 워튼 · 김욱동 옮김 퓰리처상 수상 작가
369·370·371 **나는 고백한다** 자우메 카브레 · 권가람 옮김
372·373·374 **태엽 감는 새 연대기** 무라카미 하루키 · 김연경 옮김
375·376 **대사들** 제임스 · 정소영 옮김
377 **족장의 가을** 마르케스 · 송병선 옮김 노벨 문학상 수상 작가
378 **핏빛 자오선** 매카시 · 김시현 옮김
379 **모두 다 예쁜 말들** 매카시 · 김시현 옮김
380 **국경을 넘어** 매카시 · 김시현 옮김
381 **평원의 도시들** 매카시 · 김시현 옮김
382 **만년** 다자이 오사무 · 유숙자 옮김
383 **반항하는 인간** 카뮈 · 김화영 옮김 노벨 문학상 수상 작가
384·385·386 **악령** 도스토옙스키 · 김연경 옮김
387 **태평양을 막는 제방** 뒤라스 · 윤진 옮김
388 **남아 있는 나날** 가즈오 이시구로 · 송은경 옮김
389 **앙리 브륄라르의 생애** 스탕달 · 원윤수 옮김
390 **찻집** 라오서 · 오수경 옮김
391 **태어나지 않은 아이를 위한 기도** 케르테스 · 이상동 옮김 노벨 문학상 수상 작가
392·393 **서머싯 몸 단편선** 서머싯 몸 · 황소연 옮김
394 **케이크와 맥주** 서머싯 몸 · 황소연 옮김
395 **월든** 소로 · 정회성 옮김
396 **모래 사나이** E. T. A. 호프만 · 신동화 옮김
397·398 **검은 책** 오르한 파묵 · 이난아 옮김 노벨 문학상 수상 작가
399 **방랑자들** 올가 토카르추크 · 최성은 옮김 노벨 문학상 수상 작가
400 **시여, 침을 뱉어라** 김수영 · 이영준 엮음
401·402 **환락의 집** 이디스 워튼 · 전승희 옮김
403 **달려라 메로스** 다자이 오사무 · 유숙자 옮김
404 **아버지와 자식** 투르게네프 · 연진희 옮김
405 **청부 살인자의 성모** 바예호 · 송병선 옮김
406 **세피아빛 초상** 아옌데 · 조영실 옮김
407·408·409·410 **사기 열전** 사마천 · 김원중 옮김 서울대 권장도서 100선
411 **이상 시 전집** 이상 · 권영민 책임 편집
412 **어둠 속의 사건** 발자크 · 이동렬 옮김
413 **태평천하** 채만식 · 권영민 책임 편집
414·415 **노스트로모** 콘래드 · 이미애 옮김
416·417 **제르미날** 졸라 · 강충권 옮김
418 **명인** 가와바타 야스나리 · 유숙자 옮김 노벨 문학상 수상 작가
419 **핀처 마틴** 골딩 · 백지민 옮김 노벨 문학상 수상 작가

세계문학전집은 계속 간행됩니다.